SARA GRUEN

Agua para elefantes

punto de lectura

Sara Gruen, nacida en Canadá, es autora de los best-sellers *Lecciones de Doma*, publicada en España en 2008, y *Flying Changes*. Vive al norte de Chicago con su marido y sus tres hijos, dedicada por completo a la escritura. *Agua para elefantes*, cuyos derechos han sido ya adquiridos para el cine, ha vendido más de un millón de ejemplares y se ha situado en lo más alto de las principales listas de ventas de Estados Unidos.

www.saragruen.com

SARA GRUEN

Agua para elefantes

Traducción de Manu Berástegui

Título: Agua para elefantes
Título original: *Water for Elephants*
Esta edición ha sido publicada de acuerdo con Algonquin Books of Chapel Hill,
una división de Workman Publishing Company, Nueva York, EE.UU.
Todos los derechos reservados.
© 2006, Sara Gruen
© De la traducción: Manu Berástegui
© De esta edición:
2008, Santillana Ediciones Generales, S.L.
Torrelaguna, 60. 28043 Madrid (España)
Teléfono 91 744 90 60
www.puntodelectura.com

ISBN: 978-84-663-2171-6
Depósito legal: B-45.200-2008
Impreso en España – Printed in Spain

Imagen de cubierta: Charles Mason / Getty Images

Primera edición: noviembre 2008

Impreso por Litografía Rosés, S.A.

Para Bob, que sigue siendo mi arma secreta.

Pensé lo que decía y dije lo que pensé...
¡Un elefante es fiel al cien por cien!

THEODOR SEUSS GEISEL
Horton Hatches the Egg, 1940

PRÓLOGO

Sólo quedaban tres personas bajo el toldo blanco y rojo del puesto de comida: Grady, el cocinero y yo. Grady y yo estábamos sentados a una mesa de madera desgastada delante de sendas hamburguesas sobre platos abollados de hojalata. El cocinero se encontraba detrás del mostrador, rascando la parrilla con el canto de la espátula. Había apagado la freidora un rato antes, pero el olor de la grasa seguía flotando en el aire.

El resto de la explanada, en la que hacía poco bullía una multitud, ahora estaba vacío salvo por un puñado de empleados y un pequeño grupo de hombres que esperaban a ser conducidos hasta la carpa del placer. Miraban nerviosamente de un lado a otro, con los sombreros bien calados y las manos metidas hasta el fondo de los bolsillos. No quedarían decepcionados: en algún lugar detrás de la gran carpa, Barbara esperaba dispuesta a desplegar sus encantos.

Los demás lugareños, palurdos como los llamaba Tío Al, ya se habían repartido entre la tienda de las fieras y la gran carpa, que vibraba con música frenética. La banda recorría su repertorio con su habitual volumen ensordecedor. Yo conocía la rutina de memoria: en aquel preciso instante, la formación de la Gran Parada salía ya y Lottie, la trapecista, ascendía por el poste de la pista central.

Miré a Grady fijamente, intentando procesar lo que estaba diciendo. Él miró alrededor y se acercó más a mí.

—Además —dijo mirándome con intensidad a los ojos—, me da la impresión de que en este momento tienes mucho que perder —levantó las cejas para añadir énfasis a la frase. El corazón me dio un vuelco.

Una ovación atronadora estalló en la gran carpa y la banda atacó sin preámbulos el vals de Gounod. Me volví instintivamente hacia la carpa de las fieras, porque era la señal para empezar el número de la elefanta. Marlena estaría preparándose para montar a Rosie o ya sentada en su cabeza.

—Tengo que irme —dije.

—Siéntate —dijo Grady—. Come. Si estás pensando en largarte, puede que pase algún tiempo antes de que vuelvas a ver comida.

En ese momento la música paró en seco. Se oyó una alarmante colisión de metales, vientos y percusión, trombones y pícolos formaron un alboroto, la tuba soltó un pedo y el tañido hueco de unos platillos salió disparado de la carpa, voló sobre nuestras cabezas y se perdió en el olvido.

Grady se quedó paralizado, encorvado sobre su hamburguesa con los meñiques rígidos y los labios tensos.

Miré a ambos lados. Nadie movía un músculo, todos los ojos estaban orientados hacia la gran carpa. Unas cuantas hebras de heno rodaban perezosas sobre la tierra pisoteada.

—¿Qué es eso? ¿Qué pasa? —pregunté.

—Shhh —me hizo callar Grady.

La banda volvió a tocar, interpretando *Barras y estrellas*.

—¡Dios! ¡Mierda! —Grady tiró la comida sobre la mesa y se levantó de un salto, derribando el banco.

—¿Qué? ¿Qué pasa? —le grité, porque ya se alejaba de mí corriendo.

—¡La Marcha del Desastre! —aulló por encima de su hombro.

Me volví apresurado hacia el cocinero, que estaba luchando con su delantal.

—¿De qué demonios habla?

—La Marcha del Desastre —dijo mientras se arrancaba el delantal por encima de la cabeza—. Significa que algo ha salido mal… Muy mal.

—¿Como qué?

—Podría ser cualquier cosa: un incendio en la carpa, una estampida, cualquier cosa. Dios santo. Los pobres palurdos seguramente ni se han dado cuenta todavía —se agachó para salir por debajo del mostrador y se fue corriendo.

El caos… Los vendedores de golosinas saltaban los mostradores, los trabajadores salían de las tiendas, los peones cruzaban a la carrera la explanada. Todas y cada una de las personas relacionadas con El Espectáculo Más Deslumbrante del Mundo de los Hermanos Benzini corrían hacia la gran carpa.

Diamond Joe me adelantó corriendo a lo que sería el equivalente humano del galope tendido.

—¡Jacob… es la carpa de las fieras! —gritó—. Los animales están sueltos. ¡Vamos, vamos, vamos!

No me lo tenía que decir dos veces. Marlena estaba en aquella carpa.

A medida que me acercaba, un temblor me sacudió el cuerpo, y sentí mucho miedo porque se trataba de algo más grave que el ruido. El suelo temblaba.

Entré tambaleándome y me di de bruces contra el yak: una inmensa extensión de pelo rizado y poderosas pezuñas, de fosas nasales que resoplaban y ojos extraviados. Pasó galopando tan cerca de mí que me tuve que poner de puntillas para dejarle pasar, pegándome a la lona para evitar acabar empalado en uno de sus enormes cuernos. Una hiena aterrorizada le pisaba los talones.

El puesto que se encontraba en el centro de la carpa se había venido abajo y en su lugar se veía un amasijo palpitante de manchas y rayas, de grupas, talones, colas y garras que rugía, chillaba, gruñía y aullaba. Un oso polar coronaba aquella masa dando zarpazos a ciegas con sus garras del tamaño de sartenes. Alcanzó a una llama y la tumbó del golpe: ¡PUM! La llama cayó al suelo despanzurrada, con el cuello y las patas como las cinco puntas de una estrella. Los monos chillaban y parloteaban colgados de cuerdas para mantenerse a salvo de los felinos. Una cebra con la mirada extraviada caminaba en zigzag demasiado cerca de un león agazapado que saltó, falló y salió disparado con el vientre pegado a tierra.

Mis ojos recorrieron la carpa, desesperado por localizar a Marlena. Sólo vi a uno de los felinos escapar por el pasadizo que llevaba a la gran carpa. Era una pantera, y cuando vi desaparecer su cuerpo elástico y negro por el túnel de lona me preparé para lo peor. Si el público todavía no lo sabía, estaba a punto de enterarse.

Tardó varios segundos en llegar, pero al fin llegó: un agudo chillido seguido de otro más, y luego otro, y otro, hasta que todo el lugar estalló con el atronador sonido de cuerpos que intentaban pasar por encima de otros y huir de las gradas. La banda dejó de tocar por segunda vez, y en esta ocasión permaneció en silencio. Yo cerré los ojos: *Por favor, Señor, que salgan por la parte de atrás. Por favor, Señor, no permitas que intenten venir hacia aquí.*

Abrí los ojos y contemplé la carpa de las fieras, loco por encontrarla. Tampoco puede ser muy difícil dar con una chica y una elefanta, por Dios santo.

Cuando conseguí distinguir sus lentejuelas rosas casi se me escapó un grito de alivio... O tal vez sin el casi. No lo recuerdo.

Estaba al otro extremo, de pie contra la pared, tranquila como un día de verano. Sus lentejuelas brillaban como diamantes líquidos, un faro luminoso entre las pieles multicolores. Ella también me vio y me mantuvo la mirada durante lo que pareció una eternidad. Tenía un aire imperturbable, felino. Incluso sonreía. Empecé a abrirme paso hacia ella, pero algo en su expresión hizo que me detuviera de repente.

Aquel hijo de puta estaba de pie de espaldas a ella, sofocado y resoplando, agitando los brazos y blandiendo el bastón de contera de plata. Su chistera de seda estaba tirada en la paja a sus pies.

Ella recogió algo. Una jirafa pasó entre nosotros —balanceando el cuello elegantemente incluso en medio del pánico reinante— y cuando desapareció vi que había agarrado una estaca de hierro. La asía sin tensión, dejando que el extremo descansara en el suelo de tierra.

Volvió a mirarme, desencajada. Luego desvió la mirada hacia la nuca desnuda del hombre.

—Oh, Dios —dije, comprendiendo de golpe. Me lancé hacia ellos, gritando a pesar de que había pocas posibilidades de que mi voz llegara hasta ella—. ¡No lo hagas! ¡No lo hagas!

Ella levantó la estaca en el aire y la dejó caer, partiéndole la cabeza como un melón. Su cráneo se quebró, los ojos se le abrieron desmesuradamente y la boca se le congeló formando una O. Cayó de rodillas y luego se derrumbó sobre la paja.

Yo estaba demasiado impresionado para moverme, incluso cuando un joven orangután me echó sus elásticos brazos alrededor de las piernas.

Hace tanto tiempo. Tanto tiempo… Pero todavía lo recuerdo bien.

No hablo mucho de aquellos días. Nunca lo he hecho. No sé por qué. Trabajé en el circo cerca de siete años y si eso no es tema de conversación, no sé qué lo será.

La verdad es que sí sé por qué: nunca he confiado en mí. Me daba miedo que se me escapara. Sabía lo importante que era guardar su secreto, y eso fue lo que hice… Durante el resto de su vida y aun después.

Nunca se lo he contado a nadie en setenta años.

UNO

Tengo noventa años. O noventa y tres. Una de dos.

Cuando tienes cinco te sabes tu edad al día. Incluso a los veinte sabes qué edad tienes. Tengo veintitrés, dices, o tal vez veintisiete. Pero luego, a los treinta, te empieza a pasar una cosa rara. Al principio no es más que un simple titubeo, un instante de duda. ¿Qué edad tienes? Ah, tengo…, empiezas a decir seguro de ti, pero te detienes. Ibas a decir treinta y tres, pero no es verdad. Tienes treinta y cinco. Y de repente empiezas a preocuparte, porque te preguntas si no será el principio del fin. Lo es, por supuesto, pero pasarán décadas antes de que lo reconozcas.

Empiezas a olvidar palabras: las tienes en la punta de la lengua, pero en vez de soltarlas sencillamente, allí se quedan. Subes al piso de arriba a por algo y cuando llegas allí no te acuerdas de lo que ibas a buscar. Llamas a tus hijos por el nombre de todos los demás y al final te lo dicen ellos antes de que logres recordarlo. A veces olvidas qué día es. Y acabas por olvidar el año.

Lo cierto es que yo no he olvidado exactamente. Es más bien que he dejado de prestar atención. Hemos cambiado de milenio, eso sí lo sé —tanto escándalo

21

y tanta preocupación para nada, todos los jóvenes asustados y comprando comida en conserva porque algún perezoso decidió dejar espacio para dos dígitos, en vez de para cuatro—, pero eso ha podido ocurrir el mes pasado o hace tres años. Y además, ¿qué más da? ¿Qué diferencia hay entre tres semanas, tres años o tres décadas de guisantes deshechos, tapioca y pañales para adultos?

Tengo noventa años. O noventa y tres. Una de dos.

O ha habido un accidente o están haciendo obras en la carretera, porque una pandilla de ancianitas permanece pegada a la ventana del final del pasillo como niñas pequeñas o presidiarios. Son desgarbadas y frágiles, con el pelo tan fino como la niebla. La mayoría de ellas son una buena década más jóvenes que yo, y eso me pasma. Incluso cuando tu cuerpo te traiciona, la mente lo niega.

Estoy aparcado en el pasillo junto a mi andador. He mejorado mucho desde que me rompí la cadera, y le doy gracias a Dios por ello. Al principio parecía que no podría volver a andar —ésa fue la razón principal para que me trajeran aquí—, pero cada dos horas me levanto y doy unos pasos, y cada día llego un poco más lejos antes de notar que necesito dar la vuelta. Puede que todavía quede algo de vida en este viejo perro.

Ahora ya son cinco, cinco ancianas de pelo blanco pegadas unas a otras y señalando al otro lado del cristal con sus dedos torcidos. Espero un poco a ver si se van. Pero no se van.

Bajo la mirada para comprobar que los frenos están echados y me levanto con cuidado apoyándome en el brazo de la silla de ruedas para hacer el arriesgado cambio al andador. Una vez que he logrado estabilizarme, me aferro a los asideros de goma gris de los brazos y empujo el andador hasta que tengo los codos estirados, que resulta ser exactamente la anchura de una de las baldosas del suelo. Arrastro el pie izquierdo hacia delante, me aseguro de que está firme y arrastro el otro a su lado. Empujo, arrastro, espero, arrastro. Empujo, arrastro, espero, arrastro.

El pasillo es largo y mis pies no responden como antes. A Dios gracias, no es como la cojera que tenía Camel, pero me obliga a ir bastante despacio. Pobrecillo Camel; hacía años que no me acordaba de él. Los pies le colgaban inertes al final de las piernas de manera que tenía que levantar las rodillas y balancearlos hacia delante. Yo arrastro los pies, como si pesaran, y como tengo la espalda encorvada, me paso el día mirándome las zapatillas enmarcadas por el andador.

Me lleva un rato llegar al otro lado del pasillo, pero al final lo consigo... Y sobre mis propias piernas. Estoy feliz como un chiquillo, aunque una vez allí me doy cuenta de que luego tendré que volver.

Las ancianas señoras se separan para hacerme sitio. Éstas son las activas, las que pueden moverse por sí mismas o tienen amigas que las empujan en la silla de ruedas. Estas chiquillas todavía conservan la lucidez y son muy buenas conmigo. Yo soy un ejemplar raro por aquí: un anciano en un mar de viudas a las que todavía duele en el alma la pérdida de sus hombres.

—Eh, a ver —cloquea Hazel—. Dejad que Jacob eche una mirada.

Retira la silla de ruedas de Dolly unos pasos para atrás y se acerca a mí, dando palmas y con un brillo especial en sus ojos lechosos.

—¡Oh, es muy emocionante! ¡Llevan así toda la mañana!

Me arrimo al cristal y levanto la mirada, entornando los ojos para protegerme de la luz del sol. Éste brilla tanto que me cuesta un momento ver lo que pasa. Luego las formas empiezan a aclararse.

En el parque que hay al final de la manzana se levanta una carpa de lona con anchas rayas blancas y magentas y una inconfundible cúpula puntiaguda...

El corazón me late tan fuerte que tengo que llevarme una mano al pecho.

—¡Jacob! ¡Oh, Jacob! —grita Hazel—. ¡Dios mío! ¡Dios mío! —agita las manos sin saber qué hacer y se vuelve hacia el pasillo—: ¡Enfermera! ¡Enfermera! ¡Rápido! ¡Es el señor Jankowski!

—Estoy bien —digo tosiendo y dándome un golpe en el pecho. Eso es lo que pasa con estas ancianas. Siempre tienen miedo de que vayas a estirar la pata—. ¡Hazel! ¡Estoy bien!

Pero es demasiado tarde. Oigo el ñic-ñic-ñic de las suelas de goma y unos instantes después soy asaltado por las enfermeras. Supongo que, después de todo, no va a hacer falta que me preocupe por cómo voy a volver a la silla.

—Bueno, ¿y qué tenemos en el menú de hoy? —gruño mientras me llevan al comedor—. ¿Gachas? ¿Puré de guisantes? ¿Papilla? Ah, déjeme que lo adivine. Es tapioca,

¿verdad? ¿Es tapioca? ¿O esta noche nos toca arroz con leche?

—Ay, señor Jankowski, es usted tronchante —dice la enfermera sin expresión. Sabe muy bien que no hace falta que responda. Siendo viernes, hoy nos toca la nutritiva y nada interesante combinación de pastel de carne, maíz a la crema, puré de patatas instantáneo y una salsa que quizás haya visto un trozo de carne alguna vez en su vida. Y no entienden por qué pierdo peso.

Ya sé que algunos de los residentes no tienen dientes, pero yo sí, y quiero un buen asado. Como el de mi esposa, con sus rígidas hojas de laurel y todo. Quiero zanahorias. Quiero patatas hervidas con su piel. Y quiero un intenso y aromático *cabernet sauvignon* para bajarlo todo, no zumo de manzana envasado. Pero, sobre todas las cosas, quiero una mazorca de maíz.

A veces pienso que si tuviera que elegir entre una mazorca de maíz y hacer el amor con una mujer, elegiría el maíz. Y no es que no me gustara darme un último revolcón en la paja —sigo siendo un hombre y hay cosas que nunca cambian—, pero sólo de pensar en esos dulces granos estallando entre mis dientes se me hace la boca agua. Es una fantasía, ya lo sé. No va a pasar ninguna de las dos cosas. Pero me gusta sopesar las posibilidades como si me encontrara delante de Salomón: un último revolcón en la paja o una mazorca de maíz. Qué maravilloso dilema. A veces sustituyo el maíz por una manzana.

Todo el mundo, en todas las mesas, habla del circo. Es decir, los que pueden hablar. Los silenciosos, los de las caras inexpresivas y los miembros laxos y aquellos

...yas cabezas y manos tiemblan con demasiada violencia para sostener los cubiertos se sientan a los extremos acompañados de sanitarios que les dan pequeñas cantidades de comida a la boca y les convencen de que mastiquen. Me recuerdan a las crías de los pájaros, salvo por la absoluta falta de entusiasmo. Con la sola excepción de un ligero movimiento de las mandíbulas, sus caras permanecen inmóviles y aterradoramente inexpresivas. Aterradoras porque sé bien cuál es el camino que llevo. Todavía no estoy así, pero me voy acercando. Sólo hay una forma de evitarlo, y tampoco puedo decir que me encante esa alternativa.

La enfermera me aparca delante de la comida. A la salsa que cubre el pastel de carne ya se le ha formado una telilla. Pruebo a pincharla con el tenedor. Su superficie recupera la forma, burlándose de mí. Asqueado, levanto la mirada y encuentro los ojos de Joseph McGuinty.

Está sentado enfrente de mí; es un recién llegado, un intruso: un abogado jubilado de mandíbula cuadrada, nariz picada y orejas enormes y blandas. Las orejas me recuerdan a Rosie, pero nada más. Ella era un espíritu delicado y él... Bueno, él es un abogado jubilado. No logro imaginar qué pensaron que podrían tener en común un abogado y un veterinario, pero colocaron su silla de ruedas delante de mí la primera noche, y allí lleva desde entonces.

Me mira furioso, moviendo la mandíbula adelante y atrás como una vaca que rumia el pasto. Increíble. Se lo está comiendo de verdad.

Las señoras charlan como colegialas, felizmente despreocupadas.

26

—Están aquí hasta el domingo —dice Doris—. Billy se ha acercado a preguntarlo.

—Sí, dos funciones el sábado y una el domingo. Randall y sus chicas me van a llevar mañana —dice Norma. Se gira hacia mí—: Jacob, ¿tú vas a ir?

Abro la boca para hablar, pero antes de que pueda hacerlo Doris interviene:

—¿Y habéis visto los caballos? De verdad, qué bonitos. Cuando yo era pequeña teníamos caballos. Ah, cómo me gustaba montar —su mirada se pierde en la distancia, y por un instante me doy cuenta de lo hermosa que debió de ser de joven.

—¿Os acordáis de cuando el circo viajaba en tren? —dice Hazel—. Los carteles aparecían unos días antes. ¡Y cubrían todas las superficies de la ciudad! ¡No se podía ver ni un ladrillo entre ellos!

—Claro que sí. Me acuerdo muy bien —dice Norma—. Un año pegaron unos carteles en la pared de nuestro granero. Los hombres le dijeron a mi padre que usaban una cola especial que se disolvería un par de días después del espectáculo, ¡pero os juro que aquellos carteles seguían pegados a la pared del granero meses después! —se ríe sacudiendo la cabeza—. ¡Mi padre se puso como una fiera!

—Y luego, unos días más tarde, llegaba el tren. Siempre al amanecer.

—Mi padre nos llevaba a la estación a verles descargar. Dios mío, aquello merecía la pena verse. ¡Y luego venía el desfile! Y el olor de los cacahuetes tostados…

—¡Y de las garrapiñadas!

—¡Y de las manzanas con caramelo, los helados y la limonada!

—¡Y el serrín que se te metía por la nariz!

—Yo les llevaba el agua a los elefantes —dice McGuinty.

Dejo caer el tenedor y levanto la mirada. Es evidente que está henchido de orgullo y espera que las chicas se queden admiradas.

—No es verdad —digo.

Hay un momento de silencio.

—¿Cómo has dicho? —pregunta.

—Tú no les llevabas agua a los elefantes.

—Por supuesto que sí.

—De eso nada.

—¿Me estás llamando mentiroso? —dice con lentitud.

—Si dices que les llevabas agua a los elefantes, sí.

Las chicas me miran con la boca abierta. El corazón me late con fuerza. Sé que no debería hacer esto, pero no puedo controlarme.

—¡Cómo te atreves! —McGuinty se aferra al borde de la mesa con sus manos sarmentosas. En sus antebrazos aparecen unos ligamentos tensos.

—Escucha, amigo —le digo—. Llevo décadas oyendo a viejos mamarrachos como tú decir que han llevado agua a los elefantes, y ahora yo te digo que no es verdad.

—¿Viejo mamarracho? ¿Viejo mamarracho? —McGuinty se levanta con esfuerzo y empuja su silla de ruedas hacia atrás. Me señala con un dedo nudoso y se desploma como si le hubiera derrumbado una carga de dinamita. Desaparece bajo el canto de la mesa con los ojos perplejos y la boca abierta.

—¡Enfermera! ¡Oh, enfermera! —gritan las ancianas damas.

Se escucha el rumor familiar de las suelas de crepé y unos instantes después dos enfermeras levantan a McGuinty de los brazos. Él farfulla, haciendo débiles esfuerzos por liberarse de ellas.

Una tercera enfermera, una neumática chica negra vestida de rosa pálido, se planta delante de la mesa con las manos en las caderas.

—¿Qué demonios pasa aquí? —pregunta.

—Ese viejo H de P me ha llamado mentiroso —dice McGuinty sólidamente reinstaurado en su silla. Se arregla la camisa, levanta la barbilla entrecana y cruza los brazos delante de sí—. Y viejo mamarracho.

—Bah, estoy segura de que el señor Jankowski no quería decir eso —dice la chica de rosa.

—Sí que quería decir eso —digo yo—. Y lo es. Pfffff. Que les llevaba el agua a los elefantes… ¿Tienes la menor idea de la cantidad de agua que bebe un elefante?

—Vaya, qué cosas —dice Norma frunciendo los labios y sacudiendo la cabeza—. Le aseguro que no entiendo lo que le ha dado, señor Jankowski.

Ah, vaya, vaya. O sea que así están las cosas.

—¡Es un escándalo! —dice McGuinty inclinándose hacia Norma ahora que sabe que cuenta con el apoyo popular—. ¡No sé por qué voy a tener que soportar que me llamen mentiroso!

—Y viejo mamarracho —le recuerdo.

—¡Señor Jankowski! —exclama la chica negra levantando la voz. Se pone detrás de mí y quita los frenos a mi silla de ruedas—. Me parece que tal vez debería pasar algún tiempo en su habitación. Hasta que se tranquilice.

—¡Espere un momento! —grito mientras me aleja de la mesa y me empuja hacia la puerta—. No necesito tranquilizarme. ¡Y además, no he comido!

—Le llevaré su cena —me dice desde atrás.

—¡No quiero cenar en mi cuarto! ¡Vuelva a llevarme al comedor! ¡No me puede hacer esto!

Pero parece que sí puede. Me empuja por el pasillo a la velocidad de la luz y gira bruscamente en mi habitación. Tira de los frenos con tanta fuerza que la silla entera tiembla.

—Voy a volver —digo mientras ella levanta los reposapiés.

—Ni se le ocurra hacer tal cosa —dice colocándome los pies en el suelo.

—¡No es justo! —digo elevando la voz hasta convertirla en un lamento—. Llevo toda la vida sentándome a esa mesa. Él sólo lleva aquí tres semanas. ¿Por qué se pone todo el mundo de su lado?

—Nadie se pone del lado de nadie —se inclina hacia delante y coloca su hombro debajo del mío. Cuando me levanta, mi cabeza descansa muy cerca de la suya. Tiene el cabello desrizado con productos químicos y huele a flores. Al dejarme sentado en el borde de la cama los ojos me quedan justo a la altura de su pecho rosa pálido. Y de la chapa con su nombre.

—Rosemary —digo.

—¿Sí, señor Jankowski? —dice ella.

—Él está mintiendo, ¿sabe?

—Eso yo no lo sé. Y usted tampoco.

—Pero yo sí que lo sé. Yo estuve en el circo.

Parpadea irritada.

—¿Qué quiere decir?

Dudo y me lo pienso mejor.

—No tiene importancia —digo.

—¿Trabajó usted en un circo?

—Ya le he dicho que no tiene importancia.

Durante un instante hay un silencio incómodo.

—El señor McGuinty podría haber resultado gravemente herido, ¿sabe? —dice colocándome las piernas. Trabaja deprisa, con eficacia, pero sin llegar a resultar mecánica.

—No lo creo. Los abogados son indestructibles.

Se me queda mirando un buen rato, observándome a mí como persona real. Por un momento me parece percibir en ella un resquicio. Luego vuelve a ponerse en marcha.

—¿Le llevará su familia al circo este fin de semana?

—Sí, sí —digo con cierto orgullo—. Viene alguien todos los domingos. Como un reloj.

Desdobla una manta y me la coloca sobre las piernas.

—¿Quiere que le traiga la cena?

—No —digo.

Hay un silencio tenso. Me doy cuenta de que debería haber añadido «gracias», pero ya es demasiado tarde.

—De acuerdo entonces —dice—. Volveré dentro de un rato a ver si necesita algo.

Ya. Sí, claro. Eso es lo que dicen siempre.

Pero, mira tú por dónde, aquí está.

—Esto no se lo cuente a nadie —dice mientras abre mi mesita plegable y me la pone sobre las piernas. Coloca en ella una servilleta de papel, un tenedor de plástico y un bol de fruta que tiene una pinta realmente apetitosa, con fresas, melón y manzana—. La había traído para cenar. Estoy a dieta. ¿Le gusta la fruta, señor Jankowski?

Le contestaría, pero tengo la mano delante de la boca y estoy temblando. Manzana, por el amor de Dios.

Me da una palmada en la otra mano y sale del cuarto ignorando discretamente mis lágrimas.

Me meto un trozo de manzana en la boca y saboreo sus jugos. La lámpara fluorescente del techo arroja su áspera luz sobre mis dedos nudosos, que sacan trozos de fruta del bol. Me parecen de otro. Desde luego no pueden ser míos.

La edad es una ladrona implacable. Justo cuando empiezas a tomar el pulso a la vida te arranca la fuerza de las piernas y te encorva la espalda. Produce dolores y enturbia la cabeza y silenciosamente infesta a tu mujer de cáncer.

Metastásico, dijo el médico. Cuestión de semanas o meses. Pero mi amada era frágil como un pájaro. Murió nueve días más tarde. Después de sesenta y un años juntos, sencillamente agarró mi mano y expiró.

Aunque hay veces que daría cualquier cosa por tenerla aquí de nuevo, me alegro de que se fuera la primera. Perderla fue como si me partieran por la mitad. Ése fue el momento en que todo acabó para mí, y no me habría gustado que ella hubiera pasado por esa situación. Ser el que sobrevive es una cagada.

Antes pensaba que prefería envejecer a la alternativa, pero ahora no estoy tan seguro. A veces la monotonía del bingo, los karaokes y los ancianos polvorientos aparcados en el pasillo en sus sillas de ruedas me hacen desear la muerte. Sobre todo cuando recuerdo que yo soy uno de los ancianos polvorientos archivado como una especie de trasto inservible.

Pero no hay nada que hacer. Lo único que puedo hacer es pasar el rato hasta que llegue lo inevitable, observando cómo los fantasmas de mi pasado deambulan por mi presente inane. Se mueven a sus anchas y se sienten como en su casa, básicamente porque no tienen competencia. He dejado de luchar contra ellos.

En este mismo momento están haciendo lo que quieren.

Poneos cómodos, chicos. Quedaos un rato. Oh, lo siento... Veo que ya lo habéis hecho.

Malditos fantasmas.

DOS

Tengo veintitrés años y estoy sentado junto a Catherine Hale; o, más exactamente, ella está sentada a mi lado, porque ha entrado al aula después que yo y se ha deslizado como sin darle importancia por el banco hasta que nuestros muslos se han tocado, y luego se ha apartado ruborizándose, como si el contacto hubiera sido accidental.

Catherine es una de las cuatro únicas chicas del curso del 31 y su crueldad no conoce límites. He perdido la cuenta de las veces que he pensado «Dios mío, Dios mío, por fin me va a dejar que lo haga», para acabar encontrándome con un «Dios mío, ¿y quiere que pare ahora?».

Que yo sepa, soy el chico virgen más viejo sobre la faz de la Tierra. Por lo menos, nadie más de mi edad está dispuesto a admitirlo. Hasta mi compañero de cuarto, Edward, ha cantado victoria, aunque me inclino a creer que lo más cerca que ha estado de una mujer ha sido entre las tapas de una de sus revistas pornográficas. No hace mucho, uno de los chicos de mi equipo de fútbol le pagó a una mujer un cuarto de dólar para que les dejara hacerlo, uno tras otro, en la cuadra del ganado. Aunque tenía grandes esperanzas de librarme de mi virginidad en

Cornell, no fui capaz de participar en aquello. Sencillamente no pude hacerlo.

Así que dentro de diez días, tras seis largos años de disecciones, castraciones, partos de yeguas y de meterles el brazo por el trasero a las vacas más veces de las que me gustaría recordar, me iré de Ithaca, acompañado de mi fiel sombra la Virginidad, para incorporarme a la consulta veterinaria de mi padre en Norwich.

—Y aquí pueden ver ustedes la evidencia de un engrosamiento del intestino delgado distal —dice el profesor Willard McGovern con una voz carente de inflexiones. Ayudándose de un puntero, señala sin entusiasmo los intestinos retorcidos de una cabra moteada muerta—. Esto, unido a la inflamación de los ganglios linfáticos del mesenterio, indica un claro síndrome de…

La puerta se abre con un chirrido y McGovern se vuelve dejando el puntero aún hundido en el vientre del animal. El decano Wilkins entra en el aula apresuradamente y sube las escaleras de la tarima. Los dos hombres conversan tan cerca el uno del otro que sus frentes casi se tocan. McGovern escucha los nerviosos susurros de Wilkins y luego se gira para examinar las filas de estudiantes con expresión preocupada.

A mi alrededor, los estudiantes se agitan inquietos. Catherine me pilla mirándola y cruza una rodilla sobre la otra, estirándose la falda con dedos lánguidos. Yo trago saliva con esfuerzo y retiro la mirada.

—¿Jacob Jankowski?

El lápiz se me cae del susto. Desaparece rodando bajo los pies de Catherine. Carraspeo y me levanto deprisa. Cincuenta y tantos pares de ojos se posan sobre mí.

—¿Sí, señor?

—¿Podemos hablar un momento?

Cierro el cuaderno y lo dejo sobre el banco. Catherine recoge mi lápiz y, al entregármelo, deja que sus dedos se queden pegados a los míos un instante. Salgo al pasillo golpeando rodillas y pisando pies. Los susurros me acompañan hasta el estrado del aula.

El decano Wilkins me mira fijamente.

—Venga con nosotros —dice.

He hecho algo, eso parece evidente.

Le sigo al pasillo. McGovern sale detrás de mí y cierra la puerta. Los dos permanecen en silencio durante un momento, con los brazos cruzados y gestos severos.

Mi cabeza repasa a toda máquina cada una de mis acciones más recientes. ¿Habrán registrado los dormitorios? ¿Habrán encontrado el licor de Edward… o puede que incluso las revistas? Dios mío, si me expulsan ahora mi padre me mata. Sin la menor duda. Por no hablar de lo que le afectaría a mi madre. Vale, puede que haya bebido un poco de whisky, pero no es lo mismo que si hubiera tenido algo que ver con el descalabro del ganado…

El decano Wilkins inspira profundamente, levanta sus ojos hacia los míos y me pone una mano en el hombro.

—Hijo, ha habido un accidente —breve pausa—. Un accidente de coche —otra pausa. Más larga en esta ocasión—. Lo han sufrido tus padres.

Le miro, deseando que continúe.

—¿Les ha…? ¿Se van a…?

—Lo siento, hijo. Fue un segundo. No se pudo hacer nada por ellos.

Observo su cara atentamente, intentando sostenerle la mirada, pero es difícil porque se aleja de mí, adentrándose en un profundo y oscuro túnel. En mi visión periférica estallan estrellas.

—¿Te encuentras bien, hijo?

—¿Qué?

—¿Te encuentras bien?

De repente está otra vez enfrente de mí. Parpadeo y me pregunto a qué se refiere. ¿Cómo demonios me voy a encontrar bien? Entonces me doy cuenta de que me está preguntando si voy a llorar.

Se aclara la garganta y continúa:

—Tienes que volver hoy mismo. Para hacer la identificación definitiva. Yo te llevaré a la estación.

El jefe de la policía, miembro de nuestra congregación, me espera en el andén vestido de calle. Me recibe con un incómodo saludo de cabeza y un rígido apretón de manos. Casi como si se lo pensara mejor, me arrastra a un violento abrazo. Me da unos sonoros golpes en la espalda y me separa de un empujón acompañado de un sollozo. Luego me lleva al hospital en su propio coche, un Phaeton de dos años que debe de haberle costado un riñón. Hay muchas cosas que la gente habría hecho de diferente manera si hubieran sabido lo que iba a pasar aquel aciago octubre.

El forense nos conduce hasta el sótano y desaparece tras una puerta, dejándonos en el pasillo. Al cabo de unos minutos aparece una enfermera que sujeta la puerta abierta como silenciosa invitación.

No hay ventanas. En una pared cuelga un reloj, pero, por lo demás, la habitación está desnuda. El suelo es de linóleo, verde oliva y blanco, y en el centro hay dos camillas. Encima de cada una de ellas hay un cuerpo cubierto con una sábana. No soy capaz de asimilarlo. Ni siquiera podría distinguir dónde están los pies y la cabeza.

—¿Está preparado? —dice el forense colocándose entre nosotros.

Trago saliva y asiento. Una mano se posa en mi hombro. Es la del jefe de policía.

El forense descubre primero a mi padre y luego a mi madre.

No parecen mis padres, y sin embargo no pueden ser nadie más. La muerte los cubre por completo: en los multicolores dibujos de sus torsos golpeados, el morado berenjena sobre el blanco sin sangre; en las cuencas de sus ojos, hundidas, huecas. Mi madre —tan bella y meticulosa en vida— exhibe una mueca tensa en la muerte. Su pelo está enmarañado y manchado de sangre, pegado al agujero de su cráneo fracturado. La boca abierta, la barbilla retraída como si estuviera roncando.

Me giro en el momento en que el vómito fluye de mi boca. Hay alguien preparado con una palangana en forma de riñón, pero no acierto y oigo cómo el líquido cae al suelo y salpica las paredes. Lo oigo porque tengo los ojos cerrados con fuerza. Vomito una y otra vez, hasta que no me queda nada dentro. A pesar de eso, sigo doblado y con arcadas hasta que empiezo a pensar si es posible darse la vuelta como un guante.

Me llevan a otro sitio y me plantan en una silla. Una amable enfermera vestida con uniforme almidonado me trae un café que deja en la silla de al lado hasta que se queda frío.

Después viene el capellán y se sienta a mi lado. Me pregunta si hay alguien al que deba llamar. Le digo que todos mis parientes están en Polonia. Me pregunta por los vecinos y los miembros de nuestra iglesia, pero por mucho que lo intento no consigo recordar ni un solo nombre. Ni uno. No estoy seguro de que recordara el mío si me lo preguntaran.

Cuando se va, me levanto. Hay poco más de tres kilómetros hasta nuestra casa, y llego justo cuando el último rayo de sol se desliza por el horizonte.

La entrada de coches está vacía. Naturalmente.

Me quedo en el patio de atrás, con la maleta en la mano y la mirada perdida en el edificio alargado y bajo que hay detrás de la casa. Sobre la entrada se lee un cartel nuevo, con letras negras brillantes:

E. JANKOWSKI E HIJO
Veterinarios

Al cabo de un rato me giro hacia la casa, remonto los escalones y abro la puerta de atrás.

La posesión más preciada de mi padre —una radio Philco— está en la encimera de la cocina. El jersey azul de mi madre cuelga del respaldo de una silla. Sobre la mesa de la cocina hay ropa blanca planchada, y un jarrón con violetas marchitas. Un bol boca abajo, dos platos y un puñado de cubiertos están puestos a escurrir encima de un trapo de cuadros extendido junto al fregadero.

Esta mañana tenía padres. Esta mañana tomaron el desayuno.

Caigo de rodillas allí mismo, en la puerta de atrás, y aúllo con la cabeza entre las manos.

Las señoras del ropero parroquial, advertidas de mi regreso por la mujer del jefe de policía, no tardan mucho en lanzarse sobre mí.

Todavía estoy en la entrada, con la cabeza apoyada en las rodillas. Oigo el crujido de la gravilla bajo los neumáticos, puertas de coche que se cierran, y acto seguido me encuentro rodeado de carne flácida, estampados florales y manos enguantadas. Me siento estrujado contra pechos blandos, atosigado por sombreros con velo y envuelto en jazmín, lavanda y agua de rosas. La muerte es un asunto muy formal y se han vestido con sus galas de los domingos. Me dan palmaditas, dramatizan y, sobre todo, cacarean.

Qué pena, qué pena tan grande. Y, además, una gente tan buena. Es difícil aceptar una desgracia tan terrible, por supuesto, pero los caminos del buen Dios son inescrutables. Ellas se ocuparán de todo. La habitación de invitados de la casa de Jim y Mabel Neurater ya está preparada. No tengo que preocuparme por nada.

Agarran mi maleta y me llevan hasta el coche que han dejado en marcha. Jim Neurater, con expresión sombría, está al volante, asiéndolo con ambas manos.

Dos días después de enterrar a mis padres, me citan en el despacho de Edmund Hyde, abogado, para conocer los detalles de su patrimonio. Me siento en una dura silla de cuero enfrente del caballero en cuestión mientras va quedando claro que no hay nada de lo que hablar. Al principio creo que se está burlando de mí. Parece ser que mi padre lleva casi dos años aceptando que le paguen con judías y huevos.

—¿Judías y huevos? —mi voz se quiebra por la incredulidad—. ¿Judías y huevos?

—Y pollos. Y otros productos.

—No lo entiendo.

—Es lo que tiene la gente, hijo. Esta comunidad se ha visto muy afectada y tu padre intentaba ayudarles. No podía quedarse mirando cómo sufrían los animales.

—Pero... no lo entiendo. Aunque aceptara que le pagaran con..., en fin, lo que fuera, ¿cómo es posible que todo le pertenezca al banco?

—No pudieron hacer frente al pago de la hipoteca.

—Mis padres no tenían hipoteca.

Parece incómodo. Se coloca los dedos unidos por las puntas delante de la cara.

—Bueno, sí, lo cierto es que sí.

—No, de eso nada —le discuto—. Han vivido aquí desde hace casi treinta años. Mi padre ahorraba cada centavo que ganaba.

—El banco quebró.

Entrecierro los ojos.

44

—Creía que había dicho que todo el dinero se lo quedaba el banco.

Suelta un profundo suspiro.

—Se trata de otro banco. El que les concedió la hipoteca cuando quebró el otro —me dice. No sé si está intentando parecer paciente y fracasando a todas luces o intentando librarse de mí descaradamente.

Hago una pausa para sopesar mis posibilidades.

—¿Y qué pasa con las cosas de la casa? ¿De la consulta? —pregunto por fin.

—Todo se lo queda el banco.

—¿Y si yo me negara?

—¿Cómo?

—Podría volver y hacerme cargo de la consulta c intentar cubrir los pagos.

—Las cosas no funcionan así. Tú no puedes quedártela.

Miro fijamente a Edmund Hyde, con su traje caro, detrás de su mesa cara, con sus libros encuadernados en cuero. Tras él, el sol atraviesa las cristaleras emplomadas. Me siento inundado por un odio repentino. Apuesto a que él no ha aceptado que le paguen con judías y huevos en toda su vida.

Me inclino hacia delante y le miro a los ojos. Quiero que esto sea también problema suyo.

—¿Y qué se supone que debo hacer? —pregunto lentamente.

—No lo sé, hijo. Ojalá lo supiera. El país está pasando por momentos difíciles, eso es un hecho —se reclina en su silla con los dedos aún juntos. Inclina la cabeza como si se le hubiera ocurrido una idea—. Supongo que podrías ir al oeste —dice reflexivo.

Me doy cuenta de que si no me voy de este despacho inmediatamente le voy a estrangular. Me levanto, me pongo el sombrero y salgo.

Cuando llego a la acera me doy cuenta de otra cosa. Sólo se me ocurre una razón por la que mis padres podrían haber pedido una hipoteca: para pagar mis estudios en una buena universidad.

El dolor que me produce esta repentina conclusión es tan intenso que me doblo en dos, sujetándome el estómago.

Como no se me ocurre otra alternativa, vuelvo a la facultad, que no es más que una solución temporal. La habitación y las comidas están pagadas hasta fin de curso, pero eso es dentro de seis días.

Me he perdido toda la semana de clases de repaso. Todo el mundo desea ayudarme. Catherine me pasa sus apuntes y luego me abraza de una manera que sugiere que quizás obtuviera diferentes resultados esta vez si le hiciera mi requerimiento habitual. Me separo de ella. Por primera vez desde que tengo uso de razón no tengo interés en el sexo.

No puedo comer. No puedo dormir. Y, por supuesto, no puedo estudiar. Me quedo mirando un párrafo durante un cuarto de hora pero no soy capaz de asimilarlo. ¿Cómo podría hacerlo cuando, más allá de las palabras, en el fondo blanco del papel, veo como en un bucle interminable la muerte de mis padres? Veo su Buick color crema lanzándose contra la barandilla y saltando por un lado del puente para evitar la camioneta roja del viejo señor

McPherson. ¿El viejo señor McPherson, el que se presentó en la iglesia una inolvidable Pascua sin pantalones?

El vigilante del examen cierra la puerta y se sienta. Echa una mirada al reloj de pared y espera hasta que el minutero dé su paso inseguro.

—Pueden empezar.

Cincuenta y dos hojas de examen se dan la vuelta. Algunos lo repasan primero. Otros empiezan a escribir de inmediato. Yo no hago ninguna de las dos cosas.

Cuarenta minutos después todavía no he puesto el lápiz sobre el papel. Miro la hoja con desesperación. Veo diagramas, números, líneas y cuadros —secuencias de palabras con signos de puntuación al final—, algunas son puntos, otras interrogaciones, pero nada tiene el menor sentido. Por un instante incluso dudo de que sea inglés. Lo intento en polaco, pero tampoco funciona. Podrían ser jeroglíficos tranquilamente.

Una chica tose y yo doy un brinco. Una gota de sudor cae de mi frente a la hoja de examen. La limpio con la manga y la levanto.

Puede que si me lo acerco… O me lo alejo… Ahora veo que está en inglés; o más exactamente, que las palabras sueltas son en inglés, pero no soy capaz de pasar de una a otra con un mínimo de coherencia.

Cae una segunda gota de sudor.

Examino el aula. Catherine escribe deprisa, con su pelo castaño claro cayéndole sobre la cara. Es zurda, y como escribe con lápiz tiene el brazo izquierdo plateado de la muñeca al codo. A su lado, Edward levanta la cabeza, mira el reloj aterrorizado y vuelve a doblarse sobre el examen. Yo retiro los ojos y los dirijo hacia una ventana.

Retazos de cielo se adivinan entre las hojas, formando un mosaico de azul y verde suavemente agitado por el viento. Fijo la mirada en él y dejo que mi atención se relaje, concentrándome más allá de las hojas y las ramas. Una ardilla cruza con calma mi campo de visión con su gran cola enhiesta.

Empujo la silla para atrás con un violento chirrido y me pongo de pie. Tengo la frente perlada de sudor y me tiemblan los dedos. Cincuenta y dos caras se vuelven a mirarme.

Yo debería conocer a esa gente, y hasta hace una semana así era. Sabía dónde vivían sus familias. Sabía lo que hacían sus padres. Sabía si tenían hermanos y si se llevaban bien. Joder, si hasta recordaba los nombres de los que habían tenido que dejar la facultad después del hundimiento de la Bolsa: Henry Winchester, cuyo padre se tiró por la ventana de la Cámara de Comercio de Chicago. Alistair Barnes, cuyo padre se pegó un tiro en la cabeza. Reginald Monty, que intentó sin éxito vivir en un coche cuando su familia no pudo seguir pagando su manutención. Bucky Hayes, cuyo padre, al quedarse sin trabajo, sencillamente desapareció. Pero ¿y éstos? ¿Los que siguen aquí? Nada.

Miro a esas caras sin rasgos —esos óvalos vacíos con pelo—, pasando de uno a otro con creciente desesperación. Percibo un ruido denso y húmedo y me doy cuenta de que lo hago yo. Me cuesta respirar.

—¿Jacob?

La cara más próxima a mí tiene boca y la está moviendo. Su voz es tímida, insegura.

—¿Te encuentras bien?

Parpadeo, incapaz de enfocar la mirada. Un segundo después cruzo el aula y tiro la hoja de examen encima de la mesa del profesor.

—¿Ya ha terminado? —dice él recogiéndolo. Oigo el crujir del papel mientras me dirijo hacia la puerta—. ¡Espere! —grita a mis espaldas—. ¡Ni siquiera lo ha empezado! No puede irse. Si se va no podré permitirle que…

La puerta amortigua sus últimas palabras. Mientras cruzo el patio levanto la mirada hacia el despacho del decano Wilkins. Está junto a la ventana, observando.

Voy caminando hasta los límites de la ciudad y me desvío para seguir el curso de la línea férrea. Sigo andando hasta que ha oscurecido y la luna está alta en el cielo, y después algunas horas más. Ando hasta que me duelen las piernas y me salen ampollas en los pies. Y entonces me paro, porque estoy cansado y hambriento y no tengo ni idea de dónde estoy. Es como si hubiera estado caminando sonámbulo y al despertarme de repente me hubiera encontrado aquí.

La única señal de civilización son las vías del tren, que descansan sobre un lecho de grava elevado. A un lado hay un bosque y un pequeño claro al otro. Desde algún lugar cercano me llega el sonido del agua corriendo, y me dirijo hacia allí orientado por la luz de la luna.

El arroyo tiene unos sesenta centímetros de ancho como mucho. Corre paralelo a la línea de los árboles en un extremo del claro y luego se adentra en el bosque. Me quito los zapatos y los calcetines y me siento en la orilla.

Cuando sumerjo por primera vez los pies en sus gélidas aguas me duelen tanto que los saco rápidamente. Pero insisto, sumergiéndolos cada vez por un periodo de tiempo un poco más largo, hasta que el frío acaba por adormecer las ampollas. Descanso las plantas de los pies en el fondo pedregoso y dejo que el agua corra entre los dedos. Al final, es el propio frío el que me produce dolor y me tumbo en la orilla con la cabeza apoyada en una piedra plana mientras se me secan los pies.

Un coyote aúlla a lo lejos, un sonido al mismo tiempo solitario y familiar, y yo suspiro dejando que se me cierren los ojos. Al oír un aullido de respuesta a unos metros por mi izquierda, me incorporo de golpe.

El coyote lejano aúlla de nuevo y esta vez le responde el pitido de un tren. Me pongo los calcetines y los zapatos y me levanto del todo con la mirada clavada en la linde del claro.

El tren está cada vez más cerca, traquetea y resuena en dirección a mí: chac-a-chac-a-chac-a-chac-a, chac-a-chac-a-chac-a-chac-a, chac-a-chac-a-chac-a-chac-a...

Me limpio las manos en los muslos y me acerco a las vías, deteniéndome a unos metros de ellas. El olor acre del aceite me llena las fosas nasales. El pito suena otra vez:

Pi-i-i-i-i-i-i-i-i-i...

Una inmensa locomotora aparece tras la curva y pasa como una exhalación, tan grande y cerca de mí que el muro de aire que levanta me golpea con fuerza. Arroja nubes de humo amenazador en espirales, una espesa soga negra que se retuerce sobre los vagones que van detrás. La visión, el sonido, el olor, me impactan. Observo, pasmado, cómo pasan delante de mí media docena de vagones de plataforma que llevan encima lo que parecen ser carromatos, aunque no puedo distinguirlos con claridad porque la luna se ha ocultado detrás de una nube.

De repente salgo de mi asombro. En ese tren hay gente. Importa bien poco adónde va, porque sea donde sea, me alejará de los coyotes y me acercará a la civilización, la comida y un posible trabajo. Puede que incluso a un billete para Ithaca, a pesar de que no tengo ni un centavo a mi nombre y ningún motivo para creer que aceptarían mi regreso. Y si me aceptaran, ¿qué? No existe un hogar al que regresar ni una consulta de la que ocuparse.

Pasan algunos vagones de plataforma más, cargados con lo que parecen postes de teléfonos. Miro más atrás, esforzándome por ver qué viene después. La luna sale un segundo e ilumina con su luz azulada lo que parecen ser vagones de carga.

Echo a correr en la misma dirección que el tren. Mis pies resbalan sobre la grava inclinada, como si corriera sobre arena, y lo compenso acelerando el impulso. Me tambaleo, pierdo el equilibrio y lo recupero, antes de que alguna parte de mi cuerpo quede atrapada entre las poderosas ruedas de acero y las vías.

Me recupero y adquiero velocidad al tiempo que examino los coches en busca de algo a lo que agarrarme. Pasan tres a toda prisa y bien cerrados. Les siguen unos vagones de ganado. Llevan las puertas abiertas, pero taponadas por cuartos traseros de caballos. Es algo tan extraño que me llama la atención, a pesar de estar corriendo junto a un tren en movimiento en medio de ninguna parte.

51

Reduzco la marcha hasta que acabo por detenerme. Sin respiración y casi sin esperanza, vuelvo la cabeza. Hay una puerta abierta tres vagones más atrás.

Me lanzo otra vez a la carrera, contándolos a medida que pasan.

Uno, dos, tres…

Agarro con fuerza la barra de hierro de la puerta y me impulso hacia arriba. El pie y el codo izquierdos son los primeros en apoyarse, y luego la barbilla, que me golpeo contra el marco de metal. Me agarro con fuerza usando los tres puntos de apoyo. El ruido es ensordecedor y la mandíbula golpea rítmicamente contra el borde metálico. Huelo a sangre o a herrumbre y por un instante pienso si me habré roto los dientes, antes de darme cuenta de que lo realmente importante es que estoy en serio peligro de acabar hecho puré: voy colgado en equilibrio inestable en el canto de la puerta con la pierna derecha metida debajo del vagón. Con la mano derecha me aferro al asidero de la puerta. Con la izquierda intento sujetarme a las planchas del suelo con tal desesperación que les saco virutas con las uñas. Estoy perdiendo sujeción, casi no tengo apoyo en los pies y el izquierdo se va deslizando hacia la puerta a pequeños tirones. La pierna derecha cuelga ahora tanto debajo del tren que estoy seguro de que voy a perderla. Incluso me preparo para ello, cerrando los ojos con fuerza y apretando los dientes.

Al cabo de un par de segundos compruebo que sigue intacta. Abro los ojos y calculo mis posibilidades. No hay más que dos opciones y, puesto que no puedo soltarme sin caer debajo del tren, cuento hasta tres y me impulso hacia arriba con todas mis fuerzas. Consigo situar la rodilla izquierda por encima del marco de la puerta. Utilizando pie, rodilla, mentón, codo y uñas, logro subirme y me derrumbo en el suelo. Me quedo allí tirado, jadeando y completamente exhausto.

Entonces me doy cuenta de que estoy viendo una luz mortecina. Como impulsado por un resorte, me apoyo sobre un codo.

Hay cuatro hombres sentados en sacos de arpillera llenos de grano jugando a las cartas a la luz de una lámpara de queroseno. Uno de ellos, un vejete consumido, con barba de días y la cara demacrada, tiene una jarra de barro pegada a los labios. Parece que, con la sorpresa, se le ha olvidado bajarla. Ahora por fin lo hace y se limpia la boca con la manga de la camisa.

—Vaya, vaya, vaya —dice lentamente—. ¿Qué tenemos aquí?

Dos de los hombres están del todo quietos, mirándome fijamente por encima de las cartas desplegadas. El cuarto se pone de pie y se acerca a mí.

Es un gorila grande como un castillo con una espesa barba negra. Lleva la ropa sucia y parece que alguien le ha dado un bocado al ala de su sombrero. Me levanto como puedo y retrocedo tambaleándome, para descubrir que no tengo donde retroceder. Giro la cabeza y descubro que me encuentro contra uno de los múltiples fardos de lona.

Cuando vuelvo a mirar hacia delante la cara del hombre está pegada a la mía y su aliento apesta a alcohol.

—En este tren no tenemos sitio para vagabundos, hermano. Ya puedes volver a saltar.

—Espera un momento, Blackie —dice el viejo de la jarra—. No vayas a hacer algo precipitado, ¿me oyes?

—No es precipitado —dice Blackie lanzándose a mi cuello. Yo me agacho y esquivo su brazo. Me lanza la otra mano y levanto la mía para detenerle. Los huesos de nuestros brazos chocan con un chasquido.

—¡Uuuuuuu! —aúlla el viejo—. Ten cuidado, compañero. No se te ocurra jugar con Blackie.

—A mí me parece que es Blackie el que quiere jugar conmigo —grito mientras intercepto otro golpe.

Blackie ataca. Caigo encima de un rollo de lona y antes de que mi cabeza se golpee me ha levantado otra vez. Un segundo después me ha retorcido el brazo por la espalda, los pies me cuelgan sobre el quicio de la puerta abierta y tengo delante una fila de pinos que, en mi opinión, pasa demasiado deprisa.

—¡Blackie! —le ladra el viejo—. ¡Blackie! ¡Déjale! ¡Te he dicho que le dejes! ¡Y dentro del tren!

Blackie me tuerce el brazo en dirección a la nuca y me sacude.

—¡Blackie, ya te lo he dicho! —grita el viejo—. No necesitamos meternos en líos. ¡Déjale!

Blackie me suspende un poco más desde la puerta y luego se gira y me tira encima de los rollos de lona. Vuelve con el resto de los hombres, pilla la jarra de barro y pasa a mi lado para subirse a las pilas de lonas y retirarse al rincón más lejano del vagón. Le miro fijamente mientras me froto el brazo maltratado.

—No te enfades, chaval —dice el viejo—. Tirar a la gente del tren es uno de los privilegios del trabajo de Blackie, y hacía tiempo que no se le presentaba una ocasión. Venga —dice dando unas palmaditas en el suelo—. Siéntate aquí.

Le lanzo otra mirada a Blackie.

—Venga, hombre —insiste el viejo—. No seas tímido. Blackie se va a comportar, ¿verdad, Blackie?

Blackie suelta un gruñido y da otro trago.

Me levanto y voy con cautela a donde están los demás.

El viejo alarga su mano derecha hacia mí. Yo dudo y acabo por estrecharla.

—Soy Camel —me dice—. Y este de aquí es Grady. Ése es Bill. Y creo que ya has hecho migas con Blackie —sonríe exhibiendo un escaso puñado de dientes.

—Hola a todos —digo.

—Grady, trae esa jarra, ¿quieres? —dice Camel.

Grady me mira de arriba abajo y yo le mantengo la mirada. Al cabo de unos instantes se levanta y va en silencio hasta Blackie.

Camel se levanta con esfuerzo, tan anquilosado que, en un momento dado, yo le sujeto del codo. Una vez que está de pie alza la lámpara de queroseno y me estudia la cara. Observa mi ropa y me analiza de la cabeza a los pies.

—¿Ves lo que te decía, Blackie? —exclama enfadado—. Éste no es ningún vagabundo. Blackie, ven aquí y echa un vistazo. Aprende la diferencia.

Blackie gruñe, da un último trago y le pasa la jarra a Grady.

Camel me mira con los ojos entornados.

—¿Cómo has dicho que te llamabas?

—Jacob Jankowski.

—Eres pelirrojo.

—Eso me han dicho.

—¿De dónde eres?

Hago una pausa. ¿Soy de Norwich o de Ithaca? ¿Uno es de donde procede o de donde tiene sus raíces?

—De ningún sitio.

El rostro de Camel se endurece. Se balancea ligeramente sobre sus piernas flexionadas, arrojando una luz irregular de la lámpara vacilante.

—¿Has hecho algo, chico? ¿Estás huyendo?

—No —digo—. Nada de eso.

Me observa sin pestañear un buen rato más y luego asiente con la cabeza.

—Muy bien. No es asunto mío. ¿Para dónde vas?

—No estoy seguro.

—¿Estás sin trabajo?

—Sí, señor. Supongo que sí.

—No es ningún deshonor —dice—. ¿Qué sabes hacer?

—Casi todo —digo yo.

Grady se acerca con la jarra y se la pasa a Camel. La limpia con la manga y me la pasa.

—Toma. Pégale un lingotazo.

Bueno, no es que sea virgen en el alcohol, pero el whisky ilegal es otra historia. Me quema el pecho y la cabeza como si fuera el fuego del infierno. Recupero la respiración y contengo las lágrimas, mirando a Camel fijamente a los ojos a pesar de que mis pulmones amenazan con inflamarse.

Camel me observa y sacude despacio la cabeza.

—Llegaremos a Utica por la mañana. Allí te acompañaré a ver a Tío Al.

—¿A quién? ¿Para qué?

56

—A Alan Bunkel, Jefe de Pista Sin Igual. Amo y Señor de los Universos Conocidos y Desconocidos.

Debo de tener cara de pasmado, porque Camel suelta una carcajada sin dientes.

—Chaval, no me digas que no te has dado cuenta.

—¿Cuenta de qué? —pregunto.

—Increíble, chicos —exclama mirando a los demás—. ¡De verdad que no se ha dado cuenta!

Grady y Bill sonríen de medio lado. Sólo a Blackie parece no hacerle gracia. Me mira con odio y se baja el sombrero sobre la cara.

Camel se vuelve hacia mí, carraspea y habla lentamente, saboreando cada palabra.

—No has saltado a un tren cualquiera, chico. Te has subido al Escuadrón Volador de El Espectáculo Más Deslumbrante del Mundo de los Hermanos Benzini.

—¿El qué? —digo.

Camel se ríe tan fuerte que se dobla por la mitad.

—Ah, esto es genial. Realmente genial —dice sorbiendo y secándose las lágrimas con el dorso de la mano—. Ay, Dios. Has caído de culo en un circo, chico.

Le miro y parpadeo.

—Eso de ahí es la gran carpa —dice levantando la lámpara de queroseno y señalando con un dedo torcido los inmensos rollos de lona—. Una de las carretas de la carpa se cayó de la rampa y acabó hecha trizas. Por eso está aquí. Puedes buscarte un sitio para dormir. Faltan unas cuantas horas para que lleguemos. Pero no te pongas demasiado cerca de la puerta. A veces cogemos las curvas muy cerradas.

TRES

Me despierta el chirrido prolongado de los frenos. Estoy mucho más hundido entre los rollos de lona de lo que lo estaba cuando me quedé dormido, y me siento desorientado. Tardo un segundo en caer en la cuenta de dónde me encuentro.

El tren frena a trompicones y resopla. Blackie, Bill y Grady se ponen en pie y salen por la puerta sin decir palabra. Una vez se han ido, Camel se acerca caminando con dificultad. Se agacha a mi lado y me empuja.

—Venga, chaval —dice—. Tienes que salir de aquí antes de que lleguen los hombres de la lona. Voy a intentar colocarte con Joe el Loco esta mañana.

—¿Joe el Loco? —digo mientras me siento. Me pican las espinillas y el cuello me duele como un hijo de puta.

—El jefazo de los caballos —dice Camel—. Bueno, del ganado de carga. August no le deja ni acercarse a los animales de pista. La verdad es que seguramente sea Marlena la que no se lo permite, pero no hay ninguna diferencia. Y tampoco te lo permitirá a ti. Con Joe el Loco por lo menos tienes una oportunidad. Hemos tenido una racha de mal tiempo y terrenos llenos de barro

61

y algunos de sus hombres se hartaron de trabajar como esclavos y se largaron. Se ha quedado un poco escaso de personal.

—¿Por qué le llaman Joe el Loco?

—No lo sé exactamente —dice Camel. Se escarba dentro de las orejas y examina sus hallazgos—. Creo que pasó algún tiempo en el manicomio, pero no sé por qué. Y tampoco te sugeriría que lo preguntaras —se limpia el dedo en los pantalones y se dirige tranquilamente hacia la puerta.

»¡Bueno, vamos allá! —dice volviéndose a mirarme—. ¡No tenemos todo el día! —se apoya en el marco de la puerta y desciende con cuidado sobre la gravilla.

Me pego una última y violenta rascada a las piernas, me ato los zapatos y le sigo.

Nos encontramos junto a una gran explanada cubierta de hierba. Más allá se ven algunos edificios de ladrillo desperdigados, iluminados a contraluz por el resplandor previo al amanecer. Cientos de hombres desaseados y sin afeitar bajan del tren y lo rodean, como las hormigas al caramelo, maldiciendo, rascándose y encendiendo cigarrillos. Rampas y pasarelas caen al suelo con estrépito y yuntas de seis y ocho caballos se materializan de la nada y ocupan el terreno. Aparece un caballo tras otro, percherones de cola cortada que bajan las rampas con ruidosas pisadas resoplando y piafando, con sus arreos ya puestos. Unos hombres sujetan las puertas correderas a ambos lados de las rampas e impiden que los caballos se acerquen demasiado a los bordes.

Un grupo de hombres se acerca a nosotros con las cabezas gachas.

—Buenos días, Camel —dice el cabecilla según pasa a nuestro lado y sube al vagón. Los demás se suben detrás de él. Rodean un fardo de lona y lo llevan en vilo hacia la entrada, jadeando por el esfuerzo. Lo mueven más o menos cincuenta centímetros y cae levantando una nube de polvo.

—Buenos días, Will —dice Camel—. Oye, ¿tienes un pito para un anciano?

—Claro que sí —el hombre se incorpora y se tantea los bolsillos del pecho. Mete los dedos en uno de ellos y saca un cigarrillo torcido—. Es Bull Durham —dice mientras se estira para ofrecérselo—. Lo siento.

—La picadura me va bien —dice Camel—. Gracias, Will. Muy agradecido.

Will me señala con un pulgar.

—¿Quién es ése?

—Un novato. Se llama Jacob Jankowski.

Will me mira y luego se gira y escupe por la puerta.

—¿Cómo de nuevo? —dice sin dejar de dirigirse a Camel.

—Totalmente nuevo.

—¿Ya le has colocado?

—No.

—Vale, pues has tenido suerte —se toca el sombrero mirándome—. No te duermas, chaval, si sabes lo que quiero decir —y desaparece en el interior.

—¿Qué quiere decir? —pregunto, pero Camel se aleja. Acelero el paso para alcanzarle.

Ahora hay cientos de caballos entre los hombres desaseados. A primera vista la escena parece caótica, pero para cuando Camel enciende el cigarrillo se han formado varias docenas de equipos que se arriman a los vagones de plataforma y empiezan a empujar los carromatos hacia las pasarelas. En cuanto las ruedas delanteras de una carreta tocan la pendiente de madera, el hombre que tira de su eje se retira de su trayectoria de un salto. Y hace muy bien. La carreta, cargada con un gran peso, desciende la pasarela a toda velocidad y no se detiene hasta un par de metros más allá.

A la luz del día puedo ver lo que anoche no podía: las carretas están pintadas de escarlata, con rebordes dorados y ruedas con radios, y todas ostentan el nombre de EL ESPECTÁCULO MÁS DESLUMBRANTE DEL MUNDO DE LOS HERMANOS BENZINI. Tan pronto como se enganchan las yuntas a las carretas, los percherones tiran de sus arreos y arrastran sus pesados lastres por el terreno.

—Cuidado —dice Camel agarrándome del brazo y tirando de mí hacia él. Se sujeta el sombrero con la otra mano y aprisiona el cigarrillo entre los dientes.

Tres hombres a caballo pasan al galope. Giran y atraviesan el terreno a lo largo, luego recorren su perímetro y, finalmente, lo vuelven a atravesar en dirección contraria. El que va al mando mueve la cabeza de un lado al otro, examinando el terreno a fondo. Lleva las dos riendas con una mano y con la otra saca de una bolsa de cuero estacas con banderines que clava en la tierra.

—¿Qué está haciendo? —pregunto.

—Delimitando el terreno —contesta Camel. Se detiene delante de un vagón de animales—. ¡Joe! ¡Eh, Joe!

Una cabeza se asoma por la puerta.

—Tengo aquí a un novatillo. Recién salido del cascarón. ¿Crees que te puede servir para algo?

Una figura desciende por la rampa. Se levanta el ala de su sombrero con una mano a la que le faltan tres dedos. Me estudia detenidamente, lanza por la boca una bola de oscuro jugo de tabaco y vuelve a entrar.

Camel me da unas palmaditas de felicitación en el brazo.

—Ya has sido aceptado, chaval.

—¿Ah, sí?

—Sí. Ahora vete a palear mierda. Te veré más tarde.

El vagón de ganado es un caos inenarrable. Me pongo a trabajar con un chico llamado Charlie que tiene la cara suave como una niña. Ni siquiera le ha cambiado la voz. Después de haber sacado por la puerta a paletadas lo que parece una tonelada de estiércol, hago una pausa y contemplo toda la mierda que queda todavía.

—Pero ¿cuántos caballos meten aquí?

—Veintisiete.

—Dios. Deben de ir tan apretados que no podrán ni moverse.

—Ésa es la idea —dice Charlie—. Una vez que se ha subido el último caballo, ninguno de ellos puede bajarse.

De repente, las grupas de los caballos que vi anoche adquieren sentido.

Joe aparece en el umbral de la puerta.

—Ya han izado la bandera —gruñe.

Charlie suelta la pala y se dirige a la puerta.

—¿Qué pasa? ¿Adónde vas? —pregunto.

—Han izado la bandera de la cantina.

Sacudo la cabeza.

—Lo siento. Sigo sin entender.

—Manduca —dice él.

Eso sí que lo entiendo. Yo también tiro la pala.

Han brotado tiendas de lona como champiñones, aunque la mayor, evidentemente la gran carpa, todavía se ve extendida en el suelo. Hay hombres sobre sus costuras, doblados por la mitad y uniendo sus piezas con sogas. Imponentes postes de madera, en los que ya ondea la bandera nacional, se elevan en el centro. Con los cables que los cuelgan, aquello da la impresión de ser la cubierta y la arboladura de un barco de vela.

A lo largo de su perímetro, equipos de ocho hombres armados de martillos clavan estacas a una velocidad pasmosa. Cuando uno de los martillos acierta en la estaca, ya hay otros cinco en movimiento. El ruido resultante es tan rítmico como el de los disparos de una ametralladora y se hace oír por encima de todo el barullo.

Otros equipos levantan los inmensos postes. Charlie y yo pasamos junto a un grupo de diez que unen sus fuerzas para tirar de un cabo mientras un hombre desde fuera les anima:

—¡Tensar, subir, sujetar! Otra vez… ¡Tensar, subir, sujetar! ¡Y ahora, fijar!

La cantina no podría ser más fácil de localizar…, tal vez por la bandera azul y naranja, la caldera que bulle al fondo o el flujo de gente que se acerca allí. El olor de la comida me atiza en las tripas como una bala de cañón. No he comido desde anteayer y el estómago se me retuerce de hambre.

Las paredes de la cantina se han levantado para que corra el aire, pero una cortina la divide por la mitad. Las mesas de este lado están arregladas con manteles de cuadros blancos y rojos, cubertería de plata y jarrones de flores. Esto me parece en brutal contraste con la fila de hombres desarrapados que hacen cola ante el mostrador.

—Dios mío —le digo a Charlie mientras ocupamos nuestro puesto en la cola—. Mira qué banquete.

Hay patatas con cebolla, salchichas y cestos rebosantes de gruesas rebanadas de pan. Jamón en lonchas, huevos cocinados de todas las maneras, tarros de mermelada, cuencos con naranjas.

—Esto no es nada —me dice—. En la Gran Berta tienen todo esto y además camareros. Tú te sientas a la mesa y ellos te traen la comida.

—¿La Gran Berta?

—Ringling —aclara.

—¿Has trabajado con ellos?

—Eh… no —dice tímidamente—. ¡Pero conozco a gente que sí!

Pillo un plato y me sirvo una montaña de patatas, huevos y salchichas, intentando no parecer un muerto de hambre. El aroma me abruma. Abro la boca para inhalarlo profundamente: es como maná del cielo. *Es* maná del cielo.

Camel aparece de no se sabe dónde.

—Toma. Dale esto al colega de allí, al del final de la cola —dice poniéndome un ticket en la mano libre.

El fulano del final de la cola está sentado en una silla de tijera, mirando por debajo del ala de su sombrero flexible. Le entrego el ticket. Levanta la mirada hacia mí con los brazos cruzados con firmeza sobre el pecho.

—¿Departamento? —me pregunta.

—¿Cómo dice? —pregunto yo a mi vez.

—Que cuál es tu departamento.

—Eh… No estoy seguro —digo—. Me he pasado toda la mañana limpiando los vagones de los animales.

—A mí eso no me aclara nada —dice él sin dejar de ignorar el ticket—. Podrían ser de pista, de tiro o de la carpa de las fieras. ¿De cuáles eran?

No le contesto. Estoy bastante seguro de que Camel mencionó al menos dos de esas posibilidades, pero no lo recuerdo en concreto.

—Si no conoces tu departamento es que no eres del espectáculo —dice el hombre—. O sea que ¿quién demonios eres?

—¿Va todo bien, Ezra? —dice Camel apareciendo detrás de él.

—No, no va bien. He cazado a un palurdo espabilado que intentaba gorronearle el desayuno al circo —dice Ezra escupiendo al suelo.

—No es ningún palurdo —dice Camel—. Es un novato y está conmigo.

—¿Sí?

—Sí.

El hombre levanta el ala de su sombrero y me estudia a fondo, de la cabeza a los pies. Hace una pausa de unos instantes y luego dice:

—Vale, Camel. Si tú te responsabilizas de él, supongo que es suficiente para mí —alarga la mano y me arranca el ticket—. Y otra cosa. Enséñale a hablar antes de que alguien le dé una patada en el culo, ¿vale?

—Bueno, ¿y cuál es mi departamento? —pregunto mientras me dirijo hacia una mesa.

—Ah, no, ni se te ocurra —dice Camel agarrándome del codo—. Esas mesas no son para los de nuestra clase. No te separes de mí hasta que aprendas a moverte por aquí.

Le sigo al otro lado de la cortina. Las mesas de la otra mitad son corridas, con su madera desnuda adornada sólo con los saleros y pimenteros. Y no hay flores.

—¿Quiénes se sientan en el otro lado? ¿Los artistas?

Camel me lanza una mirada asesina.

—Dios mío, chaval. Limítate a tener la boca cerrada hasta que aprendas la lengua vernácula, ¿quieres?

Se sienta y se mete media pieza de pan en la boca inmediatamente. Lo mastica durante unos instantes y luego me mira.

—Ah, no te enfades. Sólo lo hago para protegerte. Ya has visto cómo es Ezra, y es un gatito. Siéntate.

Le miro durante unos instantes más y luego paso las piernas por encima del banco. Dejo el plato en la mesa, me veo las manos sucias de estiércol, las froto contra los pantalones y, después de comprobar que no han quedado más limpias, me lanzo sobre la comida.

—Bueno, y entonces, ¿cómo se dice en lengua vernácula? —digo por fin.

—Se llaman retorcidos —explica Camel, hablando con un trozo de comida en la boca—. Y tu departamento es ganado de carga. Por ahora.

—¿Y dónde están esos retorcidos?

—Aparecerán en cualquier momento. Todavía faltan por llegar otras dos secciones del tren. Se quedan despiertos hasta bien entrada la noche, se levantan tarde y llegan justo para desayunar. Y ya que estamos

69

hablando de ese tema, no vayas a llamarles «retorcidos» a la cara.

—¿Cómo tengo que llamarles?

—Artistas.

—¿Y por qué no puedo llamarles artistas todo el tiempo? —digo con un punto de irritación que se cuela en mi voz.

—Están ellos y estamos nosotros, y tú eres de los nuestros —dice Camel—. No te preocupes. Ya aprenderás —un tren pita a lo lejos—. Hablando del rey de Roma...

—¿Tío Al va con ellos?

—Sí, pero no vayas a confundirte. No vamos a verle hasta más tarde. Hasta que no hemos terminado de montar, está irascible como un oso con dolor de muelas. Dime, ¿qué tal te llevas con Joe? ¿Ya estás harto de mierda de caballo?

—No me molesta.

—Ya, bueno, yo creo que puedes hacer algo mejor. He hablado con un amigo mío —dice al tiempo que parte otro trozo de pan con los dedos y lo usa para rebañar la grasa del plato—. Te vas a quedar con él todo el día y así luego hablará en tu favor.

—¿Qué voy a hacer?

—Lo que él te mande. *Todo* lo que te mande —y levanta una ceja para dar énfasis a sus palabras.

El amigo de Camel es un hombre bajito con una panza enorme y una voz atronadora. Es el pregonero de la feria que acompaña al circo y se llama Cecil. Me estudia detenidamente y me declara adecuado para el trabajo que tiene entre manos. Acompañado de Jimmy y Wade, otros dos sujetos vestidos con el decoro suficiente para mezclarse con el público, lo que tenemos que hacer es colocarnos detrás de la multitud y, cuando nos haga una señal, adelantarnos y empujar a los asistentes hacia la entrada.

La feria se ha instalado junto al paseo y bulle de actividad. A un lado, un grupo de hombres negros se esfuerza por levantar las pancartas que anuncian las atracciones. Al otro, se oye el repiqueteo y las voces de unos hombres de chaqueta blanca que amontonan, formando pirámides, vasos llenos de limonada en los mostradores de sus tenderetes de rayas blancas y rojas. El aire está impregnado de los aromas de las palomitas de maíz, cacahuetes tostados y el penetrante olor de los animales.

Al fondo del paseo, más allá de la verja de entrada, hay una carpa grande en la que están metiendo carromatos con toda clase de criaturas: llamas, camellos, cebras, monos, al menos un oso polar y jaulas y más jaulas de felinos.

Cecil y uno de los negros discuten por una banderola en la que se ve una mujer desmesuradamente gorda. Tras un par de segundos, Cecil le da un pescozón al fulano.

—¡Acaba ya, chico! Dentro de un instante esto estará abarrotado de palurdos. ¿Cómo vamos a conseguir que entren si no pueden ver a Lucinda en todo su esplendor?

Suena un silbato y todo el mundo se queda quieto.

—¡Puertas! —retumba una voz masculina.

Aquello se convierte en un pandemónium. Los hombres de los puestos se meten apresuradamente detrás de los mostradores, hacen las últimas modificaciones en la cristalería y se ponen bien chaquetas y gorras. Con la única excepción del pobre diablo que sigue trabajando en la banderola, todos los negros se cuelan por detrás de las lonas y desaparecen de la vista.

—¡Pon esa puñetera banderola en condiciones y lárgate de aquí! —grita Cecil. El hombre hace un último ajuste y se va.

Yo me giro. Un muro de seres humanos se aproxima a nosotros precedidos de chiquillos gritones que, agarrados de las manos de sus padres, tiran de ellos, impacientes.

Wade me da con el codo en un costado.

—Pssst… ¿Quieres ver a las fieras?

—¿A quién?

Señala con un gesto de la cabeza hacia la tienda que se ve entre nosotros y la gran carpa.

—Llevas estirando el cuello para verla desde que has llegado aquí. ¿Quieres echar una mirada?

—¿Y ése? —pregunto dirigiendo la mirada a Cecil.

—Estaremos de vuelta antes de que se dé cuenta. Además, nosotros no podemos hacer nada hasta que él atraiga al público.

Wade me precede hasta la verja de entrada. Cuatro ancianos la custodian, sentados en sendos podios rojos. Tres nos ignoran. El cuarto mira a Wade y le hace un gesto de asentimiento.

—Venga, échale un vistazo —dice Wade—. Yo me quedo vigilando a Cecil.

Meto la cabeza. La carpa es enorme, alta como el cielo y sujeta con postes rectos que ascienden en diversos ángulos. La lona es recia y casi translúcida: el sol se filtra a través del tejido y por las costuras, iluminando el puesto de golosinas más grande de todos. Está plantado en el centro de la carpa de las fieras, bajo los gloriosos rayos del sol, rodeado de carteles que anuncian zarzaparrilla, almendras garrapiñadas y natillas heladas.

Las jaulas de los animales, pintadas en rojo brillante y dorado, se alinean contra dos de las cuatro paredes, con los paneles laterales levantados para mostrar leones, tigres, panteras, jaguares, osos, chimpancés y monos araña, incluso un orangután. Camellos, llamas, cebras y caballos se exhiben detrás de cordones que cuelgan entre pies de hierro, con las cabezas enterradas en fardos de heno. Hay dos jirafas de pie en una zona acotada con tela metálica.

Busco en vano un elefante cuando mis ojos se detienen bruscamente en una figura femenina. Se parece tanto a Catherine que se me corta la respiración: el óvalo de la cara, el corte de pelo, los muslos delgados que siempre he imaginado debajo de las severas faldas de Catherine. Está de pie junto a una reata de caballos blancos y negros, vestida de lentejuelas rosas, leotardos y zapatillas de seda, y habla con un hombre que lleva sombrero de copa y frac. Ella acaricia el hocico de un animal blanco, un caballo árabe precioso con crines y cola plateadas. Levanta una mano para retirarse un mechón de pelo castaño y colocarse bien el tocado. Luego la alarga y peina el flequillo del caballo, pegándolo a la cara del animal. Le agarra una oreja y deja que se deslice entre sus dedos.

Se oye un tremendo escándalo y me doy la vuelta para descubrir que un lado de la jaula más cercana se ha cerrado de golpe. Cuando me giro otra vez, la mujer me está mirando. Frunce el ceño, como si me reconociera. Al cabo de unos segundos me doy cuenta de que debería sonreír o bajar la mirada, o algo así, pero no puedo. Por fin, el hombre del sombrero de copa le pone una mano en el hombro y ella se vuelve, pero despacio, no muy convencida. Al cabo de unos segundos me echa otra mirada furtiva.

Wade ha vuelto.

—Vamos —dice dándome una palmada entre los omoplatos—. Empieza el espectáculo.

—¡Damas-s-s-s-s-s-s y caballeros-s-s-s-s-s-s! ¡Quedan vein-n-n-n-n-nte minutos para que comience el gran espectáculo! ¡Más que suficiente para que puedan disfrutar de las asombrosas, de las increíbles, las fa-a-a-a-ascinantes maravillas que les hemos traído desde los cuatro puntos cardinales y todavía conseguir un buen asiento para el gran espectáculo! ¡Tiempo de sobra para ver las rarezas, los fenómenos de la naturaleza, las atracciones! ¡Nuestra colección es la más impresionante del mundo, damas y caballeros! ¡Del mundo, como se lo digo!

Cecil está subido a una tarima en un lateral de la entrada de la feria. Pasea de un lado a otro, haciendo gestos ampulosos. Unas cincuenta personas se han reunido formando un grupo disgregado. No están muy entregados, más distraídos que atentos.

—¡Pasen por aquí y vean a la bellísima, la enorme Lucinda la Linda, la mujer gorda más guapa del mundo! ¡Cuatrocientos kilos de rolliza perfección, damas y caballeros! ¡Pasen y vean al avestruz humano, que se puede tragar y devolver cualquier cosa que le den! ¡Hagan la prueba! ¡Carteras, relojes, hasta bombillas! ¡Elijan ustedes, que él lo regurgitará! ¡Y no se pierdan a Frank Otto, el hombre más tatuado del mundo! Fue hecho prisionero en las umbrías selvas de Borneo y acusado de un crimen que no cometió, y ¿cuál fue su castigo? ¡Pues, amigos, su castigo lo lleva escrito por todo el cuerpo en tinta indeleble!

La multitud, picada en el interés, se va haciendo más densa. Jimmy, Wade y yo nos mezclamos con las últimas filas.

—Y ahora —dice Cecil girándose de un lado a otro. Se lleva un dedo a los labios y hace un guiño grotesco: una mueca exagerada que le sube la comisura de la boca hacia el ojo. Levanta una mano para pedir silencio—. Y ahora…, pido perdón a las señoras, porque esto es sólo para los caballeros, ¡sólo para los caballeros! Como estamos en compañía de damas, y en aras de la delicadeza, tan sólo puedo decir esto una vez. Caballeros, si son ustedes norteamericanos de sangre caliente, si corre por sus venas sangre masculina, tenemos algo que no querrán perderse. Si siguen ustedes a aquel sujeto de allí, ese de allí, de ahí mismo, verán algo tan asombroso, tan impactante, que les garantizo que…

Se detiene, cierra los ojos y levanta una de las manos. Luego sacude la cabeza en un gesto de remordimiento.

—Pero no —continúa—. En aras de la decencia, y debido a que nos encontramos en presencia de damas, no puedo decir más que eso. No puedo decir nada más, caballeros. Salvo esto: ¡no se lo querrán perder! Simplemente, entréguenle sus cuartos de dólar a aquel sujeto de allí y él les llevará a verlo. Nunca se arrepentirán del cuarto que han gastado hoy aquí, y nunca olvidarán lo que van a ver. Se pasarán el resto de sus vidas hablando de esto, amigos. El resto de sus vidas.

Cecil se yergue y se ajusta el chaleco de cuadros tirando del bajo con ambas manos. Su rostro adopta una expresión deferente y hace un ostensible gesto hacia una entrada que se ve en la dirección contraria.

—Y, señoras, si son ustedes tan amables de venir por aquí, también tenemos maravillas y curiosidades idóneas para sus delicadas sensibilidades. Un caballero nunca olvidaría a las damas. Sobre todo a unas damas tan adorables como son ustedes —acto seguido, sonríe y cierra los ojos. Las mujeres miran nerviosas a los hombres que van desapareciendo.

Surge un forcejeo. Una mujer agarra con fuerza a su marido de una manga y le golpea con la otra mano. Él hace muecas y frunce el ceño mientras se agacha para evitar los golpes. Cuando por fin logra zafarse, se alisa las solapas y mira furioso a su mujer, que ahora está indignada. Cuando él se aleja para pagar su cuarto de dólar, alguien cacarea como una gallina. Una carcajada recorre la muchedumbre.

Las demás mujeres, tal vez porque no quieran dar un espectáculo, miran poco convencidas cómo sus maridos se separan de ellas para ponerse a la cola. Cecil se percata de esto y baja de la tarima. Todo él preocupación y atenciones galantes, las arrastra suavemente hacia asuntos más agradables.

Se toca el lóbulo de la oreja izquierda y yo empujo con cuidado hacia delante. Las mujeres se acercan más a Cecil y yo me siento como un perro pastor.

—Si vienen por aquí —continúa Cecil—, les mostraré a las damas algo que no han visto nunca. Algo tan inusual, tan extraordinario que nunca soñaron que pudiera existir, y sin embargo es una cosa de la que podrán hablar el domingo en la iglesia, o con el abuelo y la abuela durante la cena. Además, pueden traer a sus pequeños, es un entretenimiento puramente familiar. ¡Vean a un caballo que tiene la cabeza donde debería tener la cola! Y no les digo ninguna mentira, señoras. Una criatura viva con la cola donde debería tener la cabeza. Véanlo con sus propios ojos. Cuando se lo cuenten a sus hombres, puede que se arrepientan de no haberse quedado con las encantadoras señoras. Sí, sí, queridas mías. Seguro que se arrepienten.

A estas alturas me encuentro rodeado. Los hombres han desaparecido y yo me dejo arrastrar por la corriente de creyentes y de señoras, de muchachitos y del resto de norteamericanos sin sangre caliente.

El caballo con la cola donde debería estar la cabeza es exactamente eso: un caballo que han colocado en un establo con la cola sobre el cubo de la comida.

—Ah, menuda tontería —dice una señora.

—¡Bueno, vaya cosa! —exclama otra, pero la mayoría reacciona con una risa de alivio porque, si esto es el caballo con la cola donde debería tener la cabeza, tampoco el espectáculo de los hombres será gran cosa.

Fuera de la carpa se oye un alboroto.

—¡Malditos hijos de puta! ¡Por supuesto que quiero que me devuelvan el dinero! ¿Creen que voy a pagar un cuarto de dólar para ver un maldito par de ligueros? ¿No hablaban de norteamericanos de sangre caliente? Bueno, ¡pues éste sí que es de sangre caliente! ¡Quiero que me devuelvan mi jodido dinero!

—Perdone, señora —digo, metiendo el hombro entre las dos mujeres que van delante de mí.

—¡Eh, oiga! ¿Qué prisa tiene?

—Disculpen. Lo siento mucho —digo abriéndome paso.

Cecil está discutiendo con un sujeto de cara enrojecida. Éste da un paso adelante, apoya las manos en el pecho de Cecil y le da un empujón. La gente se separa y Cecil cae contra el faldón de rayas de su tarima. Los espectadores se arremolinan y se ponen de puntillas para ver mejor.

Paso entre ellos como una flecha en el mismo momento en que el otro sujeto se lanza sobre él y lanza un golpe. Tiene el puño a un centímetro de Cecil cuando lo agarro por el aire y le retuerzo el brazo por la espalda. Le echo el otro por el cuello y tiro de él hacia atrás. Se revuelve y me agarra con fuerza. Yo aprieto más fuerte hasta que mis tendones se clavan en su tráquea, y así le llevo, medio a rastras, medio a la carrera, hasta el centro del paseo. Allí le tiro al suelo. Se queda ahí tirado, envuelto en una nube de polvo, resollando y frotándose el cuello.

Al cabo de unos segundos, pasan a mi lado como una exhalación dos hombres trajeados, le levantan por los brazos y se lo llevan en volandas, sin dejar de toser, en dirección a la ciudad. Se inclinan hacia él, le dan palmaditas en la espalda y le susurran palabras de ánimo. Le colocan bien el sombrero que, milagrosamente, ha permanecido en su sitio.

—Buen trabajo —dice Wade dándome una palmada en el hombro—. Bien hecho. Volvamos. Ésos se ocuparán de él a partir de ahora.

—¿Quiénes son? —digo examinando la franja de largos arañazos perlados de sangre en mi antebrazo.

—Seguridad. Ellos le calmarán y le quitarán el enfado. Así no se agarrará ningún sofoco —se vuelve para dirigirse a los presentes y da una sonora y única palmada, frotándose luego las manos—. Muy bien, amigos. Todo está en orden. No hay nada más que ver.

La muchedumbre se resiste a irse. Cuando el hombre y su escolta desaparecen por fin detrás de un edificio de ladrillo rojo, comienzan a dispersarse, pero sin dejar de volver la mirada curiosos, temiendo perderse algo.

Jimmy se abre paso entre los rezagados.

—Oye —me dice—, Cecil quiere verte.

Me precede hasta el otro extremo. Cecil está sentado en el borde de una silla plegable. Tiene las piernas y los pies, enfundados en polainas, estirados. La cara, roja y húmeda, y se abanica con un programa. Con la mano libre se palpa varios de los bolsillos y la mete al fin en el chaleco. Saca una botella plana y cuadrada, separa los labios y le quita el tapón de corcho con los dientes. Lo escupe a un lado y empina la botella. Luego se percata de mi presencia.

Me mira fijamente un instante, con la botella apoyada en los labios. La baja de nuevo y la deja reposar sobre su redonda barriga. Repiquetea con los dedos sobre ella mientras me estudia.

—Te has defendido muy bien ahí fuera —dice por fin.

—Gracias, señor.

—¿Dónde aprendiste eso?

—No sé. Jugando al fútbol. En la escuela. Luchando con el clásico toro que se resistía a separarse de sus testículos.

Me mira un momento más, sigue tamborileando con los dedos, los labios fruncidos.

—¿Ya te ha encontrado Camel un puesto en el circo?

—No, señor. Oficialmente no.

Otro prolongado silencio. Entorna los ojos hasta que no son más que unas pequeñas ranuras.

—¿Sabes tener la boca cerrada?

—Sí, señor.

Pega un largo trago de la botella y relaja los ojos.

—Vale, de acuerdo entonces —dice asintiendo lentamente.

Ya es de noche, y mientras los retorcidos están entreteniendo a un fascinado público en la gran carpa yo me encuentro al fondo de una tienda mucho más pequeña en la parte más alejada de la explanada, oculta tras una fila de carromatos de equipaje y accesible sólo por el boca a boca y previo pago de una entrada de cincuenta centavos. El interior está en penumbra, iluminado por una ristra de bombillas rojas que arrojan un resplandor cálido sobre la mujer que se quita la ropa metódicamente.

Mi trabajo consiste en mantener el orden y, de vez en cuando, dar unos golpes en la lona con un tubo de metal, con el fin de desanimar a los posibles mirones; o mejor dicho, de animar a los mirones a que pasen por la puerta y paguen los cincuenta centavos. También tengo que sofocar comportamientos como el que he presenciado antes, aunque no creo que el tipo que estaba tan furioso esta tarde tuviera aquí motivo de queja.

Hay doce filas de sillas plegables, todas ellas ocupadas. Pasa de mano en mano una botella de whisky ilegal de la que beben a ciegas porque ninguno quiere retirar los ojos del escenario.

La mujer es una escultural pelirroja con unas pestañas demasiado largas para ser auténticas y un lunar pintado cerca de sus labios carnosos. Sus piernas son largas, sus caderas redondeadas, su pecho despampanante. No lleva encima más que una braguita minúscula, un chal translúcido y brillante y un sujetador gloriosamente desbordado. Sacude los hombros marcando gelatinosamente el ritmo que le marca la pequeña banda de música que tiene a la derecha.

Da unos cuantos pasos, deslizándose por el escenario sobre sus chinelas adornadas con plumas. El tambor redobla y ella se detiene abriendo la boca con un gesto de falsa sorpresa. Echa la cabeza hacia atrás exhibiendo el cuello y bajando las manos para ponerlas alrededor de las copas del sujetador. Se inclina hacia delante y las estruja hasta que la carne sale entre sus dedos.

Examino las paredes laterales. Las puntas de un par de zapatos asoman por el borde de la lona. Me acerco muy pegado a la pared. Una vez junto a los zapatos, levanto el trozo de tubería y doy un golpe en la lona. Se oye un gruñido y los zapatos desaparecen. Me quedo un rato con el oído pegado a la costura, y luego regreso a mi sitio.

La pelirroja se mueve al ritmo de la música acariciando el chal con las uñas pintadas. El chal lleva hilos de oro o de plata entretejidos y brilla cuando lo desliza adelante y atrás por encima de los hombros. De repente, adelanta la cintura, echa la cabeza hacia atrás y agita todo el cuerpo.

Los hombres aúllan. Dos o tres se levantan y agitan los puños en señal de ánimo. Observo a Cecil, cuya mirada de acero me dice que esté al quite.

La mujer se yergue, da la vuelta y se dirige decidida al centro del escenario. Se pasa el chal entre las piernas, frotándose lentamente contra él. Del público se elevan gruñidos. Se gira de manera que nos mira a nosotros y sigue pasándose el chal, adelante y atrás, tirando tanto de él que se adivina la hendidura de su vulva.

—¡Quítatelo, nena! ¡Quítatelo todo!

Los hombres se están alborotando; más de la mitad están de pie. Cecil me hace una señal con la mano para que me adelante. Yo me acerco a las filas de sillas plegables.

El chal cae al suelo y la mujer vuelve a girarse. Se sacude el pelo para que los rizos le caigan entre los omoplatos y levanta las manos de manera que se unen sobre el cierre del sujetador. Una aclamación asciende sobre la multitud. Hace una pausa para mirarles por encima del hombro y guiña un ojo, bajando los tirantes por los hombros con aire coqueto. Luego deja caer el sujetador al suelo y se da la vuelta cubriéndose los pechos con las manos. Un rugido de protesta surge de los hombres.

—¡Eh, venga, bombón, enséñanos lo que tienes!

Ella niega con la cabeza haciendo un casto puchero.

—¡Oh, venga ya! ¡He pagado cincuenta centavos!

Sacude la cabeza con la mirada pudorosamente clavada en el suelo. De repente, abre los ojos y la boca y retira las manos.

Sus majestuosos globos se desploman. Se detienen en seco antes de balancearse suavemente, a pesar de que ella está del todo quieta.

Se oye un resuello colectivo, un momento de silencio extasiado antes de que los hombres aúllen encantados.

—¡Ésa es mi chica!

—¡Señor, ten piedad!

—¡Toma ya!

Ella se acaricia, levanta y masajea los pechos, pasa los pezones por entre los dedos. Mira lascivamente a los hombres mientras se pasa la lengua por el labio superior.

El tambor inicia un redoble. Ella se agarra con firmeza las puntas endurecidas entre el pulgar y el índice y tira de un pecho de manera que el pezón mira hacia el techo. Al redistribuirse su peso, cambia de forma perceptible. Cuando lo suelta cae bruscamente, casi con violencia. Agarra el otro pezón y lo levanta de la misma manera. Alterna uno y otro, cada vez a mayor velocidad. Arriba, abajo, arriba, abajo... Cuando el tambor acaba el redoble y empieza a sonar el trombón, sus brazos se mueven a tal velocidad que se ven borrosos, y su carne se convierte en una masa ondulante y movediza.

Los hombres braman, dejando patente su aprobación.

—¡Ah, sí!

—¡Delicioso, nena! ¡Delicioso!

—¡Bendito sea Dios!

Empieza un nuevo redoble. La mujer se dobla por la cintura y sus gloriosas tetas cuelgan pesadas, bajas, por lo menos treinta centímetros, más anchas y redondeadas por abajo, como si cada una de ellas contuviera un pomelo.

Hace girar sus hombros, primero uno, luego el otro, de manera que sus pechos se mueven en direcciones opuestas. A medida que aumenta la velocidad, describen círculos más y más grandes a la vez que cobran impulso. Al poco rato, ambas coinciden en el centro con una sonora palmada.

Jesús. Podría haber un tumulto en la carpa y yo ni me enteraría. No me queda ni una gota de sangre en la cabeza.

La mujer se yergue y hace una reverencia. Cuando se vuelve a levantar sube uno de los pechos hasta su cara y pasa la lengua alrededor del pezón. Luego se lo mete en la boca y lo sorbe. Se queda así, chupando impúdicamente su propio pecho mientras los hombres agitan sus sombreros, levantan los puños y gritan como animales. La mujer lo suelta, le da a su lustroso pezón un último pellizco y les lanza un beso a los hombres. Se agacha el tiempo justo para recoger el chal translúcido y desaparece con un brazo levantado, de manera que el chal vuela detrás de ella como una oriflama deslumbrante.

—Muy bien, muchachos —dice Cecil iniciando el aplauso mientras sube al escenario—. ¡Vamos a darle una gran ovación a nuestra Barbara!

Los hombres silban y vitorean, aplaudiendo con las manos levantadas por encima de sus cabezas.

—Sí, ¿a que es increíble? Menuda señora. Y es vuestro día de suerte, chicos, porque, sólo por esta noche, va a aceptar que la visite un número limitado de caballeros después del espectáculo. Es un auténtico honor, amigos. Es una joya, nuestra Barbara. Una verdadera joya.

Los hombres se agolpan junto a la puerta, dándose palmadas en la espalda, intercambiando ya recuerdos.

—¿Has visto esas tetas?

—Macho, qué tortura. Lo que no daría por jugar con ellas un ratito.

Me alegro de que mi intervención no haya sido necesaria, porque estoy haciendo un gran esfuerzo por mantener la compostura. Es la primera vez que veo una mujer desnuda y no creo que vuelva a ser el mismo nunca.

CUATRO

Paso los siguientes cuarenta y cinco minutos haciendo guardia delante de la tienda camerino de Barbara mientras ella recibe a los caballeros que quieren visitarla. Sólo cinco están dispuestos a separarse de los dos dólares de rigor y guardan su puesto en la cola de mala gana. Entra el primero y, tras siete minutos de jadeos y resoplidos, sale de nuevo, peleándose con la bragueta. Se aleja con pasos inseguros y entra el siguiente.

Cuando ya se ha ido el último, Barbara aparece en la puerta. Está desnuda salvo por una bata de seda oriental que no se ha molestado en cerrar. Tiene el pelo revuelto, la boca manchada de carmín. Lleva un cigarrillo encendido en la mano.

—Se acabó, cariño —dice despidiéndome con un gesto. Hay whisky en su aliento y en sus ojos—. Esta noche no hay regalos.

Regreso a la carpa del placer para ayudar a apilar las sillas y a desmontar el escenario mientras Cecil cuenta el dinero. Al final, soy un dólar más rico y tengo todo el cuerpo rígido.

La gran carpa sigue en pie, reluciente como un coliseo fantasma y palpitando al ritmo de la música que toca la banda. Me quedo con la mirada fija en ella, hechizado por el sonido de las reacciones del público. Ríen, aplauden y silban. De vez en cuando se oye un suspiro colectivo o una salva de gritos nerviosos. Miro el reloj de bolsillo: son las diez menos cuarto.

Se me ocurre intentar ver lo que queda del espectáculo, pero me temo que si cruzo la explanada me secuestren para alguna otra tarea. Los peones, después de pasarse gran parte del día durmiendo en cualquier rincón que les viniera bien, están desmontando la gran ciudad de lona con la misma eficiencia con la que la levantaron. Las tiendas caen al suelo y los postes se desmontan. Caballos, carretas y hombres se mueven por la explanada llevándolo todo de nuevo hacia las vías del tren.

Me siento en el suelo y hundo la cabeza entre las rodillas recogidas.

—¿Jacob? ¿Eres tú?

Levanto la mirada. Camel se inclina sobre mí entrecerrando los párpados.

—Caray, no sabía si eras tú —dice—. Estos ojos cansados ya no funcionan tan bien como antes.

Se deja caer a mi lado y saca una pequeña botella verde. Le quita el corcho y le da un trago.

—Me estoy haciendo demasiado viejo para esto, Jacob. Todos los días acabo con el cuerpo entero dolorido. Demonios, ahora mismo me duele todo y ni siquiera se ha acabado el día. El Escuadrón Volador probablemente no arranque hasta dentro de dos horas y volveremos a empezar todo este puñetero trajín cinco horas después. Ésta no es vida para un anciano.

Me pasa la botella.

—¿Qué demonios es esto? —digo mirando sorprendido el líquido turbio.

—Extracto de jengibre —dice, y me lo arrebata.

—¿Estás bebiendo extracto?

—Sí, ¿qué pasa?

Nos quedamos en silencio unos instantes.

—Maldita prohibición —dice Camel por fin—. Esta cosa sabía bien hasta que el gobierno decidió que no debía ser así. Cumple su cometido, pero sabe a rayos. Y es una putada, porque es lo único que consigue que estos ancianos huesos sigan en marcha. Estoy casi acabado. No sirvo para nada más que para taquillero, y supongo que soy demasiado feo para eso.

Le echo una mirada y decido que tiene razón.

—¿No hay ninguna otra cosa que pudieras hacer? ¿Tal vez entre bastidores?

—Taquillero es la última parada.

—¿Qué harás cuando ya no puedas valerte por ti mismo?

—Supongo que me espera una cita con Blackie. Oye —dice volviéndose hacia mí esperanzado—, ¿tienes un cigarrillo?

—No. Lo siento.

—Ya lo suponía.

Nos quedamos callados, observando cómo las cuadrillas llevan el equipamiento, los animales y las lonas al tren. Los artistas que van saliendo por la parte de atrás de la gran carpa desaparecen en las carpas de camerinos

91

y salen otra vez con ropa de calle. Se quedan formando grupos, riendo y charlando, algunos de ellos quitándose todavía el maquillaje. Incluso sin sus trajes de escena llaman la atención. Los desaliñados peones se mueven a su alrededor ocupando el mismo universo, pero pareciera que en otra dimensión. No se mezclan.

Camel interrumpe mi ensoñación.

—¿Eres universitario?

—Sí, señor.

—Eso me parecía.

Me ofrece la botella de nuevo, pero niego con la cabeza.

—¿Acabaste tus estudios?

—No —digo.

—¿Por qué no?

No respondo.

—¿Cuántos años tienes, Jacob?

—Veintitrés.

—Tengo un chico de tu edad.

La música ha terminado y los parroquianos empiezan a salir poco a poco de la gran carpa. Se paran, perplejos, preguntándose qué ha pasado con la de las fieras por la que han entrado. A medida que van saliendo por la puerta principal, un ejército de operarios entran por detrás y desmontan asientos, graderíos y piezas de la pista que amontonan ruidosamente en carretillas de madera. La gran carpa empieza a desmantelarse antes incluso de que el público acabe de salir.

Camel tose aparatosamente, con un esfuerzo que sacude todo su cuerpo. Le miro para ver si necesita un golpe en la espalda, pero levanta una mano para detenerme. Sorbe, carraspea y escupe. Luego vacía la botella. Se limpia la boca con el dorso de la mano y clava la mirada en mí, observándome de arriba abajo.

—Escucha —me dice—. No es que intente meterme en tus cosas, pero sé que no llevas mucho tiempo en la carretera. Estás demasiado limpio, llevas ropa demasiado buena y no tienes ni una sola pertenencia. En la carretera se van acumulando cosas... Puede que cosas no muy buenas, pero las llevas contigo quieras o no. Ya sé que no tengo derecho a decir nada, pero un chico como tú no debería estar en la calle. Yo he vivido así y no es vida —su brazo descansa sobre las rodillas flexionadas y tiene la cara vuelta hacia mí—. Si existe una vida a la que puedas volver, creo que eso es lo que tendrías que hacer.

Pasan unos instantes antes de que pueda responder. Cuando lo hago, mi voz se quiebra:

—No existe.

Me observa un rato más y luego asiente con la cabeza.

—Siento muchísimo oír eso.

El público se dispersa, desplazándose por la explanada en dirección a la zona de aparcamiento y más allá, hacia los límites de la ciudad. Detrás de la gran carpa, la silueta de un globo se eleva hacia el cielo, seguida de un prolongado grito de júbilo de los niños. Se oyen risas, motores de coches, voces altas por la emoción.

—¿Puedes creer que se doblara de esa manera?

—Creía que me iba a morir de risa cuando al payaso se le han caído los pantalones.

—¿Dónde está Jimmy? Hank, ¿Jimmy está contigo?

Camel se pone de pie de repente.

—¡Ah! Ahí está. Ya está ahí ese viejo H de P.

—¿Quién?

—¡Tío Al! ¡Vamos! Tenemos que meterte en el circo.

Sale cojeando más deprisa de lo que yo hubiera creído posible. Me levanto y le sigo.

Es imposible no reconocer a Tío Al. Lleva las palabras «jefe de pista» escritas por todas partes, desde la levita color escarlata y los pantalones de montar blancos hasta el sombrero de copa y el bigote rizado con cera. Cruza la explanada con paso firme, como el director de una banda de música de desfile, con su generosa panza precediéndole y dando órdenes con una voz atronadora. Se detiene para dejar que pase delante de él la jaula del león y luego sigue su camino hasta un grupo de hombres que batallan con un rollo de lona. Sin perder el paso, le da un pescozón en un lado de la cabeza a uno de ellos. Éste suelta un quejido y se gira frotándose la oreja, pero Tío Al ya se ha ido con su corte de acólitos.

—Eso me recuerda —me dice Camel por encima del hombro— que, pase lo que pase, no debes mencionar el Ringling delante de Tío Al.

—¿Por qué no?

—Tú no lo menciones.

Camel sale corriendo detrás de Tío Al y se cruza en su camino.

—Eh…, aquí está usted —dice con una voz artificial y meliflua—. Me preguntaba si podríamos hablar un instante, señor.

—Ahora no, chico. Ahora no —brama Al marcando el paso de la oca como los nazis que se ven en los noticiarios granulosos de los cines. Camel renquea inestable detrás de él, asomando la cabeza por un lado primero, perdiendo el paso y corriendo luego para asomarla por el otro, como un cachorrillo ignorado.

—No le quitaré más que un minuto, señor. Sólo quería saber si alguno de los departamentos está necesitado de personal.

—Vaya, ¿estamos pensando en cambiar de carrera?

La voz de Camel sube como una sirena.

—Oh, no, señor. Yo no. Yo estoy feliz donde estoy. Sí, señor. Yo estoy feliz como una perdiz —se ríe nerviosamente.

La distancia entre ellos aumenta. Camel se tambalea y se para.

—¿Señor? —grita en la distancia que crece entre ellos—. ¿Señor?

Tío Al desaparece tragado por la gente, los caballos y las carretas.

—Maldita sea. ¡Maldita sea! —exclama Camel arrancándose el sombrero de la cabeza y tirándolo al suelo.

—No pasa nada, Camel —digo—. Te agradezco que lo hayas intentado.

—No, sí pasa algo —grita él.

—Camel, yo...

—Tú cierra la boca. No quiero oír lo que vas a decir. Eres un buen chico y no me voy a quedar tan tranquilo viendo cómo te largas de aquí porque un gordo gruñón no tiene tiempo. De eso nada. O sea que ten un poco de respeto por tus mayores y no me des problemas.

Los ojos le arden.

Me agacho, recojo su sombrero y le sacudo el polvo. Luego se lo ofrezco.

Tras un instante de duda, lo toma de mi mano.

—Bueno, de acuerdo —dice a regañadientes—. Supongo que no pasa nada.

Camel me lleva a un carromato y me dice que espere fuera. Me apoyo en una de las inmensas ruedas con los radios pintados y paso el rato sacándome mugre de debajo de las uñas y masticando largas briznas de hierba. En un momento dado, la cabeza se me vence hacia delante, a punto de quedarme dormido.

Camel reaparece al cabo de una hora, tambaleándose, con una botella en una mano y un cigarrillo de picadura en la otra. Lleva los párpados a media asta.

—Este de aquí es Earl —balbucea señalando con un brazo hacia dentro—. Él se va a ocupar de ti.

Un hombre calvo baja los escalones del carromato. Es enorme, tiene el cuello más ancho que la cabeza. Tatuajes verdosos medio borrados le recorren los dedos y suben por sus brazos peludos. Me ofrece la mano.

—¿Cómo está usted? —dice.

—¿Cómo está usted? —repito perplejo. Me giro hacia Camel, que se aleja en zigzag por la hierba en dirección al Escuadrón Volador. También va cantando. Horriblemente.

Earl se hace bocina con una mano sobre la boca.

—¡Calla, Camel! ¡Y súbete a ese tren antes de que se vaya sin ti!

Camel cae de rodillas.

—Ay, Dios —dice Earl—. Espera un poco. Vuelvo dentro de un minuto.

Se acerca al viejo y lo recoge del suelo con la misma facilidad que si fuera un niño. Camel deja que sus brazos, piernas y cabeza cuelguen sobre los brazos de Earl. Ríe y suspira.

Earl deja a Camel en el umbral de uno de los vagones, habla con alguien que está dentro y regresa.

—Esa mierda va a matar al viejo —murmura mientras pasa por delante de mí—. Si no se pudre las entrañas, se caerá del puñetero tren. Yo el alcohol ni lo toco —dice mirándome por encima de su hombro.

Yo sigo clavado en el mismo sitio en el que me dejó.

Me mira con sorpresa.

—¿Vienes o qué?

Cuando arranca la última sección del convoy, me encuentro en un vagón dormitorio, apretujado junto a otro tipo debajo de una litera. Él es el auténtico dueño del espacio, pero le han convencido de que me deje echarme una o dos horas a cambio de mi único dólar. Aun así no deja de gruñir y yo me abrazo las rodillas para ocupar el mínimo espacio posible.

El olor a ropa y cuerpos sin lavar es opresivo. Las literas, de tres niveles, acogen por lo menos a un hombre, a veces a dos, lo mismo que los espacios de debajo. El fulano que ocupa el espacio inferior de las literas de enfrente golpea una fina manta gris, intentando en vano formar una almohada con ella.

Una voz se eleva por encima del ruido:

—*Ojcze nasz któryś jest w niebie, swięć sie imie Twoje, przyjdź królestwo Twoje...*

—Bendito sea Dios —dice mi anfitrión. Luego saca la cabeza por el pasillo—: ¡Habla en inglés, puto polaco! —y vuelve a acomodarse debajo de la litera sacudiendo la cabeza—. Algunos de estos tipos acaban de bajarse del puto barco.

—... *i nie wódz nasź na pokuszenie ale nas zbaw ode złego. Amen.*

Me arrebujo contra la pared y cierro los ojos.

—Amén —digo en un susurro.

El tren traquetea. Las luces parpadean un par de veces y se apagan. En algún lugar por delante de nosotros un silbato suena estridente. Nos ponemos en marcha y las luces vuelven a encenderse. Estoy más cansado de lo que se puede expresar con palabras y mi cabeza, sin resistencia, golpea contra la pared.

Me despierto al cabo de un rato y me encuentro con un par de gruesas botas de trabajo delante de la cara.

—¿Ya estás listo?

Sacudo la cabeza intentando recuperar la conciencia.

Oigo crujir y restallar tendones. Luego veo una rodilla. Luego, la cara de Earl.

—¿Todavía estás ahí abajo? —dice escudriñando bajo las literas.

—Sí. Lo siento.

Salgo a rastras y me pongo de pie como puedo.

—Aleluya —dice mi anfitrión estirándose.

—*Pierdol się* —digo yo.

Una carcajada sofocada sale de una litera a unos metros de distancia.

—Vamos —dice Earl—. Al ha bebido lo suficiente para estar relajado, pero no tanto como para ponerse desagradable. Creo que ésta es tu oportunidad.

Me lleva a través de otros dos vagones de literas. Cuando llegamos a la plataforma del final nos encontramos con la trasera de un vagón muy diferente. A través de la ventana puedo ver maderas barnizadas y barrocos apliques de luz.

Earl se vuelve hacia mí.

—¿Estás preparado?

—Claro —contesto.

Pero no lo estoy. Me engancha por el cogote y me aplasta la cara contra el marco de la puerta. Abre la puerta corredera con la otra mano y me empuja dentro. Trastabillo hacia delante con las manos desplegadas. Una barra de latón detiene mi avance y me enderezo, volviéndome para mirar asombrado a Earl. Luego veo a todos los demás.

—¿Qué es esto? —pregunta Tío Al desde las profundidades de un sillón de orejas. Está sentado a la mesa con otros tres hombres, blandiendo un grueso cigarro puro entre los dedos índice y pulgar de una mano y cinco cartas desplegadas en la otra. Una copa de coñac descansa sobre la mesa, enfrente de él. Inmediatamente detrás de ésta, un gran montón de fichas de póquer.

—Se ha subido al tren, señor. Le he pillado merodeando por un vagón de literas.

—No me digas —responde Tío Al. Da una calada perezosa a su puro y lo deja en el borde de un cenicero próximo. Se recuesta examinando las cartas y dejando que el humo le salga por las comisuras de la boca—. Veo tus tres y subo a cinco —dice inclinándose hacia delante y añadiendo un puñado de fichas al montón del centro.

—¿Quiere que le muestre la salida? —dice Earl. Se acerca y me levanta del suelo por las solapas. Me tenso y le pongo las manos alrededor de las muñecas con la intención de aferrarme a ellas si quiere volver a tirarme. Traslado la mirada desde Tío Al a la parte inferior de la cara de Earl, que es lo único que puedo ver, y otra vez a Tío Al.

Éste junta sus cartas y las deja cuidadosamente encima de la mesa.

—Todavía no, Earl —dice. Alarga una mano hacia el cigarro y le da otra calada—. Suéltale.

Earl me deja en el suelo de espaldas a Tío Al. Hace un gesto poco convencido de estirarme la chaqueta.

—Acércate —dice Tío Al.

Le obedezco, feliz de quedar fuera del alcance de Earl.

—Creo que no tengo el placer de conocerte —dice expulsando un aro de humo—. ¿Cómo te llamas?

—Jacob Jankowski, señor.

—¿Y qué cree Jacob Jankowski, te ruego que me respondas, que está haciendo en mi tren?

—Estoy buscando trabajo —contesto.

Tío Al no deja de mirarme mientras hace morosos aros de humo. Apoya una mano en la barriga y tamborilea con los dedos un ritmo lento sobre el chaleco.

—¿Nunca has trabajado en un circo, Jacob?

—No, señor.

—¿Alguna vez has ido a ver uno, Jacob?

—Sí, señor. Naturalmente.

—¿Cuál?

—El de los Hermanos Ringling —digo. El rumor de un sonoro resuello me hace girar la cabeza. Earl tiene los ojos desencajados en señal de peligro—. Pero fue horrible. Sencillamente horrible —añado apresuradamente, volviendo la mirada hacia Tío Al.

—No me digas —dice Tío Al.

—Sí, señor.

—¿Y has visto nuestro espectáculo, Jacob?

—Sí, señor —digo notando que el rubor se extiende por mi cara.

—¿Y qué te ha parecido? —pregunta.

—Me ha parecido... deslumbrante.

—¿Cuál es tu número favorito?

Manoteo desesperadamente, conjurando detalles de la nada.

—El de los caballos blancos y negros. Y la chica de las lentejuelas rosas.

—¿Has oído eso, August? Al chico le gusta tu Marlena.

El hombre que se sienta enfrente de Tío Al se levanta y se gira... Es el de la carpa de las fieras, sólo que ahora no lleva la chistera. Su rostro cincelado es impasible, el pelo brillante por el fijador. También lleva bigote, pero, al contrario que el de Tío Al, el suyo sólo abarca la anchura de la boca.

—Bueno, ¿y qué es exactamente lo que te ves haciendo? —pregunta Tío Al. Se inclina un poco y levanta la copa de la mesa. Remueve en círculos su contenido y la vacía de un solo trago. Un camarero aparece de la nada y se la rellena.

101

—Haría cualquier cosa. Pero, si es posible, me gustaría trabajar con animales.

—Animales —dice él—. ¿Has oído eso, August? El zagal quiere trabajar con animales. Supongo que quieres llevarles agua a los elefantes.

Earl frunce el ceño.

—Pero, señor, no tenemos ningún…

—¡Cierra el pico! —grita Tío Al poniéndose en pie de un salto. La manga se engancha con la copa de coñac y la tira a la alfombra. Se la queda mirando con los puños apretados y la cara cada vez más sombría. Luego, enseña los dientes y suelta un grito prolongado e inhumano mientras pisotea la copa una y otra vez.

Hay un momento de silencio roto sólo por el rítmico traqueteo de las traviesas que pasan por debajo de nosotros. Entonces, el camarero se agacha y empieza a recoger los trozos de cristal.

Tío Al respira profundamente y se vuelve hacia la ventana con las manos agarradas a la espalda. Cuando por fin se gira hacia nosotros, su cara vuelve a ser rosada. Una sonrisita baila en las comisuras de su boca.

—Te voy a contar cómo están las cosas, *Jacob Jankowski* —escupe mi nombre como si fuera algo desagradable—. Me he encontrado con los de tu clase mil veces. ¿Crees que no puedo ver tu interior como un libro abierto? ¿Qué es lo que ha pasado? ¿Has tenido una peleíta con mami? ¿O acaso estás buscando una aventura entre semestre y semestre?

—No, señor, nada de eso.

—Me importa un bledo lo que sea; aunque te diera un trabajo en el circo no sobrevivirías. Ni una semana.

Ni un solo día. El circo es una máquina bien engrasada y sólo lo consiguen los más duros. Pero tú no tienes ni idea de lo que es ser duro, ¿verdad, don Chico de Universidad?

Me mira furioso, como retándome a contestar.

—Y ahora, vete al carajo —dice echándome con un gesto—. Earl, acompáñale a la puerta. Espera hasta que veas una luz roja antes de tirarle... No quiero tener un disgusto por hacerle pupa al niño de mamá.

—Espera un momento, Al —dice August. Sonríe, claramente divertido—. ¿Es eso cierto? ¿Eres estudiante universitario?

Me siento como un ratón con el que juegan los gatos.

—Lo era.

—¿Y qué estudiabas? ¿Alguna de las bellas artes, por casualidad? —los ojos le brillan llenos de ironía—. ¿Danzas folclóricas rumanas? ¿Crítica literaria aristotélica? ¿O tal vez, señor Jankowski, haya terminado un curso de interpretación de acordeón?

—Estudiaba Veterinaria.

Su actitud cambia de repente y por completo.

—¿En la facultad de Veterinaria? ¿Eres veterinario?

—No exactamente.

—¿Qué quieres decir con «no exactamente»?

—No llegué a hacer los exámenes finales.

—¿Por qué no?

—Porque no.

—¿Y eran los exámenes finales del último curso?

—Sí.

—¿En qué universidad?

—Cornell.

August y Tío Al intercambian miradas.

—Marlena me dijo que Silver Star estaba mal —dice August—. Quería que le dijera al oteador que pidiera hora a un veterinario. No parecía entender que el oteador se había ido precisamente a otear. De ahí su nombre.

—¿Qué insinúas? —dice Tío Al.

—Deja que el chaval le eche un vistazo por la mañana.

—¿Y dónde propones que le metamos esta noche? Ya somos más de los que cabemos —agarra el puro del cenicero y le da unos golpecitos en el borde—. Supongo que podríamos mandarle a los vagones de plataforma.

—Yo pensaba más bien en el vagón de los animales de pista —dice August.

Tío Al frunce el ceño.

—¿Qué? ¿Con los caballos de Marlena?

—Sí.

—¿Te refieres a la parte en la que iban antes las cabras? ¿No es ahí donde duerme el mierdecilla ese...? ¿Cómo se llama? —dice restallando los dedos—. ¿Pestinko? ¿Kinko? El payaso del perro...

—Precisamente —sonríe August.

August me acompaña a lo largo de los vagones de literas masculinos hasta que salimos a una pequeña plataforma que da a la trasera de un vagón de ganado.

—¿Tienes buen equilibrio, Jacob? —inquiere burlonamente.

—Eso creo —contesto.

—Bien —dice. Y sin pensárselo más, se echa hacia delante, agarra algo que hay en el lateral del vagón y escala ágilmente hasta el techo.

—¡Dios santo! —exclamo mirando asustado primero al lugar por donde ha desaparecido August y bajando luego la vista a los enganches que unen los dos coches. El tren toma una curva. Extiendo los brazos para mantener el equilibrio, respirando con fuerza.

—¡Venga, sube! —grita una voz desde arriba.

—¿Cómo demonios has hecho eso? ¿Dónde te has agarrado?

—Hay una escalerilla. En el lateral. Estírate y búscala con la mano. La encontrarás.

—¿Y si no doy con ella?

—Supongo que entonces tendremos que despedirnos, ¿no?

Me acerco al borde con precaución. Veo justo el extremo de una fina escalerilla de hierro.

La recorro con los ojos y me seco las manos en los pantalones. Acto seguido, me inclino hacia delante.

La mano derecha encuentra la escalerilla. Me aferro ciegamente con la izquierda hasta que siento la otra mano bien firme. Encajo los pies en un peldaño y me agarro con fuerza, intentando recuperar el aliento.

—¡Venga, sube de una vez!

Miro hacia arriba. August me observa desde allí, sonriente, con el pelo flotando al viento.

Escalo hasta el techo. Él se desplaza, y cuando me siento a su lado me pone una mano en el hombro.

—Date la vuelta. Quiero que veas una cosa.

Señala la cola del tren. Se desliza por detrás de nosotros como una serpiente gigante, los vagones unidos se bambolean e inclinan al tomar las curvas.

—Es una vista preciosa, ¿verdad, Jacob? —dice August. Me vuelvo hacia él. Me está mirando fijamente con los ojos brillantes—. Aunque no tan preciosa como mi Marlena, ¿eh?, ¿eh? —hace un chasquido con la lengua y me guiña un ojo.

Antes de que pueda protestar, se levanta y se pone a bailar claqué por el techo.

Alargo el cuello para contar los vagones de ganado. Por lo menos hay seis.

—¿August?

—¿Qué? —dice, deteniéndose en medio de un giro.

—¿En qué coche está Kinko?

Se acuclilla inesperadamente.

—En este mismo. ¿A que eres un chico con mucha suerte?

Levanta una trampilla y desaparece por ella.

Yo me pongo a cuatro patas.

—¿August?

—¿Qué? —responde una voz desde la oscuridad.

—¿Hay escalera?

—No, déjate caer.

Desciendo por la trampilla hasta que me quedo colgando sólo de las puntas de los dedos. Luego me estrello contra el suelo. Un relincho de sorpresa me recibe.

Finas tiras de luz de luna se cuelan entre los tablones que forman las paredes del vagón. A un lado tengo una hilera de caballos. El otro lado está bloqueado por un tabique de factura claramente artesanal.

August se adelanta y empuja la puerta hacia dentro. Ésta golpea contra la pared que hay detrás, dejando al descubierto una habitación improvisada iluminada por una lámpara de petróleo. Está colocada sobre una caja dada la vuelta junto a un camastro. Un enano está tumbado boca abajo en él, leyendo un libro. Es más o menos de mi edad y, como yo, tiene el pelo rojo. Éste, al contrario que el mío, se eleva sobre su cabeza en un penacho indomable. La cara, el cuello y los brazos están profusamente salpicados de pecas.

—Kinko —dice August de mala gana.

—August —responde el enano de igual manera.

—Éste es Jacob —dice August haciendo un reconocimiento de la diminuta habitación—. Va a vivir contigo algún tiempo.

Doy un paso adelante alargando la mano.

—¿Cómo está usted? —digo.

Kinko contempla con frialdad mi mano y se gira hacia August.

—¿Qué es?

—Se llama Jacob.

—He dicho «qué», no «quién».

—Nos va a echar una mano con los animales.

Kinko se levanta de un salto.

—¿Un cuidador de animales? Olvídalo. Yo soy artista. De ninguna manera voy a vivir con un peón.

Se oye un gruñido detrás de él y por primera vez veo a la terrier. Está al fondo del camastro con los pelos de la nuca erizados.

—Soy el director ecuestre y supervisor de los animales —dice August lentamente—, y sólo gracias a mi

107

generosidad se te permite dormir aquí. También le debes a mi generosidad que no esté lleno de peones. Por supuesto, siempre podría cambiar de opinión. Además, este caballero es veterinario, y de Cornell nada menos, lo que le pone bastante por encima de ti en la escala de mi estima. A lo mejor deberías considerar ofrecerle el camastro —la llama de la lámpara parpadea en los ojos de August. Sus labios tiemblan en su resplandor tenebroso.

Tras unos instantes, se vuelve hacia mí y hace una reverencia, chocando los talones.

—Buenas noches, Jacob. Estoy seguro de que Kinko se encargará de que estés cómodo. ¿Verdad, Kinko?

El enano le mira furibundo.

August se alisa los dos lados del pelo con las manos. Luego sale, cerrando la puerta a sus espaldas. Me quedo mirando la madera cortada toscamente hasta que oigo sus pasos por encima de nuestras cabezas. Entonces me giro.

Kinko y la perra me miran fijamente. La perra enseña los dientes y gruñe.

Paso la noche sobre una manta de caballo arrugada pegado contra la pared, lo más lejos que puedo del camastro. La manta está húmeda. Quienquiera que se ocupara de ajustar las tablas cuando convirtieron esto en una habitación hizo un trabajo desastroso, y la lluvia ha empapado la manta, que apesta a moho.

Me despierto sobresaltado. Me he rascado los brazos y el cuello hasta dejármelos en carne viva. No sé si ha sido por dormir sobre pelos de caballo o sobre parásitos, y no quiero saberlo. El cielo que se ve entre los listones desencajados está negro, y el tren sigue moviéndose.

Me ha despertado un sueño, pero no me acuerdo de los detalles. Cierro los ojos y rebusco a ciegas en los rincones de mi cabeza.

Es mi madre. Está de pie en el patio con su vestido azul de flores tendiendo la colada en la cuerda. Sujeta en la boca unas pinzas de madera y tiene más en el delantal que lleva atado a la cintura. Sus dedos se afanan con una sábana. Está cantando bajito en polaco.

Flash.

Me encuentro tendido en el suelo mirando hacia arriba, a los pechos colgantes de la *stripper*. Sus pezones, marrones y como galletas del tamaño de un dólar de plata, se mueven en círculos… Para afuera, para adentro, PLAF. Afuera, adentro, PLAF. Siento una punzada de excitación, luego de remordimiento y luego, náuseas.

Y de repente estoy…

Estoy…

CINCO

Estoy balbuceando como el viejo chocho que soy, eso es lo que estoy haciendo.

Supongo que estaba dormido. Habría jurado que hace tan sólo unos segundos tenía veintitrés años y ahora aquí estoy, metido en este cuerpo deteriorado y marchito.

Sorbo y me limpio estas estúpidas lágrimas intentando mantener la compostura, porque esa chica ha vuelto, la rellenita vestida de rosa. O ha trabajado toda la noche, o yo he perdido la noción del día. Detesto no saber lo que ha pasado.

También me gustaría recordar su nombre, pero no puedo. Eso es lo que pasa cuando tienes noventa años. O noventa y tres.

—Buenos días, señor Jankowski —dice la enfermera encendiendo la luz. Se acerca a la ventana y abre las persianas para que entre el sol—. Ya es hora de levantarse.

—¿Para qué? —gruño.

—Porque al buen Dios le ha parecido oportuno bendecirle con un día más —dice viniendo a mi lado. Aprieta un botón en la cabecera de mi cama. Ésta se pone a zumbar. Unos segundos después, me encuentro sentado con la espalda recta—. Además, mañana va a ir al circo.

¡El circo! O sea que no he perdido un día.

Pone una funda desechable en un termómetro y me lo mete en el oído. Todas las mañanas me hurgan y toquetean de la misma manera. Soy como un trozo de carne que han sacado del fondo del frigorífico, sospechosa hasta que se demuestre lo contrario.

Cuando el termómetro pita, la enfermera tira la funda a la papelera y escribe algo en mi ficha. Luego descuelga el tensiómetro de la pared.

—Entonces, ¿esta mañana le apetece tomar el desayuno en el comedor o prefiere que le traiga algo aquí? —pregunta mientras me ajusta el brazalete alrededor del brazo y lo infla.

—No quiero desayunar.

—Venga ya, señor Jankowski —dice colocando un estetoscopio en la parte interior de mi codo y observando el indicador—. Tiene que mantenerse fuerte.

Intento leer el nombre en su placa de identificación.

—¿Para qué? ¿Para poder correr un maratón?

—Para que no pille algo y pueda ir al circo —dice ella. Cuando el brazalete se desinfla, retira el aparato de mi brazo y vuelve a colgarlo de la pared.

¡Por fin he podido ver su nombre!

—Entonces lo tomaré aquí, Rosemary —digo demostrando así que recuerdo su nombre. Mantener la ficción de que estás en pleno uso de tus facultades es un trabajo duro pero importante. De todas maneras, yo no estoy totalmente gagá. Es sólo que tengo más cosas en la cabeza que otra gente.

—Le declaro oficialmente fuerte como un caballo —dice la enfermera tomando unas últimas notas antes de cerrar la carpeta—. Si conserva su peso apuesto a que podría seguir otros diez años.

—Estupendo —digo.

Cuando Rosemary viene para aparcarme en el pasillo, le pido que me lleve hasta la ventana para que pueda ver lo que está pasando en el parque.

Hace un día precioso; el sol brilla a raudales entre nubes esponjosas. Me alegro mucho... Recuerdo muy bien lo que era trabajar en el montaje del circo con mal tiempo. Aunque ese trabajo ya no es lo que era antes. Me pregunto si se les sigue llamando peones. Y seguro que las condiciones para dormir han mejorado. No hay más que ver las autocaravanas que llevan, algunas hasta tienen antena parabólica en el techo.

Poco después del almuerzo veo a la primera residente que, empujada en su silla de ruedas por sus familiares, se dirige al circo. Diez minutos después se forma una auténtica procesión. Está Ruthie... Ah, y Nellie Compton, pero ¿qué más da? Es como un puerro, no se acuerda de nada. Y también va Doris, ése debe de ser su Randall, del que siempre está hablando. Y ese cabrón de McGuinty. Sí, hecho un gallito, rodeado de toda su familia y con una manta de cuadros desplegada sobre las rodillas. Contando historias sobre elefantes, lo más seguro.

Detrás de la gran carpa se ve una hilera de magníficos percherones, todos ellos de un blanco deslumbrante.

¿Los tendrán para los números de equilibrio? Los caballos de los equilibristas siempre son blancos para que no se vea la resina en polvo que se ponen los artistas en los pies para agarrarse bien al lomo.

Pero aunque sea un número de caballos en libertad, no podrá ni compararse con el de Marlena. Nada ni nadie podría compararse con Marlena.

Busco un elefante con tanto miedo como desilusión.

La procesión regresa por la tarde con globos atados a las sillas y sombreros ridículos en las cabezas. Algunos incluso llevan en sus regazos bolsas de algodón de azúcar. ¡En bolsas! Ese algodón podría tener semanas. En mis tiempos estaba recién hecho y te lo ponían directamente de una cacerola en un cucurucho de papel.

A las cinco en punto aparece por el fondo de la sala una enfermera delgada y con cara de caballo.

—¿Está listo para la cena, señor Jankowski? —dice quitando el freno de mis ruedas y girando la silla.

—Brrrrf —gruño en protesta por no haber esperado a que le respondiera.

Cuando llegamos al comedor me conduce a mi mesa habitual.

—¡Espere un momento! —digo—. Esta noche no quiero sentarme ahí.

—No se preocupe, señor Jankowski —dice ella—. Estoy segura de que el señor McGuinty ya le ha perdonado por lo de anoche.

—Sí, ya, pero yo no le he perdonado a él. Quiero sentarme allí —digo señalando otra mesa.

—Pero en esa mesa no hay nadie —dice.

—Precisamente.

—Oh, señor Jankowski. Por qué no me deja que…

—Limítese a dejarme donde le he dicho, maldita sea.

La silla se detiene y detrás de mí se percibe un silencio mortal. Tras unos segundos, nos volvemos a mover. La enfermera me aparca junto a la mesa elegida y se va. Cuando regresa para tirar un plato delante de mí tiene los labios fuertemente apretados.

La mayor dificultad de sentarse a una mesa solo es que no hay nada que te distraiga de oír las conversaciones de los demás. No es que esté espiando, es que no puedo evitar oírlas. Casi todos hablan del circo, y no está mal. Lo que sí está mal es que el Viejo Pedorro McGuinty está sentado en *mi* mesa habitual, con *mis* amigas y concediendo audiencia como si fuera el rey Arturo. Y eso no es todo: al parecer le dijo a algún trabajador del circo que él les llevaba el agua a los elefantes y ¡le han cambiado la localidad a una silla de pista! ¡Increíble! Y ahí está, fanfarroneando sin parar del trato especial que le han dado mientras Hazel, Doris y Norma le miran con adoración.

No puedo aguantarlo más. Bajo la mirada al plato. Un guiso de algo cubierto de salsa descolorida y guarnición de gelatina llena de agujeros.

—¡Enfermera! —ladro—. ¡Enfermera!

Una de ellas levanta la mirada y me ve. Puesto que resulta evidente que no me estoy muriendo, se toma su tiempo para venir a verme.

—¿Qué puedo hacer por usted, señor Jankowski?

—¿Traerme un poco de comida de verdad?

—¿Cómo dice?

—Comida de verdad. Ya sabe…, esas cosas que come la gente fuera de aquí.

—Oh, señor Jankowski…

—No me venga con «Oh, señor Jankowski…», jovencita. Esto es comida de guardería, y la última vez que me vi no tenía cinco años. Tengo noventa. O noventa y tres.

—No es comida de guardería.

—Sí lo es. No tiene sustancia. Fíjese… —digo arrastrando el tenedor por encima del montoncito cubierto de salsa. Se desmorona en grumos y me quedo con un tenedor manchado en la mano—. ¿Llaman a esto comida? Quiero algo en lo que pueda clavar los dientes. Algo que cruja. ¿Y qué se supone que es esto exactamente? —digo pinchando el pegote de gelatina. Se menea de forma escandalosa, como pechos que conocí en otros tiempos.

—Es ensalada.

—¿Ensalada? ¿Ve alguna verdura? Yo no veo ninguna verdura.

—Es ensalada de fruta —dice con voz firme pero forzada.

—¿Ve usted alguna fruta?

—Sí. La verdad es que sí la veo —dice señalando uno de los agujeros—. Ahí. Y ahí. Eso es un trozo de plátano, y eso una uva. ¿Por qué no la prueba?

—¿Por qué no la prueba usted?

Ella cruza los brazos sobre el pecho. A la maestra gruñona se le ha acabado la paciencia.

—Esta comida es para los residentes. Está específicamente concebida por un nutricionista especializado en geriatría…

—No la quiero. Quiero comida de verdad.

El comedor entero permanece en silencio. Miro alrededor. Todos los ojos se clavan en mí.

—¿Qué? —digo en voz alta—. ¿Es pedir demasiado? ¿Es que aquí nadie más echa de menos la comida? Estoy seguro de que no podéis estar todos contentos con esta… ¿papilla? —pongo la mano en el borde del plato y le doy un empujón.

Un empujón flojito.

En serio.

El plato cruza la mesa a toda velocidad y se estrella contra el suelo.

Han llamado a la doctora Rashid. Se sienta al lado de mi cama y me hace preguntas que intento responder cortésmente, pero estoy tan harto de que me traten como a una persona poco razonable que puedo parecerle un tanto malhumorado.

Al cabo de media hora le pide a la enfermera que salga al pasillo con ella. Me esfuerzo por oírlas, pero mis viejos oídos, a pesar de su obsceno tamaño, no pillan más que palabras sueltas: «depresión muy grave» y «se manifiesta en agresiones, no del todo infrecuentes en pacientes geriátricos».

—¡No estoy sordo, saben! —grito desde la cama—. ¡Sólo soy viejo!

La doctora Rashid me mira por el rabillo del ojo y toma a la enfermera del codo. Se alejan por el pasillo y ya no oigo nada.

Esa noche aparece una nueva píldora en mi vaso de papel. Antes de que me dé cuenta ya las tengo todas en la palma de la mano.

—¿Qué es esto? —pregunto empujándola con un dedo. Le doy la vuelta e inspecciono la otra cara.

—¿Qué? —dice la enfermera.

—Esto —digo tentando la pastilla intrusa—. Esta de aquí. Es nueva.

—Se llama Elavil.

—¿Para qué es?

—Es para que se sienta mejor.

—¿Para qué es? —repito.

No contesta. Levanto la mirada. Nuestros ojos se encuentran.

—Para la depresión —dice al final.

—No me la voy a tomar.

—Señor Jankowski…

—No estoy deprimido.

—Se la ha recetado la doctora Rashid. Le va a…

—Quieren drogarme. Quieren convertirme en un borrego devorador de gelatina. No la voy a tomar, desde ahora se lo digo.

—Señor Jankowski, tengo otros doce pacientes a los que atender. Por favor, tómese sus pastillas.

—Creía que éramos residentes.

Todos y cada uno de sus rasgos secos se endurecen.

—Tomaré las otras, pero ésta no —digo tirando la píldora de mi mano. Vuela por el aire y aterriza en el suelo. Me meto las demás en la boca—. ¿Dónde está el agua? —digo pronunciando mal las palabras, porque intento mantener las pastillas en el centro de la lengua.

Me pasa un vaso de plástico, recoge la pastilla del suelo y entra en el cuarto de baño. Oigo correr el agua. Luego, vuelve a aparecer.

—Señor Jankowski. Voy a buscar otro Elavil, y si no quiere tomárselo llamaré a la doctora Rashid para que le prescriba un inyectable. Se va a tomar el Elavil de una manera u otra. Cómo lo haga depende de usted.

Cuando me trae la pastilla, la trago. Y un cuarto de hora más tarde, una inyección. No de Elavil, de cualquier otra cosa, pero no me parece justo porque me he tomado la puñetera pastilla.

Al cabo de unos minutos soy un borrego devorador de gelatina. Bueno, por lo menos, un borrego. Pero, como sigo dándole vueltas al incidente que me causó esta desgracia, si alguien me trajera ahora un plato de gelatina agujereada y me dijera que me la comiera, lo haría.

¿Qué han hecho conmigo?

Me aferro a la rabia que siento con cada gramo de humanidad que queda en mi cuerpo ruinoso, pero no me sirve de nada. Se aleja de mí como una ola de la playa. Estoy reflexionando sobre este triste hecho cuando me doy cuenta de que las tinieblas del sueño trazan círculos alrededor de mi cabeza. Llevan allí un rato, acechando y acercándose más y más a cada vuelta. Abandono la rabia, que a estas alturas se ha convertido en un formalismo, y me hago una nota mental para recordar ponerme furioso otra vez por la mañana. Luego me dejo ir, porque la verdad es que no puedo luchar contra ellos.

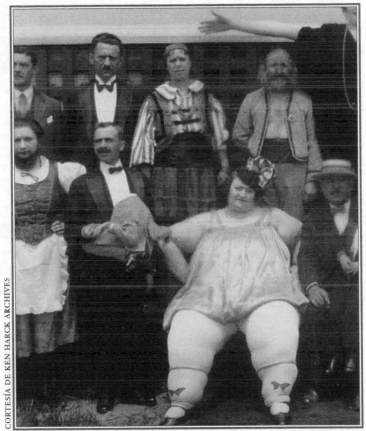

El tren chirría, luchando contra la creciente resistencia de los frenos de aire. Al cabo de varios minutos, y tras un último y prolongado quejido, la gran bestia de hierro se detiene con un estremecimiento y resopla.

Kinko retira las mantas y se levanta. No mide más de metro veinte de altura, si llega. Se estira, bosteza y chasca los labios, luego se rasca la cabeza, las axilas y los testículos. La perra baila alrededor de sus pies, meneando furiosamente su cola cortada.

—Vamos, Queenie —dice cogiéndola en brazos—. ¿Quieres salir? ¿Queenie quiere salir? —planta un beso en la cabeza blanca y marrón del animal y cruza la pequeña habitación.

Yo le observo desde mi manta arrugada tirada en el rincón.

—¿Kinko? —digo.

Si no fuera por la violencia con la que cierra la puerta, diría que no me ha oído.

Estamos en una vía lateral detrás del Escuadrón Volador, que, evidentemente, lleva algunas horas allí. La

125

ciudad de lona ya se ha erigido, para deleite de la multitud de habitantes del pueblo que se pasea contemplándolo todo. Filas de chiquillos se sientan encima del Escuadrón Volador, observando la explanada con ojos brillantes. Sus padres están congregados debajo y señalan las diferentes maravillas que aparecen ante ellos.

Los trabajadores del tren principal se bajan de los coches cama, encienden cigarrillos y cruzan la explanada en dirección a la cantina. Su bandera azul y naranja ya ondea y la caldera eructa vapor a su lado, dando un alegre testimonio del desayuno que ofrece.

Los artistas van saliendo de los vagones de la cola del tren, claramente de mejor calidad. Existe una jerarquía evidente: cuanto más cerca de la cola, más impresionantes las estancias que contienen. El mismísimo Tío Al desciende del vagón anterior al furgón de cola. No puedo evitar reparar en que Kinko y yo somos los viajeros humanos que más cerca van de la locomotora.

—¡Jacob!

Me doy la vuelta. August se dirige hacia mí a grandes zancadas con una camisa limpia y la cara bien afeitada. Su pelo brillante muestra la huella reciente de un peine.

—¿Qué tal estamos esta mañana, muchacho? —pregunta.

—Muy bien —respondo—. Un poco cansado.

—¿Te ha dado algún problema el duendecillo ese?

—No —le digo—. Se ha portado bien.

—Bien, bien —junta las manos con una palmada—. Entonces, ¿vamos a echarle un vistazo a ese caballo? Dudo que sea nada serio. Marlena los mima demasiado. Ah, mira, ahí está la damisela en cuestión. Ven aquí, cariño —dice en voz alta—. Quiero presentarte a Jacob. Es admirador tuyo.

Noto que el rubor se extiende por mi cara.

Marlena se detiene junto a él y me dedica una sonrisa mientras August se vuelve hacia el vagón de los caballos.

—Es un placer conocerle —dice alargando su mano. De cerca todavía se parece más a Catherine: rasgos delicados, pálida como la porcelana, con una nube de pecas sobre el puente de la nariz. Brillantes ojos azules y el pelo de un color lo bastante oscuro como para no poder ser calificado de rubio.

—El placer es mío —digo dolorosamente consciente de que no me he afeitado desde hace dos días, que la ropa me huele a estiércol y que éste no es el único olor desagradable que emana de mi cuerpo.

Ella inclina la cabeza ligeramente.

—Dígame, ¿no le vi a usted ayer? ¿En la carpa de las fieras?

—No lo creo —digo mintiendo por instinto.

—Claro que sí. Justo antes del espectáculo. Cuando la jaula del chimpancé se cerró de golpe.

Observo a August, pero él sigue mirando para otro lado. Marlena sigue la dirección de mis ojos y parece entender.

—Usted no es de Boston, ¿verdad? —pregunta en voz más baja.

—No. Nunca he estado allí.

—Ah —dice ella—. Es que me resulta algo familiar. ¡En fin! —continúa con alegría—. Auggie dice que es usted veterinario —al oír su nombre, August se da la vuelta.

—No —digo—. Bueno, no exactamente.

—Es demasiado modesto —dice August—. ¡Pete! ¡Oye, Pete!

Hay un grupo de hombres delante de la puerta del vagón de los caballos, colocando una rampa con barandillas a los lados. Uno, alto y con pelo oscuro, se gira.

—¿Sí, jefe? —dice.

—Baja a los demás y tráenos a Silver Star, ¿quieres?

—Ahora mismo.

Once caballos después —cinco blancos y seis negros—, Pete entra una vez más al vagón. Sale al cabo de un momento.

—Silver Star no quiere moverse, jefe.

—Oblígale —dice August.

—Ah, no, de eso nada —dice Marlena lanzándole a August una mirada asesina. Luego sube la rampa y desaparece dentro del vagón.

August y yo esperamos fuera, escuchando cariñosos ruegos y chasquidos de lengua. Al cabo de unos minutos, Marlena reaparece en la puerta con el caballo árabe de crines plateadas.

Ella va delante, susurrando y haciendo ruiditos con la lengua. Él levanta la cabeza y retrocede. Acaba por seguirla rampa abajo, meneando la cabeza a cada paso. Al final de la rampa tira para atrás con tal violencia que casi se sienta sobre las ancas.

—Jesús, Marlena… Creí que habías dicho que estaba un poco flojo —dice August.

Marlena está demudada.

—Y lo estaba. Ayer no se le veía así de mal. Lleva unos cuantos días algo débil, pero nada parecido a esto.

Sigue haciendo chasquidos y tirando de él, hasta que el caballo pisa la gravilla. Tiene el lomo arqueado y apoya todo el peso que puede en las patas traseras. El corazón me da un vuelco. Es la típica forma de andar sobre huevos.

—¿Qué crees que puede ser? —me pregunta August.

—Dadme un minuto —digo, a pesar de que ya estoy seguro al noventa y nueve por cien—. ¿Tenéis una pinza de tentar?

—No. Pero hay una en la herrería. ¿Quieres que mande a Pete?

—Todavía no. Puede que no la necesite.

Me agacho junto al flanco delantero izquierdo del caballo y deslizo la mano hacia abajo por la pata, desde el brazuelo hasta la cuartilla. Ni se mueve. Luego paso la mano por la parte delantera del casco. Está muy caliente. Coloco el pulgar y el índice en la parte de atrás de la cuartilla. Tiene el pulso arterial desbocado.

—Maldita sea —digo.

—¿Qué pasa? —pregunta Marlena.

Me levanto y agarro la pezuña de Silver Star. La mantiene firmemente pegada al suelo.

—Vamos, chico —digo tirando del casco.

Por fin lo levanta. Tiene la planta hinchada y oscura, con una línea roja recorriendo el exterior. La suelto inmediatamente.

—El caballo tiene laminitis —digo.

—¡Oh, Dios mío! —exclama Marlena llevándose una mano a la boca.

129

—¿Qué? —dice August—. ¿Que tiene qué?

—Laminitis —repito—. Es cuando los tejidos conectivos entre el casco y el hueso pedal están inflamados y el hueso pedal rota hacia la planta del casco.

—En cristiano, por favor. ¿Es grave?

Miro a Marlena, que sigue tapándose la boca.

—Sí —digo.

—¿Puedes curarlo?

—Podemos inmovilizarlo y tratar de que no apoye las patas. Darle sólo forraje, nada de grano. Y que no trabaje.

—Pero ¿puedes curarlo?

Vacilo y echo una mirada fugaz a Marlena.

—Probablemente no.

August mira fijamente a Silver Star y resopla con las mejillas hinchadas.

—¡Bueno, bueno, bueno! —retumba una voz a nuestras espaldas—. ¡Pero si es nuestro propio médico de animales!

Tío Al viene hacia nosotros vestido con unos pantalones de cuadros blancos y negros y chaleco carmesí. Lleva un bastón con contera de plata que balancea ostentoso a cada paso. Un grupito de personas revolotea detrás de él.

—¿Qué dice el matasanos? ¿Ya has conseguido arreglar al caballo? —pregunta en tono jovial deteniéndose delante de mí.

—No exactamente —digo.

—¿Por qué no?

—Parece ser que tiene laminitis —dice August.

—¿Que tiene qué? —pregunta Tío Al.

130

—Son las patas.

Tío Al se inclina a mirarle los cascos a Silver Star.

—A mí me parece que están bien.

—Pues no lo están —digo yo.

Se vuelve hacia mí.

—¿Y qué propones que hagamos al respecto?

—Descanso en el establo y quitarle el grano. No se puede hacer mucho más que eso.

—El descanso está fuera de discusión. Es el caballo principal en el número de libertad.

—Si este caballo sigue trabajando, el hueso pedal girará hasta atravesarle la planta y lo perderán —digo con certeza.

Tío Al parpadea. Luego mira a Marlena.

—¿Cuánto tiempo estará inactivo?

Hago una pausa para elegir las siguientes palabras con cuidado.

—Es posible que para siempre.

—¡Maldita sea! —exclama mientras clava el bastón en la tierra—. ¿De dónde demonios voy a sacar un caballo entrenado a mitad de temporada? —recorre con la mirada a sus seguidores.

Éstos se encogen de hombros, murmuran y retiran la mirada.

—Inútiles hijos de puta. ¿Para qué os tendré a mi lado? Bueno, tú —me señala con la punta del bastón—. Estás contratado. Cura a ese caballo. Nueve dólares a la semana. Respondes ante August. Pierde este caballo y estás despedido. De hecho, al menor indicio de problemas, te largas de aquí —da un paso hacia Marlena y le da unas palmaditas en el hombro—. Ya, ya, querida —le dice cariñosamente—. No te agobies. Jacob le va a cuidar muy bien. August, tráele algo de desayunar a esta chiquilla, ¿quieres? Tenemos que ponernos en marcha.

August gira la cabeza de golpe.

—¿Qué quieres decir con «ponernos en marcha»?

—Desmontamos —dice Tío Al con un gesto vago—. Nos vamos de aquí.

—¿Qué coño estás diciendo? Acabamos de llegar. ¡Todavía estamos montando!

—Cambio de planes, August. Cambio de planes.

Tío Al y su comitiva se alejan. August se queda mirándoles con la boca abierta.

La cantina es un hervidero de rumores.

Delante de las patatas con cebolla:

—Hace unas semanas pillaron al circo de los Hermanos Carson estafando en la taquilla. Han quemado el territorio.

—Ja —ríe otro—. Eso es lo que hacemos habitualmente.

Delante de los huevos revueltos:

—Han oído que llevábamos alcohol. Van a hacer una redada.

—Desde luego que van a hacer una redada —es la respuesta—. Pero no por el alcohol, sino por la carpa del placer.

Delante de los cereales:

—Tío Al no le pagó al sheriff la tarifa del terreno el año pasado. La poli dice que nos dan dos horas antes de venir a corrernos.

Ezra está arrebujado en la misma postura que ayer, los brazos cruzados y la barbilla pegada al pecho. No me hace el menor caso.

—¿Qué pasa, chicarrón? —dice August cuando me dirijo hacia el separador de lona—. ¿Adónde crees que vas?

—Al otro lado.

—Tonterías —dice—. Eres el veterinario del circo. Ven conmigo. Aunque debo decir que casi me dan ganas de mandarte al otro lado para que te enteres de lo que están diciendo.

Sigo a August y Marlena hasta una de las mesas bonitas. Kinko está sentado a unas mesas de distancia con otros tres enanos y Queenie a sus pies. Ésta levanta la mirada esperanzada, con la lengua colgando a un lado. Kinko la ignora, lo mismo que todos los demás de la mesa. Me mira fijamente, moviendo las mandíbulas de un lado a otro de un modo siniestro.

—Come, cariño —dice August mientras empuja un bol de azúcar hacia el cereal de Marlena . Preocuparse no sirve de nada. Tenemos con nosotros a un buen veterinario.

Abro la boca para protestar, pero la vuelvo a cerrar.

Una rubita menuda se acerca a nosotros.

—¡Marlena, tesoro! ¡Nunca adivinarías lo que he oído!

—Hola, Lottie —dice Marlena—. No tengo ni idea. ¿Qué pasa?

Lottie se instala junto a Marlena y se pone a hablar sin parar, casi ni para respirar. Es una de las trapecistas y se ha enterado de una primicia de fuentes fiables: su confidente oyó a Tío Al y al oteador en una acalorada discusión fuera de la gran carpa. Al poco rato, una muchedumbre rodea nuestra mesa; entre Lottie y los comentarios que aporta su público, me entero de lo que significará un giro determinante en la historia de Alan J. Bunkel y El Espectáculo Más Deslumbrante del Mundo de los Hermanos Benzini.

Tío Al es un buitre, un ave rapaz, un carroñero. Hace quince años era el propietario de un espectáculo ambulante: un grupo zarrapastroso de artistas devorados por la pelagra que se arrastraban de pueblo en pueblo en desdichados caballos con infecciones en los cascos.

En agosto de 1928, sin que tuviera nada que ver el desastre de Wall Street, El Espectáculo Más Deslumbrante del Mundo de los Hermanos Benzini se vino abajo. Sencillamente se quedaron sin dinero y no pudieron dar el salto a la siguiente plaza, y menos aún volver a sus cuarteles de invierno. El director gerente se escapó de la ciudad en tren, abandonándolo todo: gente, equipamiento y animales.

Tío Al tuvo la buena suerte de andar cerca y pudo comprar un vagón de literas y dos vagones de plataforma por un precio de risa a los gestores del ferrocarril, que estaban desesperados por quitárselos de las vías muertas. Los dos vagones de plataforma tenían capacidad suficiente para acarrear sus decrépitos carromatos y, como el convoy ya ostentaba el rótulo de EL ESPECTÁCULO MÁS DESLUMBRANTE DEL MUNDO DE LOS HERMANOS BENZINI, Alan Bunkel mantuvo el nombre y se incorporó oficialmente a las filas de los circos en tren.

Cuando llegó el Crack, los circos más grandes empezaron a decaer y Tío Al apenas podía creer la suerte que había tenido. Los primeros fueron el de los Hermanos Gentry y el de Buck Jones en 1929. El año siguiente vio el final del de los Hermanos Cole, el de los Hermanos Christy y el del poderoso John Robinson. Y cada vez que cerraba un circo, allí estaba Tío Al recogiendo los restos: unos cuantos vagones de tren, un puñado de artistas sin destino, un tigre o un camello. Tenía espías por todas partes. En cuanto un circo mostraba signos de tener problemas, Tío Al recibía un telegrama y salía corriendo.

Creció hasta desbordar sus límites. En Minneapolis se hizo con seis carrozas de desfile y un león desdentado. En Ohio, un tragasables y un vagón de plataforma. En Des Moines, una carpa de camerinos, un hipopótamo con su carromato correspondiente y Lucinda la Linda. En Portland, dieciocho caballos de tiro, dos cebras y una herrería. En Seattle, dos vagones de literas y un auténtico fenómeno —una mujer barbuda—, lo que le hizo feliz, porque a Tío Al lo que le gusta sobre todas las cosas, con lo que sueña por las noches, son los fenómenos. No fenómenos fabricados, como hombres cubiertos de la cabeza a los pies con tatuajes, o mujeres que regurgitan carteras o bombillas a voluntad, o chicas o chicos con pelo de musgo que se meten estacas en las cavidades nasales. Tío Al adora los fenómenos reales. Fenómenos natos. Y ése es el motivo de nuestro cambio de ruta hacia Joliet.

El circo de los Hermanos Fox acaba de hundirse, y Tío Al está en éxtasis porque tenían contratado al mundialmente famoso Charles Mansfield-Livingston, un apuesto y pulcro hombre con un gemelo parásito que le sale del pecho. Le llama Chaz. Parece un niño con la cabeza enterrada en el torso del otro. Él le viste con trajes en miniatura, con zapatos de charol negro en los pies, y cuando Charles habla, sostiene sus manos diminutas en la suya. Dice el rumor que el minúsculo pene de Chaz tiene incluso erecciones.

Tío Al está como loco por llegar allí antes de que se lo robe alguien. Y por eso, a pesar de que nuestros carteles están pegados por toda Saratoga Springs; a pesar de que se suponía que íbamos a hacer una parada de dos días y se acaban de recibir en la explanada 2.200 barras de pan, 58 kilos de mantequilla, 360 docenas de huevos, 800 kilos de carne, 11 cajas de chucrut, 50 kilos de azúcar, 24 cajas de naranjas, 26 kilos de manteca, 600 kilos de verduras y 212 latas de café; a pesar de las toneladas de heno y nabos y remolachas y otros alimentos para los animales que se amontonan detrás de la carpa de las fieras; a pesar de los cientos de vecinos que están reunidos en este mismo instante en las inmediaciones de la explanada, primero encantados, luego pasmados y ahora cada vez más furiosos; a pesar de todo esto, vamos a desmontar y a marcharnos.

El cocinero está al borde de la apoplejía. El oteador amenaza con despedirse. El jefe de establos está furioso y da órdenes a los desencantados hombres del Escuadrón Volador con una flagrante falta de interés.

Todos los presentes han pasado por esto alguna otra vez. Lo que más les preocupa es que no haya suficiente comida para el viaje de tres días hasta Joliet. El personal de cocina hace todo lo que puede, y se esfuerzan en cargar tanta comida como son capaces en el tren principal y prometen entregar *dukeys* —al parecer, una especie de cajas de comida— en cuanto tengan ocasión.

Cuando August se entera de que tenemos por delante una excursión de tres días, suelta una sarta de maldiciones, luego pasea de un lado a otro mandando al infierno a Tío Al y se pone a ladrarnos órdenes a los demás. Mientras subimos comida para los animales a bordo del tren, August se va a intentar convencer —y si es necesario, a sobornar— al cocinero para que comparta con nosotros algo de comida para humanos.

Diamond Joe y yo llevamos cubos llenos de menudillos de la parte de atrás de la carpa de las fieras al tren. Los han traído de las granjas de la zona y es algo repugnante, apestoso y sanguinolento. Dejamos los cubos junto a las puertas de los vagones de ganado. Sus ocupantes —camellos, cebras y otros herbívoros— piafan, se revuelven y protestan de mil maneras, pero no les va a quedar más remedio que viajar con la comida porque no hay otro sitio donde dejarla. Los felinos viajan en sus jaulas con ruedas encima de los vagones de plataforma.

Cuando terminamos me voy a buscar a August. Le encuentro detrás de la cocina, cargando una carretilla con las sobras que ha conseguido sacarle al personal a base de ruegos.

—Vamos muy cargados —le digo—. ¿Qué vamos a hacer con el agua?

—Limpia y rellena los cubos. Han llenado el vagón depósito, pero no va a durar tres días. Tendremos que parar por el camino. Tío Al puede que sea un viejo maniático, pero no es tonto. No se la va a jugar con los animales. Si no hay animales, no hay circo. ¿Ya está toda la carne a bordo?

—Toda la que cabe.

—La carne tiene prioridad. Si hay que tirar heno para que quepa, hazlo. Los felinos valen más que los herbívoros.

—Estamos cargados hasta la bandera. A no ser que Kinko y yo durmamos en otro sitio, no queda espacio para nada más.

August hace una pausa mientras tamborilea sobre sus labios fruncidos.

—No —dice por fin—. Marlena no consentiría nunca que metiéramos carne con sus caballos.

Por fin sé cuál es mi puesto. Aunque esté por debajo de los felinos.

El agua que queda en el fondo de los cubos de los caballos está turbia y tiene granos de avena flotando. Pero no deja de ser agua, así que saco los cubos, me quito la camisa y me la echo por encima de los brazos, la cabeza y el pecho.

—No te sientes muy limpio, ¿verdad, Doc? —dice August.

Estoy inclinado y el agua me chorrea del pelo. Me limpio los ojos y me incorporo.

—Perdón. No he visto otra agua que pudiera usar y la iba a tirar de todas formas.

—No, no, no pasa nada. No podemos esperar que nuestro veterinario viva como un peón, ¿verdad? Te voy a decir una cosa, Jacob. Ahora ya es un poco tarde, pero cuando lleguemos a Joliet pediré que te den tu propia agua. Los artistas y los jefes reciben dos cubos al día; más si estás dispuesto a untar al encargado —dice mientras frota los dedos pulgar e índice—. También te pondré en contacto con el Hombre de los Lunes para ver si te consigue algo de ropa.

—¿El Hombre de los Lunes?

—¿Qué día hacía tu madre la colada, Jacob?

Me quedo mirándole.

—No querrás decir que…

—Toda esa ropa colgada en los tendederos. Sería una pena que la desperdiciáramos.

—Pero…

—No te preocupes, Jacob. Si no quieres saber la respuesta a una pregunta, no preguntes. Y no te laves con ese fango. Sígueme.

Me lleva al otro lado de la explanada, a una de las tres carpas que quedan en pie. Dentro hay cientos de cubos, ordenados en fila de dos delante de baúles y percheros de ropa, con nombres o iniciales pintados en el lateral. Hombres en diversos grados de desnudez los están utilizando para lavarse y afeitarse.

—Toma —dice señalando dos cubos—. Utiliza estos dos.

—Pero ¿y Walter? —pregunto leyendo el nombre que tienen fuera.

—Ah, conozco a Walter. Lo entenderá. ¿Tienes cuchilla?

—No.

—Yo tengo alguna por ahí —dice señalando al otro lado de la carpa—. Allí, al fondo. Tienen una etiqueta con mi nombre. Pero date prisa, calculo que nos iremos de aquí dentro de media hora.

—Gracias —le digo.

—De nada —dice él—. Te dejo una camisa en el vagón de los caballos.

Cuando regreso al vagón me encuentro a Silver Star apoyado en la pared, con heno hasta las rodillas. Tiene la mirada vidriosa y el pulso acelerado.

Los demás caballos todavía están fuera, de manera que puedo echar mi primer vistazo serio al lugar. Tiene dieciséis plazas de pie delimitadas por separadores que se deslizan una vez ha entrado cada uno de los caballos. Si no se hubiera reformado el vagón para acoger a las misteriosas y desaparecidas cabras, podrían caber hasta treinta y dos caballos.

Encuentro una camisa blanca limpia colocada en un lado del camastro de Kinko. Me quito la vieja y la tiro sobre la manta del rincón. Antes de ponerme la nueva, me la acerco a la nariz y agradezco el aroma del jabón de lavar.

Cuando me la estoy abotonando, me llaman la atención los libros de Kinko. Están encima de la caja, junto a la lámpara de queroseno. Me meto la camisa por el pantalón, me siento en el camastro y agarro el de encima de la pila.

Son las obras completas de Shakespeare. Debajo de ellas hay una colección de poemas de Wordsworth, una

140

Biblia y un volumen de obras de teatro de Oscar Wilde. Entre las cubiertas de las obras de Shakespeare se esconden unos cuantos ejemplares de revistas gráficas. Las reconozco inmediatamente. Son revistas pornográficas.

Hojeo una de ellas. Una Olivia toscamente dibujada yace en la cama con las piernas abiertas, desnuda salvo por los zapatos. Se separa los labios vaginales con los dedos. Sobre su cabeza, en un bocadillo de pensamiento, se ve a Popeye con una erección descomunal que le llega hasta la barbilla. Pilón, con una erección no menos enorme, la espía por la ventana.

—¿Qué puñetas crees que estás haciendo?

Dejo caer la revista y luego me agacho para recogerla.

—¡Déjala donde está, puñetas! —dice Kinko acercándose a mí como una fiera y arrancándomela de la mano—. ¡Y vete a hacer puñetas de mi cama!

Me levanto de un brinco.

—Mira, amigo —dice estirándose para clavarme el índice en el pecho . No estoy precisamente encantado de tener que compartir mi habitación contigo, pero parece ser que no tengo otra elección en este asunto. Pero puedes estar seguro de que sí tengo elección respecto a que curiosees en mis cosas.

Va sin afeitar, y sus ojos azules relampaguean en una cara que se le ha puesto del color de las remolachas.

—Tienes razón —tartamudeo—. Lo siento. No tendría que haber tocado tus cosas.

—Escucha, ceporro. Yo tenía aquí un sitio magnífico hasta que apareciste tú. Y además hoy estoy de mal humor. Algún gilipollas me ha quitado el agua, así que será mejor que te quites de delante. Puede que sea pequeño, pero no creas que no puedo contigo.

Abro los ojos como platos. Intento disimular, pero demasiado tarde.

Él aprieta los ojos hasta que no son más que ranuras. Se fija en la camisa, en mi cara recién afeitada. Lanza la revista pornográfica al camastro.

—Joder. ¿Es que no has hecho ya suficiente?

—Lo siento. Lo digo en serio. No sabía que era tuya. August me dijo que podía usarla.

—¿También te ha dicho que podías hurgar en mis cosas?

Hago una pausa, avergonzado.

—No.

Recoge los libros y los guarda en la caja de embalaje.

—Kinko… Walter… Perdona.

—Oye, para ti soy Kinko. Sólo mis amigos me llaman Walter.

Voy hasta el rincón y me derrumbo sobre mi manta de caballo. Kinko ayuda a Queenie a subirse a la cama y se echa a su lado, clavando la mirada en el techo con tal intensidad que temo que empiece a arder.

Poco después el tren se pone en marcha. Unas docenas de hombres enfurecidos nos siguen un rato blandiendo horcas y bates de béisbol, aunque su verdadera intención es tener algo que contar durante la cena. Si de verdad hubieran querido pelea, han tenido bastante tiempo antes de que arrancáramos.

No es que no entienda su punto de vista: sus mujeres e hijos llevaban días esperando al circo y probablemente ellos mismos estaban deseando ver las otras atracciones que se rumoreaba que se podían visitar al final de la explanada. Y ahora, en vez de estar disfrutando de los encantos de la espléndida Barbara, tienen que conformarse con sus revistitas pornográficas. Comprendo que los chicos se hayan ofuscado.

Kinko y yo nos balanceamos en un silencio hostil mientras el tren va adquiriendo velocidad. Él va tumbado en su camastro, leyendo. Queenie reposa la cabeza en sus calcetines. Duerme casi todo el tiempo, pero cuando está despierta, me observa. Yo me siento en la manta, con los huesos cansados, pero no tanto como para tumbarme y soportar las indignidades de los parásitos y el moho.

A la hora que debería ser la de la cena, me levanto y me desperezo. Los ojos de Kinko se clavan en mí con rapidez desde el otro lado del libro y luego regresan a la lectura.

Me acerco a los caballos y me quedo mirando sus ancas alternativamente blancas y negras. Cuando los subimos al vagón, los reajustamos para darle a Silver Star el espacio de cuatro caballos. A pesar de que los demás se encuentran ahora en cubiles desconocidos, parecen no sentir la menor inquietud, probablemente porque los hemos colocado en el orden de siempre. Los nombres que hay tallados en los postes ya no corresponden a los ocupantes, pero puedo extrapolarlos. El cuarto caballo se llama Blackie. No sé si su personalidad se parecerá a la de su tocayo humano.

No veo a Silver Star, lo que significa que debe de estar tumbado. Esto es bueno y malo a la vez: bueno porque le quita peso al casco, y malo porque quiere decir que le duele tanto que no quiere estar de pie. Debido a la forma en que están construidas las caballerizas, no puedo ir a ver a Silver Star hasta que hagamos una parada y saquemos a los otros caballos.

Me siento frente a la puerta abierta y contemplo cómo pasa el paisaje hasta que oscurece. Al final, me desplomo y me quedo dormido.

Me parece que sólo han pasado unos segundos cuando los frenos empiezan a chirriar. Casi inmediatamente, se abre la puerta de la habitación de las cabras y Kinko sale al tosco vestíbulo acompañado de Queenie. Kinko apoya un hombro en la pared con las manos metidas hasta el fondo de los bolsillos y me ignora intencionadamente. Cuando por fin nos detenemos, salta al suelo, se vuelve y da dos palmadas. Queenie salta a sus brazos y ambos desaparecen.

Yo me pongo de pie y echo un vistazo a través de la puerta abierta.

Estamos en una vía muerta en medio de la nada. Las otras dos secciones del tren también se encuentran aquí, paradas en la vía delante de nosotros, con casi un kilómetro de distancia entre una y otra.

Bajo la luz del amanecer, la gente desciende de los vagones. Los artistas se desperezan gruñendo y forman grupos para charlar y fumar mientras los trabajadores colocan las rampas y bajan el ganado.

August y sus hombres aparecen en cuestión de minutos.

—Joe, encárgate tú de los monos —dice—. Pete, Otis, bajad a los herbívoros y dadles agua, ¿de acuerdo? Llevadles al arroyo en vez de a los abrevaderos. Tenemos que ahorrar agua.

—Pero no bajéis a Silver Star —le digo.

Se hace un largo silencio. Los hombres me miran a mí primero, luego a August, que tiene un brillo de acero en la mirada.

—Sí —dice por fin—. Exacto. No bajéis a Silver Star.

Da la vuelta y se aleja. El resto de los hombres me miran con los ojos desencajados.

Troto unos metros para alcanzar a August.

—Lo siento —digo ajustando mi paso al suyo—. No era mi intención dar órdenes.

Se para delante del vagón de los camellos y abre las puertas. Nos reciben los gruñidos y quejas de los inquietos dromedarios.

—No pasa nada, muchacho —dice August alegremente, pasándome un cubo lleno de carne . Puedes ayudarme a dar de comer a los felinos —agarro el asa metálica del cubo. Una furiosa nube de moscas se levanta de él.

—Oh, Dios mío —digo. Dejo el cubo en el suelo y me giro conteniendo una arcada. Me quito las lágrimas de los ojos sin dejar de tener náuseas—. August, no les podemos dar esto.

—¿Por qué no?

—Está malo.

No hay respuesta. Me doy la vuelta y descubro que August ha dejado otro cubo a mi lado y se ha ido. Desfila ya por la vía acarreando en una carretilla otros dos cubos. Agarro la mía y le sigo.

—Está podrida. Estoy seguro de que los animales no la van a querer comer —continúo.

—Esperemos que sí. En caso contrario, tendremos que tomar alguna decisión difícil.

—¿Eh?

—Todavía nos queda un largo viaje hasta Joliet y, por desgracia, nos hemos quedado sin cabras.

Estoy demasiado aturdido para responder.

Cuando llegamos a la segunda sección del tren, August se sube a uno de los vagones de plataforma y abre los laterales de dos jaulas de felinos. Abre los candados, los deja colgando en las puertas y vuelve a saltar a la grava.

—Bueno, adelante —dice dándome una palmada en la espalda.

—¿Qué?

—Se comen un cubo cada uno —me apremia.

Me subo indeciso a la plataforma del vagón. El olor a orina de felino es abrumador. August me pasa los cubos de carne, uno a uno. Los dejo sobre los ajados tablones de madera, intentando no respirar.

Cada una de las jaulas de los felinos tiene dos compartimentos: a mi izquierda hay un par de leones. A mi derecha, un tigre y una pantera. Los cuatro son inmensos. Todos levantan las cabezas, olfateando, erizando los bigotes.

—Bueno, empieza ya —dice August.

—¿Qué hago? ¿Abro la puerta y se lo tiro adentro?

—A no ser que se te ocurra algo mejor.

El tigre se levanta, doscientos setenta gloriosos kilos de negro, naranja y blanco. La cabeza es grande, los bigotes, largos. Se acerca a la puerta, gira y se aleja otra vez. Cuando regresa, ruge y le da un zarpazo al cierre. El candado tintinea contra los barrotes.

—Puedes empezar por Rex —dice August señalando a los leones, que también están dando vueltas—. Es el de la izquierda.

Rex es considerablemente más pequeño que el tigre, con nudos en la melena y las costillas visibles bajo su piel sin brillo. Me preparo y agarro uno de los cubos.

—Espera —dice August señalando un cubo diferente—. Ése no. Coge ése.

No noto ninguna diferencia, pero como ya he aprendido que discutir con August es mala idea, obedezco.

Cuando la fiera me ve llegar, se lanza hacia la puerta. Me quedo helado.

—¿Qué pasa, Jacob?

Doy la vuelta. La cara de August brilla de satisfacción.

—No tendrás miedo de Rex, ¿verdad? —sigue diciendo—. No es más que un gatito chiquitito.

Rex se detiene para rascarse su piel costrosa contra los barrotes de la jaula.

Con dedos temblorosos, quito el candado y lo dejo a mis pies. Luego levanto el cubo y espero. La siguiente vez que Rex se aleja de la puerta, la abro.

Antes de que pueda volcar el contenido del cubo, sus inmensas mandíbulas se cierran alrededor de mi brazo.

147

Suelto un grito. El cubo cae al suelo, desparramando los menudillos troceados por todas partes. El felino me suelta el brazo y se lanza a por la comida.

Cierro la puerta de golpe y la sujeto con la rodilla mientras compruebo si todavía tengo el brazo. Lo tengo. Está embadurnado de saliva y tan rojo como si lo hubiera metido en agua hirviendo, pero la piel no está rasgada. Instantes después me doy cuenta de que August se está riendo a carcajadas a mis espaldas.

Me vuelvo hacia él.

—¿Qué demonios te pasa? ¿Te parece divertido?

—Sí, claro que sí —dice él sin hacer el menor esfuerzo por ocultar su deleite.

—Eres un cabrón, ¿sabes? —salto del vagón, reviso el brazo intacto una vez más y me marcho muy digno.

—Jacob, espera —ríe August viniendo detrás de mí—. No te enfades. Sólo me estaba divirtiendo un poco a tu costa.

—¿Divirtiéndote? ¡Podría haber perdido el brazo!

—No tiene ni un diente.

Me detengo, clavo la mirada en la grava mientras asimilo lo que me acaba de decir. Luego continúo andando. Esta vez, August no me sigue.

Me encamino furioso al arroyo y caigo de rodillas junto a un par de hombres que están dando de beber a las cebras. Una de ellas se asusta y relincha y sacude su hocico rayado por el aire. El hombre que la sujeta de las riendas me lanza una serie de miradas mientras lucha por mantener el control.

—¡Maldita sea! —exclama—. ¿Qué es eso? ¿Es sangre?

Bajo la mirada: me ha salpicado la sangre de los menudillos.

—Sí —digo—. Estaba dando de comer a las fieras.

—¿Qué coño pasa contigo? ¿Quieres que me maten?

Sigo arroyo abajo, volviendo la vista atrás hasta que la cebra se tranquiliza. Luego me agacho junto al agua para limpiarme la sangre y la saliva del felino de los brazos.

Después regreso a la segunda sección del tren. Encuentro a Diamond Joe subido en uno de los vagones de plataforma, junto a la jaula del chimpancé. Lleva arremangada su camisa gris y exhibe unos brazos peludos y musculosos. El chimpancé, sentado en su jaula, come a puñados cereal mezclado con frutas y nos contempla con sus brillantes ojos negros.

—¿Necesitas ayuda? —pregunto.

—No. Creo que ya he acabado. He oído que August te ha metido con el viejo Rex.

Le miro, preparándome para cabrearme. Pero Joe no sonríe.

—Ve con cuidado —dice—. Puede que Rex no te arranque el brazo, pero Leo sí. Puedes apostar lo que quieras. De todas maneras, no sé por qué te pidió August que hicieras eso. El encargado de los felinos es Clive. A menos que quisiera demostrar algo —hace una pausa, mete la mano en la jaula y le toca los dedos al chimpancé antes de cerrar la puerta. Luego salta del vagón—. Mira, sólo te voy a decir esto una vez. August es muy gracioso, y no me refiero a que dé risa. Tú ten cuidado. No le gusta que nadie ponga en tela de juicio su autoridad. Y tiene sus momentos malos, si sabes a lo que me refiero.

—Creo que sí.

—No. No creo que lo sepas. Pero ya te enterarás. Oye, ¿has comido?

—No.

Señala hacia el Escuadrón Volador, a cierta distancia en la vía. Hay mesas dispuestas junto a los raíles.

—La gente de cocina ha organizado una especie de desayuno. También han preparado unas cajas de comida. No te olvides de hacerte con una, porque seguramente eso quiere decir que no vamos a parar otra vez hasta la noche. Pilla mientras puedas, es lo que digo siempre.

—Gracias, Joe.

—No hay de qué.

Regreso al vagón de los caballos con mi caja de comida, que contiene un sándwich, una manzana y dos botellas de zarzaparrilla. Cuando veo a Marlena sentada en la paja junto a Silver Star, dejo la caja en el suelo y me acerco a ellos despacio.

Silver Star se encuentra tumbado de lado, sus flancos se agitan con una respiración breve y rápida. Marlena está sentada junto a la cabeza del animal con las piernas cruzadas debajo del cuerpo.

—No ha mejorado nada, ¿verdad? —pregunta levantando la mirada hacia mí.

Sacudo la cabeza.

—No entiendo cómo ha podido pasar esto tan rápido —su voz es débil y grave y pienso que, seguramente, va a echarse a llorar.

150

Me acuclillo a su lado.

—A veces pasa eso. Pero no es por nada que tú hayas hecho.

Le acaricia la cara al caballo, pasándole los dedos por las mejillas hundidas y por debajo del belfo. Los ojos del animal chispean.

—¿Podemos hacer algo más por él? —pregunta.

—Aparte de sacarle del tren, no. Incluso en las circunstancias más favorables, no se puede hacer mucho más que impedir que coma y rezar.

Me mira, y entonces repara en mi brazo.

—Dios mío. ¿Qué te ha pasado?

Bajo la mirada.

—Ah, eso. No es nada.

—No digas eso —dice mientras se pone de pie. Toma mi antebrazo entre sus manos y lo mueve para verlo a la luz del sol que entra por las rendijas—. Parece reciente. Te va a salir un buen cardenal. ¿Te duele? —agarra el dorso de mi brazo con una mano y pasa la otra por encima de la mancha azulada que se extiende bajo mi piel. La palma de su mano está fresca y suave y me pone el vello de punta.

Cierro los ojos y trago saliva con dificultad.

—No, la verdad es que…

Suena un silbido y ella mira hacia la puerta. Aprovecho la oportunidad para retirar el brazo y levantarme.

—¡Vein-n-n-n-n-n-n-te minutos! —aúlla una voz profunda desde algún lugar cercano a la cabecera del tren—. ¡Vein-n-n-n-n-n-n-te minutos para que nos pongamos en marcha!

Joe asoma la cabeza por el umbral de la puerta.

—¡Venga! ¡Tenemos que subir estos animales! Oh, perdón, señora —dice saludando a Marlena con un leve toque de sombrero—. No sabía que estaba aquí.

—No tiene importancia, Joe.

Joe se queda esperando incómodo en la puerta.

—Pero es que tenemos que hacerlo ya —dice desesperado.

—Adelante —dice Marlena—. Yo voy a hacer este trecho con Silver Star.

—No puede hacer eso —digo rápidamente.

Alza la mirada hacia mí, su cuello alargado y pálido.

—¿Y por qué no?

—Porque, una vez que subamos a los otros caballos, se quedará atrapada en el fondo.

—No me importa.

—¿Y si pasa algo?

—No va a pasar nada. Y si pasa, puedo salir por encima de ellos —se instala en la paja y recoge las piernas debajo del cuerpo.

—No sé —digo inseguro. Pero Marlena contempla a Silver Star con una expresión que deja muy claro que no lo va a abandonar.

Miro a Joe, quien levanta las manos con un gesto de exasperación y renuncia.

Después de mirar a Marlena por última vez, pongo el separador del cubil en su sitio y ayudo a subir el resto de los caballos.

Diamond Joe tiene razón sobre la duración del trayecto. Cuando nos paramos otra vez ya es de noche.

Kinko y yo no hemos intercambiado ni una palabra desde que salimos de Saratoga Springs. Es evidente que me odia. Y no le culpo; August se ha ocupado de que así sea, aunque creo que no serviría de nada tratar de explicárselo.

Me quedo en la parte de los caballos para dejarle que tenga un poco de intimidad. Por eso y porque me sigue preocupando que Marlena esté atrapada al final de una fila de animales de casi quinientos kilos.

Una vez que el tren se ha detenido, ella pasa ágilmente sobre sus lomos y salta al suelo. Cuando Kinko sale de la habitación de las cabras entorna los ojos con un gesto de alarma momentánea. Luego se desplazan de Marlena a la puerta abierta con estudiada indiferencia.

Pete, Otis y yo bajamos a los caballos de pista, los camellos y las llamas y les damos de beber. Diamond Joe, Clive y un puñado de montadores van a la segunda sección del tren para ocuparse de los animales de las jaulas. A August no se le ve por ninguna parte.

Después de volver a instalar a todos los animales, me subo al vagón de los caballos y meto la cabeza en el cuarto.

Kinko está sentado en la cama con las piernas cruzadas. Queenie olisquea un jergón que ha sustituido a la infecta manta de caballo. Sobre él hay una manta de cuadros rojos pulcramente doblada y una almohada con una suave funda blanca. Hay un trozo de cartulina en el centro de la almohada. Cuando me agacho a recogerla, Queenie salta como si le hubiera dado una patada.

El señor August Rosenbluth y señora solicitan el placer de su presencia inmediata en el compartimento 3 del vagón 48, para tomar unos cócteles, seguidos de una cena tardía.

Levanto la mirada sorprendido. Kinko me lanza dagas con los ojos.

—No has perdido el tiempo en congraciarte, ¿verdad? —dice.

SIETE

Los vagones no están ordenados por número y tardo un rato en encontrar el 48. Está pintado de un color burdeos oscuro y rotulado con letras doradas de treinta centímetros que anuncian a los cuatro vientos EL ESPECTÁCULO MÁS DESLUMBRANTE DEL MUNDO DE LOS HERMANOS BENZINI. Justo debajo de estas palabras, sólo visible en relieve bajo la pintura reciente, se lee otro nombre: CIRCO DE LOS HERMANOS CHRISTY.

—¡Jacob! —flota la voz de Marlena desde una ventana. Unos segundos después aparece en la plataforma del final, colgada de la barandilla, de manera que su falda vuela a su alrededor—. ¡Jacob! Cuánto me alegro de que hayas venido. ¡Pasa, por favor!

—Gracias —digo mirando en torno a mí. Me subo y la sigo por el pasillo interior hasta la segunda puerta.

El compartimento 3 es grandioso, además de tener una denominación inexacta: constituye como poco la mitad del vagón y tiene, por lo menos, una habitación más, que está separada del resto por una cortina de terciopelo. La habitación principal está revestida de madera de nogal y decorada con muebles de damasco, un pequeño comedor y una cocina empotrada.

157

—Por favor, ponte cómodo —dice Marlena ofreciéndome una silla con un gesto—. August se reunirá con nosotros dentro de un minuto.

—Gracias —digo.

Se sienta enfrente de mí.

—Oh —dice levantándose de nuevo—. ¿Dónde están mis modales? ¿Te apetece una cerveza?

—Gracias —digo—. Eso sería estupendo.

Pasa junto a mí revoloteando en dirección a una nevera.

—Señora Rosenbluth, ¿puedo preguntarle una cosa?

—Oh, por favor, llámame Marlena —dice mientras abre el tapón de la botella. Inclina un vaso largo y vierte la cerveza lentamente por un lado, evitando que se forme espuma—. Y, sí, por supuesto. Puedes preguntar lo que quieras —me pasa el vaso y va a por otro.

—¿Cómo es que todo el mundo tiene tanto alcohol en este tren?

—Siempre vamos a Canadá al principio de la temporada —dice volviendo a sentarse en su silla—. Sus leyes son mucho más civilizadas. Salud —dice levantando el vaso.

Choco el mío con el suyo y doy un trago. Es una cerveza rubia, fría y limpia. Magnífica.

—¿No les revisan los guardias de aduanas?

—Guardamos la bebida con los camellos —explica.

—Lo siento. No entiendo.

—Los camellos escupen.

Casi se me sale la cerveza por la nariz. Ella también se ríe y se lleva una mano a la boca tímidamente. Luego suspira y deja la cerveza.

—¿Jacob?

—¿Sí?

—August me ha contado lo que pasó esta mañana. Miro mi brazo amoratado.

—Se siente fatal. Tú le caes bien. De verdad. Pero es que… Bueno, es algo complicado —baja la mirada a su regazo, ruborizándose.

—Bah, no pasa nada —digo yo—. Está bien.

—¡Jacob! —exclama August detrás de mí—. ¡Mi querido amigo! Me alegro mucho de que hayas podido acompañarnos en nuestra pequeña *soirée*. Ya veo que Marlena te ha ofrecido un trago. ¿Y te ha enseñado ya el tocador?

—¿El tocador?

—Marlena —dice mientras se vuelve hacia ella y sacude la cabeza tristemente. La reprende con un dedo acusador—. Muy mal, querida.

—¡Oh! —dice ella levantándose de un brinco—. ¡Lo he olvidado por completo!

August se acerca a la cortina de terciopelo y la retira con una sacudida.

—¡Ta-chán!

Dispuestos sobre la cama hay tres atavíos. Dos esmóquines, con sus zapatos y todo, y un precioso vestido de seda rosa con pedrería en el escote y en el bajo.

Marlena suelta un chillido y palmotea encantada. Corre hasta la cama y agarra el vestido, apretándolo contra su cuerpo y dando vueltas.

Yo me giro hacia August.

—Éstos no serán del Hombre de los Lunes…

—¿Un esmoquin en un tendedero? No, Jacob. Ser director ecuestre tiene sus beneficios adicionales. Puedes

159

arreglarte ahí dentro —dice señalando una puerta de madera brillante—. Marlena y yo nos cambiaremos aquí fuera. No hay nada que no hayamos visto antes, ¿verdad, querida?

Ella agarra el zapato de seda rosa por el tacón y se lo lanza.

Lo último que veo antes de cerrar la puerta del baño es una maraña de pies derrumbándose en la cama.

Cuando vuelvo a salir, Marlena y August son la viva imagen de la dignidad, de pie al fondo del compartimento, mientras tres camareros de guantes blancos se afanan con una mesita de ruedas y fuentes con tapaderas de plata.

El escote del vestido de Marlena apenas cubre sus hombros, dejando al aire sus clavículas y un fino tirante del sujetador. Ella sigue mi mirada y esconde el tirante debajo de la tela, ruborizándose de nuevo.

La cena es sublime: empezamos con *bisque* de ostras seguido de costillas con patatas cocidas y espárragos a la crema. Luego nos sirven ensalada de langosta. Para cuando llegan los postres —pudin inglés de frutas con salsa de brandy—, creo que no puedo comer ni un solo bocado más. Y sin embargo, unos minutos después, me encuentro rebañando el plato con la cucharilla.

—Al parecer, a Jacob la cena no le ha parecido suficiente —dice August en un tono solemne.

Mi cucharilla se detiene a medio camino.

Luego, Marlena y él explotan en un ataque de risa. Yo dejo la cucharilla, avergonzado.

—No, no, muchacho, es una broma... evidentemente —ríe mientras se inclina para darme una palmada

160

en la mano—. Come. Disfruta. Toma, sírvete un poco más —dice.

—No. No puedo más.

—Bueno, pues bebe un poco más de vino —dice volviendo a llenar mi copa sin esperar respuesta.

August se muestra generoso, encantador y malicioso, tanto que, a medida que transcurre la velada, empiezo a pensar que el incidente con Rex no ha sido más que una broma que se le ha ido de las manos. Su rostro se ilumina con el vino y el sentimiento cuando me relata la historia de cómo conquistó a Marlena. Cómo él, tres años antes, percibió el poderoso influjo que Marlena ejercía sobre los caballos nada más entrar ella en la carpa de las fieras, y lo captó a través de los propios caballos. Y cómo, para gran desasosiego de Tío Al, se negó a hacer nada hasta que hubiera conseguido enamorarla y casarse con ella.

—Me costó un poco de trabajo —dice August vaciando los restos de una botella de champán en mi copa y yendo a por otra—. Marlena no es cosa fácil, aparte de que en aquel momento estaba prácticamente prometida. Pero esto es mucho mejor que ser la mujer de un banquero regordete, ¿verdad, cariño? Sin lugar a dudas, había nacido para esto. No todo el mundo puede trabajar con caballos en libertad. Es un don de Dios, un sexto sentido, si lo prefieres. Esta chica habla el idioma de los caballos y, créeme, ellos la escuchan.

Cuatro horas y seis botellas después, August y Marlena bailan al ritmo de *Maybe It's the Moon* mientras yo me relajo en un sillón tapizado, con la pierna derecha echada por encima de su brazo. August hace girar a Marlena y la detiene al final de su brazo estirado. Se tambalea y tiene el pelo revuelto. Su pajarita cae a ambos lados del cuello y lleva los primeros botones de la camisa desabrochados. Mira a Marlena con tal intensidad que parece otro hombre.

—¿Qué te pasa? —pregunta ella—. ¿Auggie? ¿Te encuentras bien?

Él sigue mirándola a la cara con la cabeza inclinada, como si la estuviera analizando. Las comisuras de sus labios se curvan. Empieza a asentir con la cabeza, lentamente, sin apenas moverla.

Marlena abre mucho los ojos. Intenta retroceder, pero él la agarra de la barbilla con fuerza.

Me incorporo en el sillón, repentinamente alerta.

August la mira unos instantes más con los ojos brillantes y acerados. Luego su expresión vuelve a transformarse, y por un momento se pone tan sentimental que creo que va a echarse a llorar. La acerca hacia él por la barbilla y la besa en los labios. Después se marcha a la habitación y se desploma boca abajo en la cama.

—Perdóname un momento —dice Marlena.

Entra en el dormitorio y le hace rodar hasta que queda en medio de la cama. Le quita los zapatos y los deja caer al suelo. Luego sale, corre las cortinas de terciopelo e inmediatamente cambia de idea. Las vuelve a abrir, apaga la radio y se sienta enfrente de mí.

Un ronquido de proporciones mayestáticas resuena en el dormitorio.

La cabeza me da vueltas. Estoy completamente borracho.

—¿Qué demonios ha sido eso? —pregunto.

162

—¿Qué? —Marlena se quita los zapatos, cruza las piernas y se inclina para frotarse el empeine del pie. Los dedos de August le han dejado unas marcas rojas en la barbilla.

—Eso —le espeto—. Lo que acaba de pasar. Cuando estabais bailando.

Levanta la mirada con dureza. Su rostro se contrae, y por un momento creo que va a llorar. Luego se gira hacia la ventana y se lleva un dedo a los labios. Permanece en silencio durante casi medio minuto.

—Hay que entender una cosa de Auggie —dice—, y no sé exactamente cómo explicarla.

Me inclino hacia ella.

—Inténtalo.

—Es… voluble. Puede ser el hombre más encantador del mundo. Como esta noche.

Espero a que continúe.

—¿Y…?

Se recuesta en el sillón.

—Y, bueno, tiene… sus momentos. Como hoy.

—¿Qué ha pasado hoy?

—Casi te ha dado de comer a una fiera.

—Ah. Eso. No puedo decir que me encantara, pero no corrí ningún peligro. Rex no tiene dientes.

—No, pero pesa ciento ochenta kilos y tiene zarpas —dice con calma.

Dejo la copa de vino en la mesa mientras asimilo la gravedad de lo que acaba de decir. Marlena hace una pausa y luego levanta los ojos para buscar los míos.

—Jankowski es un nombre polaco, ¿verdad?

—Sí, claro.

163

—A los polacos no les suelen caer bien los judíos, por lo general.

—No sabía que August fuera judío.

—¿Con un apellido como Rosenbluth? —dice. Baja la mirada a los dedos, que se retuercen en el regazo—. Mi familia es católica. Me desheredaron cuando lo supieron.

—Siento oír eso. Aunque no me sorprende.

Me mira con dureza.

—No quería decir eso —añado—. Yo no… pienso así.

Un incómodo silencio se extiende entre nosotros.

—¿Y por qué estoy aquí? —pregunto por fin. Mi cerebro borracho no es capaz de procesar todo esto.

—Yo quería suavizar las cosas.

—¿Tú? ¿Él no quería que viniera?

—Sí, por supuesto que sí. August también quería arreglar las cosas contigo, pero a él le cuesta más. No puede evitar tener esos momentos. Y se avergüenza. Lo mejor que puede hacer es fingir que no han existido —sorbe y se vuelve hacia mí con una sonrisa tensa—. Y lo hemos pasado muy bien, ¿verdad?

—Sí. La cena ha sido magnífica. Muchas gracias.

Otra vez el silencio nos envuelve y entonces se me ocurre que, a menos que quiera saltar de un vagón a otro borracho y en la más absoluta oscuridad, debería dormir donde me encuentro.

—Por favor, Jacob —dice Marlena—. Tengo mucho interés en que las cosas vayan bien entre nosotros. August está sencillamente encantado de que estés aquí. Y Tío Al, lo mismo.

—¿Y eso a qué se debe, exactamente?

—A Tío Al le pesaba no tener veterinario, y de repente, como caído del cielo, apareces tú, y nada menos que de una universidad de la Ivy League.

Me quedo mirándola fijamente, intentando comprender.

—Ringling tiene veterinario —continúa Marlena—, y a Tío Al le encanta ser como Ringling.

—Creía que odiaba a Ringling.

—Cariño, quiere *ser* Ringling.

Echo la cabeza para atrás y cierro los ojos, pero la consecuencia inmediata es un mareo atroz, así que vuelvo a abrirlos e intento concentrarme en los pies que cuelgan del borde de la cama.

Cuando despierto, el tren está quieto; ¿es posible que no me hayan despertado los chirridos de los frenos? El sol entra por las ventanas y me baña en su luz, y el cerebro golpea contra las paredes de mi cráneo. Los ojos me duelen y la boca me sabe como una cloaca.

Me pongo de pie, vacilante, y entro en el dormitorio. August está pegado a Marlena, con un brazo sobre ella. Están tumbados encima de la colcha, todavía completamente vestidos.

Cuando salgo del vagón 48 vestido de esmoquin y mi otra ropa debajo del brazo, atraigo algunas miradas de extrañeza. En esta parte del tren, en la que la mayoría de los testigos son artistas, recibo miradas de glacial regocijo. A medida que me voy acercando a los coches de los trabajadores, las miradas son más severas, más suspicaces.

Subo con cuidado al vagón de los caballos y abro la puerta deslizante de la habitación.

Kinko está sentado en el borde de su camastro con una revista pornográfica en una mano y el pene en la otra. Se para a medio camino, la cabeza púrpura y brillante sobresaliendo de su puño. Hay un instante de silencio al que sigue el zumbido de una botella vacía de Coca-Cola que vuela hacia mi cabeza. Me agacho.

—¡Lárgate! —grita Kinko al tiempo que la botella revienta detrás de mí, contra el marco de la puerta. Se levanta de un salto, haciendo que su erección se bambolee llamativamente—. ¡Vete al infierno! —y me tira otra botella.

Me giro hacia la puerta protegiéndome la cabeza y dejando caer la ropa. Oigo el sonido de una cremallera al cerrarse, y unos segundos después las obras completas de Shakespeare se estrellan contra la pared a mi lado.

—¡Vale, vale! —grito—. ¡Ya me voy!

Al salir, cierro bien la puerta y me apoyo en la pared. Las maldiciones no decaen en su violencia.

Otis aparece fuera del vagón de los caballos. Contempla alarmado la puerta cerrada y luego se encoge de hombros.

—Oye, chico listo —me dice—. ¿Nos vas a ayudar con los animales o qué?

—Sí, por supuesto —salto al suelo.

Se me queda mirando.

—¿Qué? —pregunto.

—¿No te vas a quitar antes el traje de mono?

Echo una mirada a la puerta cerrada. Algo pesado se estrella contra la pared interior.

—Oh, no. Creo que, por el momento, me voy a quedar como estoy.

—Tú decides. Clive ha limpiado a los felinos. Quiere que les llevemos la carne.

Esta mañana sale todavía más ruido del vagón de los camellos.

—A esos comedores de hierba no les gusta nada viajar con la carne —dice Otis—. Pero preferiría que dejaran de armar toda esa bulla. Aún nos queda un buen trecho por recorrer.

Abro la puerta corredera. Las moscas salen en tropel. Veo los gusanos al mismo tiempo que me golpea el hedor. Logro retirarme unos pasos antes de vomitar. Otis se une a mí, doblado por la mitad, agarrándose el estómago con las manos.

Cuando termina de vomitar, respira profundamente unas cuantas veces y saca un pañuelo mugriento del bolsillo. Se lo pone por encima de la boca y la nariz y regresa al vagón. Agarra uno de los cubos, corre hasta los árboles y allí lo vuelca. Sigue aguantando la respiración hasta la mitad del camino de vuelta. Luego se para y se inclina con las manos apoyadas en las rodillas, recuperando el resuello.

Yo intento ayudarle, pero cada vez que me acerco mi diafragma vuelve a sufrir nuevos espasmos.

—Lo siento —le digo a Otis cuando regresa. Todavía tengo náuseas—. No puedo hacerlo. Es que no puedo.

Me lanza una mirada acusadora.

—Tengo el estómago revuelto —digo sintiendo la necesidad de dar explicaciones—. Anoche bebí demasiado.

—Sí, de eso estoy seguro —dice él—. Siéntate, guapito de cara. Ya me ocupo yo de esto.

Otis tira el resto de la carne junto a los árboles, formando con ella un montículo que bulle de moscas.

Dejamos la puerta del vagón de los camellos abierta, pero está claro que una simple ventilación no será suficiente.

Bajamos a los camellos y las llamas a las vías y los atamos a un lado del tren. Luego echamos cubos de agua sobre los tablones del suelo y utilizamos escobones para arrastrar el barrillo resultante y sacarlo del vagón. La peste sigue siendo insoportable, pero es todo lo que podemos hacer.

Después de atender al resto de los animales, regreso al vagón de los caballos. Silver Star está tumbado de costado y Marlena se arrodilla a su lado, todavía con el vestido rosa de la noche anterior. Recorro la larga línea de cubículos vacíos y me paro junto a ella.

Silver Star tiene los ojos medio cerrados. Gruñe y se estremece en reacción a algún estímulo que no vemos.

—Está peor —dice Marlena sin mirarme.

Tras un instante digo:

—Sí.

—¿Existe alguna posibilidad de que se recupere? ¿Por pequeña que sea?

Dudo, porque lo que tengo en la punta de la lengua es una mentira y siento que no soy capaz de pronunciarla.

—Puedes decirme la verdad —dice—. Necesito saberla.

—No. Me temo que no hay ninguna posibilidad.

Le pasa una mano por el cuello y la deja allí.

—En ese caso, prométeme que será rápido. No quiero que sufra.

Entiendo lo que me pide y cierro los ojos.

—Lo prometo.

Se levanta y se queda de pie sin dejar de mirar al caballo. Estoy maravillado y no poco sobrecogido por su estoica reacción cuando un ruido extraño surge de su garganta. A éste le sigue un gemido, y acto seguido está chillando. Ni siquiera se molesta en intentar limpiarse las lágrimas que corren por sus mejillas, se limita a quedarse de pie, abrazada a sí misma, con los hombros temblorosos y la respiración entrecortada. Parece que está a punto de derrumbarse.

La miro horrorizado. No tengo hermanas, y mi escasa experiencia en consolar a mujeres ha sido siempre por algo mucho menos devastador que esto. Tras unos instantes de indecisión, le pongo una mano en el hombro.

Ella se da la vuelta y se desmorona sobre mí, apoyando su mejilla húmeda en mi esmoquin… en el esmoquin de August. Le froto la espalda mientras susurro sonidos confortadores hasta que sus lágrimas acaban por dar paso a unos hipidos convulsos. Entonces se separa de mí.

Tiene los ojos y la nariz hinchados y enrojecidos, la cara brillante de lágrimas. Sorbe y se pasa el dorso de la mano por los párpados inferiores, como si eso fuera a servir para algo. Luego endereza los hombros y se va sin mirar atrás, con los tacones altos repiqueteando en el suelo del vagón.

—August —digo de pie en la cabecera de la cama y sacudiéndole por un hombro. Él se menea inerte, tan insensible como un cadáver.

Me inclino y le grito al oído:

—¡August!

Él gruñe molesto.

—¡August! ¡Despierta!

Por fin reacciona y se gira, poniéndose una mano sobre los ojos.

—Dios mío —dice—. Oh, Dios, creo que me va a estallar la cabeza. Corre las cortinas, ¿quieres?

—¿Tienes una pistola?

Se quita la mano de los ojos y se sienta en la cama.

—¿Qué?

—Tengo que sacrificar a Silver Star.

—No puedes hacerlo.

—Tengo que hacerlo.

—Ya oíste a Tío Al. Si le pasa algo a ese caballo, te da luz roja.

—¿Y qué significa eso exactamente?

—Te tira del tren. En marcha. Si tienes suerte, en las proximidades de las luces rojas de una estación, para que puedas encontrar el camino de la ciudad. Si no, bueno, sólo te queda esperar que no abran la puerta cuando el tren esté cruzando un puente.

El comentario de Camel sobre la cita con Blackie cobra sentido de repente, lo mismo que ciertos comentarios en mi primera reunión con Tío Al.

—En ese caso, tomaré precauciones y me quedaré aquí cuando arranque el tren. Pero, en cualquier caso, hay que sacrificar a ese caballo.

August me mira fijamente con sus ojos enmarcados en negro.

—Mierda —dice por fin. Echa las piernas a un lado, de manera que se queda sentado en el borde de la cama. Se frota las mejillas cubiertas de barba incipiente—. ¿Lo sabe Marlena? —se agacha para rascarse los pies enfundados en calcetines negros.

—Sí.

—Joder —exclama mientras se levanta. Se lleva una mano a la cabeza—. A Al le va a dar un ataque. Vale, quedamos en el vagón de los caballos dentro de unos minutos. Llevaré el arma.

Me doy la vuelta para irme.

—Ah, Jacob.

—¿Sí?

—Antes quítate mi esmoquin, ¿quieres?

Cuando vuelvo al vagón de los caballos, la puerta interior está abierta. Asomo la cabeza dentro con bastante inquietud, pero Kinko no está. Entro en el cuarto y me pongo la ropa de diario. Unos minutos después aparece August con un rifle.

—Toma —dice mientras sube la rampa. Me lo entrega y me pone dos cartuchos en la otra mano.

Me guardo uno en el bolsillo y le devuelvo el otro.

—No necesito más que uno.

—¿Y si fallas?

171

—Por el amor de Dios, August, voy a estar pegado a él.

Me mira fijamente y acaba por guardar el cartucho de más.

—Bueno, de acuerdo. Llévatelo bien lejos del tren para hacerlo.

—Debes de estar de broma. No puede andar.

—No puedes hacerlo aquí —dice—. Los otros caballos están ahí mismo.

Me quedo mirándole.

—Mierda —dice. Se da la vuelta y se apoya en la pared, tocando un redoble con los dedos en los listones—. Vale. Está bien.

Se va a la puerta.

—¡Otis! ¡Joe! Alejad a los demás caballos de aquí. Lleváoslos por lo menos hasta la segunda sección del tren.

Alguien dice algo desde fuera.

—Sí, ya lo sé —dice August—. Pero van a tener que esperar. Sí, claro que lo sé. Hablaré con Al y le diré que hemos tenido una pequeña… complicación.

Se vuelve hacia mí.

—Me voy a buscar a Al.

—Será mejor que busques a Marlena también.

—Creía que me habías dicho que lo sabía.

—Lo sabe. Pero no quiero que esté sola cuando oiga el disparo. ¿Y tú?

August se me queda mirando con seriedad un buen rato. Luego baja la rampa a zancadas, pisando tan fuerte que las planchas se comban bajo su peso.

Espero quince minutos, tanto para darle tiempo a August para que encuentre a Tío Al y a Marlena, como para dejar que los otros se lleven el resto de los caballos tan lejos como sea necesario.

Luego agarro el rifle, meto el cartucho en la recámara y lo amartillo. Silver Star tiene el belfo aplastado contra la pared, las orejas le tiemblan. Me inclino y le paso los dedos por el cuello. Después coloco la boca del arma debajo de su oreja izquierda y aprieto el gatillo.

Se oye una explosión y la culata del rifle me empuja el hombro. El cuerpo de Silver Star se pone rígido, un último espasmo muscular antes de quedarse totalmente quieto. A lo lejos se oye un único lamento desesperado.

Mientras bajo la rampa del vagón los oídos me zumban, pero aun así me parece que reina un silencio aterrador. Se ha reunido una pequeña multitud. Permanecen inmóviles, con las caras largas. Un hombre se quita el sombrero y lo aprieta contra el pecho.

Me alejo del tren unas decenas de metros, subo el talud cubierto de hierba y me siento frotándome el hombro.

Otis, Pete y Earl entran en el vagón de los caballos y vuelven a aparecer arrastrando el cuerpo sin vida de Silver Star por la rampa con una soga atada a sus patas traseras. Patas arriba, su panza se ve enorme y vulnerable, una suave extensión de un blanco níveo rota por los genitales de piel negra. Su cabeza inanimada asiente conforme con cada tirón de la soga.

Me quedo sentado cerca de una hora, con la mirada clavada en la hierba que crece entre mis pies. Arranco unas briznas y me las enrollo en los dedos mientras me pregunto por qué demonios tardarán tanto en ponerse en marcha.

Al cabo de un rato se me acerca August. Me mira y se inclina para recoger el rifle. No me había dado cuenta de que lo había traído conmigo.

—Vamos, compañero —dice—. No querrás que te dejemos aquí.

—Creo que sí.

—No te preocupes por lo que te he dicho antes... He hablado con Al y no va a darle luz roja a nadie. No pasa nada.

Sigo con la mirada fija en el suelo, taciturno. Al cabo de unos instantes, August se sienta a mi lado.

—¿O sí? —pregunta.

—¿Qué tal está Marlena? —respondo.

August me mira un momento y luego saca un paquete de Camel del bolsillo de la camisa. Lo sacude y me ofrece uno.

—No, gracias —digo.

—¿Es la primera vez que sacrificas un caballo? —dice extrayendo un cigarrillo del paquete con los dientes.

—No. Pero eso no significa que me guste.

—Es parte de ser veterinario, muchacho.

—Lo que, técnicamente, no soy.

—Porque no has hecho los exámenes. ¿Qué importancia tiene?

—Pues sí, tiene importancia.

—No la tiene. Sólo es un trozo de papel y aquí a nadie le importa un carajo. Ahora estás en un circo. Las reglas son otras.

174

—¿Cómo es eso?

Señala hacia el tren.

—Dime, ¿de verdad crees que éste es el espectáculo más deslumbrante del mundo?

No contesto.

—¿Eh? —insiste, dándome un empujón con el hombro.

—No lo sé.

—No. Ni por asomo. Probablemente ni siquiera es el número cincuenta en la lista de los espectáculos más deslumbrantes del mundo. Tenemos un tercio de la capacidad del circo Ringling. Ya has descubierto que Marlena no pertenece a la realeza rumana. ¿Y Lucinda? De cuatrocientos kilos nada, doscientos como mucho. ¿Y tú crees que a Frank Otto le tatuaron unos furiosos cazadores de cabezas de Borneo? No fastidies. Antes era un montador del Escuadrón Volador. Se pasó nueve años trabajándose la tinta. ¿Y sabes lo que hizo Tío Al cuando murió el hipopótamo? Cambió el agua por formol y siguió exhibiéndolo. Estuvimos dos semanas viajando con un hipopótamo en conserva. Todo es ilusión, Jacob, y no tiene nada de malo. Es lo que la gente quiere que le demos. Es lo que espera de nosotros.

Se levanta y alarga una mano. Tras unos instantes, la tomo y dejo que me ayude a ponerme de pie.

Nos dirigimos al tren.

—Maldita sea, August —digo—. Casi se me olvida. Los felinos no han comido. Hemos tenido que tirar su comida.

—No te preocupes, muchacho —dice—. Ya se ha solucionado.

175

—¿Qué quiere decir que se ha solucionado?

Me quedo clavado en el sitio.

—¿August? ¿Qué quiere decir que se ha solucionado?

August sigue andando con el rifle indolentemente echado sobre un hombro.

OCHO

—Despierte, señor Jankowski. Está teniendo una pesadilla.

Abro los ojos. ¿Dónde estoy?

Ah, maldita sea una y mil veces.

—No estaba soñando —digo.

—Bueno, pues estaba hablando en sueños, eso seguro —dice la enfermera. Es la encantadora chica negra otra vez. ¿Por qué me costará tanto recordar su nombre?—. Algo sobre darles de comer estrellas a los felinos. Y no se preocupe por esos gatos, seguro que les han dado de comer, aunque haya sido después de despertarse usted. Pero ¿por qué le han puesto estas cosas? —susurra para sí mientras suelta las ataduras de velcro que me sujetan las muñecas—. No habrá intentado escaparse, ¿verdad?

—No. Tuve la osadía de quejarme de la papilla que nos dan para comer —la miro por el rabillo del ojo—. Y después el plato se me cayó de la mesa.

Se detiene y me mira. Luego rompe a reír.

—Menudo genio que tiene usted —dice frotándome las muñecas entre sus manos tibias—. Madre mía.

Me llega como en un fogonazo: ¡Rosemary! Ja. No estoy tan senil después de todo.

Rosemary. Rosemary. Rosemary.

Tengo que pensar un modo de guardarlo en la memoria, una rima o algo así. Puede que lo haya recordado hoy, pero eso no garantiza que lo recuerde mañana, ni siquiera dentro de un rato.

Se dirige a la ventana y abre las persianas.

—Si no te importa… —digo.

—¿Si no me importa qué? —responde ella.

—Corrígeme si me equivoco, pero ésta es mi habitación, ¿verdad? ¿Y si no quiero abrir las persianas? Te diré que empiezo a estar más que harto de que todo el mundo crea saber lo que quiero mejor que yo.

Rosemary se me queda mirando. Luego deja caer las persianas y se marcha de la habitación, cerrando la puerta al salir. Yo abro la boca sorprendido.

Un momento después se oyen tres golpecitos en la puerta. Se abre una rendija.

—Buenos días, señor Jankowski, ¿puedo pasar?

¿A qué puñetas está jugando?

—Le he preguntado si puedo pasar —repite.

—Por supuesto —mascullo.

—Gracias por su amabilidad —dice mientras entra y se sitúa a los pies de la cama—. Y ahora, ¿quiere que abra las persianas y que el sol del buen Dios le bañe con su luz o prefiere pasarse el día entero sentado aquí, en las más negras tinieblas?

—Oh, ábrelas de una vez. Y deja de hacer tonterías.

—No es ninguna tontería, señor Jankowski —dice acercándose a la ventana para abrir las persianas—. No lo es en absoluto. Nunca lo había pensado y le doy las gracias por haberme abierto los ojos.

¿Se está burlando de mí? Entorno los ojos para examinar su rostro en busca de alguna señal.

—Bien, ¿y tengo razón al pensar que prefiere tomar el desayuno en su habitación?

No contesto, porque todavía no estoy muy seguro de si me está tomando el pelo. Sí lo estoy de que, a estas alturas, han anotado esa preferencia en mi ficha, pero me hacen la misma pregunta todas las mañanas. Por supuesto, preferiría tomar el desayuno en el comedor. Desayunar en la habitación hace que me sienta como un inválido. Pero al desayuno le sigue el cambio matinal de pañales y el hedor de las heces llena el corredor y me produce arcadas. Hasta una o dos horas después de que hayan limpiado, alimentado y aparcado a todos los incapacitados fuera de sus habitaciones no es seguro sacar la cabeza.

—Bueno, señor Jankowski, si espera que la gente haga las cosas como usted quiere, va a tener que dar algunas pistas de cómo es eso.

—Sí. Por favor. Lo tomaré aquí —digo.

—Muy bien. ¿Quiere darse la ducha antes o después de desayunar?

—¿Qué le hace pensar que necesito una ducha? —digo con tono ofendido, a pesar de que no estoy muy seguro de no necesitarla.

—Porque hoy es el día que vienen a visitarle sus familiares —dice desplegando otra vez su enorme sonrisa—. Y porque he pensado que le gustaría estar fresco y arreglado para su salida de esta tarde.

¿Mi salida? ¡Ah, sí! El circo. Tengo que decir que despertar dos días seguidos con la perspectiva de ir al circo ha sido muy agradable.

—Creo que me la daré después del desayuno, si no le importa —digo con amabilidad.

Una de las mayores indignidades de ser mayor es que la gente se empeña en ayudarte a hacer cosas como bañarte o ir al lavabo.

La verdad es que no necesito ayuda para ninguna de las dos, pero también les da tanto miedo que resbale y me rompa la cadera otra vez que me acompañan tanto si quiero como si no. Siempre insisto en entrar al baño yo solo, pero siempre viene alguien conmigo, por si acaso, y, por alguna extraña razón, siempre es una mujer. A quien le haya tocado le digo que se dé la vuelta mientras me bajo los pantalones y me siento, y luego le pido que salga hasta que haya terminado.

Bañarse es todavía más bochornoso, porque me tengo que desnudar hasta quedarme como vine al mundo delante de una enfermera. Y claro, hay cosas que nunca mueren, o sea que, a pesar de tener más de noventa años, el tallo se me levanta de vez en cuando. No puedo evitarlo. Ellas siempre hacen como que no se dan cuenta. Supongo que están adiestradas para eso, aunque hacer como que no se dan cuenta es todavía peor que darse cuenta. Significa que no me consideran más que un viejo inofensivo pertrechado de un pene inofensivo que todavía se pone tieso en alguna ocasión. Aunque si alguna de ellas se lo tomara en serio e intentara hacer algo al respecto, probablemente me moriría de la impresión.

Rosemary me ayuda a entrar en la cabina de la ducha.

182

—Eso es, y ahora sujétese bien a esa barra de allí…

—Lo sé, lo sé. Ya me he dado otras duchas —digo agarrándome a la barra y sentándome con cuidado en la silla de baño. Rosemary desliza la alcachofa de la ducha por la guía para que pueda alcanzarla.

—¿Qué tal está de temperatura, señor Jankowski? —pregunta poniendo la mano debajo del chorro y manteniendo la mirada discretamente retirada.

—Bien. Dame el champú y sal fuera, ¿quieres?

—Vaya, señor Jankowski, hoy sí que está de mal humor, ¿eh? —abre el bote de champú y vierte unas gotas en la palma de mi mano. No necesito más. Sólo me quedan una docena de pelos más o menos.

—Deme una voz si necesita algo —dice corriendo la cortina—. Estoy aquí al lado.

—Brrrrmf —digo.

Una vez que se ha ido disfruto bastante de la ducha. Saco la alcachofa de su horquilla y me paso el chorro pegado al cuerpo, recorriendo los hombros y la espalda, y por encima de todos los miembros escuálidos. Incluso echo la cabeza hacia atrás con los ojos cerrados y dejo que el chorro me dé en la cara. Imagino que es una tormenta tropical; sacudo la cabeza y gozo con ella. Y también disfruto de la sensación allí abajo, esa arrugada serpiente rosa que engendró cinco hijos hace tanto tiempo.

A veces, cuando estoy en la cama, cierro los ojos y recuerdo el aspecto —y, sobre todo, el tacto— del cuerpo desnudo de una mujer. Por lo general es el de mi mujer, pero no siempre. Le fui totalmente fiel. Ni una sola vez en más de sesenta años eché una cana al aire, salvo en mi imaginación, y tengo la sensación de que no le habría importado. Era una mujer extraordinariamente comprensiva.

Dios santo, ¡cómo echo de menos a aquella mujer! Y no sólo porque si estuviera viva yo no estaría aquí, aunque ésa sea una verdad como un castillo. Por muy decrépitos que hubiéramos estado, habríamos cuidado el uno del otro, como hicimos siempre. Pero cuando ella se fue no pude hacer nada con los chicos. La primera vez que me caí lo arreglaron todo antes de que pudiera decir «garrapiñadas».

Pero papá, dijeron, te has roto la cadera, como si yo no me hubiera dado cuenta. Me resistí todo lo que pude. Les amenacé con dejarles sin un centavo, hasta que caí en la cuenta de que ya controlaban todo mi dinero. Ellos no me lo recordaron, me dejaron que protestara como un viejo chocho hasta que me di cuenta yo solo, y eso me puso todavía más furioso, porque si me hubieran tenido el mínimo respeto, al menos se habrían asegurado de que fuera consciente de ello. Me sentí como un bebé al que se le deja que tenga una rabieta hasta que se canse.

A medida que me quedaba más y más claro el alcance de mi indefensión, fui cambiando de postura.

Tenéis razón, concedí. Supongo que me vendría bien contar con ayuda. Alguien que viniera durante el día no estaría mal, para que me ayude con la limpieza y la cocina. ¿No? Bueno, ¿y una persona interna? Ya sé que he tenido las cosas un poco abandonadas desde que murió vuestra madre… Pero creía que habíais dicho… Vale, entonces uno de vosotros puede venirse a vivir conmigo… Pero no lo entiendo… Bueno, Simon, tu casa es bastante grande. Seguro que puedo…

No hubo nada que hacer.

Recuerdo cuando salí de mi casa por última vez, arropado como un gato que va al veterinario. Mientras se alejaba el coche tenía los ojos tan empañados de lágrimas que no pude mirar atrás.

No es un asilo, me dijeron. Es una residencia asistida, una cosa moderna, ¿sabes? Sólo te dan ayuda para las cosas que necesites, y cuando te hagas mayor...

Siempre se cortaban ahí, como si así pudieran evitar que yo siguiera el razonamiento hasta su conclusión lógica.

Durante mucho tiempo me sentí traicionado porque ninguno de mis cinco hijos hubiera querido que viviera con ellos. Ya no. Ahora que he tenido tiempo de darle vueltas, me doy cuenta de que ya tienen bastantes problemas sin necesidad de añadirme a la lista.

Simon tiene unos setenta años y ha tenido al menos un ataque al corazón. Ruth tiene diabetes y Peter problemas con la próstata. La mujer de Joseph huyó con un camarero del hotel cuando estuvieron en Grecia, y aunque el cáncer de mama de Dinah parece haber remitido, gracias a Dios, ahora tiene a su nieta viviendo con ella y está intentando que la chica vuelva al buen camino después de dos hijos ilegítimos y un arresto por robar en una tienda.

Y ésas son sólo las cosas que yo sé. Hay otras muchas que no mencionan porque no quieren inquietarme. He oído por casualidad algunas, pero cuando les pregunto se cierran en banda. No hay que preocupar al abuelo, ya sabes.

¿Por qué? Eso es lo que me gustaría saber. Detesto esta incomprensible política de protección excluyente, porque lo que hace en realidad es considerarme un cero a la izquierda. Si no sé lo que está pasando en sus vidas, ¿cómo voy a poder intervenir en sus conversaciones?

He deducido que no lo hacen por mí en absoluto. Es un mecanismo de protección para ellos mismos, una manera de defenderse de mi futura muerte, lo mismo que los hijos se distancian de los padres como preámbulo para irse de casa. Cuando Simon cumplió dieciséis años y se volvió peleón, creí que sólo le pasaría a él. Cuando Dinah llegó a esa edad sabía que no era culpa suya: había sido programada así.

Pero, dejando a un lado la censura de contenidos, mi familia ha sido completamente fiel en las visitas. Todos los domingos viene alguien, contra viento y marea. Hablan y hablan y hablan sobre lo bueno/desapacible/despejado que está el tiempo, de lo que hicieron durante las vacaciones, de lo que han comido en el almuerzo, y luego, a las cinco en punto, miran agradecidos el reloj y se van.

Algunas veces, mientras se van, intentan convencerme de que vaya al bingo que se celebra en el salón, como los que vinieron hace dos semanas. ¿No te gustaría jugar un rato?, dijeron. Podemos acercarte de camino a la salida. ¿No te parece divertido?

Claro, les dije. Tal vez si eres una hortaliza. Y se rieron, lo que me agradó mucho aunque no lo decía como broma. A mi edad uno se agarra a lo que puede. Al menos demostraron que me estaban escuchando.

Mis temas de conversación no logran mantener su interés y, la verdad, no puedo reprochárselo. Mis anécdotas están pasadas de moda. Qué más da que pueda hablar de primera mano de la gripe española, la aparición del automóvil, las guerras mundiales, la guerra fría, las guerras de guerrillas y del *Sputnik;* todo eso ahora es historia antigua. Pero ¿qué más puedo ofrecer? A mí ya no me sucede nada. Ésa es la realidad de hacerse viejo, y sospecho que ése es el meollo de la cuestión. Todavía no estoy preparado para hacerme viejo.

Pero no debería quejarme, teniendo en cuenta que hoy es día de circo.

Rosemary vuelve con la bandeja del desayuno, y cuando levanta la tapa de plástico marrón veo que ha puesto nata y azúcar moreno en las gachas de avena.

—No le vaya a decir a la doctora Rashid lo de la nata, ¿eh? —me dice.

—¿Por qué no? ¿No puedo tomar nata?

—No usted en concreto. Es parte de la dieta especial. Algunos de nuestros residentes ya no pueden digerir los alimentos pesados como antes.

—¿Y mantequilla? —estoy sorprendido. Mi memoria viaja hacia atrás repasando las últimas semanas, meses, años, intentando recordar la última aparición de la nata o la mantequilla en mi vida. Caramba, es cierto. ¿Cómo no me he dado cuenta? O puede que sí lo haya notado y por eso me gusta tan poco la comida. En fin, no me extraña. Supongo que también nos han reducido la sal.

—Está pensado para mantenerles más tiempo sanos —dice sacudiendo la cabeza—. Pero no sé por qué no van a poder disfrutar ustedes de un poco de mantequilla en sus años de madurez —me mira a la cara—. Usted todavía conserva la vesícula biliar, ¿verdad?

—Sí.

Su expresión se suaviza de nuevo.

—Pues, en ese caso, disfrute de la nata, señor Jankowski. ¿Quiere que le ponga la televisión mientras desayuna?

—No. En estos tiempos no ponen más que basura —digo.

—No podría estar más de acuerdo —dice ella doblando la manta a los pies de mi cama—. Llame al timbre si necesita cualquier otra cosa.

Cuando se marcha decido ser más amable. Tengo que encontrar la manera de recordármelo. Supongo que podría atarme un trozo de servilleta de papel alrededor de un dedo, ya que no tengo un cordón. En mi juventud, hacían eso todo el tiempo en las películas. Quiero decir, atarse trozos de cordón en un dedo para recordar cosas.

Voy a coger la servilleta y entonces me fijo en mis manos. Son nudosas y retorcidas, con la piel fina y, lo mismo que mi castigado rostro, cubiertas de manchas de vejez.

Mi rostro. Retiro las gachas y abro el espejo del tocador. Ya debería estar acostumbrado, pero todavía sigo esperando verme a mí. Sin embargo me encuentro con un muñeco de los Apalaches, viejo y manchado, con pellejos colgando, bolsas en los ojos y unas enormes orejas flácidas. Unas cuantas hebras de pelo surgen sin sentido en su cráneo moteado.

Intento alisar los pelos con los dedos y me quedo helado ante la visión de mi mano sobre mi anciana cabeza. Me acerco al espejo y abro mucho los ojos, con la intención de ver más allá de la carne macilenta.

188

No sirve de nada. Incluso aunque mire directamente a los ojos de un azul lechoso, ya no consigo verme. ¿Cuándo dejé de ser yo?

Estoy demasiado revuelto para comer. Vuelvo a colocar la tapa de plástico marrón sobre las gachas y luego, con considerable dificultad, localizo el mando que controla mi cama. Aprieto el botón que baja la cabecera, dejando que la mesa sobrevuele por encima de mí como un buitre. Ah, espera, también hay un mando que baja la cama entera. Bien. Ahora puedo dar la vuelta y ponerme de lado sin dar en la mesa y derramar las malditas gachas. No quiero volver a hacerlo. Podrían considerarlo un despliegue de mal carácter y llamar a la doctora Rashid.

Una vez que he puesto la cama plana y tan baja como es posible, me coloco de lado y fijo la mirada más allá de las persianas, en el cielo azul que se ve por la ventana. Al cabo de unos minutos caigo en un estado de somnolencia.

El cielo, el cielo. El mismo de siempre.

NUEVE

Estoy soñando despierto, con la mirada perdida en el cielo que se entrevé por la puerta abierta, cuando los frenos empiezan a emitir su penetrante chillido y todo se ve impulsado hacia delante. Busco apoyo en el suelo rugoso y luego, después de recuperar el equilibrio, me paso las manos por el pelo y me ato los cordones de los zapatos. Debemos de haber llegado a Joliet.

La puerta de madera tosca se abre a mi lado con un chirrido y Kinko sale de su cuarto. Se apoya en el marco de la puerta del vagón con Queenie a sus pies y observa atentamente el paisaje que pasa ante sus ojos. No me ha mirado desde el incidente de ayer y, para ser sincero, a mí me cuesta mirarle, teniendo en cuenta que me debato entre sentir por él una profunda compasión por su vergüenza y el hecho de que apenas puedo contener la risa. Cuando el tren se detiene por fin entre jadeos y suspiros, Kinko y Queenie desembarcan con su clásico clac-clac y el salto por el aire.

Fuera, la escena está dominada por un silencio sobrecogedor. A pesar de que el Escuadrón Volador llegó más de media hora antes que nosotros, sus hombres están diseminados en silencio. No se ve ese caos ordenado. No se oye el ruido de las pasarelas y rampas, ni imprecaciones, ni se ven volar rollos de cuerda, ni el ajetreo de las cuadrillas de peones. No hay más que unos centenares de hombres desaliñados que miran pasmados hacia las carpas en pie de otro circo.

Es como una ciudad fantasma. Hay una carpa grande, pero sin gente. Una cantina, pero sin bandera. Carromatos y carpas de camerinos llenan la parte trasera, pero las personas que quedan por allí pasean sin rumbo o se sientan a la sombra sin nada que hacer.

Me bajo del vagón de los caballos al mismo tiempo que un Plymouth negro y beige entra en el aparcamiento. De él salen dos hombres trajeados que llevan sendos maletines y contemplan la escena bajo sus sombreros de ala estrecha.

Tío Al se dirige con paso seguro hacia ellos, sin su séquito, con la chistera puesta y balanceando su bastón con empuñadura de plata. Estrecha la mano de los dos hombres con una expresión jovial, afable. Mientras habla, se vuelve para señalar ostentosamente el terreno. Los hombres de traje asienten con la cabeza, cruzan los brazos sobre el pecho, reflexionan, ponderan.

La grava cruje detrás de mí y August aparece junto a mi hombro.

—Ése es nuestro Al —dice—. Es capaz de olfatear una autoridad municipal a un kilómetro de distancia. Fíjate... Tendrá al alcalde comiendo de su mano antes del mediodía —me da una palmada en el hombro—. Vamos.

—¿Adónde? —pregunto.

—Al pueblo, a desayunar —dice él—. Dudo que haya comida por aquí. Probablemente no la habrá hasta mañana.

194

—Dios... ¿En serio?

—Bueno, lo intentaremos, pero no le hemos dado mucho tiempo al oteador para llegar aquí, ¿verdad?

—¿Y qué va a ser de ellos?

—¿De quiénes?

Señalo al difunto circo.

—¿Ésos? Cuando empiecen a tener hambre en serio, se marcharán. Es lo mejor para todos, la verdad.

—¿Y nuestros chicos?

—Ah, ellos. Sobrevivirán hasta que se presente algo. No te preocupes. Al no dejará que se mueran.

Nos detenemos en un restaurante no lejos de la calle principal. Tiene mesas a lo largo de una de las paredes y una barra revestida de chapa con taburetes rojos en la otra. Un puñado de hombres se encuentran sentados a la barra, fumando y charlando con la chica que la atiende.

Le abro la puerta a Marlena, que se dirige directamente a una de las mesas y se sienta pegada a la pared. August se acomoda enfrente de ella, así que yo acabo sentado a su lado. Ella cruza los brazos y se queda mirando a la pared.

—Buenos días. ¿Qué puedo traeros, muchachos? —dice la chica sin moverse de detrás de la barra.

—El desayuno completo —dice August—. Estoy muerto de hambre.

—¿Cómo quiere los huevos?

—Poco hechos.

—¿Señora?

—Café nada más —dice Marlena cruzando una pierna sobre la otra y balanceando el pie. El movimiento es frenético, casi agresivo. No mira a la camarera. Ni a August. Ni a mí, ahora que lo pienso.

—¿Señor? —pregunta la chica.

—Lo mismo que él —contesto—. Gracias.

August se apoya en el respaldo del asiento y saca un paquete de Camel. Le da un golpe en el fondo. Un cigarrillo traza un arco en el aire. Él lo atrapa con los labios y se recuesta con los ojos brillantes y las manos abiertas en un gesto de triunfo.

Marlena se vuelve a mirarle. Aplaude muy despacio, intencionadamente, con un gesto pétreo.

—Venga, cariño, no seas terca —le dice August—. Sabes que nos habíamos quedado sin carne.

—Perdón —dice ella mientras se desliza hacia mí. Me levanto para dejarla pasar. Se dirige a la puerta con un repiqueteo de tacones y las caderas oscilando bajo el vestido rojo de vuelo.

—Mujeres —dice August mientras enciende el cigarrillo, que protege ahuecando la mano. Luego cierra el encendedor—. Oh, perdona. ¿Quieres uno?

—No, gracias. No fumo.

—¿No? —susurra mientras da una profunda calada—. Deberías empezar. Es bueno para la salud —vuelve a guardarse la cajetilla en el bolsillo y reclama la atención de la chica de la barra chasqueando los dedos. Ésta se encuentra junto a la plancha con una espátula en la mano—. Dese un poco de prisa, ¿quiere? No tenemos todo el día.

Ella se queda paralizada, con la espátula en el aire. Dos de los hombres que se sientan a la barra se

vuelven lentamente y nos miran con los ojos desencajados.

—Eh, August —digo.

—¿Qué? —parece genuinamente sorprendido.

—Lo estoy haciendo lo más rápido que puedo —dice la camarera con frialdad.

—Muy bien. Eso es lo único que pido —dice August. Se inclina hacia mí y continúa en voz baja—: ¿Qué
te decía? Mujeres. Debe de haber luna llena o algo así.

Cuando regreso a la explanada ya se han erigido
unas cuantas carpas de los Hermanos Benzini: la tienda de las fieras, los establos y la cantina. La bandera
ondea al viento y el aroma agrio de la grasa impregna
el aire.

—Ni te molestes —dice uno de los hombres que salen de ella—. No hay más que masa frita y achicoria para bajarla.

—Gracias —digo—. Te agradezco el aviso.

El hombre escupe y se aleja.

Los empleados de los Hermanos Fox que aún están
por allí hacen cola delante del vagón de dirección. Una
desesperada postración los rodea. Algunos sonríen y
bromean, pero su risa tiene un tono demasiado agudo.
Otros tienen la mirada perdida, los brazos cruzados. Otros
pasean y mueven nerviosamente las manos con la cabeza
inclinada. Uno por uno van pasando al interior para en-
trevistarse con Tío Al.

La mayoría salen derrotados. Algunos se secan los
ojos y conversan en voz baja con los primeros de la fila.

Otros miran estoicamente al frente antes de ponerse en marcha en dirección al pueblo.

Dos enanos entran juntos. Salen unos minutos más tarde con las caras largas, deteniéndose a charlar con un pequeño grupo de hombres. Luego empiezan a andar por las vías, uno al lado del otro, con las cabezas altas y sendas fundas de almohada llenas con sus cosas echadas sobre los hombros.

Busco entre los asistentes al famoso monstruo. Hay algunas curiosidades: enanos, liliputienses y gigantes, una mujer barbuda (Al ya tiene una, o sea que lo más probable es que no tenga suerte), un hombre inmensamente gordo (que podría tener suerte si a Al se le ocurre formar una pareja) y un surtido de gente y perros con un aire de tristeza generalizado. Pero no veo a ningún hombre con un niño saliéndole del pecho.

Cuando Tío Al ha acabado de hacer su selección, nuestros hombres desmontan el resto de las carpas del circo, salvo los establos y la carpa de las fieras. Los trabajadores de los Hermanos Fox que quedan, que ya no pertenecen a ninguna plantilla, observan sentados, fumando y escupiendo tabaco de mascar entre los altos matorrales de zanahoria silvestre y cardos.

Al descubrir que las autoridades todavía no han hecho el recuento de los animales del circo de los Hermanos Fox, Tío Al hace que trasladen un puñado de caballos sin registrar de una tienda a otra. Asimilación, por llamarlo de algún modo. Y Tío Al no es el único al que se le ha ocurrido esa idea: un grupo de granjeros deambula por los lindes de la explanada provistos de arreos.

—¿Van a llevárselos así, sin más? —le pregunto a Pete.

—Probablemente —contesta—. No me preocupa lo más mínimo mientras no toquen a los nuestros. Pero ten los ojos abiertos. Tendrán que pasar uno o dos días antes de que todos sepamos de quién es cada cosa, y no quiero que desaparezca nada nuestro.

Los animales de tiro han hecho jornada doble, y los enormes caballos echan espuma y resoplan con fuerza. Convenzo a uno de los funcionarios de que abra una toma de agua para darles de beber, pero siguen sin tener ni heno ni avena.

August regresa cuando estamos rellenando el último abrevadero.

—¿Qué demonios estáis haciendo? Los caballos llevan tres días en el tren... Sacadlos al pavimento y dadles una paliza para que no se vuelvan flojos.

—Y una mierda una paliza —contesta Pete—. Mira alrededor. ¿Qué crees que han estado haciendo las últimas cuatro horas?

—¿Has utilizado a nuestros animales?

—¿Y qué demonios querías que hiciera?

—¡Tenías que haber usado sus animales de carga!

—¡No conozco a sus putos animales de carga, joder! —grita Pete—. ¡Y qué sentido tiene usar sus animales de carga si luego vamos a tener que darles una paliza a los nuestros para mantenerlos en forma!

August abre la boca; luego la cierra y se larga.

Al poco rato, varios camiones se concentran en la explanada. Uno tras otro van arrimándose a la cantina y descargan cantidades increíbles de comida. El personal de cocina se pone a trabajar y, al poco rato, la caldera está funcionando y el aroma a buena comida, a comida de verdad, invade toda la explanada.

La comida y la paja de los animales llegan poco después, en carromatos en vez de camiones. Cuando llevamos el heno en carretillas a la tienda de los establos, los caballos piafan, se revuelven y estiran los cuellos para robar bocados antes siquiera de que toque el suelo.

Los animales de la carpa de las fieras no se muestran menos felices de vernos: los monos chillan y se balancean en las barras de sus jaulas, dedicándonos sonrisas dentudas. Los carnívoros pasean. Los herbívoros alargan las cabezas gruñendo, gimiendo y hasta bramando agitados.

Abro la puerta del orangután y dejo en el suelo un recipiente de frutas, verduras y nueces. Cuando la cierro, saca su largo brazo entre los barrotes y señala una naranja de otro recipiente.

—¿Eso? ¿Quieres eso?

Sigue señalándola mientras me mira fijamente. Sus rasgos son cóncavos, su cara como un ancho plato ribeteado de pelo rojo. Es la cosa más chocante y hermosa que he visto en mi vida.

—Toma —le digo dándole la naranja—. Puedes comértela.

La agarra y la deja en el suelo. Luego vuelve a alargar la mano. Tras algunos segundos de absoluta incomprensión, le ofrezco la mía. La envuelve con sus largos dedos y después la suelta. Se sienta sobre sus posaderas y pela la naranja.

Me quedo mirando asombrado. Me estaba dando las gracias.

—Bueno, pues ya está —dice August cuando salimos de la carpa. Me pone una mano encima del hombro—. Acompáñame a tomar un trago, muchacho. Hay limonada en la tienda de Marlena, y no es el zumo de calcetín que dan en el puesto de bebidas. Le pondremos una gotita de whisky, ¿eh, eh?

—Voy dentro de un momento —digo—. Tengo que echar un vistazo a los otros animales.

Debido a la peculiar situación de los animales de carga de los Hermanos Fox —cuyo número no deja de descender en toda la tarde—, yo me he ocupado de que se les diera agua y comida. Pero todavía no he visto cómo se encuentran los exóticos y los de pista.

—No —dice August con firmeza—. Ven conmigo ahora mismo.

Le miro, sorprendido por su tono.

—Vale. Está bien —digo—. ¿Sabes si se les ha dado agua y comida?

—Ya se les dará. Más tarde.

—¿Cómo? —pregunto.

—Ya se les dará agua y comida. Más tarde.

—August, hace casi cuarenta grados. No podemos dejarles sin agua por lo menos.

—Podemos y lo haremos. Así es como Tío Al hace negocios. El alcalde y él van a jugar al farol un rato, entonces el alcalde se dará cuenta de que no sabe qué hacer con las jirafas, las cebras y los leones, bajará los precios y entonces, y sólo entonces, entraremos en escena.

—Lo siento, pero no puedo hacer eso —digo dándome la vuelta para irme.

Su mano se cierra alrededor de mi brazo. Se pone delante de mí y se me acerca hasta que su cara está a escasos centímetros de la mía. Me pasa un dedo por la mejilla.

—Claro que puedes. Se les va a cuidar. Pero no ahora mismo. Así es como funcionan las cosas.

—Es una gilipollez.

—Tío Al ha convertido en un arte su manera de construir su circo. Somos lo que somos gracias a eso. ¿Quién demonios sabe lo que hay en esa carpa? Si es algo que no le interesa, vale. ¿A quién le importa? Pero si es algo que desea y tú le chafas la negociación y tiene que pagar más por tu culpa, puedes estar seguro de que Al te va a chafar a ti. ¿Lo has entendido? —habla con los dientes apretados—. ¿Lo... has... entendido? —repite, haciendo una pausa después de cada palabra.

Le miro a los ojos, que no parpadean.

—Perfectamente —digo.

—Bien —dice. Retira el dedo de mi cara y retrocede un paso—. Bien —dice otra vez asintiendo con la cabeza y permitiendo que se le relaje la cara. Suelta una carcajada forzada—. Te diré una cosa: ese whisky nos va a venir muy bien.

—Creo que voy a pasar.

Me mira un instante y se encoge de hombros.

—Como quieras —dice.

Me siento a cierta distancia de la carpa en la que se alojan los animales abandonados y la contemplo con creciente consternación. Una inesperada ráfaga de viento ahueca una de las paredes laterales. No corre ni la más leve brisa. Nunca he sido más consciente del calor que cae sobre mi cabeza y de la sequedad de mi garganta. Me quito el sombrero y me paso un brazo mugriento por la frente.

Cuando la bandera naranja y azul se iza sobre la cantina anunciando la cena, un puñado de nuevos empleados del circo de los Hermanos Benzini se suman a la fila, reconocibles por los tickets rojos que llevan en la mano. El hombre gordo ha tenido suerte, lo mismo que la mujer barbuda y un grupo de enanos. Tío Al sólo se ha quedado con artistas, aunque un pobre desgraciado se ha encontrado nuevamente despedido en cuestión de minutos cuando August le ha pillado mirando a Marlena con una excesiva admiración al salir del vagón de dirección.

Otros cuantos intentan meterse en la fila, pero ninguno consigue burlar a Ezra. Su único trabajo consiste en conocer a todos los trabajadores del circo, y Dios sabe que se le da muy bien. Cuando señala con el pulgar a uno de ellos, Blackie interviene para hacerse cargo. Uno o dos de los rechazados logran trincar un puñado de comida antes de salir de la cantina volando por los aires.

Hombres sombríos y silenciosos recorren el perímetro con ojos de hambre. Cuando Marlena se retira del mostrador de la comida, uno de los hombres se dirige a ella. Es alto y flaco, con las mejillas marcadas por profundas arrugas. En otras circunstancias, probablemente sería guapo.

—Señora... Oiga, señora. ¿Puede darme un poco? ¿Un trozo de pan nada más?

Marlena se para y le observa. Su expresión es vacía, su mirada desesperada. Ella mira su plato.

—Venga, señora. Tenga corazón. No he comido desde hace dos días —se pasa la lengua por los labios agrietados.

—Sigue adelante —le dice August a Marlena tomándola del codo y llevándola con firmeza hacia la mesa del centro de la carpa. No es nuestra mesa habitual, pero he notado que la gente no suele discutir con August. Marlena se sienta en silencio, mirando de vez en cuando al hombre de fuera.

—Oh, no hay nada que hacer —dice ella tirando los cubiertos sobre la mesa—. No puedo comer con esa pobre gente ahí fuera —se levanta y coge su plato.

—¿Adónde vas? —le pregunta August secamente.

Marlena le devuelve la mirada.

—¿Cómo voy a sentarme aquí y comer cuando ellos no han probado bocado en dos días?

—Ni se te ocurra darle eso —dice August—. Y ahora siéntate.

Los ocupantes de algunas otras mesas se vuelven a mirarnos. August les sonríe con nerviosismo y se inclina hacia Marlena.

—Cariño —le dice atropelladamente—, sé que esto es muy duro para ti. Pero si le das la comida a ese hombre,

204

le animarás a seguir merodeando, y luego ¿qué? Tío Al ya ha escogido a los trabajadores. Éste no ha sido uno de ellos. Tiene que seguir su camino y ya está, y cuanto antes mejor. Es por su bien. Ésa es la verdadera generosidad.

Marlena contrae los ojos. Deja el plato en la mesa, pincha una chuleta de cerdo con el tenedor y la pone encima de una rebanada de pan. Le quita el pan a August, lo pone encima de la chuleta y sale como una exhalación.

—¿Adónde crees que vas? —grita August.

Ella va directa hasta el hombre flaco, le agarra una mano y le planta el bocadillo en ella. Luego se marcha entre los aplausos dispersos y los silbidos del lado de los trabajadores.

August tiembla de rabia, una vena palpita en su sien. Al cabo de unos instantes se levanta y coge su plato. Tira su contenido en el cubo de la basura y se va.

Yo miro mi plato. Está repleto de chuletas de cerdo, verduras y puré de patatas. He trabajado como una mula todo el día, pero no puedo probar bocado.

A pesar de que son casi las siete de la tarde, el sol está todavía alto y el aire es cálido. El terreno es muy diferente al que hemos dejado en el noroeste. Aquí es llano y seco como un hueso. La explanada está cubierta de hierba, pero es marrón y está pisoteada, quebradiza como la paja. En los límites, cerca de las vías, han crecido largos hierbajos —plantas resistentes con tallos finos, hojas pequeñas y flores compactas— concebidos para no perder más energía que la necesaria para alzar sus brotes al cielo.

Al pasar por la tienda de establos veo a Kinko protegido por su escasa sombra. Queenie está agachada delante de él, haciendo unas deposiciones muy líquidas, y avanza unos centímetros tras cada nuevo chorro de diarrea.

—¿Qué le pasa? —digo deteniéndome a su lado.

Kinko me mira con odio.

—¿A ti qué te parece? Tiene cagalera.

—¿Qué ha comido?

—¿Quién coño lo sabe?

Me aproximo y observo de cerca uno de los charquitos buscando parásitos. Parece que está limpia.

—Vete a ver si tienen miel en la cocina.

—¿Eh? —dice Kinko estirándose y mirándome con los ojos entornados.

—Miel. Y si puedes conseguir un poco de polvo de olmo, añádeselo también. Pero la miel sola debería ser suficiente para curarla —digo.

Me mira fijamente durante unos instantes con los brazos en jarras.

—De acuerdo —dice inseguro. Luego se vuelve hacia la perra.

Sigo mi camino, deteniéndome finalmente en una campa de hierba a cierta distancia de la carpa de las fieras de los Hermanos Fox. Se alza inmersa en una ominosa soledad, como si estuviera rodeada de un campo de minas. Nadie se acerca a menos de veinte metros de distancia. Las condiciones dentro deben de ser horribles, pero, aparte de atar a Tío Al y a August y asaltar los vagones de agua, no se me ocurre ninguna solución. Me voy sintiendo más y más desesperado hasta que ya no puedo seguir sentado. Me pongo de pie y me dirijo hacia nuestra carpa de las fieras.

Incluso con la ventaja de unos abrevaderos llenos de agua y de la corriente de aire, los animales se encuentran en un estado de estupor debido al calor. Las cebras, jirafas y otros herbívoros permanecen de pie, pero con los cuellos estirados y los ojos medio cerrados. Hasta el yak está inmóvil, a pesar de las moscas que se pasean zumbando alrededor de sus ojos y orejas. Le espanto unas cuantas, pero vuelven a posarse inmediatamente. No hay nada que hacer.

El oso polar está tumbado sobre su estómago, con la cabeza y el hocico estirados hacia delante. En reposo parece inofensivo, casi delicado, con la mayor parte de su masa corporal concentrada en el tercio inferior de su cuerpo. Inhala profunda y lentamente, y exhala con un gruñido largo y ronco. Pobrecillo. Dudo mucho que la temperatura alcance unas cotas ni parecidas a éstas en el Ártico.

El orangután está tumbado boca arriba, con los brazos y las patas abiertas. Gira la cabeza para mirarme y parpadea tristemente, como si me pidiera perdón por no hacer un esfuerzo mayor.

No importa, le digo con los ojos. *Lo comprendo.*

Parpadea una vez más y gira la cabeza de nuevo para volver a clavar la mirada en el techo.

Cuando llego a los caballos de Marlena, emiten un relincho de reconocimiento y pasan sus belfos por mis manos, que todavía huelen a manzanas asadas. Una vez que confirman que no tengo nada, pierden el interés en mí y regresan a su estado de semiinconsciencia.

Los felinos yacen de costado, completamente inmóviles, con los ojos sin cerrar del todo. Si no fuera por el subir y bajar constante de sus cajas torácicas, podría creer que están muertos. Apoyo la frente en los barrotes y me quedo mirándolos largo rato. Después me doy la vuelta para irme. Apenas he recorrido unos tres metros cuando me giro. Acabo de darme cuenta de que los suelos de las jaulas están escrupulosamente limpios.

Marlena y August están discutiendo tan alto que puedo oírles a veinte metros de distancia. Me detengo a las puertas del camerino, no muy seguro de querer interrumpirles. Pero tampoco quiero quedarme escuchando. Por fin me armo de valor y pego la boca a la lona.

—¡August! ¡Oye, August!

Las voces se acallan. Se oye un roce y uno de ellos chista al otro.

—¿Qué pasa? —pregunta August.

—¿Clive ha dado de comer a los felinos?

Su rostro se asoma por la abertura de la cortina.

—Ah, sí. Bueno, ha habido algunas dificultades, pero ya se me ha ocurrido una cosa.

—¿Qué?

—Llegará mañana. No te preocupes. No les va a pasar nada. Dios mío —dice estirando el cuello para ver detrás de mí—. ¿Y ahora qué pasa?

Tío Al se dirige hacia nosotros a grandes pasos con su chaleco rojo y la chistera; sus piernas enfundadas en cuadros devoran la distancia. Le siguen sus acólitos, dando nerviosas carreritas para mantenerse a su altura.

August suspira y me abre la cortina de la tienda.

—Puedes pasar y tomar asiento. Parece que vas a recibir tu primera lección de negocios.

Me agacho y entro. Marlena está sentada delante de su tocador, con las piernas y los brazos cruzados. Balancea un pie, furiosa.

—Querida mía —dice August—. Recompónte.

—¿Marlena? —dice Tío Al al otro lado de la cortina de lona de la tienda—. ¿Marlena? ¿Puedo entrar, querida?

Marlena chasca los labios y pone los ojos en blanco.

—Sí, Tío Al. Por supuesto, Tío Al. Por favor, pasa, Tío Al —canturrea.

La cortina de la tienda se abre y Tío Al entra, transpirando profusamente y con una sonrisa de oreja a oreja.

—Ya hemos llegado a un acuerdo —dice mientras se para delante de August.

—O sea que ya es tuyo —le dice August.

—¿Eh? ¿Qué? —responde Tío Al, parpadeando sorprendido.

—El monstruo —dice August—. Charles Nosequé.

—No, no, no. Olvídate de él.

—¿Cómo que «olvídate de él»? —dice August—. Creía que él era la razón por la que estábamos aquí. ¿Qué ha pasado?

—¿Qué? —dice Tío Al algo despistado. Unas cuantas cabezas se asoman detrás de él y niegan con vehemencia. Uno de los acompañantes hace el gesto de cortarse el cuello.

August les mira y suspira:

—Ah, se lo ha quedado Ringling.

—No te preocupes por eso —dice Tío Al—. Tengo novedades..., ¡magníficas novedades! ¡Incluso podría decirse que son novedades mastodónticas! —se vuelve para mirar a sus seguidores, que le reciben con sentidas carcajadas. Él se gira de nuevo—. Adivina.

—No tengo ni idea, Al —dice August.

Al se vuelve expectante hacia Marlena.

—No lo sé —dice ella enfadada.

—¡Hemos comprado un paquidermo! —grita Tío Al abriendo jubiloso los brazos. Su bastón golpea a uno de los adeptos, que da un salto hacia atrás.

A August le cambia la cara.

—¿Qué?

—¡Un paquidermo! ¡Un elefante!

—¿Tienes un elefante?

—No, August. Tú tienes un elefante. Se llama Rosie, tiene cincuenta y tres años y es increíblemente lista. La mejor que tenían. Estoy impaciente por ver el número que montas para ella... —cierra los ojos para percibir mejor la imagen. Agita los dedos delante de la cara. Sonríe en éxtasis, con los ojos cerrados—. Imagino que intervendrá Marlena. Puede montarla durante el desfile y en la Gran Parada, y luego tú puedes hacer un número estrella en la pista central. ¡Ah, toma! —se da la vuelta y chasquea los dedos—. ¿Dónde está? Vamos, vamos, idiotas.

Aparece una botella de champán. Con una profunda reverencia se la ofrece a Marlena para que la inspeccione. Luego le quita el cierre de alambre y abre la botella.

Unas copas de flauta aparecen detrás de él y se posan sobre el tocador de Marlena.

Tío Al sirve pequeñas cantidades en ellas y nos pasa una a Marlena, otra a August y otra a mí.

Levanta la última en el aire. Los ojos se le nublan. Suspira profundamente y se lleva una mano al pecho.

—Es un gran placer para mí celebrar este inolvidable momento con vosotros..., mis amigos más queridos en el mundo —se balancea hacia delante sobre sus pies enfundados en polainas y consigue derramar una lágrima real, que rueda por su gorda mejilla—. No sólo tenemos veterinario, y un veterinario que ha estudiado en Cornell nada menos, además tenemos un elefante. ¡Un elefante! —solloza de felicidad y hace una pausa, abrumado—. He esperado este día durante años. Y esto no es más que el principio, amigos míos. Ahora jugamos en la liga de los grandes. Un espectáculo a tener en cuenta.

Desde detrás de él llegan aplausos aislados. Marlena mantiene su copa en equilibrio sobre la rodilla. August sujeta la suya rígidamente frente a sí. Salvo para agarrar la copa, no ha movido ni un músculo.

Tío Al levanta su copa de champán.

—¡Por El Espectáculo Más Deslumbrante del Mundo de los Hermanos Benzini! —exclama.

—¡Por los Hermanos Benzini! ¡Por los Hermanos Benzini! —se escuchan voces a sus espaldas. Marlena y August permanecen en silencio.

Al vacía la copa y se la da al más cercano de sus partidarios, que se la mete en un bolsillo de la chaqueta y sale de la tienda detrás de él. La cortina se cierra y de nuevo nos quedamos los tres solos.

Hay un instante de quietud absoluta. Luego August sacude la cabeza, como si volviera en sí.

—Supongo que será mejor que vayamos a ver ese camelo —dice vaciando la copa de un solo trago—. Jacob, ahora ya puedes ocuparte de esos malditos animales. ¿Estás contento?

Le miro con los ojos muy abiertos. Luego yo también me bebo la copa. Por el rabillo del ojo veo que Marlena hace lo mismo.

La carpa de las fieras de los Hermanos Fox ya está tomada por el personal de los Hermanos Benzini. Corren de un lado a otro llenando abrevaderos, echando heno y retirando estiércol. Se han levantado algunas partes de la tienda para crear una corriente de aire. Nada más entrar recorro la carpa en busca de animales con problemas. Afortunadamente, todos parecen encontrarse muy bien.

La elefanta se yergue al fondo de la tienda: es una bestia enorme del color de las nubes de tormenta.

Nos abrimos paso entre los trabajadores y nos paramos delante del animal. Es descomunal. Por lo menos mide tres metros de alto hasta los hombros. Su piel es manchada y cuarteada, como el cauce de un río seco, desde la punta de la trompa hasta sus anchas patas. Sólo sus orejas son tersas. Nos mira con unos ojos escalofriantemente humanos. Son de color ámbar, muy hundidos en su cara y con unas pestañas muy largas.

—Dios santo —dice August.

Alarga la trompa, que se agita como una criatura independiente, hacia nosotros. Ondea delante de August, luego de Marlena y finalmente de mí. En su extremo, un apéndice parecido a un dedo se agita y se contrae. Las fosas nasales se abren y cierran, soplan y bufan, y luego se retira. Cuelga de su cara como un péndulo, como un inmenso gusano musculoso. El dedo recoge del suelo hebras perdidas de heno y luego las deja caer de nuevo. Observo la trompa vacilante y deseo que vuelva a acercarse. Extiendo la mano para ofrecérsela, pero ya no regresa.

August la mira consternado y Marlena sencillamente la observa. No sé lo que pensar. Nunca he visto un animal tan grande. Sobrepasa mi cabeza casi metro y medio.

—¿Es usted el encargado de la elefanta? —pregunta un hombre que se nos acerca por la derecha. Lleva la camisa sucia y fuera de los pantalones, saliéndose por los lados de los tirantes.

—Soy el director ecuestre y el encargado de los animales —responde August estirándose todo lo alto que es.

—¿Dónde está el domador de elefantes? —dice el hombre mientras lanza un salivajo de tabaco por la comisura de la boca.

La elefanta alarga la trompa y se la pone encima del hombro. Él se la quita y se pone fuera de su alcance. La elefanta abre la boca con forma de pala en lo que sólo podría describirse como una sonrisa y empieza a balancear la cabeza, manteniendo el ritmo con las oscilaciones de la trompa.

—¿Para qué quiere saberlo? —le pregunta August.

—Sólo quiero intercambiar unas palabras con él, eso es todo.

213

—¿Por qué?

—Para que sepa en lo que se está metiendo —dice el hombre.

—¿Qué quiere decir?

—Dígame quién es el domador de los elefantes y se lo diré.

August me agarra del brazo y tira de mí.

—Éste es. Él es mi domador de elefantes. Bueno, ¿en qué nos estamos metiendo?

El hombre me mira, aplasta la bola de tabaco contra el fondo de la mejilla y sigue dirigiéndose a August.

—Este que ven aquí es el animal más estúpido que hay sobre la faz de la Tierra.

August parece asombrado.

—Creía que era el mejor elefante. Al dijo que era el mejor de todos.

El hombre sorbe y escupe un chorro de saliva marrón en dirección a la inmensa bestia.

—Si fuera la mejor, ¿por qué iba a ser la única que queda? ¿Creen que son el primer circo que viene a recoger los restos? Pero si han tardado tres días en llegar. Bueno, que tengan buena suerte —se gira para marcharse.

—Espere —dice August apresuradamente—. Cuénteme más cosas. ¿Es mala?

—No. Sólo es más tonta que mandada hacer de encargo.

—¿De dónde procede?

—De un número ambulante de elefantes, de un cochino polaco que cayó muerto en Libertyville. El ayuntamiento la daba por cuatro perras. Pero no fue ninguna

214

ganga, porque desde entonces no ha hecho nada más que comer.

August le mira pálido.

—¿O sea que ni siquiera estaba en un circo?

El hombre pasa por encima de la cuerda y desaparece detrás del animal. Regresa con un palo de un metro de largo con un pincho metálico de diez centímetros en la punta.

—Aquí tienen la pica para la elefanta. La van a necesitar. Que tengan suerte. En lo que a mí respecta, si no vuelvo a ver un paquidermo en lo que me queda de vida, me parecerá poco tiempo —escupe otra vez y se marcha.

August y Marlena se quedan mirándole. Yo vuelvo la vista a tiempo de ver cómo la elefanta saca la trompa del abrevadero. La levanta, apunta y le lanza un chorro de agua al hombre con tal fuerza que le arranca el sombrero de la cabeza.

Él se para con el pelo y la ropa chorreando. Se queda quieto unos instantes. Luego se seca la cara, se inclina para recoger el sombrero, hace una reverencia a los asombrados trabajadores de la carpa y sigue su camino.

DIEZ

August resopla y bufa, y se pone tan rojo que casi parece morado. Luego sale de la tienda, presumiblemente para contárselo a Tío Al.

Marlena y yo nos miramos. Como por un acuerdo tácito, ninguno de los dos le seguimos.

Los hombres van saliendo uno por uno de la carpa. Los animales, ya alimentados y con la sed saciada, se aprestan a pasar la noche. Al final de un día desesperante, llega la calma.

Marlena y yo nos quedamos solos, ofreciendo diversos trozos de comida a la inquisitiva trompa de Rosie. Cuando su extraño dedo como de goma me quita una hebra de heno de los dedos, Marlena se ríe dando un gritito. Rosie sacude la cabeza y abre la boca en una sonrisa.

Me vuelvo y Marlena me está mirando fijamente. En la carpa, los únicos sonidos son los de pasos, gruñidos y lentas masticaciones. Fuera, a lo lejos, alguien toca una armónica; una melodía pegadiza en tiempo de vals que no consigo identificar.

No estoy seguro de cómo ha pasado —¿la he agarrado yo? ¿Lo ha hecho ella?—, pero lo siguiente que sé es que la tengo en mis brazos y estamos bailando, girando y saltando, delante de la cuerda de separación. Mientras damos vueltas alcanzo a ver la trompa levantada de Rosie y su cara sonriente.

Marlena se separa de repente.

Me quedo inmóvil con los brazos todavía en el aire, sin saber qué hacer.

—Eh… —dice Marlena ruborizándose salvajemente y mirando a todas partes menos a mí—. Bueno. En fin. Vamos a esperar a August, ¿de acuerdo?

La miro largo rato. Me dan ganas de besarla. Deseo besarla más de lo que haya deseado ninguna otra cosa en toda mi vida.

—Sí —digo por fin—. Sí. Vale.

Una hora después, August regresa al compartimento. Entra como una fiera y da un portazo. Marlena se dirige inmediatamente a un armario.

—Ese inútil hijo de puta ha pagado dos mil por esa inútil elefanta de mierda —dice lanzando el sombrero a un rincón y arrancándose la chaqueta—. ¡Dos mil putos pavos! —se derrumba en la silla más cercana y oculta la cabeza entre las manos.

Marlena saca una botella de whisky de mezcla, se detiene un instante, mira a August y la vuelve a guardar. En su lugar saca una de whisky de malta.

—Y eso no es lo peor…, qué va —dice August aflojándose la corbata e introduciendo un dedo por el cuello de la camisa—. ¿Quieres saber qué más ha hecho? ¿Mmmmm? Venga, adivina.

220

Habla mirando a Marlena, que se mantiene imperturbable. Sirve cuatro generosos dedos de whisky en tres vasos.

—¡He dicho que adivines! —ladra August.

—Estoy segura de que no lo adivinaría —dice Marlena con calma. Vuelve a poner el tapón en la botella de whisky.

—Se ha gastado el resto del dinero en un puñetero vagón para la elefanta.

Marlena se gira, prestándole una inesperada atención.

—¿No se ha quedado con ningún artista?

—Por supuesto que sí.

—Pero…

—Sí. Exacto —la interrumpe August.

Marlena le da uno de los vasos, me hace un gesto para que coja el mío y luego toma asiento.

Doy un sorbo y espero todo lo que puedo.

—Vale, muy bien, puede que vosotros dos sepáis de qué demonios estáis hablando, pero yo no. ¿Os importaría ponerme al día?

August resopla con las mejillas hinchadas y se retira un mechón de pelo que le ha caído sobre la frente. Se inclina adelante con los codos apoyados en las rodillas. Luego levanta la cara, de manera que sus ojos se clavan en los míos.

—Significa, Jacob, que hemos contratado más gente que no sabemos dónde meter. Significa, Jacob, que Tío Al ha elegido uno de los vagones litera de los trabajadores y lo ha convertido en coche cama para artistas. Y como ha contratado a dos mujeres, hay que dividirlo en dos compartimentos. Significa, Jacob, que para acomodar a menos de una docena de artistas, ahora sesenta y cuatro trabajadores van a tener que dormir en los vagones de plataforma, debajo de los carromatos.

—Eso es una estupidez —digo—. Sólo tendría que acomodar en literas a los que las necesitasen.

—No puede hacer eso —dice Marlena.

—¿Por qué no?

—Porque no se pueden mezclar trabajadores y artistas.

—¿Y no es eso precisamente lo que estamos haciendo Kinko y yo?

—¡Ja! —August gruñe y se endereza en su silla con una mueca irónica tallada en la cara—. Por favor, cuéntanoslo… Me muero por saberlo. ¿Qué tal os va? —estira la cabeza y sonríe.

Marlena toma aire y cruza las piernas. Unos instantes después, su zapato de cuero rojo empieza a balancearse arriba y abajo.

Yo apuro el whisky de golpe y me largo.

Era mucho whisky, y empieza a hacer efecto a medio camino entre el compartimento y los vagones. Y no soy el único bajo la influencia del alcohol: ahora que se han cerrado las «negociaciones», todo el mundo que trabaja en El Espectáculo Más Deslumbrante del Mundo de los Hermanos Benzini se está relajando. Las celebraciones recorren toda la gama, desde *soirées* animadas por el jazz que suena en la radio y explosiones de carcajadas, a grupos desperdigados de hombres desaliñados que se apiñan a cierta distancia del tren y se pasan diversos tipos de productos tóxicos. Veo a Camel, que me saluda con una mano antes de pasar la botella de alcohol de quemar.

Oigo un roce entre la hierba alta y me detengo a investigar. Veo las piernas desnudas de una mujer separadas, con unas piernas de hombre entre ellas. Él gruñe y jadea como un macho cabrío. Tiene los pantalones por las rodillas y sus nalgas peludas bombean arriba y abajo. Ella le agarra la camisa con los puños, gimiendo con cada empellón. Tardo unos instantes en darme cuenta de lo que estoy viendo… Y cuando lo hago, retiro la mirada y me alejo con paso inseguro.

A medida que me acerco al vagón de los caballos, veo que hay gente sentada en la puerta y deambulando alrededor.

Dentro hay todavía más. Kinko ejerce de anfitrión de la fiesta con una botella en la mano y una ebria hospitalidad reflejada en la cara. Cuando me ve, tropieza y cae de bruces. Varias manos se alargan para sujetarle.

—¡Jacob! ¡Mi héroe! —exclama con los ojos enloquecidamente brillantes. Se libera de sus amigos y se levanta—. Chicos… ¡Amigos! —grita a los presentes, unas treinta personas, que ocupan el espacio habitualmente destinado a los caballos de Marlena. Se acerca y me echa un brazo alrededor de la cintura—. Éste es mi queridísimo amigo Jacob —hace una pausa para dar un trago de la botella—. Dadle la bienvenida —dice—, en consideración a mí.

Sus invitados silban y ríen. Kinko ríe hasta que le da la tos. Se suelta de mi cintura y se pone la mano delante de la cara enrojecida hasta que deja de toser. Luego agarra de la cintura a un hombre que está a nuestro lado. Juntos se alejan.

Puesto que el cuarto de las cabras está abarrotado, me dirijo al otro extremo del vagón, donde antes residía Silver Star, y me dejo caer contra la pared de listones.

Algo rebulle en el montón de paja a mi lado. Acerco una mano y lo toco, con la esperanza de que no sea una rata. La cola cortada de Queenie queda al descubierto durante unos instantes, antes de volver a enterrarse aún más profundamente en la paja, como un cangrejo en la arena.

A partir de ahí no recuerdo muy bien el orden de los acontecimientos. Me pasan botellas y estoy bastante seguro de que bebo de casi todas ellas. Al poco rato, todo flota y me siento henchido de una cálida bondad humana hacia todas las cosas y las personas. La gente me echa los brazos por los hombros y yo los míos sobre los suyos. Reímos estentóreamente… de qué, no lo recuerdo, pero todo me parece divertidísimo.

Jugamos a un juego en el que uno tiene que tirarle algo a otro y, si falla, tiene que beber una copa. Yo fallo constantemente. Al final, creo que voy a vomitar y me voy a cuatro patas, para gran regocijo de todos los presentes.

Estoy sentado en el rincón. No sé cómo he llegado aquí, pero me apoyo en la pared con la cabeza entre las rodillas. Me gustaría que el mundo dejara de dar vueltas, pero no lo hace, así que intento apoyar la cabeza en la pared para compensar.

—Vaya, ¿qué tenemos aquí? —dice una voz sensual desde algún lugar muy cercano.

Abro los ojos de golpe. Justo debajo de mi nariz veo veinte centímetros de canalillo bien apretado. Voy subiendo la mirada hasta encontrar una cara. Es Barbara. Parpadeo rápido para intentar ver sólo una de ellas. Dios mío… No hay nada que hacer. Pero no…, espera. No pasa nada. No son muchas Barbaras. Son muchas mujeres.

—Hola, cariño —dice Barbara mientras me acaricia la cara—. ¿Te encuentras bien?

—Mmm —digo intentando asentir con la cabeza.

Ella deja los dedos debajo de mi barbilla mientras se vuelve hacia la rubia que está agachada a su vera.

—Es muy joven. Y más bonito que un San Luis, ¿verdad, Nell?

Nell le da una calada a su cigarrillo y expulsa el humo por un lado de la boca.

—Sí que lo es. Creo que no le había visto nunca.

—Estuvo echando una mano en la carpa del placer hace unas noches —aclara Barbara. Se vuelve hacia mí—. ¿Cómo te llamas, tesoro? —dice suavemente mientras pasa el dorso de los dedos por mi mejilla una y otra vez.

—Jacob —contesto, intentando evitar un eructo.

—Jacob —dice—. Ah, ya sé quién eres. Es el que nos decía Walter —le dice a Nell—. Es nuevo, un novato. Se portó muy bien en la carpa del placer.

Me agarra de la barbilla y la levanta, mirándome profundamente a los ojos. Intento devolverle la mirada, pero me cuesta enfocar.

—Ay, eres una monería. Y dime, Jacob… ¿Has estado alguna vez con una mujer?

—Yo… eh… —digo—. Eh…

Nell suelta una risita. Barbara se endereza y se pone las manos en la cintura.

—¿Qué te parece? ¿Le damos una bienvenida en condiciones?

—Casi no nos queda otro remedio. ¿Un novato y virgen? —pasa una mano entre mis muslos y la desliza por mi entrepierna. Mi cabeza, que se bamboleaba inanimada, se endereza de golpe—. ¿Crees que también será pelirrojo ahí abajo? —dice metiéndome mano.

Barbara se me acerca, me separa las manos y se lleva una a la boca. Le da la vuelta, pasa una larga uña por la palma y me mira fijamente a los ojos mientras recorre el mismo camino con la lengua. Luego coloca la mano sobre su pecho izquierdo, justo donde debe de estar su pezón.

Dios mío. Dios mío. Estoy tocando un pecho. Por encima del vestido, pero así y todo...

Barbara se levanta un instante, se estira la falda, mira furtivamente alrededor y se acuclilla. Trato de interpretar este cambio de posición cuando ella vuelve a agarrarme la mano. Esta vez la mete debajo de la falda y aprieta mis dedos contra la seda caliente y húmeda.

Contengo la respiración. El whisky, el alcohol ilegal, la ginebra, el lo-que-sea, todo se disipa en un instante. Mueve mi mano arriba y abajo por sus extraños y maravillosos valles.

Mierda. Podría correrme ahora mismo.

—Mmmmm —ronronea reordenando mis dedos de manera que el corazón entre más profundamente en su interior. La seda caliente se abulta a ambos lados de mi dedo, palpitando bajo mi caricia. Me quita la mano, la vuelve a dejar sobre mi rodilla y le da a mi entrepierna un apretón de prueba—. Mmmmmm —dice con los ojos entornados—. Ya está listo, Nell. Diablos, me encantan a esta edad.

226

El resto de la noche pasa en destellos epilépticos. Sé que me encuentro encajado entre dos mujeres, pero creo que me caigo por la puerta del vagón. Por lo menos, recuerdo estar tirado boca abajo en el suelo. Luego me suben y me arrastran en la oscuridad hasta que estoy sentado en el borde de una cama.

Ahora estoy seguro de que hay dos Barbaras. Y dos de la otra también. Nell se llamaba, ¿no?

Barbara retrocede unos pasos y levanta los brazos. Echa la cabeza hacia atrás y se pasa las manos por todo el cuerpo, bailando y moviéndose a la luz de las velas. Tengo interés…, de eso no cabe la menor duda. Pero es que ya no puedo seguir manteniéndome recto. Así que caigo de espaldas.

Alguien tira de mis pantalones. Balbuceo cualquier cosa, no sé muy bien qué, pero estoy seguro de que no es para darles ánimos. De repente no me encuentro muy bien.

Oh, Dios mío. Me está tocando —eso—, acariciándolo con cuidado. Me apoyo sobre los codos y bajo la mirada. Está floja, como una diminuta tortuga rosa que se esconde en su caparazón. También parece estar pegada a la pierna. Ella la despega, pone las dos manos en mis muslos para separarlos y va a por mis pelotas. Las acoge en una mano y juguetea con ellas mientras observa mi pene. Éste cuelga sin reaccionar a sus manipulaciones mientras yo lo contemplo apesadumbrado.

La otra mujer —ahora, de nuevo, hay sólo una; ¿cómo diablos voy a conseguir enterarme de una vez?— está tumbada en la cama junto a mí. Extrae un pecho escuálido del vestido y me lo acerca a la boca. Me lo frota por toda la cara. Ahora aproxima su boca pintada a mí, unas fauces insaciables con la lengua fuera. Giro la cara hacia la derecha, donde no hay nadie. Y entonces noto que una boca se cierra alrededor de mi pene.

Contengo la respiración. Las mujeres ríen, pero con un sonido seductor, un sonido provocador, mientras siguen intentando lograr una respuesta.

Oh, Dios, oh, Dios, me la está chupando. *Me la está chupando*, por el amor de Dios.

No voy a ser capaz de...

Oh, Dios mío, tengo que...

Vuelvo la cabeza y vacío toda la desafortunada mezcla que contiene mi estómago encima de Nell.

Oigo el insoportable ruido de algo que rasca. Luego, la oscuridad que me cubre se rompe con una franja de luz.

Kinko me está mirando.

—Despierta, hermoso. El jefe te busca.

Sostiene abierta una tapa. Todo empieza a tener sentido, porque en cuanto mi cuerpo nota que mi cerebro se ha puesto en funcionamiento, pronto resulta evidente que estoy metido dentro de un baúl.

Kinko deja la tapa abierta y se aparta. Desencajo mi pobre cuello anquilosado y me esfuerzo por adoptar la posición de sentado. El baúl está dentro de una carpa, rodeado de múltiples percheros llenos de trajes de vibrantes colores, elementos de atrezo y tocadores con espejo.

—¿Dónde estoy? —grazno. Toso para intentar aclararme la garganta seca.

—En el Callejón de los Payasos —dice Kinko señalando los botes de pintura que se ven sobre un tocador.

Levanto un brazo para protegerme los ojos y descubro que éste está enfundado en seda. En una bata de seda roja, para ser exacto. Una bata de seda roja que está abierta. Miro para abajo y descubro que me han afeitado los genitales.

Cierro apresuradamente la bata, preguntándome si Kinko lo habrá visto.

Dios de mi vida, ¿qué hice anoche? No tengo ni idea. Sólo algunos retazos de recuerdos, y…

Oh, Dios. Le vomité encima a una mujer.

Me levanto con dificultad y anudo el cinturón de la bata. Me paso la mano por la frente, que noto inusualmente escurridiza. Cuando miro la mano, la tengo blanca.

—¿Qué demonios…? —digo mirándome la mano asombrado.

Kinko se gira y me da un espejo. Me hago con él muy nervioso. Cuando lo levanto ante mi cara, un payaso me devuelve la mirada.

Saco la cabeza de la carpa, miro a derecha e izquierda y corro hacia el vagón de los caballos. Me acompañan carcajadas y silbidos.

—Uuuyyyy, ¡mirad a esa tía buena!

—Eh, Fred, ¡fíjate en la chica nueva de la carpa del placer!

—Oye, nena… ¿tienes planes para esta noche?

Me meto en el cuarto de las cabras y cierro con un portazo, apoyándome en la puerta. Respiro agitadamente hasta que las risas de fuera van cediendo. Agarro un trapo y me limpio la cara otra vez. Me la froté bien antes de salir del Callejón de los Payasos, pero no sé por qué, no me parece que esté limpia del todo. Creo que ninguna parte de mí volverá a estar limpia del todo. Y lo peor de todo es que ni siquiera sé lo que hice. Sólo recuerdo fragmentos y, por muy espeluznantes que sean, peor es no saber lo que pasó entre unos y otros.

De repente se me pasa por la cabeza que no sé si sigo siendo virgen o no.

Meto la mano dentro de la bata y me rasco las pelotas irritadas.

Kinko entra unos minutos después. Yo estoy tumbado en mi jergón con los brazos sobre la cabeza.

—Será mejor que muevas el culo —dice—. El jefe sigue buscándote.

Algo resuella junto a mi oreja. Giro la cabeza y me doy con un hocico húmedo. Queenie salta hacia atrás como si hubiera sido disparada por una catapulta. Me contempla desde un metro de distancia, olisqueando cautelosa. Ah, supongo que esta mañana debo de ser una mezcla de olores. Dejo caer la cabeza de nuevo.

—¿Quieres que te despidan o qué? —dice Kinko.

—En este momento, me da lo mismo —farfullo.

—¿Qué?

—Me voy a ir de todas formas.

—¿Qué demonios quieres decir?

No puedo responder. No puedo explicarle que no sólo me he degradado más allá de toda verosimilitud

230

y toda redención, sino que además he desperdiciado mi primera oportunidad de tener relaciones sexuales, algo en lo que he estado pensando constantemente los últimos ocho años. Por no hablar de que he vomitado encima de una de las mujeres que se me ofrecían, que me he desmayado y que alguien me ha afeitado las pelotas, me ha pintado la cara y me ha metido en un baúl. Aunque debe de saberlo en parte, ya que ha sido él quien me ha encontrado esta mañana. Puede que incluso participara en las celebraciones.

—No seas nena —dice—. ¿Quieres acabar errando por las vías como esos pobres vagabundos de ahí fuera? Anda, sal ahora mismo, antes de que te despidan.

Me quedo inmóvil.

—¡He dicho que te levantes!

—¿A ti qué te importa? —gruño—. Y deja de gritar. Me duele la cabeza.

—¡Levántate de una vez o voy a hacer que te duela todo lo demás!

—¡Vale! ¡Pero deja de gritar!

Me levanto a duras penas y le lanzo una mirada asesina. Tengo la cabeza como un bombo, y noto como si llevara pesos de plomo en todas las articulaciones. Puesto que no deja de mirarme, me vuelvo hacia la pared y no me quito la bata hasta que me he puesto los pantalones, en un intento de ocultar mi falta de vello. Aun así, la cara me arde.

—Ah, y ¿me permites que te dé un consejo? —dice Kinko—. No estaría de más que le mandaras unas flores a Barbara. La otra no es más que una puta, pero Barbara es una amiga.

Me siento tan invadido por la vergüenza que casi pierdo la consciencia. Cuando desaparece el impulso de desmayarme, clavo los ojos en el suelo, convencido de que nunca podré volver a mirar a la cara a nadie.

El tren de los Hermanos Fox ha sido retirado de la vía muerta y el tan cacareado vagón de la elefanta está ahora enganchado justo detrás de nuestra locomotora, donde el traqueteo es más suave. Tiene tragaluces en lugar de rendijas y es de metal. Los chicos del Escuadrón Volador están muy ocupados desmontando las tiendas; ya han desmantelado la mayoría de las grandes, dejando a la vista los edificios de Joliet que ocultaban. Una pequeña multitud de vecinos se ha acercado a contemplar la actividad.

Me encuentro con August en la carpa de las fieras, de pie ante la elefanta.

—¡Muévete! —le grita agitando la pica delante de su cara.

Ella balancea la trompa y parpadea.

—¡He dicho que te muevas! —se sitúa detrás de ella y le pincha en la parte posterior de la pata—. ¡Muévete, maldita sea! —ella entrecierra los ojos y pega sus enormes orejas contra la cabeza.

August me ve y se queda paralizado. Tira la pica a un lado.

—¿Una noche movida? —dice con ironía.

El rubor asciende por mi nuca y se extiende por toda mi cara.

—No me lo digas. Agarra un palo y ayúdame a mover a esta estúpida bestia.

Pete aparece detrás de mí estrujando el sombrero entre las manos.

—¿August?

August se vuelve furioso.

—Oh, por el amor de Dios. ¿Qué pasa, Pete? ¿No ves que estoy ocupado?

—Ha llegado la comida de los felinos.

—Bien. Ocúpate de todo. No nos queda mucho tiempo.

—¿Qué quieres que haga con ella exactamente?

—¿Tú qué coño crees que quiero que hagas con ella?

—Pero, jefe… —dice Pete claramente ofendido.

—¡Maldita sea! —dice August. La vena de la sien se le hincha peligrosamente—. ¿Es que tengo que hacerlo yo todo, joder? Toma —dice entregándome el pincho—. Enséñale algo a esa bestia. Cualquier cosa me vale. Que yo sepa, lo único que sabe hacer es cagar y comer.

Agarro la pica y le observo abandonar furioso la carpa. Todavía tengo la mirada fija en él cuando la trompa de la elefanta me pasa por delante de la cara y me echa aire caliente en la oreja. Giro y me doy de bruces con un ojo color ámbar. Me guiña. Mi mirada se traslada de ese ojo al pincho que sujeto en la mano.

Vuelvo a mirar al ojo, que me guiña de nuevo. Me inclino y dejo la pica en el suelo.

Ella balancea la trompa delante de sí y agita las orejas como hojas inmensas. Abre la boca en una sonrisa.

—Hola —digo—. Hola, Rosie. Soy Jacob.

Tras un instante de duda, alargo la mano, sólo un poco. La trompa pasa resoplando. Envalentonado, me estiro un poco más y le pongo la mano en el flanco. La piel es áspera y cerdosa, y sorprendentemente cálida.

—Hola —le digo otra vez, dándole una palmada de prueba.

Su oreja, como la vela de un barco, se mueve adelante y atrás, y luego vuelve a acercar la trompa. La toco con cautela y después se la acaricio. Estoy completamente enamorado, y tan concentrado que no me percato de la presencia de August hasta que se planta delante de mí.

—¿Qué demonios os pasa esta mañana? Debería despediros a todos y cada uno de vosotros: Pete se niega a ocuparse de sus responsabilidades y tú, que primero montas un numerito de desaparición, luego te pones a hacerle carantoñas a la elefanta. ¿Dónde está la puñetera pica?

Me agacho y la recojo. August me la arranca de las manos y la elefanta pega otra vez las orejas a la cabeza.

—Venga, princesa —dice August dirigiéndose a mí—. Tengo un trabajo que tal vez puedas llevar a cabo. Vete a buscar a Marlena. Encárgate de que no se acerque a la parte de atrás de la carpa de las fieras durante un rato.

—¿Por qué?

August respira profundamente y aprieta el pincho con tal fuerza que se le ponen los nudillos blancos.

—Porque yo lo digo. ¿Vale? —asevera con los dientes apretados.

Naturalmente, me dirijo a la parte de atrás de la carpa de las fieras para ver lo que se supone que Marlena no debe ver. Doblo la esquina en el mismo instante en que Pete le corta el cuello a un decrépito caballo gris. El animal relincha mientras su sangre sale disparada a dos metros del agujero que le ha abierto.

—¡Dios mío! —exclamo al tiempo que salto hacia atrás.

El corazón del caballo se va deteniendo y los chorros pierden fuerza. Al final, el animal cae de rodillas y se derrumba. Araña el suelo con las manos y luego se queda inmóvil. Tiene los ojos abiertos de par en par. Un charco de sangre oscura se extiende desde su cuello.

Pete me mira, todavía inclinado sobre el animal trémulo.

A su lado, atado a una estaca, hay un escuálido caballo bayo fuera de sí de miedo. Las ventanas de la nariz dilatadas, enrojecidas, los belfos abiertos. La soga que lo sujeta está tan tirante que parece que se vaya a romper. Pete pasa junto al caballo muerto, agarra la soga cerca de la cabeza del otro caballo y le cercena el cuello. Más chorros de sangre, más estertores de muerte, otro cuerpo que cae.

Pete está de pie, con los brazos caídos a los lados, arremangado hasta más arriba de los codos y el cuchillo ensangrentado todavía en la mano. Contempla al caballo hasta que muere, y después levanta la cara hacia mí.

Se limpia la nariz, escupe y vuelve a reanudar la labor que le ocupa.

—¿Marlena? ¿Estás ahí? —pregunto mientras llamo a la puerta de su compartimento.

—¿Jacob? —suena una voz débil.

—Sí —contesto.

—Entra.

Está de pie junto a una de las ventanas, mirando hacia el morro del tren. Cuando entro, vuelve la cabeza.

Tiene los ojos muy abiertos, la cara sin riego sanguíneo.

—Oh, Jacob... —la voz le tiembla. Está al borde de las lágrimas.

—¿Qué pasa? ¿Qué te ocurre? —digo mientras cruzo la estancia.

Ella se lleva una mano a la boca y vuelve a girarse hacia la ventana.

August y Rosie efectúan su trabajoso recorrido en dirección a la cabecera del tren. Su avance es arduo, y todos los presentes en la explanada se han parado a mirar.

August la golpea por detrás y Rosie corre unos cuantos pasos. Cuando August la alcanza de nuevo, le vuelve a pegar, tan fuerte esta vez que Rosie levanta la trompa, barrita y huye hacia un lado. August suelta una larga letanía de juramentos y corre tras ella, blandiendo la pica y clavándosela en los flancos. Rosie gime, pero esta vez no se mueve ni un centímetro. Incluso desde lejos, podemos apreciar cómo tiembla.

Marlena se traga un sollozo. En un impulso, busco su mano. Cuando la encuentro, me aprieta tan fuerte los dedos que me hace daño.

Después de algunos golpes y pinchazos más, Rosie acierta a ver su vagón en la cabecera del tren. Levanta la trompa y suelta un bocinazo, saliendo luego en estruendosa carrera. August desaparece bajo la nube de polvo que deja detrás y los aterrados peones se apartan de su camino. Ella se sube al vagón con notable alivio.

El polvo se dispersa y August reaparece, gritando y agitando los brazos. Diamond Joe y Otis trepan al vagón, despacio, con tranquilidad, y se disponen a cerrarlo.

ONCE

Kinko pasa las primeras horas del trayecto a Chicago utilizando trozos de carne seca para enseñarle a ponerse en pie sobre las patas traseras a Queenie, que, al parecer, se ha recuperado de la diarrea.

—¡Arriba! ¡Arriba, Queenie, arriba! Muy bien. ¡Buena chica!

Yo estoy tendido en mi jergón, acurrucado y de cara a la pared. Mi estado físico es tan lamentable como el mental, que ya es decir. Tengo la cabeza atestada de visiones, todas liadas unas con otras como una madeja de cordel: mis padres vivos, llevándome a Cornell. Mis padres muertos sobre las baldosas verdes y blancas. Marlena bailando conmigo en la carpa de las fieras. Marlena esta mañana, conteniendo las lágrimas junto a la ventana. Rosie y su trompa oscilante y fisgona. Rosie, tres metros de altura y sólida como una montaña, gimiendo por los golpes de August. August bailando claqué en el techo de un tren en marcha. August convertido en un demente con la pica en la mano. Barbara meciendo sus melones en el escenario. Barbara y Nell y sus expertas atenciones.

El recuerdo de la noche pasada me golpea como un martillo pilón. Cierro los ojos con fuerza, intentando obligar a mi cabeza a quedarse en blanco, pero no da resultado. Cuanto más perturbador es el recuerdo, más persistente es su presencia.

Por fin cesa el excitado bullicio de Queenie. Al cabo de unos segundos, los muelles del camastro de Kinko chirrían. Luego se hace el silencio. Me está observando. Lo puedo sentir. Me doy la vuelta para mirarle.

Está en el borde del camastro, con los pies desnudos cruzados y su pelo rojo revuelto. Queenie trepa a su regazo, dejando las patas traseras estiradas hacia afuera, como una rana.

—Bueno, ¿cuál es tu historia, si puede saberse? —dice Kinko.

Los rayos del sol brillan como cuchillos entre las rendijas a sus espaldas. Me tapo los ojos y hago una mueca.

—No. Te lo pregunto en serio. ¿De dónde eres?

—De ningún sitio —digo rodando otra vez hacia la pared. Me pongo la almohada por encima de la cabeza.

—¿Por qué estás tan enfadado? ¿Por lo de anoche?

Su sola mención hace que me suba bilis a la garganta.

—¿Te da vergüenza o algo por el estilo?

—Oh, por amor de Dios, ¿no puedes dejarme en paz? —le espeto.

Kinko se queda callado. Al cabo de unos segundos vuelvo a darme la vuelta. Él sigue mirándome mientras juega con las orejas de Queenie. Ésta le lame la otra mano, meneando su corto rabo.

—Lo siento —digo—. Nunca había hecho una cosa así.

—Sí, ya, creo que eso quedó bastante claro.

Me agarro la cabeza, que me va a estallar, con ambas manos. Lo que no daría por unos cinco litros de agua…

—Mira, no tiene la menor importancia —continúa—. Ya aprenderás a controlar el alcohol. Y en cuanto a lo otro… Bueno, tenía que devolverte la del otro día. Tal como yo lo veo, esto nos pone en igualdad de condiciones. En realidad, puede que todavía te deba una. Esa miel le funcionó a Queenie como un tapón de corcho. Bueno, ¿sabes leer?

Parpadeo unas cuantas veces.

—¿Cómo? —digo.

—A lo mejor prefieres leer, en vez de quedarte ahí tirado reconcomiéndote.

—Creo que prefiero quedarme tirado reconcomiéndome —cierro los ojos y me los tapo con una mano. Tengo la sensación de que el cerebro es demasiado grande para el cráneo, los ojos me duelen y creo que voy a vomitar. Y me pican las pelotas.

—Como quieras —dice él.

—Puede que en otro momento —digo.

—Claro. Lo que sea.

Una pausa.

—¿Kinko?

—¿Sí?

—Te agradezco la oferta.

—Claro.

Una pausa más larga.

—¿Jacob?

—¿Sí?

—Si quieres, me puedes llamar Walter.

Debajo de la mano, abro los ojos como platos.

Su camastro chirría al buscar la postura. Echo una mirada disimulada entre los dedos. Dobla una almohada por la mitad, se tumba y coge un libro de la caja. Queenie se acomoda a sus pies. Las cejas de la perra se estremecen en un gesto de preocupación.

El tren se acerca a Chicago a última hora de la tarde. A pesar de las palpitaciones en la cabeza y el dolor por todo el cuerpo, me sitúo delante de la puerta abierta del vagón y estiro el cuello para ver bien. Después de todo, ésta es la ciudad de la Masacre del Día de San Valentín, del jazz, de los gánsteres y de los garitos clandestinos.

Puedo ver un montón de edificios altos a lo lejos, y mientras intento dilucidar cuál de ellos es el famoso Allerton llegamos a los mataderos. Se extienden a lo largo de muchos kilómetros, y para cruzarlos reducimos la velocidad al mínimo. Las construcciones son bajas y feas, y los corrales, abarrotados de reses aterradas y famélicas y de cerdos mugrientos y ruidosos, llegan hasta las mismas vías. Pero eso no es nada comparado con el ruido y el olor que salen de los edificios: al cabo de unos minutos, el hedor de la sangre y los gañidos estridentes hacen que vuelva corriendo al cuarto de las cabras y apriete la nariz contra la apestosa manta de caballo... Cualquier cosa con tal de tapar el olor de la muerte.

Tengo el estómago tan frágil que, a pesar de que la explanada está bastante alejada de los mataderos, me quedo en el vagón de los caballos hasta que todo está montado. Después, buscando la compañía de los animales, entro en el recinto de las fieras y recorro el interior.

Es imposible describir la ternura que he empezado a sentir por ellos: hienas, camellos y todos los demás. Hasta el oso polar, que veo tumbado sobre su costado, mordisqueando sus zarpas de doce centímetros con sus dientes de doce centímetros. El amor por estos animales me invade repentinamente, como un torrente, y se eleva dentro de mí, sólido como un obelisco y fluido como el agua.

Mi padre consideró que era su deber seguir atendiendo a los animales mucho después de que dejaran de pagarle. No podía quedarse observando a un caballo con cólico o a una vaca dar a luz a un becerro de nalgas sin hacer nada, aunque eso significara la ruina personal. El paralelismo es innegable. No hay duda de que yo soy lo único que media entre estos animales y las prácticas comerciales de August y Tío Al, y lo que mi padre haría —lo que mi padre querría que *yo* hiciera— es cuidar de ellos, y estoy poseído de ese rotundo e inamovible convencimiento. Hiciera lo que hiciera anoche, no puedo abandonar a estos animales. Soy su pastor, su protector. Y es algo más que un deber. Es un compromiso con mi padre.

Uno de los chimpancés necesita una caricia, así que le dejo que se me acomode en la cadera mientras hago la ronda de la carpa. Llego a una amplia área vacía y deduzco que es la de la elefanta. Es posible que August tenga dificultades para bajarla del tren. Si estuviera mínimamente a bien con él, iría a ver si puedo echarle una mano. Pero no lo estoy.

—Hola, Doc —dice Pete—. Otis dice que una de las jirafas se ha resfriado. ¿Quieres echarle un vistazo?

—Por supuesto —contesto.

—Vamos, Bobo —dice Pete mientras intenta hacerse con el chimpancé.

Las patas y los brazos peludos del mono se abrazan a mí con más fuerza.

—Vamos, hombre —le digo intentando liberarme de sus brazos—. Enseguida vuelvo.

Bobo no mueve ni un músculo.

—Venga, vamos —digo.

Nada.

—De acuerdo. Un último abrazo y se acabó —digo pegando mi cara a su piel oscura.

El chimpancé dibuja una sonrisa enorme y me besa en la mejilla. Luego se baja, se agarra a la mano de Pete y sale con los andares bamboleantes de sus patas arqueadas.

Una pequeña cantidad de pus fluye del largo tracto nasal de la jirafa. Es algo que no me inquietaría en un caballo, pero, dado que no sé mucho de jirafas, prefiero jugar sobre seguro y aplicarle una cataplasma en el cuello, maniobra que requiere una escalera, con Otis a los pies para facilitarme los ingredientes.

La jirafa es tímida y bella, y posiblemente una de las criaturas más extrañas que haya visto en mi vida. Su cuello y patas son delicados, el cuerpo oblicuo y cubierto de manchas como piezas de un rompecabezas. Unas extrañas protuberancias peludas emergen de lo más alto de su cabeza triangular, entre sus grandes orejas. Sus ojos son grandes y oscuros, y tiene los belfos aterciopelados de un caballo. Lleva puesto un arnés y me sujeto a él, pero la verdad es que se queda bastante quieta mientras le limpio la nariz y le envuelvo el cuello en franela. Cuando termino, bajo de la escalera.

—¿Puedes sustituirme un rato? —le pregunto a Otis mientras me limpio las manos con un trapo.

—Claro. ¿Por qué?

—Tengo que ir a un sitio —digo.

Otis entorna los ojos.

—No irás a largarte, ¿verdad?

—¿Qué? No. Claro que no.

—Será mejor que me lo digas a la cara, porque si vas a hacerlo yo no pienso cubrirte.

—No me voy a marchar. ¿Por qué iba a marcharme?

—Por culpa de... Bueno, ya sabes. De ciertos acontecimientos.

—¡No! No voy a marcharme. Y olvídalo ya, ¿de acuerdo?

¿Es que no hay nadie que no se haya enterado de los detalles de mi infortunio?

Me voy a pie y, al cabo de unos tres kilómetros, llego a un área residencial. Las casas están deterioradas, y muchas tienen tableros en las ventanas. Paso por una cola del pan, una larga fila de gente desaliñada y desmoralizada que sale de la puerta de una misión. Un chico negro se ofrece a limpiarme los zapatos y, aunque me gustaría que lo hiciera, no tengo un solo centavo en mi haber.

Por fin llego a una iglesia. Me quedo un buen rato sentado en uno de los bancos del fondo, con la mirada fija en las vidrieras que hay detrás del altar. Aunque deseo profundamente la absolución, soy incapaz de afrontar la confesión. Finalmente, me levanto del banco y voy a encender unas velas votivas por mis padres.

Cuando estoy a punto de marcharme veo a Marlena; debe de haber entrado mientras yo estaba en la capilla lateral. Sólo puedo verla de espaldas, pero estoy seguro de que es ella. Está en el primer banco, con un vestido amarillo pálido y un sombrero a juego. Su cuello es frágil, los hombros cuadrados. Unos cuantos rizos de cabello castaño se asoman por debajo del sombrero.

Se arrodilla en un cojín para rezar y un puño de hierro se cierra alrededor de mi corazón.

Salgo de la iglesia antes de causarle más daño a mi alma.

Cuando regreso a la explanada, Rosie ya está instalada en la carpa de las fieras. No sé cómo, y no lo pregunto.

Sonríe cuando me acerco, y luego se rasca un ojo cerrando la punta de la trompa como un puño. La observo durante un par de minutos y luego paso por encima de la cuerda. Ella pega las orejas y entorna los ojos. El corazón me da un vuelco porque creo que me está respondiendo. Entonces oigo la voz.

—¿Jacob?

Me quedo mirando a Rosie un par de segundos más antes de girarme.

—Oye una cosa —dice August frotando la punta de una de sus botas contra la tierra—. Sé que he sido un poco brusco contigo estos últimos días.

Se supone que yo debería decir algo en este punto, algo que le hiciera sentirse mejor, pero no lo hago. No me siento especialmente conciliador.

—Lo que quiero decir es que he ido un poco lejos. Agobios del trabajo, ya sabes. Pueden acabar con una persona —alarga la mano—. Así que, ¿somos amigos otra vez?

Me tomo unos segundos más y la estrecho. Después de todo es mi jefe. Ya que he tomado la decisión de quedarme, sería una tontería exponerme a que me despidan.

—Buen chico —dice apretándome la mano con fuerza y propinándome una palmada en el hombro con la otra—. Esta noche os voy a sacar por ahí a Marlena y a ti. Para que me perdonéis los dos. Conozco un rinconcito genial.

—¿Y el espectáculo?

—No tiene sentido hacer el espectáculo. Todavía nadie sabe que estamos aquí. Eso es lo que pasa cuando alteras la ruta y cambias todos los planes —suspira—. Pero Tío Al sabrá lo que hace. Digo yo.

—No sé... —digo—. Lo de anoche fue un poco... fuerte.

—¡Un clavo saca otro clavo, Jacob! ¡Un clavo saca otro clavo! Ven a las nueve —sonríe feliz y se marcha.

Le miro alejarse, pensando en lo poco que me apetece pasar un rato en su compañía, y en lo mucho que me gustaría pasarlo con Marlena.

La puerta del compartimento se abre, dejando ver a Marlena, imponente con su vestido de satén rojo.

—¿Qué ocurre? —dice bajando la mirada sobre sí misma—. ¿Le pasa algo a mi vestido? —se contorsiona para examinarse el cuerpo y las piernas.

—No —digo—. Estás estupenda.

Levanta los ojos a los míos.

August sale de detrás de la cortina verde, vestido de frac. Me echa un vistazo y dice:

—No puedes ir así.

—No tengo nada más.

—Pues tendrás que pedirlo prestado. Venga. Pero date prisa, que el taxi está esperando.

El taxi serpentea por un laberinto de solares vacíos y callejones antes de frenar bruscamente en una esquina de un barrio industrial. August se apea y le da al conductor un billete enrollado.

—Vamos —dice sacando a Marlena del asiento trasero. Yo la sigo.

Nos encontramos en un callejón flanqueado por inmensos almacenes de ladrillo. Las farolas iluminan la textura rugosa del asfalto. El viento barre la basura a un lado del callejón. En el otro hay coches aparcados —turismos, cupés, sedanes, hasta limusinas—, todos brillantes y nuevos.

August se para delante de una puerta de madera empotrada. Da unos golpes secos y espera moviendo un pie impaciente. Una mirilla rectangular se desliza y muestra los ojos de un hombre bajo una única ceja espesa.

—¿Sí?

—Hemos venido a ver el espectáculo —dice August.

—¿Qué espectáculo?

248

—Hombre, el de Frankie, naturalmente —dice August con una sonrisa.

La mirilla se cierra. Se oyen ruidos metálicos seguidos por el inconfundible sonido de una cerradura de seguridad. La puerta se abre.

El hombre nos echa una mirada rápida. Luego nos invita a pasar y cierra la puerta. Cruzamos un vestíbulo con baldosas, pasamos por delante de un guardarropa con empleadas de uniforme y descendemos unos escalones que conducen a un salón de baile con suelo de mármol. Aparatosas arañas de cristal cuelgan de los techos altos. Una orquesta toca sobre una plataforma elevada y la pista está abarrotada de parejas. Mesas y reservados en forma de U rodean la pista. Separada por unos escalones y a lo largo de toda la pared del fondo hay una barra chapada en madera, atendida por camareros de esmoquin, con cientos de botellas alineadas en estantes colgados sobre un espejo ahumado.

Marlena y yo esperamos en uno de los reservados tapizados de cuero mientras August va por las bebidas. Marlena observa a la orquesta. Tiene las piernas cruzadas y ese pie suyo ya está rebotando otra vez. Se mueve al ritmo de la música y gira el tobillo.

Una copa aterriza delante de mí. Un segundo después, August se deja caer junto a Marlena. Examino la copa y descubro que contiene cubitos de hielo y whisky.

—¿Estás bien? —pregunta Marlena.

—Muy bien —contesto.

—Estás un poco verdoso —continúa ella.

—Nuestro querido amigo Jacob sufre una ligerísima resaca —dice August—. Está sacando un clavo con otro.

—Bueno, no te olvides de avisarme si tengo que quitarme de en medio —dice Marlena recelosa antes de volver a mirar a la orquesta.

August levanta la copa.

—¡Por los amigos!

Marlena se vuelve lo justo para localizar su cóctel espumoso y levanta su copa por encima de la mesa mientras nosotros entrechocamos las nuestras. Bebe de la pajita con gesto elegante, sujetándola entre sus dedos de uñas pintadas. August se bebe su whisky de un trago. Cuando el mío me roza los labios, la lengua impide instintivamente su avance. August me está observando, así que hago como que bebo y dejo la copa en la mesa.

—Eso es, muchacho. Unos cuantos de ésos y te encontrarás como una rosa.

No sé si será así, pero desde luego Marlena vuelve a la vida tras su segundo alexander. Arrastra a August a la pista de baile. Mientras él la hace dar vueltas, yo vacío el contenido de mi copa en la maceta de una palmera.

Marlena y August vuelven al reservado, sofocados por el baile. Marlena suspira y se abanica con un menú. August enciende un cigarrillo.

Sus ojos caen sobre mi copa vacía.

—Oh… Veo que he sido muy descuidado —dice. Se levanta—. ¿Lo mismo?

—Ah, lo que haga falta —digo sin entusiasmo. Marlena se limita a mover la cabeza, absorta de nuevo en lo que ocurre en la pista de baile.

August lleva unos treinta segundos ausente cuando ella se levanta y me agarra de la mano.

—¿Qué haces? —digo entre risas mientras me tira del brazo.

—¡Venga! ¡Vamos a bailar!

—¿Qué?

—¡Me encanta esta canción!

—No... Yo...

Pero no hay nada que hacer. Ya estoy de pie. Me arrastra hasta la pista, bailando y tocando pitos. Cuando nos encontramos rodeados de otras parejas, se vuelve hacia mí. Respiro profundamente y la tomo en mis brazos. Esperamos un par de compases y nos lanzamos a flotar por la pista sumergidos en un turbulento mar de gente.

Es ligera como el aire, nunca pierde el paso y eso es toda una proeza, teniendo en cuenta lo torpe que estoy yo. Y no es que no sepa bailar, que sí sé. No sé qué demonios me está pasando. Desde luego, no estoy borracho.

Se separa de mí dando vueltas y luego vuelve pasando por debajo de mi brazo, de manera que su espalda queda pegada a mi pecho. Mi antebrazo descansa en su clavícula, piel contra piel. Coloca su cabeza bajo mi barbilla, el cabello perfumado, su cuerpo caliente por el esfuerzo. Y entonces se aleja otra vez, desenrollándose como una cinta.

Cuando acaba la música, los bailarines silban y aplauden levantando las manos por encima de sus cabezas, y ninguno con más entusiasmo que Marlena. Miro hacia nuestro reservado. August nos observa con los brazos cruzados y mal disimulada furia. Me separo de Marlena.

—¡Redada!

Pasamos un instante de estupor y luego el grito se repite:

—¡REDADA! ¡Todo el mundo fuera!

Me veo arrastrado por una marea de cuerpos. La gente grita, empujándose unos a otros en un intento frenético de alcanzar la salida. Marlena va unas personas por delante de mí y mira para atrás rodeada de cabezas que se agitan y rostros desencajados.

—¡Jacob! —grita—. ¡Jacob!

Lucho por acercarme a ella, chocando contra los cuerpos.

Agarro una mano en el mar de carne y sé que es Marlena por la expresión de su cara. La sujeto con fuerza mientras busco a August entre la multitud. Sólo veo desconocidos.

Marlena y yo nos distanciamos en la puerta. Segundos más tarde me veo arrastrado hacia un callejón. La gente chilla y se apiña en los coches. Los motores se encienden, las bocinas braman y los neumáticos chirrían.

—¡Vamos! ¡Vamos! ¡Todos fuera de aquí!

—¡Vámonos!

Marlena aparece de la nada y me agarra la mano. Corremos como locos entre el aullido de las sirenas y el estruendo de los silbatos. Cuando nos llega el sonido de un disparo, obligo a Marlena a entrar por una callejuela más estrecha.

—Espera —dice sin resuello, reduciendo el paso y saltando a la pata coja para quitarse un zapato. Se apoya en mi brazo y se quita el otro—. Ya está —dice sujetando ambos zapatos en una mano.

Corremos zigzagueando por callejas y callejones desiertos hasta que ya no oímos las sirenas, el gentío y las ruedas chirriantes. Al final nos detenemos bajo una escalera de incendios de hierro, exhaustos.

—Dios mío —dice Marlena—. Dios mío, qué cerca hemos estado. Me pregunto si August habrá escapado.

—Espero que sí —digo respirando con dificultad. Me inclino y apoyo las manos en las rodillas.

Al cabo de unos instantes, levanto la mirada hacia Marlena. Me mira fijamente, respirando por la boca. Rompe a reír frenética.

—¿Qué? —pregunto.

—No, nada —dice ella—. Nada —sigue riendo, pero parece peligrosamente cercana a las lágrimas.

—¿Qué pasa? —digo.

—Bah —dice ella sorbiendo y llevándose un dedo al lagrimal de un ojo—. Es que esta vida es una locura, nada más. ¿Tienes un pañuelo?

Me palpo los bolsillos y doy con uno. Lo toma y se seca la frente; luego se lo pasa por el resto de la cara.

—Ay, estoy hecha un desastre. ¡Y fíjate en mis medias! —exclama señalando sus pies descalzos. Los dedos le asoman por las punteras destrozadas—. ¡Oh, y son de seda! —su voz es aguda y poco natural.

—¿Marlena? —digo suavemente—. ¿Te encuentras bien?

Se aprieta el puño contra la boca y gime. Voy a agarrarla del brazo, pero se gira. Supongo que se va a poner de cara a la pared, pero sigue girando y se pone a dar vueltas como un derviche. A la tercera vuelta la agarro por los hombros y pego mi boca a la suya. Ella se envara y toma aire entre mis labios. Un instante después se relaja. Sube los dedos hasta mi cara. Luego se separa de golpe, retrocede varios pasos y me mira con los ojos desencajados.

—Jacob —dice con la voz quebrada—. Dios mío... Jacob.

—Marlena —doy un paso adelante y me paro—. Lo siento. No debería haber hecho eso.

Me observa con una mano sobre la boca. Sus ojos son pozos oscuros. Luego se apoya en la pared para ponerse los zapatos con la mirada clavada en el asfalto.

—Marlena, por favor —extiendo las manos, implorante.

Encaja el segundo zapato y sale corriendo. Avanza tambaleante e insegura.

—¡Marlena! —digo corriendo algunos pasos tras ella.

Ella aumenta la velocidad y se lleva una mano a la cara para ocultarla de mi vista.

Me detengo.

—¡Marlena! ¡Por favor!

La sigo con la mirada hasta que dobla la esquina. Su mano sigue cubriéndole la cara, por si acaso voy tras ella.

Tardo varias horas en encontrar el camino de vuelta al circo.

Paso por delante de piernas que salen de puertas y carteles que anuncian colas del pan. Paso por delante de escaparates con letreros de CERRADO, y está claro que no es sólo por el descanso nocturno. Paso por delante de carteles que dicen NO SE NECESITA PERSONAL y carteles en ventanas de segundos pisos que dicen SE ENTRENA

PARA LA LUCHA DE CLASES. Paso por delante de una tienda de ultramarinos que dice:

¿NO TIENE DINERO?

¿QUÉ TIENE?

¡ACEPTAMOS CUALQUIER COSA!

Paso por delante de un dispensador de prensa, y el titular dice PRETTY BOY FLOYD VUELVE A GANAR: SE LLEVA 4.000 DÓLARES MIENTRAS LA GENTE LE VITOREA.

A menos de dos kilómetros de la explanada, atravieso un campamento de vagabundos. Hay una hoguera en el centro con la gente tirada alrededor. Algunos están despiertos, sentados y con la mirada perdida en el fuego. Otros están tumbados sobre ropas dobladas. Paso lo bastante cerca para ver sus caras y para comprobar que la mayoría son jóvenes, más jóvenes que yo. También hay algunas chicas, y una pareja está copulando. Ni siquiera se han escondido entre los matorrales, sólo están un poco más lejos de la hoguera que los demás. Uno o dos de los chicos les observan con poco interés. Los que están dormidos se han quitado los zapatos, pero los tienen atados a los tobillos.

Hay un hombre mayor sentado junto al fuego, la mandíbula cubierta de una barba corta, o costras, o ambas cosas. Tiene la cara hundida de las personas sin dientes. Nos miramos a los ojos y mantenemos la mirada un buen rato. No sé por qué me mira con esa hostilidad hasta que recuerdo que voy vestido con un frac. Él no puede saber que tal vez eso sea lo único que nos separe. Rechazo una ilógica necesidad de darle explicaciones y sigo mi camino.

Cuando llego por fin a la explanada, me paro y observo la carpa de las fieras. Es inmensa y destaca contra el cielo nocturno. Unos minutos más tarde me encuentro delante de la elefanta. Sólo puedo distinguir su silueta, y eso después de que mis ojos se hayan acostumbrado a la oscuridad. Está dormida, con su enorme cuerpo inmóvil excepto por su respiración lenta y reposada. Tengo ganas de tocarla, de poner mi mano sobre su piel rugosa y caliente, pero no quiero despertarla.

Bobo está tumbado en un rincón de su jaula, con un brazo por encima de la cabeza y el otro sobre su pecho. Suspira profundamente, chasquea los labios y se da media vuelta. Tan humano.

Al cabo de un rato regreso al vagón de los caballos y me tumbo en el jergón. Queenie y Walter no se despiertan con mi llegada.

Me quedo en vela hasta el amanecer, escuchando los ronquidos de Queenie y sintiéndome horriblemente mal. Hace menos de un mes me faltaban unos días para obtener un título universitario e iniciar una carrera profesional junto a mi padre. Ahora estoy a un paso de convertirme en un mendigo; un empleado de circo que se ha puesto en evidencia no una, sino dos veces en pocos días.

Ayer no me creía capaz de hacer algo peor que haber vomitado encima de Nell, pero creo que esta noche lo he conseguido. ¿En qué demonios estaría pensando?

No sé si se lo contará a August. Tengo visiones fugaces de la pica de la elefanta volando en dirección a mi cabeza, y luego otras visiones, todavía más fugaces, de levantarme en este mismo instante y volver al campamento de vagabundos. Pero no lo hago porque no soporto la idea de abandonar a Rosie, a Bobo y a todos los demás.

Voy a corregirme. Voy a dejar de beber. Voy a asegurarme de que no vuelva a quedarme a solas con Marlena nunca más. Iré a confesarme.

Me seco las lágrimas del rabillo del ojo con una esquina de la almohada. Luego los cierro con fuerza y evoco una imagen de mi madre. Intento mantenerla, pero al poco rato Marlena la ha sustituido. Fría y distante, cuando contemplaba la orquesta llevando el ritmo con el pie. Ruborizada, mientras dábamos vueltas en la pista de baile. Muerta de risa —y horrorizada después— en el callejón.

Pero mis últimos pensamientos son táctiles: la parte inferior de mi antebrazo apoyado sobre la redondez de sus pechos. Sus labios bajo los míos, suaves y carnosos. Y el detalle que no puedo ni comprender ni olvidar, lo que me obsesiona hasta que caigo dormido: el tacto de sus dedos trazando el contorno de mi cara.

Kinko —Walter— me despierta al cabo de unas horas.

—Eh, Bella Durmiente —dice dándome un meneo—. Ya han izado la bandera.

—Vale, gracias —digo sin moverme.

—No te vas a levantar.

—Eres un genio, ¿sabes?

La voz de Walter sube una octava.

—¡Eh, Queenie! ¡Eh, chica! ¡Ven aquí! Venga, Queenie. Dale un lametón. ¡Vamos!

257

Queenie se lanza sobre mi cabeza.

—¡Oye, para! —digo levantando un brazo para protegerme, porque Queenie me está metiendo la lengua por el oído y me pisotea toda la cara—. ¡Para! ¡Vale ya!

Pero no hay quien la detenga, así que me incorporo de un brinco. Esto hace que Queenie vuele hasta el suelo. Walter me mira y se ríe. Queenie se me sube al regazo y se pone a dos patas para lamerme la barbilla y el cuello.

—Buena chica, Queenie. Muy bien, nena —dice Walter—. Bueno, Jacob... Parece que tuviste otra... eh... velada interesante.

—No exactamente —respondo. Ya que Queenie está sobre mi regazo, la acaricio. Es la primera vez que me deja que la toque. Su cuerpo es cálido y su pelo áspero.

—Pronto se te pasará el mareo. Ven a desayunar algo. La comida te asentará el estómago.

—No bebí.

Se queda mirándome un instante.

—Ah —dice asintiendo irónico con la cabeza.

—¿Qué quieres decir con eso? —le pregunto.

—Líos de faldas —dice.

—No.

—Sí.

—¡Te digo que no!

—Me sorprende que Barbara te haya perdonado tan rápido. ¿O no ha sido ella? —me estudia la cara durante unos segundos y vuelve a asentir—. Vaya, vaya. Empiezo a ver las cosas claras. No le mandaste las flores, ¿verdad? Tienes que empezar a seguir mis consejos.

—¿Por qué no te metes en tus asuntos? —replico. Dejo a Queenie en el suelo y me levanto.

—Chico, eres un gruñón de primera. ¿Lo sabías? Venga, vamos a zampar algo.

Después de llenar nuestros platos, intento seguir a Walter a su mesa.

—¿Qué demonios crees que estás haciendo? —me dice frenando en seco.

—Había pensado sentarme contigo.

—No puedes. Todo el mundo tiene sitios fijos. Además, bajarías en el escalafón.

Titubeo.

—Pero ¿qué es lo que te pasa? —dice. Mira hacia mi mesa habitual. August y Marlena comen en silencio, con las miradas fijas en los platos. Walter parpadea frenético.

—Ay, madre… No me digas.

—Yo no te he dicho ni pío —atajo.

—No ha hecho falta. Mira, chaval, ése es un lugar al que no te conviene ir, ¿me oyes? Me refiero en el sentido figurado. En el sentido literal, arrastra el culo hasta aquella mesa y actúa con normalidad.

Echo otro vistazo a Marlena y August. Evidentemente, se están ignorando el uno al otro.

—Jacob, hazme caso —dice Walter—. Es el mayor hijo de puta que he conocido en mi vida, así que, sea lo que sea lo que esté pasando…

—No está pasando nada. Absolutamente nada.

—… será mejor que acabe ahora mismo o te vas a ver cara a cara con la muerte. Con la luz roja si tienes suerte, y probablemente tirado en una cuneta. Lo digo en serio. Ahora, vete para allá.

Le miro furioso.

—¡Vete! —dice agitando la mano en dirección a la mesa.

August levanta los ojos cuando me acerco.

—¡Jacob! —exclama—. Me alegro de verte. No estaba seguro de que pudieses encontrar el camino de vuelta anoche. No me habría hecho gracia tener que pagar una fianza para sacarte de la cárcel, ¿sabes? Me habría cabreado un poco.

—Yo también estaba preocupado por vosotros dos —digo tomando asiento.

—¿Ah, sí? —pregunta fingiendo una exagerada sorpresa.

Le miro. Los ojos le brillan. Su sonrisa tiene una inclinación peculiar.

—Ah, pero no nos costó nada encontrar el camino, ¿verdad, cariño? —dice lanzándole una mirada a Marlena—. Pero dime una cosa, Jacob, ¿qué pasó para que os separarais vosotros dos? Estabais tan… cerca en la pista de baile.

Marlena levanta la mirada rápidamente; puntos rojos le encienden las mejillas.

—Ya te lo dije anoche —dice—. Nos separó la gente.

—Le estaba preguntando a Jacob, cariño. Pero gracias —August agarra una tostada con gran ceremonia y sonríe ampliamente con los labios cerrados.

—Fue un jaleo horrible —digo introduciendo el tenedor por debajo de los huevos—. Intenté no perderla de vista, pero fue imposible. Os busqué a los dos por allí, pero al cabo de un rato pensé que lo mejor era largarse.

—Sabia decisión, muchacho.

—Entonces, ¿vosotros conseguisteis volver juntos? —pregunto llevándome el tenedor a la boca e intentando parecer natural.

—No, llegamos en taxis separados. Doble gasto, pero lo pagaría cien veces con tal de saber que mi amada estaba a salvo, ¿verdad que sí, cariño?

Marlena no despega la vista del plato.

—He dicho, ¿verdad que sí, cariño?

—Sí, claro que sí —dice ella inexpresiva.

—Porque si supiera que corre algún peligro, no sé qué sería capaz de hacer.

Levanto los ojos. August me está mirando fijamente.

DOCE

Tan pronto como puedo hacerlo sin llamar la atención, me voy a la carpa de las fieras.

Le cambio la cataplasma a la jirafa, le pongo un pediluvio frío a un camello con síntomas de infección en una pezuña y sobrevivo a mi primera experiencia con uno de los felinos: curo a Rex una garra infectada mientras Clive le acaricia la cabeza. Luego paso a recoger a Bobo antes de visitar a los demás. Los únicos animales a los que no les pongo ni el ojo ni la mano encima son los caballos de tiro, y sólo porque están siempre trabajando y sé que alguien me avisaría al menor síntoma de enfermedad.

Al final de la mañana ya soy uno más de la carpa de las fieras: limpio jaulas, troceo comida y saco estiércol como los demás. Tengo la camisa empapada y la garganta seca. Cuando la bandera ondea por fin, Diamond Joe, Otis y yo salimos de la gran carpa para dirigirnos a la cantina.

Clive nos alcanza y se une al grupo.

—No os acerquéis mucho a August si podéis evitarlo —dice—. Está hecho una fiera.

—¿Por qué? ¿Qué pasa ahora? —dice Joe.

—Está furioso porque Tío Al quiere que la elefanta salga en el desfile de hoy, y se está peleando con todo el que se atreve a llevarle la contraria. Como aquel pobre tipo de allí —dice señalando a tres hombres que cruzan la pradera.

Bill y Grady se llevan a Camel por la explanada en dirección al Escuadrón Volador. Va arrastrado por ellos, con las piernas colgando.

Me vuelvo hacia Clive como un resorte.

—August no le habrá pegado, ¿verdad?

—No —dice Clive—. Pero le ha echado una buena bronca. Aún no es mediodía y ya está como una cuba. Pero el fulano que miró a Marlena… Uf, no volverá a cometer el mismo error —Clive sacude la cabeza.

—Esa maldita elefanta no va a salir en ningún desfile —dice Otis—. No consigue que ande en línea recta desde su vagón a la carpa.

—Yo lo sé, y tú lo sabes, pero al parecer Tío Al no —dice Clive.

—¿Por qué está tan empeñado en sacarla en el desfile? —pregunto.

—Porque lleva toda su vida esperando poder decir «¡Detengan sus caballos! ¡Aquí llegan los elefantes!» —dice Clive.

—Al infierno con eso —dice Joe—. Hoy en día ya no quedan caballos que detener, y además no tenemos elefantes. Sólo tenemos una elefanta.

—¿Y por qué tiene tantas ganas de decir eso? —pregunto.

Se vuelven a mirarme al mismo tiempo.

—Buena pregunta —dice Otis por fin, aunque es evidente que piensa que tengo problemas mentales—.

Porque eso es lo que dice Ringling. Claro que él sí que tiene elefantes.

Observo desde lejos cómo August se esfuerza por alinear a Rosie entre los carros del desfile. Los caballos saltan de lado, bailando nerviosamente con sus arreos. Los cocheros sujetan las riendas con fuerza y vocean órdenes. El resultado es una especie de pánico contagioso, y al poco rato los encargados de conducir a las cebras y las llamas tienen que luchar para mantener el control.

Al cabo de algunos minutos así, Tío Al se acerca. Gesticula enloquecido señalando a Rosie y refunfuña sin parar. Cuando por fin cierra la boca, August abre la suya y también él gesticula y señala a Rosie, agitando la pica y dándole golpes en el costado para obtener mejores resultados. Tío Al se vuelve hacia su séquito. Dos de ellos dan la vuelta y echan a correr por la explanada.

No pasa mucho tiempo antes de que el carro del hipopótamo se sitúe junto a Rosie, tirado por seis percherones poco fiables. August abre la puerta y azuza a Rosie hasta que entra.

Poco después empieza a sonar la música y el desfile arranca.

Una hora después regresan seguidos de una considerable multitud. Los vecinos de la ciudad se van reuniendo en los límites de la explanada, aumentando en número a medida que corre la voz.

Rosie es conducida a la parte de atrás de la gran carpa, que ya está conectada a la de las fieras. August la lleva hasta su sitio. La carpa de las fieras sólo se abre al público cuando Rosie ya está detrás de su cordón y con una pata encadenada a una estaca.

Contemplo asombrado cómo niños y mayores corren a verla. Es con diferencia el animal más popular. Bate las orejas adelante y atrás al tiempo que acepta caramelos, palomitas de maíz y hasta chicle de los encantados espectadores. Un hombre tiene el valor de acercarse a ella y vaciar una caja de garrapiñadas en su boca. Rosie le recompensa quitándole el sombrero y poniéndoselo ella, posando luego con la trompa curvada en el aire. El público brama y ella le devuelve con calma el sombrero al dueño, que está entusiasmado. August está junto a ella con la pica en la mano, sonriendo como un padre orgulloso.

Aquí pasa algo raro. Ese animal no tiene nada de estúpido.

Cuando el último de los espectadores entra en la gran carpa y los artistas forman para la Gran Parada, Tío Al se lleva a August a un lado. Desde enfrente de la carpa de las fieras, veo cómo la boca de August se abre asombrada, luego ofendida y después en una estruendosa protesta. Su rostro se oscurece, y agita la chistera y la pica. Tío Al le observa totalmente impasible. Al final levanta una mano, sacude la cabeza y se aleja. August se le queda mirando, pasmado.

—¿Qué puñetas crees que ha pasado ahí? —le digo a Pete.

—Sólo Dios lo sabe —dice él—. Pero tengo la sensación de que nos vamos a enterar.

Resulta que Tío Al está tan encantado con la popularidad que ha obtenido Rosie en la carpa que no sólo insiste en que participe en la Gran Parada, sino que también quiere que haga un número en la pista central nada más empezar el espectáculo. Para cuando me entero de esto, la noticia de dichos acontecimientos es fuente de furiosas discusiones detrás del escenario.

Yo sólo pienso en Marlena.

Salgo corriendo hacia la parte de atrás de la carpa, donde artistas y animales están ya en formación para la Parada. Rosie encabeza el desfile. Marlena cabalga sobre su cabeza, vestida de lentejuelas rosas y agarrada al deslucido arnés de cuero que lleva Rosie al cuello. August camina a su izquierda, con gesto adusto, los dedos apretando y soltando alternativamente la pica.

La banda se queda en silencio. Los artistas dan los toques finales a sus vestidos y los encargados de los animales les echan un último vistazo. Y entonces empieza a sonar la música de la Gran Parada.

August se acerca a Rosie y le grita algo al oído. La elefanta duda, ante lo que August le golpea con la pica. Esto hace que cruce la cortina de la gran carpa. Marlena se pega contra la cabeza del animal para evitar que el madero que atraviesa la parte superior de la entrada la tire al suelo.

Yo contengo la respiración y corro hacia ellos pegado al lateral.

Rosie se detiene unos seis metros después en la pista de los caballos y Marlena experimenta un cambio asombroso. En un momento está agachada, protegida contra la cabeza de Rosie. Y al instante siguiente estira todo el cuerpo, sonríe abiertamente y levanta un brazo en el aire. Tiene la espalda arqueada y las puntas de los pies estiradas. La muchedumbre se vuelve loca: de pie en las gradas, aplaude, silba y tira cacahuetes a la pista.

August les alcanza. Levanta la pica, pero se queda paralizado. Vuelve la cabeza y contempla al público. Tiene el pelo caído sobre la frente. Sonríe mientras baja la pica y se quita la chistera. Hace tres reverencias profundas, dirigidas a los diferentes sectores del público. Cuando se vuelve hacia Rosie, su rostro se endurece.

A base de meterle la pica debajo de las patas delanteras y traseras, consigue que Rosie haga una especie de recorrido por el exterior de las pistas. Van a trancas y barrancas, haciendo tantos altos que el resto de la Parada se ve obligada a pasarles por los lados, separándose como el agua alrededor de una roca.

Al público le encanta. Cada vez que Rosie se aleja de August con un trotecillo y se para, ríe a carcajadas. Y cada vez que August se le acerca, con la cara enrojecida y agitando la pica, el regocijo es incontenible. Al final, a los tres cuartos del recorrido, Rosie riza la trompa en el aire y sale a la carrera, soltando una serie de estruendosos pedos por el camino en dirección a la salida trasera de la carpa. Yo me encuentro pegado a las gradas de la puerta. Marlena se aferra a las correas de la cabeza con ambas manos, y cuando les veo acercarse contengo la respiración. Si no hace algo, acabará en el suelo.

A un metro escaso de la entrada, Marlena suelta el arnés y se inclina a la izquierda. Rosie desaparece de la carpa y Marlena queda colgada de la viga de la puerta. El público permanece en silencio, no del todo seguro de que aquello siga siendo parte del número.

Marlena cuelga inerte a menos de cuatro metros de donde estoy yo. Tiene la respiración agitada, los ojos cerrados y la cabeza gacha. Estoy a punto de acercarme a ella para ayudarla a bajar cuando abre los ojos, suelta la mano izquierda del poste y, con un movimiento exquisito, se gira sobre sí misma de manera que queda mirando al público.

La cara se le ilumina y estira las puntas de los pies. El director de la banda de música, que observa desde su puesto, pide frenético un redoble de tambor. Marlena empieza a balancearse.

El redoble sube de volumen a medida que va ganando fuerza. Poco después, Marlena se columpia en paralelo al suelo. Empiezo a preguntarme cuánto tiempo va a seguir con eso y qué demonios piensa hacer, cuando, de repente, se suelta del poste. Vuela por el aire, formando una pelota con su cuerpo, y da dos vueltas adelante. Se despliega para describir una vuelta lateral y aterriza limpiamente, levantando una nube de serrín. Se mira a los pies, se endereza y levanta los dos brazos. La banda ataca una música triunfal y el público se vuelve loco. Unos instantes después, las monedas llueven sobre la pista.

En cuanto se da la vuelta, noto que se ha hecho daño. Sale de la carpa cojeando y corro a su lado.

—Marlena... —digo.

Ella se gira y se desploma sobre mí. La agarro de la cintura y la mantengo en pie.

August llega corriendo.

—Cariño… ¡Cariño mío! Has estado maravillosa. ¡Maravillosa! Nunca he visto nada tan…

Se detiene de golpe al ver mis brazos alrededor de su cuerpo.

Entonces ella levanta la cabeza y gime.

August y yo nos miramos a los ojos. Luego entrelazamos los brazos, por detrás y debajo de ella, formando una silla. Marlena se queja, apoyándose en el hombro de August. Coloca los pies calzados con las zapatillas debajo de nuestros brazos, tensando los músculos doloridos.

August pega la boca al pelo de ella.

—Ya está, cariño. Ya estoy contigo. Shhh… No pasa nada. Ya estoy contigo.

—¿Adónde la llevamos? ¿A su camerino? —pregunto.

—No hay donde tumbarla.

—¿Al tren?

—Demasiado lejos. Vamos a la tienda de la chica del placer.

—¿A la de Barbara?

August me lanza una mirada por encima de la cabeza de Marlena.

Entramos en la tienda de Barbara sin previo aviso. Ella está sentada en una silla delante del tocador, vestida con un negligé azul oscuro y fumando un cigarrillo. Su expresión de aburrida desgana cambia de inmediato.

—Ay, Dios mío. ¿Qué ha pasado? —dice apagando el cigarrillo y poniéndose en pie de un salto—. Aquí.

Ponedla en la cama. Aquí, aquí mismo —dice dándonos atropelladas instrucciones.

Cuando la dejamos en la cama, Marlena rueda sobre sí y se agarra los pies. Tiene la cara desencajada y los dientes apretados.

—Mis pies...

—Calla, tesoro —le dice Barbara—. No te preocupes. No te preocupes por nada —se inclina sobre ella y le desata las cintas de las zapatillas.

—Ay, Dios, ay, Dios, cómo me duelen...

—Tráeme las tijeras del cajón de arriba —dice Barbara volviéndose a mí.

Cuando regreso a su lado, Barbara corta las puntas de las medias de Marlena y las enrolla piernas arriba. Luego coloca los pies desnudos de Marlena sobre su propio regazo.

—Vete a la cantina y trae un poco de hielo —dice.

Al cabo de un segundo, tanto August como ella se vuelven hacia mí.

—Voy volando —digo.

Corro en dirección a la cantina cuando oigo la voz de Tío Al, que grita detrás de mí.

—¡Jacob! ¡Espera!

Me detengo para que me dé alcance.

—¿Dónde están? ¿Adónde han ido? —pregunta.

—Están en la tienda de Barbara —digo sin aliento.

—¿Eh?

—La chica del placer.

—¿Por qué?

—Marlena se ha hecho daño. Tengo que llevarles hielo.

Se gira y le ladra a uno de sus acólitos:

273

—¡Tú, vete a por el hielo! Llévalo a la tienda de la chica del placer. ¡Venga! —se vuelve hacia mí—: Y tú, vete a buscar a nuestro paquidermo antes de que nos echen de la ciudad.

—¿Dónde está?

—Según parece, comiéndose las berzas del huerto de no sé quién. A la señora de la casa no le hace ninguna gracia. Al oeste de la explanada. Sácala de allí antes de que venga la policía.

Rosie está plantada en medio del huerto, recorriendo las hileras de verduras con la trompa tan tranquila. Cuando me acerco, me mira directamente a los ojos y arranca una lombarda. Se la echa en la boca con forma de pala y se lanza a por un pepino.

La señora de la casa abre una rendija en la puerta y chilla:

—¡Saque a esa cosa de aquí! ¡Sáquela de aquí!

—Lo siento, señora —digo—. Haré todo lo que esté en mi mano.

Me coloco a un lado de Rosie.

—Vamos, Rosie. Por favor.

Despega las orejas, hace una pausa, y luego se lanza a por un tomate.

—¡No! —le digo—. ¡Elefanta mala!

Rosie se mete el globo rojo en la boca y sonríe mientras lo mastica. Sin duda se está riendo de mí.

—Oh, Dios mío —digo sin la menor esperanza.

Rosie rodea con su trompa las hojas de un nabo y las arranca limpiamente. Sin dejar de mirarme, se las

274

lanza a la boca y empieza a masticar. Me vuelvo y sonrío al ama de casa, que nos contempla boquiabierta.

Dos hombres se aproximan desde la explanada. Uno de ellos lleva traje, un sombrero *derby* y una sonrisa. Para mi inmenso alivio, es uno de los de seguridad. El otro va vestido con un mono sucio y lleva un cubo.

—Buenas tardes, señora —dice el primero quitándose el sombrero y abriéndose paso cuidadosamente por el jardín destrozado. Se diría que lo ha arrasado un tanque. Sube los escalones de cemento que conducen a la puerta de atrás—. Veo que ya conoce a Rosie, la elefanta más grande y magnífica del mundo. Tiene usted suerte... No suele hacer visitas a domicilio.

La cara de la mujer sigue asomada por la rendija de la puerta.

—¿Cómo? —dice desconcertada.

El de seguridad sonríe alegremente.

—Ah, sí. Es todo un honor. Casi podría asegurar que ninguno de sus vecinos..., demonios, probablemente nadie en toda la ciudad, podrá decir que ha tenido una elefanta en el jardín. Nuestros hombres, aquí presentes, están dispuestos a retirarla y, naturalmente, arreglarán los desperfectos y la compensarán por las pérdidas que haya ocasionado. ¿Le gustaría que le hiciéramos una foto con Rosie? ¿Algo que podría enseñar a sus familiares y amigos?

—Yo... Yo... ¿Qué? —tartamudea.

—Si me permite el atrevimiento, señora —dice el hombre con una leve insinuación de reverencia—. Tal vez sería más sencillo si lo discutiéramos dentro.

Tras una pausa indecisa, la puerta se abre del todo. Él desaparece dentro de la casa y yo vuelvo a mirar a Rosie.

El otro hombre se ha situado justo enfrente de ella con el cubo en ristre.

La elefanta está maravillada. Pasa la trompa por encima del cubo, olisqueando e intentando sortear los brazos del hombre para meterla en el líquido transparente.

—*Przestań!* —dice retirándole la trompa—. *Nie!*

Le miro con los ojos muy abiertos.

—¿Te pasa algo, joder? —dice.

—No —digo apresuradamente—. No. Yo también soy polaco.

—Ah. Lo siento —aleja una vez más la omnipresente trompa, se limpia la mano derecha en el muslo y me la ofrece—. Grzegorz Grabowski —dice—. Llámame Greg.

—Jacob Jankowski —digo estrechándole la mano. Él la retira para proteger el contenido del cubo.

—*Nie! Teraz nie!* —dice enfadado mientras retira la insistente trompa—. Jacob Jankowski, ¿eh? Sí, Camel me ha hablado de ti.

—Pero ¿qué llevas ahí? —pregunto.

—Ginebra con *ginger ale*.

—Estás de broma.

—A los elefantes les encanta el alcohol. ¿Lo ves? Ha olido esto y ya no le interesan los repollos. ¡Ah! —dice retirando la trompa—. *Powiedziałem przestań! Później!*

—¿Cómo has llegado a saberlo?

—El último espectáculo en el que estuve tenía una docena de paquidermos. Uno de ellos nos hacía creer que le dolía la tripa todas las noches con la intención de que le diéramos un trago de whisky. Oye, vete a por la pica, ¿quieres? Probablemente vendrá con nosotros hasta la explanada sólo para conseguir la ginebra... ¿verdad que sí, *mój małutki paczuszek*? Pero será mejor tenerla por si acaso.

—Por supuesto —digo. Me quito el sombrero y me rasco la cabeza—. ¿August está al tanto de esto?

—¿Al tanto de qué?

—De todo lo que sabes sobre los elefantes. Estoy seguro de que te contrataría como...

Greg levanta una mano rápidamente.

—No, no. Ni loco. Jacob, no es por ofenderte, pero no trabajaría para ese hombre por nada del mundo. Por nada. Además, no soy domador de elefantes. Es sólo que me gustan los animales grandes. Y ahora, ¿quieres ir corriendo a por el pincho, por favor?

Cuando regreso con él, Greg y Rosie han desaparecido. Me giro y examino la explanada.

A lo lejos, Greg se dirige hacia la carpa de las fieras. Rosie le sigue pesadamente a pocos metros de distancia. De vez en cuando, Greg se para y deja que la elefanta meta la trompa en el cubo. Luego se lo quita y sigue adelante. Ella le sigue como un cachorrito obediente.

Una vez que Rosie está a buen recaudo en la carpa, regreso a la tienda de Barbara, todavía con la pica en la mano.

Me detengo ante la cortina cerrada.

—Esto, ¿Barbara? —digo—. ¿Puedo pasar?

—Sí —dice ella.

Está sola, sentada con las piernas desnudas cruzadas.

—Han vuelto al tren a esperar al médico —dice dando una calada a su cigarrillo—. Si has venido a preguntar eso.

Noto que la cara se me pone roja. Miro hacia la pared. Luego al techo. Luego me miro los pies.

—Ah, demonios, mira que eres mono —dice ella tirando la ceniza del cigarrillo en la hierba. Se lo lleva a la boca y le da otra calada—. Te estás ruborizando.

Se me queda mirando largo rato, claramente divertida.

—Anda, vete —dice por fin, echando el humo por un lado de la boca—. Vete. Sal de aquí antes de que decida pegarte otro viaje.

Salgo aturullado de la tienda de Barbara y me doy de bruces con August. Su expresión es sombría como una tormenta.

—¿Qué tal está? —pregunto.

—Estamos esperando al médico —dice—. ¿Has traído al bicho?

—Ya está otra vez en la carpa de las fieras —le digo.

—Bien —dice él. Me quita la pica de las manos.

—¡August, espera! ¿Adónde vas?

—Le voy a dar una lección —dice sin detenerse.

—¡Pero, August! —le grito a su espalda—. ¡Espera! Ha venido por su propia voluntad. Además, ahora ya no puedes hacer nada. ¡La función todavía está en marcha!

Frena tan en seco que una nube de polvo oculta temporalmente sus pies. Se queda inmóvil por completo, con la mirada clavada en el suelo.

Al cabo de un rato, dice:

—Mejor. Así la música tapará el ruido.

Le miro fijamente, con la boca desencajada por el horror.

Vuelvo al vagón de los caballos y me tumbo en mi jergón, asqueado hasta más allá de cualquier límite por la idea de lo que está ocurriendo en la carpa de las fieras, y aún más asqueado por no estar haciendo nada para evitarlo.

Al cabo de unos minutos regresan Walter y Queenie. Él todavía lleva la ropa de escena: un traje blanco con lunares de todos los colores, un sombrero triangular y una gola rizada. Se viene limpiando la cara con un trapo.

—¿Qué puñetas ha sido eso? —dice plantándose ante mí, de manera que tengo sus zapatones rojos delante de la cara.

—¿Qué? —digo.

—Lo de la Parada. ¿Era parte del número?

—No —le digo.

—Madre mía —dice—. Madre mía. En ese caso, menuda improvisación. Marlena es realmente maravillosa. Claro que eso tú ya lo sabías, ¿verdad? —chasca la lengua y se inclina para tocarme en un hombro.

—¿Quieres dejar ya el tema?

—¿Qué? —dice abriendo las manos con un gesto de pretendida inocencia.

—No tiene gracia. Se ha hecho daño, ¿sabes?

Walter borra la sonrisa maliciosa.

—Ah. Oye, lo siento, hombre. No lo sabía. ¿Es grave?

—Todavía no lo sé. Están esperando al médico.

—Mierda. Lo siento, Jacob. De verdad —se vuelve hacia la puerta y respira profundamente—. Pero ni la mitad de lo que lo va a sentir ese pobre animal.

Hago una pausa.

—Ya lo está sintiendo, Walter. De eso puedes estar seguro.

Su mirada se pierde fuera de la puerta.

—Joder —dice. Se pone las manos en las caderas y mira al otro lado de la explanada—. Joder. Ya estoy seguro.

A la hora de la cena me quedo en el vagón, y también durante la función de noche. Me da miedo que al ver a August se apodere de mí el impulso de matarle.

Le odio. Le odio por ser tan brutal. Odio estar en deuda con él. Odio haberme enamorado de su mujer y que me haya pasado algo parecido con esa elefanta. Y por encima de todo, odio no haber sabido proteger a las dos. Ignoro si la elefanta es lo bastante inteligente como para relacionarme con su castigo y me pregunto por qué no he hecho nada por evitarlo, pero así ha sido.

—Luxación de pie —dice Walter cuando regresa—. ¡Venga, Queenie, arriba! ¡Arriba!

—¿Qué? —balbuceo. No me he movido desde que se fue.

—Marlena tiene una luxación en el pie. Estará recuperada en un par de semanas. He pensado que te gustaría saberlo.

—Ah. Gracias —digo.

Se sienta en el camastro y me observa un buen rato.

—Bueno, ¿y qué es lo que os pasa a August y a ti?

—¿Qué quieres decir?

—¿Estáis enfadados o qué?

Me incorporo hasta sentarme en el jergón y apoyo la espalda en la pared.

—Odio a ese cabrón —digo por fin.

—¡Ja! —rezonga Walter—. Vale, o sea que tienes un poco de sensatez. Y entonces, ¿por qué pasas todo el tiempo con él?

No contesto.

—Perdona. Se me había olvidado.

—No te enteras de nada —digo poniéndome en pie.

—¿No?

—Es mi jefe y no tengo más remedio.

—Es verdad. Pero también es verdad lo de su mujer y tú lo sabes.

Levanto la cabeza y le lanzo una mirada furibunda.

—Vale, vale —dice levantando las manos como si se rindiera—. Yo me callo. Ya sabes lo que tienes que hacer —se gira y revuelve en su caja—. Toma —dice lanzándome una revista pornográfica. Se desliza por el suelo y se detiene a mi lado—. No es Marlena, pero es mejor que nada.

Cuando se marcha, la cojo y paso las hojas. Pero, a pesar de las explícitas y exageradas imágenes, no logro que despierte en mí el menor interés que el señor Director del Estudio se tire a la aspirante a estrella flacucha y con cara de caballo.

TRECE

TRECE

Parpadeo varias veces, intentando recuperar la conciencia... A la enfermera flacucha y con cara de caballo se le ha caído una bandeja de comida al fondo del pasillo y me ha despertado. No era consciente de que me había quedado dormido, pero así son las cosas ahora. Parece que entro y salgo del tiempo y el espacio sin darme cuenta. O empiezo a estar senil o es que ésta es la forma que ha elegido mi cabeza de asumir la absoluta falta de interés del presente.

La enfermera se agacha y recoge la comida desparramada. No me gusta... Es la que siempre está intentando impedirme que ande. Creo que soy demasiado inestable para sus nervios, porque incluso la doctora Rashid admite que andar es bueno para mí, siempre que no me exceda o me pierda por ahí.

Estoy aparcado en el pasillo, justo delante de la puerta de mi cuarto, pero todavía faltan varias horas para que llegue mi familia y creo que me apetece mirar por la ventana.

Podría limitarme a llamar a la enfermera, pero ¿qué gracia tendría eso?

Deslizo el culo hasta el borde de la silla de ruedas y me inclino para coger el andador.

Una, dos, tres…

Su cara pálida se materializa delante de la mía.

—¿Puedo ayudarle, señor Jankowski?

Je. Casi ha sido demasiado fácil.

—Vaya, quería asomarme por la ventana un ratito —digo fingiendo sorpresa.

—¿Por qué no se queda cómodamente sentado y me deja que le lleve? —dice plantando con firmeza ambas manos en los brazos de la silla.

—Bueno, está bien. Sí, es muy amable por su parte —digo. Me acomodo en la silla, me apoyo en los reposapiés y cruzo los brazos sobre el regazo.

La enfermera parece desconcertada. Dios mío, tiene una dentadura impresionante. Se estira y espera, imagino que para ver si voy a salir corriendo. Sonrío plácidamente y desvío la mirada hacia la ventana del fondo del pasillo. Al final, se pone detrás de mí y agarra las asas de la silla de ruedas.

—Bueno, señor Jankowski, tengo que decir que estoy algo sorprendida. Normalmente usted suele ser… esto… bastante insistente en que le deje andar.

—Ah, podría haberlo hecho. Sólo le dejo que me empuje porque no hay sillas junto a la ventana. ¿Y por qué será eso?

—Porque no hay nada que ver, señor Jankowski.

—Hay un circo.

—Puede que este fin de semana. Pero normalmente no hay más que un aparcamiento.

—¿Y si me apetece mirar al aparcamiento?

—Pues hágalo, señor Jankowski —dice ella llevándome hasta la ventana.

Frunzo el ceño. Tendría que discutir conmigo. ¿Por qué no discute conmigo? Ah, ya sé por qué. Piensa que no soy más que un pobre viejo chocho. No alteres a los residentes, no, no…, sobre todo a ese tal Jankowski. Te tirará la gelatina agujereada a la cabeza y luego dirá que ha sido sin querer.

La enfermera se aleja.

—¡Eh! —la llamo—. ¡No tengo el andador!

—Llámeme cuando quiera irse —dice—. Yo vendré a por usted.

—¡No, quiero mi andador! Siempre tengo el andador. Tráigame el andador.

—Señor Jankowski… —dice la chica. Cruza los brazos y suspira profundamente.

Rosemary sale de una sala lateral como un ángel del cielo.

—¿Hay algún problema? —dice paseando la mirada de mí a la chica de cara de caballo y a mí de nuevo.

—Quiero mi andador y no me lo quiere traer —digo.

—No he dicho que no. Lo que he dicho es que…

Rosemary levanta una mano.

—Al señor Jankowski le gusta tener su andador al lado. Siempre lo tiene. Si se lo ha pedido, por favor, tráigaselo.

—Pero…

—Nada de peros. Traiga su andador.

La ofensa asoma a la cara de caballo de la chica y es reemplazada casi de inmediato por una hostil resignación. Me lanza una mirada asesina y se va a buscar mi andador. Lo trae sosteniéndolo ostentosamente y recorriendo el pasillo a grandes zancadas. Cuando llega delante de mí, lo deja de golpe. Esto habría sido más impresionante si no tuviera topes de goma en las patas, lo que hace que aterrice más con un chirrido que con un ruido seco.

Sonrío. No lo puedo evitar.

Ella se queda allí, con los brazos en jarras, mirándome fijamente. Esperando, sin lugar a dudas, a que le dé las gracias. Giro la cabeza despacio, con la barbilla levantada como un faraón egipcio, posando la vista sobre la gran carpa de rayas magentas y blancas.

Encuentro las rayas excesivas: en mis tiempos, sólo eran de rayas los puestos de golosinas. La gran carpa era blanca, por lo menos al principio. Al final de la temporada podía estar manchada de barro y hierba, pero nunca era de rayas. Y ésa no es la única diferencia entre este circo y los circos de mi pasado. Éste ni siquiera tiene un paseo central, sólo una carpa con la taquilla junto a la puerta y un puesto de golosinas y recuerdos a su lado. Parece que siguen vendiendo el mismo tipo de género: palomitas de maíz, caramelos y globos; pero ahora los niños también llevan espadas luminosas y otros juguetes centelleantes que no distingo en la distancia. Apuesto a que a los padres les han costado un ojo de la cara. Algunas cosas no cambian nunca. Los palurdos siguen siendo palurdos, y todavía se diferencian los artistas de los peones.

—¿Señor Jankowski?

Rosemary se inclina sobre mí, buscando mis ojos con los suyos.

—¿Eh?

—¿Está listo para el almuerzo, señor Jankowski? —pregunta.

—No puede ser la hora de comer. Acabo de venir aquí.

Ella mira su reloj, un reloj de verdad, con manecillas. Aquellos digitales pasaron enseguida de moda, gracias a Dios. ¿Cuándo aprenderá la gente que poder hacer algo no significa que tengas que hacerlo?

—Son las doce menos tres minutos —dice.

—Ah. De acuerdo. ¿Qué día es hoy?

—Es domingo, señor Jankowski. El día del Señor. El día que viene su familia.

—Eso ya lo sé. Quería saber qué hay de comida.

—Nada que le guste, de eso estoy segura.

Levanto la cabeza, a punto de enfadarme.

—Oh, venga, señor Jankowski —dice riendo—. Sólo era una broma.

—Ya lo sé —digo—. ¿Qué crees, que no tengo sentido del humor?

Pero estoy enfadado, tal vez porque no lo tengo. Ya no lo sé. Estoy tan acostumbrado a que me riñan, me manden, me traigan y me lleven, que ya no estoy seguro de cómo debo reaccionar cuando alguien me trata como a una persona de carne y hueso.

Rosemary intenta conducirme a mi mesa habitual, pero no estoy dispuesto a aceptarlo. No mientras esté en ella el pedorro de McGuinty. Otra vez lleva puesto el sombrero de payaso —debe de haberles pedido a las enfermeras que se lo pongan desde primera hora de la mañana, o puede que haya dormido con él puesto—, y todavía tiene unos globos de gas atados al respaldo de la silla. La verdad es que ya han perdido mucha fuerza. Empiezan a arrugarse y flotan en el extremo de los cordones destensados.

Cuando Rosemary gira la silla en dirección a él, ladro:

—Ah, no, de eso nada. ¡Allí! ¡Quiero ir allí! —señalo una mesa vacía en el rincón. Es la que está más lejos de mi mesa habitual. Espero que desde allí no se oiga nada.

—Ah, venga ya, señor Jankowski —dice Rosemary. Detiene mi silla y se pone enfrente de mí—. No puede seguir así para siempre.

—No veo por qué no. En mi caso, para siempre puede ser la semana que viene.

Se pone las manos en las caderas.

—¿Recuerda siquiera por qué está tan enfadado?

—Sí, lo recuerdo. Porque cuenta mentiras.

—¿Se refiere otra vez a los elefantes?

A modo de respuesta, aprieto los labios.

—Él no opina lo mismo, ¿sabe?

—Eso es una tontería. Cuando se miente, se miente.

—Es un anciano —dice ella.

—Tiene diez años menos que yo —digo, enderezándome indignado.

—Oh, señor Jankowski —dice Rosemary. Suspira y levanta los ojos al cielo, como pidiendo ayuda. Luego se acuclilla delante de mi silla y pone su mano encima de la mía—. Creía que usted y yo nos entendíamos.

Arrugo el ceño. Esto no forma parte del repertorio habitual enfermera/Jacob.

—Puede que se equivoque en los detalles, pero no miente —dice—. Él cree de verdad que daba agua a los elefantes. En serio.

No contesto.

—A veces, cuando uno se hace mayor, y no me refiero a usted, sino en general, porque cada uno envejece de manera diferente, las cosas que piensa y que desea empiezan a parecer reales. Y luego uno se las cree y, sin darse cuenta, cree que son parte de su historia, y si alguien le lleva la contraria y le dice que no son verdad, le parece una gran ofensa. Porque uno no recuerda la primera parte. Lo único que sabe es que le han llamado mentiroso. Por eso, aunque usted tenga razón en los detalles técnicos, ¿no entiende por qué el señor McGuinty puede sentirse molesto?

Mantengo la mirada en mi regazo, furioso.

—¿Señor Jankowski? —continúa con suavidad—. Déjeme que le lleve a su mesa con sus amigos. Vamos. Como un favor personal que me hace a mí.

Vaya, esto es genial. La primera vez que una mujer me pide un favor desde hace años y la idea me revuelve el estómago.

—¿Señor Jankowski?

Levanto la vista y la miro. Su tersa cara está a dos palmos de la mía. Me mira a los ojos, esperando una respuesta.

—Ah, está bien. Pero no esperes que hable con nadie —digo agitando una mano contrariado.

Y no hablo. Me siento en silencio mientras el viejo mentiroso de McGuinty habla de las maravillas del circo y de sus experiencias de niño y observo cómo las ancianas de pelo azulado le escuchan entregadas, con los ojos nublados por la admiración. Me saca de quicio por completo.

Cuando abro la boca para decir algo, veo a Rosemary. Se encuentra en el extremo opuesto del comedor, inclinada sobre una señora a la que le está poniendo la servilleta en el cuello. Pero no me quita los ojos de encima.

Vuelvo a cerrar la boca. Sólo espero que reconozca el esfuerzo que estoy haciendo.

Y así es. Cuando viene a recogerme, después de que el pudin de color de bronceador con guarnición de aceite alimentario haya hecho su aparición y su mutis, y tras un rato de descanso, se me acerca y susurra:

—Sabía que podía hacerlo, señor Jankowski. Lo sabía.

—Sí. Bueno. No ha sido fácil.

—Pero es mejor que estar en una mesa solo, ¿a que sí?

—Puede.

Ella vuelve a levantar los ojos al cielo.

—De acuerdo. Sí —digo en plan cascarrabias—. Supongo que es mejor que estar solo.

CATORCE

Han pasado seis días desde el accidente de Marlena y todavía no se ha dejado ver. August ya no viene a comer a la cantina, así que yo como en nuestra mesa llamativamente solo. Cuando coincido con él durante el cuidado de los animales, se muestra educado pero distante.

Rosie, por su parte, es trasladada a cada ciudad en la carreta del hipopótamo y exhibida en la carpa de las fieras. Ha aprendido a seguir a August del vagón a la tienda, y en compensación él ha dejado de propinarle aquellas palizas de muerte. Ella se desplaza pesadamente a su lado y él camina con la pica firmemente clavada en la carne de su pata delantera. Una vez en la carpa de las fieras, se instala detrás del cordón de separación y es feliz seduciendo al público y aceptando sus dulces. Tío Al no lo ha precisado, pero no parece que haya planes inmediatos para montar otro número con elefante.

A medida que pasan los días me pongo más nervioso por Marlena. Cada vez que me acerco a la cantina espero encontrarla allí. Y cada vez que no la veo, se me cae el alma a los pies.

Es el final de otro largo día en una u otra puñetera ciudad —todas parecen iguales desde las vías de servicio—, y el Escuadrón Volador se prepara para partir. Estoy tirado en mi jergón leyendo *Otelo* y Walter lee a Wordsworth en su camastro. Queenie está acurrucada contra él.

La perra levanta la cabeza y gruñe. Walter y yo nos erguimos.

La gran cabeza calva de Earl se asoma por el quicio de la puerta.

—¡Doc! —dice mirándome a mí—. ¡Oye! ¡Doc!

—Hola, Earl. ¿Qué pasa?

—Necesito tu ayuda.

—Por supuesto. ¿De qué se trata? —digo bajando el libro. Echo una mirada a Walter, que ha agarrado a la temblorosa Queenie y se la ciñe a un lado. Ésta no ha dejado de gruñir.

—Se trata de Camel —dice Earl en voz baja—. Tiene problemas.

—¿Qué clase de problemas?

—Problemas en los pies. Se le han quedado como muertos. Anda arrastrándolos. Y tampoco tiene muy bien las manos.

—¿Está borracho?

—En este preciso momento, no. Pero no se nota mucha diferencia.

—Pero, coño, Earl —le digo—. Tiene que verle un médico.

Earl arruga la frente.

—Pues sí. Por eso estoy aquí.

—Earl, yo no soy médico.

296

—Eres médico de animales.

—No es lo mismo.

Miro a Walter, que hace como que está leyendo.

Earl parpadea expectante.

—Mira —le digo por fin—, si se encuentra mal, déjame que hable con August o con Tío Al a ver si pueden llamar a un médico en Dubuque.

—No van a llamar a un médico.

—¿Por qué no?

Earl se endereza impulsado por una indignación evidente.

—Maldita sea. No sabes nada de nada, ¿verdad?

—Si le pasa algo serio estoy seguro de que ellos...

—Le echarían del tren, eso es lo que harían —dice Earl tajante—. Si fuera uno de los animales...

Pienso en lo que ha dicho durante unos instantes antes de admitir que tiene razón.

—Vale. Yo me encargo del médico.

—¿Cómo? ¿Tienes dinero?

—Eh, pues no —digo abochornado—. ¿Y él?

—Si tuviera dinero, ¿crees que bebería las cosas que bebe? Ah, venga ya, ¿ni siquiera vas a echarle un vistazo? El viejo echó el resto por ayudarte.

—Ya lo sé, Earl, ya lo sé —digo rápidamente—. Pero no sé qué esperas que haga.

—Tú eres el médico. Vete a verle por lo menos.

Un silbato suena a lo lejos.

—Vamos —dice Earl—. Es el silbato de los cinco minutos. Tenemos que espabilar.

Le sigo hasta el vagón que lleva la gran carpa. Los caballos están ya encajados en sus sitios y por todas partes

297

los hombres del Escuadrón Volador levantan rampas, suben a bordo y cierran las puertas correderas.

—Eh, Camel —grita Earl hacia el interior de la puerta abierta—. He traído al doc.

—¿Jacob? —croa una voz desde dentro.

Subo de un salto. Tardo un instante en acostumbrarme a la penumbra. Cuando lo logro veo la figura de Camel en un rincón, desmoronado sobre una pila de sacos de pienso. Me acerco y me arrodillo a su lado.

—¿Qué pasa, Camel?

—No lo sé exactamente, Jacob. Hace unos días me desperté con los pies completamente flojos. No puedo moverlos bien.

—¿Puedes andar?

—Un poco. Pero tengo que levantar mucho las rodillas porque los pies me cuelgan —baja la voz hasta convertirla en un susurro—. Y no es sólo eso —me dice—. Hay otra cosa además.

—¿Qué otra cosa?

Los ojos se le abren llenos de temor.

—Cosas de hombres. No siento nada… ahí abajo.

El tren arranca, despacio, tensando los enganches entre vagones.

—Vamos a salir ya. Tienes que irte —dice Earl dándome un golpecito en el hombro. Se acerca a la puerta y me hace un gesto para que le siga.

—Voy a hacer este tramo con vosotros —digo.

—No puedes.

—¿Por qué no?

—Porque alguien podría enterarse de que has estado confraternizando con los peones y echarte del tren, o, más probablemente, podrían echar a los susodichos —dice.

—Pero coño, Earl, ¿tú no eres de seguridad? Diles que se vayan a hacer puñetas.

—Yo voy en el tren principal. Esto es terreno de Blackie —dice con gestos cada vez más nerviosos—. ¡Venga!

Miro a Camel a los ojos. Reflejan miedo, suplican.

—Tengo que irme —le digo—. Volveré en Dubuque. No te va a pasar nada. Vamos a traer a un médico.

—No tengo dinero.

—Es igual. Ya se nos ocurrirá algo.

—¡Vamos! —grita Earl.

Pongo una mano en el hombro del anciano.

—Ya pensaremos en algo. ¿De acuerdo?

Los ojos turbios de Camel titilan.

—¿De acuerdo?

Asiente con la cabeza. Una sola vez.

Me levanto del suelo y voy hacia la puerta.

—Maldita sea —digo al ver el paisaje que pasa a toda velocidad—. El tren ha acelerado más rápido de lo que esperaba.

—Y no va a ir más despacio —dice Earl colocando la mano plana en medio de mi espalda y empujándome por la puerta.

—¡Qué demonios...! —grito agitando los brazos como aspas de molino. Caigo en la grava y ruedo de lado. Oigo el golpe de otro cuerpo que cae junto a mí.

—¿Lo ves? —dice Earl levantándose y sacudiéndose la ropa—. Ya te dije que era malo.

Le miro pasmado.

—¿Qué? —pregunta con expresión de desconcierto.

—Nada —digo yo. Me levanto y sacudo el polvo y la gravilla de mi ropa.

—Vamos. Será mejor que vuelvas antes de que alguien te vea aquí.

—Les puedes decir que estaba echando una mirada a los caballos de tiro.

—Oh. Buena idea. Sí. Supongo que por eso tú eres el doc y yo no, ¿eh?

Me quedo dándole vueltas a lo que ha dicho, pero su expresión es totalmente inocente. Lo olvido y me pongo en marcha en dirección al tren principal.

—¿Qué te pasa? —grita Earl detrás de mí—. ¿Por qué sacudes la cabeza, Doc?

—¿De qué iba todo eso? —dice Walter en cuanto cruzo la puerta.

—De nada —digo.

—Sí, claro. He estado aquí todo el rato. Larga de una vez, «Doc».

Titubeo.

—Es uno de los chicos del Escuadrón Volador. Se encuentra mal.

—Bueno, eso era bastante evidente. ¿Tú cómo le has encontrado?

—Asustado. Y, con toda franqueza, no me extraña. Quiero que le vea un médico, pero estoy sin un centavo, y él también.

—No por mucho tiempo. Mañana es día de paga. Pero ¿qué síntomas tiene?

—Pérdida de sensibilidad en las piernas y brazos y… bueno, y otras cosas.

—¿Qué otras cosas?

Bajo la mirada.

—Ya sabes…

—Ah, mierda —dice Walter. Se sienta en la cama—. Es lo que me imaginaba. No necesitáis un médico. Tiene pata de jengibre.

—¿Que tiene qué?

—Pata de jengibre. O pie de extracto. O pierna de madera. Da igual…, todo es lo mismo.

—Nunca he oído hablar de eso.

—Alguien hizo una remesa de esencia de jengibre tóxico, le metió plastificantes o algo así. Se distribuyó por todo el país. Una botella mala, y se acabó.

—¿Qué quieres decir con «se acabó»?

—Parálisis. Puede empezar en cualquier momento a partir de las dos semanas de beber ese mejunje.

Estoy horrorizado.

—¿Cómo coño sabes tú esto?

Se encoge de hombros.

—Ha salido en los periódicos. Acaban de descubrir lo que lo provoca, pero hay montones de afectados. Puede que decenas de miles. Sobre todo en el sur. Pasamos por allí de camino a Canadá. Tal vez fuera allí donde compró la esencia.

Hago una pausa antes de la siguiente pregunta.

—¿Se puede curar?

—No.

—¿No se puede hacer nada de nada?

—Ya te lo he dicho. Se acabó. Pero si quieres gastarte el dinero en que un médico te diga esto mismo, adelante.

Fuegos artificiales en blanco y negro explotan delante de mis ojos, unos dibujos cambiantes y luminosos que tapan todo lo demás. Me derrumbo en el jergón.

—Eh, ¿te encuentras bien? —dice Walter—. Anda, amigo. Te has puesto un poco verde. No irás a vomitar, ¿verdad?

—No —digo. El corazón me late con fuerza. La sangre me palpita en los oídos. Acabo de recordar la botella de líquido salobre que Camel me ofreció el primer día de espectáculo—. Estoy bien, gracias.

Al día siguiente, nada más desayunar, Walter y yo nos ponemos en fila delante del carromato rojo con todos los demás. A las nueve en punto el hombre de la ventanilla hace pasar a la primera persona, un peón. Unos momentos después baja como una tromba, maldiciendo y escupiendo al suelo. El siguiente —otro peón— también sale presa de un ataque de ira.

Los presentes en la cola se miran unos a otros, murmurando a hurtadillas.

—Oh, oh —dice Walter.

—¿Qué está pasando?

—Parece que Tío Al está haciendo una de las suyas.

—¿Qué quieres decir?

—La mayoría de los circos retienen parte de la paga hasta el final de la temporada. Pero cuando Tío Al está sin blanca, se queda con todo.

—¡Maldita sea! —digo al ver que un tercer hombre sale hecho una furia. Otros dos trabajadores, con la cara larga y cigarrillos liados a mano entre los labios, se retiran de la fila—. Y entonces, ¿por qué nos tomamos la molestia?

—Sólo se aplica a los trabajadores —dice Walter—. Los artistas y los jefes cobran siempre.

—Yo no soy ninguna de las dos cosas.

Walter me mira durante un par de segundos.

—No, es verdad. Lo cierto es que no sé qué puñetas eres, pero cualquiera que come en la mesa del director ecuestre no es un peón. Eso sí puedo asegurártelo.

—¿Y esto pasa a menudo?

—Sí —dice Walter. Está aburrido y rasca el suelo con el pie.

—¿Alguna vez les paga lo que les debe?

—No creo que nadie haya confirmado esa teoría. La opinión más extendida es que si te debe más de cuatro semanas es mejor que no vuelvas a aparecer el día de pago.

—¿Por qué? —digo observando a otro desarrapado más que sale envuelto en un torbellino de maldiciones. Otros tres peones abandonan la fila delante de nosotros. Se vuelven al tren con los hombros caídos.

—Básicamente, porque no te conviene que Tío Al empiece a verte como un riesgo financiero, porque si lo hace, desapareces cualquier noche.

—¿Cómo? ¿Te dan luz roja?

—Como hay Dios.

—Me parece un poco exagerado. Quiero decir que ¿por qué no abandonarlos simplemente?

—Porque les debe dinero. ¿Qué consecuencias crees que tendría eso?

Ahora soy el segundo de la fila, detrás de Lottie. Su pelo rubio, peinado en cuidados caracolillos, brilla al sol.

El hombre que atiende la ventanilla del carromato rojo le hace un gesto para que se acerque. Charlan amigablemente mientras él separa unos cuantos billetes de su fajo. Cuando se los entrega a la mujer, ella se chupa el índice y los cuenta. Luego los enrolla y se los guarda en el escote del vestido.

—¡El siguiente!

Doy un paso adelante.

—¿Nombre? —dice el hombre sin levantar la mirada. Es un tipo bajito y calvo con un flequillo de pelo ralo y gafas de montura de metal. Su mirada está clavada en el libro de contabilidad que tiene delante.

—Jacob Jankowski —digo mirando por encima de él. El interior del carromato está forrado de paneles de madera tallada y el techo está pintado. Hay una mesa de despacho y una caja fuerte al fondo, y un lavabo pegado a la pared. En la pared de enfrente cuelga un mapa de los Estados Unidos con chinchetas de colores clavadas. Nuestra ruta, presumiblemente.

El hombre desliza el dedo sobre el libro de contabilidad. Se detiene en un punto y lo mueve hacia la columna de la derecha.

—Lo siento —dice.

—¿Cómo que lo siente?

Levanta la mirada hacia mí, la viva imagen de la sinceridad.

—A Tío Al no le gusta que nadie acabe la temporada sin un chavo. Siempre retiene la paga de cuatro semanas. Te lo darán al final de la temporada. ¡El siguiente!

—Pero lo necesito ahora.

Clava los ojos en mí con una expresión impla-cable.

—Lo tendrás al final de la temporada. ¡El siguiente!

Mientras Walter se acerca a la ventanilla abierta, yo me retiro, deteniéndome el tiempo justo para escupir en el suelo.

La respuesta se me ocurre mientras troceo fruta para el orangután. Es un destello en mi cabeza, la visión de un cartel.

¿No tiene dinero?

¿Qué tiene?

¡Aceptamos cualquier cosa!

Paso por lo menos cinco minutos paseando de un lado a otro delante del vagón 48 antes de subirme a él y llamar a la puerta del compartimento 3.

—¿Quién es? —dice August.

—Soy yo. Jacob.

Hay una pequeña pausa.

—Pasa —dice.

Abro la puerta y entro.

August está de pie junto a una ventana. Marlena, sentada en uno de los sillones de terciopelo, con los pies descalzos colocados encima de un escabel.

—Hola —dice ruborizándose. Se estira la falda por encima de las rodillas y luego la alisa sobre sus muslos.

—Hola, Marlena —digo—. ¿Qué tal estás?

—Mejor. Ya empiezo a andar un poco. Tal como van las cosas, no tardaré mucho en volver a subirme a la silla de montar.

—Bueno, ¿qué te trae por aquí? —inquiere August—. Y no es que no nos encante tu visita. Te echábamos de menos. ¿Verdad, cariño?

—Ah… sí —dice Marlena. Levanta sus ojos hasta encontrar los míos y enrojece.

—Oh, pero ¿dónde están mis modales? ¿Te apetece una copa? —dice August. Sus ojos, sobre una boca rígida, parecen inusualmente duros.

—No. Gracias —su hostilidad me ha pillado con la guardia baja—. No puedo quedarme mucho. Sólo quería pedirte una cosa.

—¿Y de qué se trata?

—Necesito que venga un médico.

—¿Para qué?

Dudo un instante.

—Preferiría no decírtelo.

—Ah —dice haciéndome un guiño—. Ya entiendo.

—¿Qué? —digo horrorizado—. No. No es nada de eso —miro a Marlena, que se gira apresuradamente hacia la ventana—. Es para un amigo mío.

—Sí, claro que sí —dice August sonriendo.

—No, lo digo en serio. Y no es… Mira, sólo quería saber si conocías a alguien. Da lo mismo. Me voy a acercar a la ciudad y a ver qué puedo encontrar —me doy la vuelta para salir.

—¡Jacob! —dice Marlena a mi espalda.

Me detengo en el quicio de la puerta, con la mirada perdida en la ventana del estrecho pasillo. Respiro un par de veces antes de volverme y mirarla.

—Va a venir a verme un médico mañana en Davenport —dice pausadamente—. ¿Quieres que te avise cuando hayamos terminado?

—Te lo agradecería mucho —digo. Me toco el ala del sombrero y salgo.

A la mañana siguiente, la cola de la cantina es un hervidero de rumores.

—Es por culpa de esa maldita elefanta —dice el tipo que tengo delante—. Y total, no sabe hacer nada.

—Pobres diablos —dice su amigo—. Es lamentable que un hombre valga menos que una bestia.

—Perdón —digo—. ¿Qué queréis decir con que es por culpa de la elefanta?

El primero se me queda mirando. Tiene los hombros anchos y lleva una sucia chaqueta marrón. Su cara está llena de arrugas, avejentada y cetrina como una pasa.

—Porque costó demasiado. Y encima compraron el carromato.

—No, pero ¿de qué tiene la culpa?

—Han desaparecido un puñado de tipos de la noche a la mañana. Por lo menos seis, y puede que más.

—¿Cómo? ¿Del tren?

—Sí.

Dejo mi plato a medio llenar en el mostrador de la comida y me dirijo al Escuadrón Volador. Tras algunas zancadas, echo a correr.

—¡Eh, colega! —grita el hombre detrás de mí—. ¡Si ni siquiera has comido!

—Déjale en paz, Jock —dice su amigo—. Probablemente necesita ver a alguien.

—¡Camel! ¡Camel! ¿Estás ahí? —me pongo delante del vagón e intento ver algo en su lóbrego interior.

No hay respuesta.

—¡Camel!

Nada.

Me giro de cara a la explanada.

—¡Mierda! —le doy una patada a la gravilla y luego le doy otra—. ¡Mierda!

Y entonces oigo un murmullo dentro del vagón.

—Camel, ¿eres tú?

Un sonido amortiguado sale de uno de los rincones oscuros. Subo de un salto. Camel está recostado contra la pared del fondo.

Ha perdido el conocimiento sosteniendo una botella vacía. Me inclino y se la quito de las manos. Extracto de limón.

—¿Quién coño eres tú y qué coño crees que estás haciendo? —dice una voz a mi espalda. Me vuelvo. Es Grady. Está de pie en el suelo, delante de la puerta abierta, fumando un cigarrillo liado—. Oh... Hola. Perdona, Jacob. No te reconocía por detrás.

—Hola, Grady —digo—. ¿Qué tal está?

—No sabría decirte —responde—. Lleva borracho desde anoche.

Camel gruñe e intenta darse la vuelta. Su brazo derecho yace inerte sobre su pecho. Chasca los labios y empieza a roncar.

—Hoy va a venir un médico —digo—. Mientras, no le quites el ojo de encima, ¿de acuerdo?

—Por supuesto —dice Grady ofendido—. ¿Qué coño crees que soy? ¿Blackie? ¿Quién coño crees que le salvó el pellejo anoche?

—Claro que no creo que seas... Bah, joder, olvídalo. A ver si se le pasa la borrachera. Y trata de que siga sobrio, ¿vale? Más tarde vendré a veros con el médico.

El médico sostiene el reloj de bolsillo de mi padre en su mano rechoncha y le da vueltas, inspeccionándolo con sus antiparras. Lo abre para examinar la esfera.

—Sí. Esto será suficiente. Bueno, y ¿de qué se trata? —dice guardándoselo en el bolsillo del chaleco.

Nos encontramos en el pasillo del vagón, justo delante del compartimiento de August y Marlena. La puerta todavía está abierta.

—Tenemos que ir a otro sitio —digo bajando la voz.

El doctor se encoge de hombros.

—Muy bien. Vamos.

Tan pronto como salimos del vagón, el médico se vuelve hacia mí.

—¿Y dónde quiere que le haga el reconocimiento?

—No es a mí. Es a un amigo mío. Tiene problemas con los pies y las manos. Y otras cosas. Él se lo contará cuando lleguemos.

—Ah —dice el médico—. El señor Rosenbluth me dejó caer que tenía usted dificultades de... orden personal.

La expresión del doctor va cambiando mientras me sigue por las vías. Cuando rebasamos los vagones brillantemente pintados de la sección principal del tren, parece algo alarmado. Cuando alcanzamos los vagones cochambrosos del Escuadrón Volador, su expresión es de franca repugnancia.

—Está aquí dentro —digo subiendo al vagón de un salto.

—¿Y puede saberse cómo me voy a subir ahí? —pregunta él.

Earl emerge de las sombras con una caja de madera. Se baja, la coloca delante de la puerta y le da un sonoro palmetazo. El médico la mira durante unos instantes y se sube a ella, apretando nerviosamente su maletín negro contra el pecho.

—¿Dónde está el paciente? —pregunta estrechando los ojos y recorriendo el interior.

—Por allí —dice Earl. Camel está acurrucado contra un rincón. Grady y Bill se inclinan sobre él.

El doctor se acerca al grupo.

—Un poco de intimidad, por favor —dice.

Los otros se dispersan, murmurando sorprendidos. Se desplazan hasta el extremo opuesto del vagón y estiran los cuellos para intentar ver algo.

El doctor se acerca a Camel y se agacha a su lado. No puedo dejar de darme cuenta de que evita que las rodillas de su traje entren en contacto con los listones del suelo.

Al cabo de unos minutos, se levanta y dice:

—Parálisis del jengibre jamaicano. No cabe la menor duda.

Tomo aire entre los dientes.

—¿Qué? ¿Qué es eso? —rezonga Camel.

—Se contrae por beber extracto de jengibre jamaicano —el médico pone gran énfasis en las cuatro últimas palabras—. O *jake*, como se le conoce popularmente.

—Pero… ¿cómo? ¿Por qué? —dice Camel mientras sus ojos buscan desesperados la cara del médico—. No lo entiendo. Llevo años bebiéndolo.

—Sí. Sí. Eso es fácil de deducir —dice el doctor.

La rabia asciende por mi garganta como bilis. Me sitúo al lado del médico.

—Creo que no ha contestado a la pregunta —digo con toda la calma de que soy capaz.

El médico se vuelve y me examina a través de sus antiparras. Tras una pausa de varios segundos, dice:

—Lo causan los cresoles que ha añadido el fabricante.

—Dios mío —digo.

—Efectivamente.

—¿Por qué se lo añaden?

—Para cumplir la normativa que exige que el extracto de jengibre jamaicano no sea apto para el consumo —se vuelve hacia Camel y levanta la voz—: Y que no se utilice como bebida alcohólica.

—¿Se me pasará? —la voz de Camel es aguda y está quebrada por el miedo.

—No. Me temo que no —dice el médico.

A mis espaldas, los demás contienen la respiración. Grady se adelanta hasta que nuestros hombros entran en contacto.

—Espere un momento. ¿Quiere decir que no puede hacer nada?

El doctor se estira y encaja los pulgares en el chaleco.

—¿Yo? No. Nada en absoluto —dice. Tiene la cara contraída como la de un perro pachón, como si estuviera intentando cerrar las fosas nasales sólo con la fuerza de los músculos faciales. Recoge el maletín y se dirige a la puerta.

—Espérese un momentito —dice Grady—. Si usted no puede hacer nada, ¿hay alguien que pueda?

El médico se gira para dirigirse a mí específicamente, supongo que porque soy yo el que le paga.

—Oh, hay muchos dispuestos a quedarse con su dinero y prometerle una cura: baños en piscinas de aceite, terapia de descargas eléctricas; pero ninguna de ellas sirve para nada. Puede que recupere parte de sus funciones con el tiempo, pero, en el mejor de los casos, será una recuperación mínima. Lo cierto es que, para empezar, no debería haberlo bebido. Usted sabe que va contra las leyes federales.

Estoy pasmado. Creo que hasta es posible que tenga la boca abierta.

—¿Eso es todo? —pregunta.

—¿Cómo dice?

—¿Necesita... usted... alguna... otra... cosa? —me dice como si estuviera hablando con un idiota.

—No —digo.

—Entonces, le deseo muy buenos días —se toca el ala del sombrero, baja con cuidado a la caja de madera y sale del vagón. Se aleja una docena de metros, deja el maletín en el suelo y saca un pañuelo del bolsillo. Se limpia las manos meticulosamente, pasándoselo entre todos los dedos. Luego recoge el maletín, saca el pecho y se marcha, llevándose con él la última brizna de esperanza de Camel y el reloj de bolsillo de mi padre.

Cuando me vuelvo veo a Earl, Grady y Bill arrodillados alrededor de Camel. Las lágrimas surcan las mejillas del viejo.

—Walter, necesito hablar contigo —digo irrumpiendo en el cuarto de las cabras. Queenie levanta la cabeza, comprueba que soy yo y vuelve a apoyarla en las patas.

Walter baja el libro.

—¿De qué? ¿Qué pasa?

—Tengo que pedirte un favor.

—Pues adelante, ¿de qué se trata?

—Un amigo mío se encuentra mal.

—¿El fulano de la pata de jengibre?

Hago una pausa.

Sí.

Me acerco a mi jergón, pero estoy demasiado nervioso para sentarme.

—Venga, suelta lo que sea —dice Walter impaciente.

—Quiero traerle aquí.

—¿Qué?

—Si no, le van a dar luz roja. Anoche sus amigos tuvieron que esconderle detrás de un rollo de lona.

Walter me mira aterrorizado.

—Tienes que estar de broma.

—Mira, ya sé que no se puede decir que mi presencia aquí te emocionara, y ya sé que él es un peón y todo eso, pero es un anciano, se encuentra mal y necesita ayuda.

—¿Y qué es exactamente lo que quieres que hagamos?

—Ponerle fuera del alcance de Blackie.

—¿Durante cuánto tiempo? ¿Para siempre?

Me dejo caer en el borde del jergón. Tiene razón, por supuesto. No podemos ocultar a Camel para siempre.

—Mierda —digo. Me pego en la frente con la mano. Una vez. Y otra vez. Y otra.

—Eh, deja de hacer eso —dice Walter. Se incorpora en el camastro y cierra el libro—. Esas preguntas iban en serio. ¿Qué haríamos con él?

—No lo sé.

—¿No tiene familia?

Levanto la mirada de golpe.

—Una vez mencionó a un hijo.

—Muy bien, ya vamos llegando a algún sitio. ¿Sabes dónde vive ese hijo suyo?

—No. Deduzco que no se mantienen en contacto.

Walter me observa golpeándose la pierna con los dedos. Tras medio minuto de silencio, dice:

—De acuerdo. Tráele aquí. No dejes que te vea nadie o todos saldremos mal parados.

Le miro sorprendido.

—¿Qué? —dice espantando una mosca de la frente.

—Nada. No. En realidad quiero decir que gracias. Muchas gracias.

—Oye, que yo tengo corazón —dice tumbándose y retomando la lectura—. No como otras personas que todos conocemos y adoramos.

Walter y yo estamos descansando entre la función de la tarde y la de la noche cuando oímos unos golpes suaves en la puerta.

Él se levanta tropezando con la caja de madera y maldiciendo al tiempo que evita que la lámpara de petróleo se estrelle contra el suelo. Yo me acerco a la puerta y echo un vistazo nervioso a los baúles dispuestos en fila contra la pared del fondo.

Walter coloca la lámpara y me hace un gesto de cabeza casi imperceptible.

Abro la puerta.

—¡Marlena! —digo abriéndola más de lo que pretendía—. ¿Qué haces levantada? Quiero decir… ¿Te encuentras bien? ¿Quieres sentarte?

—No —dice. Su cara está a unos centímetros de la mía—. Estoy bien. Pero me gustaría hablar contigo un momento. ¿Estás solo?

—Eh, no. No exactamente —digo mirando a Walter, que sacude la cabeza y agita las manos frenéticamente.

—¿Puedes venir al compartimento? —dice Marlena—. No será más que un momento.

—Sí, claro.

Se da la vuelta y va andando cautelosamente hacia la puerta. No lleva zapatos, sino zapatillas. Se sienta en el quicio y baja con cuidado. La observo un instante, aliviado de ver que, aunque se mueve con precaución, no cojea de un modo alarmante.

Cierro la puerta.

—Joder, tú —dice Walter sacudiendo la cabeza—. Casi me da un ataque al corazón. Mierda, tío. ¿Qué coño estamos haciendo?

—Eh, Camel —digo—. ¿Estás bien ahí detrás?

—Sí —se oye una voz débil al otro lado de los baúles—. ¿Crees que ha visto algo?

—No. Estás seguro. Por ahora. Pero vamos a tener que ser muy prudentes.

Marlena está en el sillón de terciopelo con las piernas cruzadas. Cuando entro la veo inclinada hacia delante, masajeándose el arco de un pie. Al verme lo deja y se echa para atrás.

—Jacob. Gracias por venir.

—Faltaría más —digo. Me quito el sombrero y lo sujeto azorado contra el pecho.

—Siéntate, por favor.

—Gracias —digo sentándome en el borde de la silla más próxima. Miro alrededor—. ¿Dónde está August?

—Tío Al y él tienen una reunión con los responsables de los ferrocarriles.

—Ah —digo—. ¿Algo serio?

—Sólo rumores. Alguien ha ido contando que damos luz roja a la gente. Estoy segura de que lo aclararán.

—Rumores. Sí —digo. Me pongo el sombrero sobre las piernas y juego con el ala mientras espero.

—Bueno… mmm… Estaba preocupada por ti —dice.

—¿Ah, sí?

—¿Estás bien? —me pregunta en voz baja.

316

—Sí. Claro que sí —contesto. Entonces me doy cuenta de lo que está preguntando—. Oh, Dios... No, no es lo que crees. El médico no era para mí. Quería que echara un vistazo a una amistad y no era... no era para *eso*.

—Ah —dice ella soltando una risita nerviosa—. Me alegro mucho. Lo siento, Jacob. No era mi intención avergonzarte. Es que estaba preocupada.

—Estoy bien. En serio.

—¿Y tu amistad?

Contengo la respiración un momento.

—No tan bien.

—¿Se pondrá buena?

—¿Buena? —la miro, pillado con la guardia baja.

Marlena retira la mirada y se retuerce los dedos en el regazo.

—Había supuesto que era Barbara.

Toso y luego me atraganto.

—Oh, Jacob... Madre mía. Estoy liándolo todo. No es asunto mío. De verdad. Perdóname, por favor.

—No. Apenas conozco a Barbara —me sonrojo de tal manera que el cuero cabelludo me pica.

—No pasa nada. Ya sé que es... —Marlena se retuerce los dedos abochornada y deja la frase sin terminar—. Bueno, a pesar de eso, no es mala persona. Es muy noble, de verdad, aunque quisieras...

—Marlena —digo con fuerza suficiente para que deje de hablar. Me aclaro la garganta para seguir—: No hay nada entre Barbara y yo. Apenas la conozco. No creo que hayamos hablado más de una docena de palabras en toda nuestra vida.

—Oh —dice—. Es que Auggie dijo que...

Permanecemos sentados en un incómodo silencio casi medio minuto.

—¿O sea que ya tienes mejor los pies? —pregunto.

—Sí, gracias —se agarra las manos con tal fuerza que tiene los nudillos blancos. Traga saliva y se mira el regazo—. Hay otra cosa de la que quería hablar contigo. De lo que pasó en el callejón. En Chicago.

—Aquello fue todo por mi culpa —me apresuro a decir—. No logro entender lo que me pasó. Enajenación temporal o algo así. Lo siento mucho. Puedo asegurarte que no volverá a pasar nunca.

—Oh —dice en voz baja.

La miro, confundido. A no ser que me equivoque de medio a medio, creo que he conseguido ofenderla.

—No estoy diciendo que… No es que no seas… Es que…

—¿Estás diciendo que no querías besarme?

Levanto las manos y el sombrero se me cae.

—Marlena, ayúdame, por favor. No sé qué quieres que diga.

—Porque sería más fácil si no hubieras querido.

—Si no hubiera querido ¿qué?

—Si no hubieras querido besarme —dice suavemente.

Muevo la mandíbula, pero pasan varios segundos antes de articular palabra.

—Marlena, ¿qué insinúas?

—No… no estoy segura del todo —dice—. Ya no sé ni qué pensar. No he podido dejar de pensar en ti. Sé que lo que siento está mal, pero no sé… Bueno, supongo que me preguntaba…

Cuando levanto los ojos, su cara está roja como una cereza. Se agarra y suelta las manos alternativamente, sin retirar la mirada del regazo.

—Marlena —digo levantándome y dando un paso adelante.

—Creo que deberías irte —dice ella.

Me quedo mirándola unos segundos.

—Por favor —dice sin levantar los ojos.

Y yo me voy, a pesar de que todos los huesos de mi cuerpo gritan que no lo haga.

Cuando [...] que ya está cerca esta [...] una cer [...]. Se aparta y mira las manos [...] universitaria, sin perder la mirada del suelo.

—Mejor no... —dice levantándose y dando un paso adelante.

—Creo que el terror irse —dice ella.

Me quedo mirándola unos segundos.

—Por favor... —dice, sin levantar los ojos.

La veo salir a pesar de que todos los huesos de mi cuerpo piden que no lo haga.

QUINCE

Camel pasa los días escondido detrás de los baúles, tumbado sobre unas mantas que Walter y yo hemos dispuesto para proteger su maltrecho cuerpo del suelo. La parálisis está tan avanzada que no sé si podría salir a rastras aunque quisiera, pero tiene tanto miedo de que le pillen que ni siquiera lo intenta. Todas las noches, cuando el tren ya está en marcha, separamos los baúles y le ayudamos a apoyarse en la pared o a ir hasta el camastro, dependiendo de si quiere sentarse o seguir tumbado. Es Walter el que ha insistido en que se acueste en el camastro, y yo, a mi vez, me he empeñado en que él duerma en el jergón. O sea que yo he vuelto a dormir en la manta de caballo en el rincón.

A los dos días escasos de nuestra convivencia, los temblores de Camel son tan violentos que no puede ni hablar. Walter lo descubre a mediodía, cuando vuelve al vagón a traerle algo de comida a Camel. Éste está tan mal que Walter va a buscarme a la carpa de las fieras para contármelo, pero August está observando, así que no puedo ir al tren.

Casi es medianoche cuando Walter y yo esperamos sentados en el camastro a que arranque el tren. En el

323

mismo instante en que se mueve, nos levantamos y reti-
ramos los baúles de la pared.

Walter se arrodilla, le pone las manos debajo de las
axilas a Camel y le ayuda a sentarse. Luego saca una pe-
taca del bolsillo.

Cuando los ojos de Camel recuperan la luz, buscan
la cara de Walter. Luego se llenan de lágrimas.

—¿Qué es eso? —pregunto rápidamente.

—¿Qué coño crees que es? —dice Walter—. Es licor. Licor auténtico. Del bueno.

Camel se lanza a por la botella con manos temblo-
rosas. Walter, todavía sujetándole en posición erguida, le
quita el tapón y la acerca a los labios del viejo.

Pasa otra semana y Marlena sigue enclaustrada en
su compartimento. Ahora siento una necesidad tan grande de verla que me sorprendo a mí mismo maquinando
formas de espiar por su ventana sin ser descubierto.
Afortunadamente, el sentido común se impone.

Todas las noches, tumbado en mi apestosa manta
del rincón, repaso nuestra última conversación, adorada
palabra tras adorada palabra. Revivo una y otra vez la
misma atormentada situación, desde el arrebato de alegría incrédula a mi devastadora decepción. Sé que pedirme que me fuera era lo único que podía hacer, pero, aun
así, me cuesta sobrellevarlo. El solo recuerdo me deja
tan alterado que me revuelvo en la manta hasta que Walter me dice que pare, porque no le dejo dormir.

Y seguimos adelante. En la mayoría de las ciudades no nos quedamos más que una noche, aunque solemos hacer una parada de dos días los domingos. Durante el trayecto entre Burlington y Keokuk, Walter —con la ayuda de una generosa cantidad de whisky— logra sacarle a Camel el nombre y la última dirección conocida de su hijo. En las siguientes paradas, Walter se marcha a la ciudad nada más desayunar y no regresa hasta que es casi la hora del espectáculo. Cuando llegamos a Springfield ha conseguido establecer contacto.

Al principio, el hijo de Camel niega su relación. Pero Walter es insistente. Día tras día va a la ciudad a negociar mediante telegramas, y al viernes siguiente el hijo acepta reunirse con nosotros en Providence y hacerse cargo del anciano. Eso significa que tendremos que mantener nuestro sistema de hospedaje algunas semanas más, pero al menos es una solución. Y es mucho mejor que lo que teníamos hasta ahora.

Lucinda la Linda muere en Terre Haute. Cuando Tío Al se recupera de su demoledor pero breve desconsuelo, organiza una ceremonia de despedida para «nuestra adorada Lucinda».

Una hora después de que se haya firmado el certificado de defunción, colocan a Lucinda en el tanque del carromato del hipopótamo, al que enganchan un tiro de veinticuatro caballos percherones negros con plumas en la cabeza.

Tío Al se sube al pescante con el cochero, prácticamente roto de dolor. Al cabo de unos instantes mueve los dedos para dar la salida a la procesión de Lucinda. Ésta recorre a paso lento las calles de la ciudad, seguida a pie por todos los miembros de El Espectáculo Más Deslumbrante del Mundo de los Hermanos Benzini que merecen ser vistos. Tío Al, desolado, llora y se suena la nariz con un pañuelo rojo y sólo levanta la mirada para comprobar que el paso de la comitiva permite que se vaya reuniendo una buena multitud.

Las mujeres van inmediatamente detrás del carro del hipopótamo, todas vestidas de negro y enjugándose los ojos con elegantes pañuelos de encaje. Yo voy más atrás, rodeado por todas partes de hombres afligidos, con las caras brillantes por las lágrimas. Tío Al ha prometido tres dólares y una botella de whisky canadiense al que ofrezca la mejor representación. Nunca se ha visto dolor semejante… Hasta los perros aúllan.

Casi un millar de vecinos de la ciudad nos siguen cuando volvemos a la explanada. Todos se quedan en silencio cuando Tío Al se pone de pie en el carruaje.

Se quita el sombrero y se lo pone contra el pecho. Saca un pañuelo y se lo pasa por los ojos. Luego pronuncia un discurso conmovedor, tan emocionado que apenas puede contenerse. Cuando acaba dice que, si por él fuera, suspendería la función de esta noche por respeto a Lucinda. Pero no puede hacer eso. Es algo que se escapa a su decisión. Es un hombre de honor, y en su lecho de muerte Lucinda le agarró la mano y le hizo prometer —no, *jurar*— que no permitiría que lo que ya era su inminente final interfiriera en la rutina del espectáculo y defraudara a los miles de personas que esperaban ir al circo aquel día.

—Porque, después de todo... —Tío Al hace una pausa y se lleva una mano al pecho, sollozando compasivamente. Levanta los ojos al cielo mientras las lágrimas ruedan por sus mejillas.

Las mujeres y los niños del público lloran abiertamente. Una mujer de las primeras filas se lleva un brazo a la frente y se desploma mientras los hombres que tiene a ambos lados se apresuran a recogerla.

Tío Al se recupera con evidente esfuerzo, aunque no puede evitar que los labios le sigan temblando. Asiente con la cabeza despacio y continúa:

—Porque, después de todo, como nuestra querida Lucinda sabía muy bien... el espectáculo debe continuar.

Esa noche tenemos un llenazo de público: un «suelo de paja», así llamado porque, una vez que se han vendido todos los asientos habituales de las gradas, los peones esparcen paja por la pista de los caballos que rodea las pistas circulares para que se siente el exceso de público.

Tío Al empieza el espectáculo con un minuto de silencio. Agacha la cabeza, llora lágrimas reales y dedica la función a Lucinda, cuya generosidad total y absoluta es la única razón de que podamos continuar ante nuestra gran pérdida. Y vamos a hacer que se sienta orgullosa... Ah, sí, nuestro amor por Lucinda era tal que, a pesar del dolor que nos consume, y forzando nuestros corazones rotos, sacaremos fuerza suficiente para cumplir su último deseo y hacer que se sienta orgullosa. Maravillas como nunca han visto, damas y caballeros, números y artistas llegados de los cuatro puntos cardinales para entretenerles y sorprenderles, acróbatas y malabaristas, y trapecistas del más alto nivel...

Ha transcurrido casi una cuarta parte del espectáculo cuando ella entra en la carpa de las fieras. Siento su presencia antes incluso de oír los murmullos de sorpresa a mi alrededor.

Dejo a Bobo en el suelo de su jaula. Me doy la vuelta y, como esperaba, allí está, preciosa con sus lentejuelas rosas y su tocado de plumas, quitándoles los arneses a los caballos y dejándolos caer al suelo. Sólo Boaz —un caballo árabe negro y seguramente el sustituto de Silver Star— sigue enjaezado, y es evidente que no le hace ninguna gracia.

Me apoyo en la jaula de Bobo, fascinado.

Los caballos, con los que he pasado todas las noches de viaje entre una ciudad y otra y que normalmente parecen caballos corrientes, se han transformado. Resoplan y bufan con los cuellos arqueados y las colas levantadas. Se agrupan en dos formaciones de baile, una blanca y otra negra. Marlena se sitúa frente a ellos, llevando un látigo largo en cada mano. Levanta uno de ellos y lo gira sobre su cabeza. Luego camina de espaldas y los caballos salen de la tienda detrás de ella. Van libres por completo. No llevan arneses, riendas ni cinchas... Nada. Sencillamente la siguen agitando las cabezas y levantando las patas como Saddlebreds.

Nunca he visto su número —los que trabajamos detrás no tenemos tiempo para permitirnos ese lujo—, pero en esta ocasión nada podría impedírmelo. Cierro bien la puerta de Bobo y me cuelo por la de comunicación, el pasadizo de lona sin techo que une la tienda de las fieras con la gran carpa. El vendedor de entradas de la otra carpa me mira rápidamente y, cuando ve que no soy un poli, vuelve a concentrarse en su negocio. El bolsillo, repleto de dinero, le tintinea. Me coloco junto a él y miro hacia el extremo de la carpa, al otro lado de las tres pistas circulares.

Tío Al la anuncia y ella hace su entrada. Gira levantando los dos látigos por el aire. Hace restallar uno de ellos y da unos pasos hacia atrás. Los dos grupos de caballos se arremolinan alrededor de ella.

Marlena camina con calma hasta la pista central y ellos la siguen, levantando las patas, como vistosas nubes blancas y negras.

Una vez en el centro de la pista, agita el aire delicadamente. Los caballos trotan alrededor de la pista: los cinco blancos seguidos de los cinco negros. Después de dos vueltas completas, Marlena sacude el látigo. Los caballos negros aprietan el paso hasta que cada uno de ellos está al lado de uno blanco. Otro movimiento y se ponen en fila, de manera que ahora se alternan los caballos blancos y negros.

Ella, con sus lentejuelas rosas brillando bajo las luces refulgentes, apenas se mueve. Sus pasos describen un pequeño círculo en el centro de la pista y sacude los látigos en una sucesión de señales.

Los caballos siguen dando vueltas, los blancos adelantando a los negros y los negros adelantando a los blancos, dando como resultado final que los colores siempre se alternen.

Ella da una voz y todos se paran. Marlena dice algo más y los animales se giran hacia afuera y suben los cascos delanteros al anillo de la pista. Se ponen a andar de lado, con las patas subidas en el borde y las colas hacia Marlena. Así describen una vuelta completa hasta que ella los hace detenerse. Se bajan y dan la vuelta para mirarla. Ella llama a Midnight.

Es un ejemplar negro, todo fuego árabe con un rombo blanco perfecto en la testuz. Ella le habla, agarrando los dos látigos con una mano y ofreciéndole la palma de la otra. El caballo aplica su morro contra ella con el cuello arqueado y las aletas de la nariz abiertas.

Marlena retrocede y alza un látigo. Los otros caballos observan danzando en su sitio. Levanta el otro látigo y agita la punta adelante y atrás. Midnight se yergue sobre las patas de atrás con las manos dobladas delante del pecho. Ella grita algo —es la primera vez que levanta la voz— y retrocede. El caballo la sigue sobre las patas traseras y arañando el aire con las delanteras. Le hace recorrer de pie todo el perímetro de la pista. Luego le hace un gesto para que baje. El látigo dibuja otro críptico círculo y Midnight saluda, inclinándose con una pata delantera doblada y la otra estirada. Marlena hace una profunda reverencia y el público se vuelve loco. Con Midnight todavía saludando, levanta ambos látigos y los agita. El resto de los caballos trazan piruetas sin moverse del sitio.

Más vítores, más halagos. Marlena estira los brazos por el aire y se gira para conceder a cada parte del público la ocasión de adorarla. Luego se acerca a Midnight y se sube con cuidado a su grupa reclinada. El caballo se levanta, encorva el cuello y se lleva a Marlena de la carpa. Los demás caballos les siguen, agrupados otra vez por colores, arrimándose unos a otros para no alejarse mucho de su ama.

El corazón me late tan fuerte que oigo el fluir de la sangre en mis oídos a pesar de los gritos de la gente. Estoy tan lleno de amor que se me desborda, que estallo.

Esa noche, una vez que el whisky ha dejado a Camel fuera de combate y Walter ronca en el jergón, salgo de la pequeña habitación y me quedo mirando las grupas de los caballos de pista.

Cuido a diario de estos caballos. Limpio sus cubiles, les lleno los cubos de agua y comida y los arreglo para el espectáculo. Reviso sus dientes y peino sus crines y les palpo las patas para ver si tienen fiebre. Les doy golosinas y acaricio sus cuellos. Se han convertido en una parte importante de mi vida, como Queenie, pero después de ver la actuación de Marlena nunca volveré a verlos de la misma manera. Estos caballos son una extensión de Marlena, una parte de ella que ahora está aquí conmigo.

Paso la mano por encima de la división de los establos y la apoyo en un anca negra. Midnight, que estaba dormido, se remueve sorprendido y gira la cabeza.

Cuando descubre que sólo soy yo, retira la mirada. Baja las orejas, cierra los ojos y cambia el peso de su cuerpo para hacerlo descansar en una pata trasera.

Vuelvo al cuarto de las cabras y compruebo que Camel respira. Me tumbo en mi manta y caigo en un sueño sobre Marlena que seguramente me cueste el alma.

Delante de los mostradores de comida, a la mañana siguiente:

—Fíjate en eso —dice Walter levantando un brazo para darme un golpe en las costillas.

—¿Qué?

Señala.

August y Marlena están sentados a nuestra mesa. Es la primera vez que se presentan a una comida desde el accidente.

Walter me examina.

—¿Podrás soportarlo?

—Claro que sí —contesto irritado.

—Vale. Sólo quería saberlo —dice él. Pasamos junto al siempre vigilante Ezra y nos dirigimos a nuestras respectivas mesas.

—Buenos días, Jacob —dice August mientras dejo el plato en la mesa y tomo asiento.

—August. Marlena —digo saludando con la cabeza a cada uno.

Marlena echa una mirada rápida y vuelve a fijar los ojos en el plato.

—¿Qué tal te encuentras en este maravilloso día? —pregunta August. Escarba en un montón de huevos revueltos.

—Muy bien. ¿Y tú?

—Estupendo —dice.

—¿Y tú qué tal, Marlena? —pregunto.

—Mucho mejor, gracias —responde ella.

—Anoche vi tu número —digo.

—¿Ah, sí?

—Sí —digo desplegando la servilleta y poniéndomela sobre las rodillas—. Es... No sé muy bien qué decir. Fue asombroso. Nunca he visto una cosa igual.

—Oh —dice August subiendo una ceja—. ¿Nunca?

—No. Nunca.

—Fíjate.

Me mira sin parpadear.

—Pensaba que había sido el número de Marlena lo que te había animado a unirte al circo, Jacob. ¿Estaba equivocado?

El corazón me da un salto en el pecho. Agarro los cubiertos: el tenedor en la mano izquierda, el cuchillo en la derecha, al estilo europeo, como mi madre.

—Mentí —digo.

Pincho el extremo de una salchicha y empiezo a cortarla, esperando la respuesta.

—¿Cómo has dicho? —dice.

—Mentí. ¡Mentí! —dejo los cubiertos de golpe en la mesa con un trozo de salchicha clavado en el tenedor—. ¿Vale? Por supuesto que nunca había oído hablar del circo de los Hermanos Benzini hasta que me subí al tren. ¿Quién coño ha oído hablar de los Hermanos Benzini? El único circo que he visto en toda mi vida ha sido el Ringling, y fue genial. ¡Genial! ¡¿Te enteras?!

Se hace un silencio sobrecogedor. Miro alrededor aterrado. Todos los presentes en la carpa me miran fijamente. La mandíbula de Walter está desencajada. Queenie pega las orejas a la cabeza. A lo lejos berrea un camello.

Por fin vuelvo los ojos hacia August. Él también me mira. Un lado del bigote le tiembla. Dejo la servilleta bajo el borde del plato, preguntándome si se va a lanzar a por mí por encima de la mesa.

August abre los ojos todavía más. Yo aprieto los nudillos bajo la mesa. Y entonces, August explota. Ríe tan fuerte que se pone rojo, se agarra la barriga y respira con dificultad. Ríe y aúlla hasta que las lágrimas corren por su cara y los labios le tiemblan por el esfuerzo.

—Oh, Jacob —dice secándose las mejillas—. Oh, Jacob. Creo que te había juzgado mal. Sí. Desde luego. Creo que te había juzgado mal —ríe y sorbe mientras se limpia la cara con la servilleta—. Ay, Dios —suspira—. Ay, Dios —carraspea y vuelve a tomar los cubiertos. Recoge un poco de huevo con el tenedor y vuelve a dejarlo, nuevamente vencido por la hilaridad.

El resto de los comensales vuelven a su comida, pero con reservas, como la gente que observaba cuando eché al hombre de la explanada el primer día. Y no puedo evitar darme cuenta de que, cuando vuelven a comer, lo hacen con un aire de aprensión.

La muerte de Lucinda nos deja con una grave deficiencia en las filas de los fenómenos. Y hay que solucionarla… Todos los grandes circos tienen una mujer gorda, y nosotros no podemos ser menos.

Tío Al y August repasan el *Billboard* y hacen llamadas de teléfono en todas las paradas y mandan telegramas intentando reclutar una, pero todas las mujeres gordas parecen estar satisfechas con el trabajo que tienen, o recelosas de la reputación de Tío Al. Al cabo de dos semanas y de diez trayectos de tren, Tío Al está tan desesperado que aborda a una señora del público de generosas dimensiones. Desgraciadamente, resulta ser la señora del jefe de la policía y Tío Al acaba con un ojo de un morado brillante en vez de con una señora gorda, aparte de una orden oficial de salir de la ciudad.

Tenemos dos horas. Los artistas se recluyen inmediatamente en sus vagones. Los peones, una vez espabilados, corren por la explanada como gallinas sin cabeza. Tío Al, enrojecido y sin aliento, sacude el bastón, azuzando a los trabajadores si no se mueven todo lo rápido que él quiere. Las carpas se desmontan tan deprisa que los hombres quedan atrapados debajo, y los que están desmontando otras tienen que entrar y sacarles antes de que se asfixien bajo la gran superficie de lona o —lo que es peor desde el punto de vista de Tío Al— tienen que abrir con sus navajas un respiradero.

Cuando ya están recogidos todos los animales de carga, me retiro al vagón de los caballos. No me gustan las miradas de los vecinos que se van reuniendo en los límites de la explanada. Muchos van armados, y un mal pálpito me va fermentando en la boca del estómago.

Todavía no he visto a Walter y me paseo de un lado a otro delante de la puerta abierta, examinando la explanada. Los trabajadores negros se han ocultado en el Escuadrón Volador hace un buen rato, y no estoy del todo seguro de que la turba no se conforme con un enano pelirrojo.

Una hora y cincuenta y cinco minutos después de que nos den las órdenes de partir, su cara se asoma por la puerta.

—¿Dónde puñetas estabas? —le grito.

—¿Es él? —gruñe Camel desde el otro lado de los baúles.

—Sí, es él. Venga, entra ya —digo haciéndole un gesto—. Esa gente tiene mala pinta.

Él no se mueve. Está congestionado y sin resuello.

—¿Dónde está Queenie? ¿Has visto a Queenie?

—No. ¿Por qué?

Walter desaparece.

—¡Walter! —me incorporo de un salto y le sigo hasta la puerta—. ¡Walter! ¿Dónde coño vas? ¡Ya han dado la señal de los cinco minutos!

Corre en paralelo al tren, agachándose para mirar entre las ruedas.

—¡Vamos, Queenie! ¡Eh, nena! —se endereza y se detiene delante de todos los vagones, grita entre las rendijas y espera la respuesta—. ¡Queenie! ¡Venga, nena! —cada vez que grita, su voz alcanza nuevas cotas de desesperación.

Suena un silbato, un aviso largo y sostenido al que sigue el siseo y los carraspeos de la locomotora.

La voz de Walter se quiebra, ronca por los gritos.

—¡Queenie! ¿Dónde demonios estás? ¡Queenie! ¡Ven aquí!

En la parte de delante, los últimos rezagados suben a los vagones de plataforma.

—¡Walter, venga! —exclamo—. No hagas el tonto. Tienes que subir ya.

Él me ignora. Ahora se encuentra junto a aquellos vagones, rebuscando entre las ruedas.

—¡Queenie, ven! —grita él. Se para y, de repente, se estira. Parece perdido—. ¿Queenie? —pregunta a nadie en especial.

—Maldita sea —digo.

—¿Vuelve ya o no? —pregunta Camel.

—Parece que no —le digo.

—¡Pues vete a por él! —me aúlla.

El tren da un acelerón, los vagones brincan al tensar la locomotora los enganches que los unen.

Salto a la gravilla y corro en dirección a los vagones de delante. Walter está enfrente de la locomotora.

Le toco el hombro.

—Walter, es hora de irse.

Se gira hacia mí con los ojos suplicantes.

—¿Dónde está? ¿No la has visto?

—No. Vamos, Walter —digo—. Tenemos que subirnos al tren enseguida.

—No puedo —dice. Su cara no expresa nada— No puedo abandonarla. No puedo.

El tren se mueve ya, adquiriendo velocidad.

Miro detrás de mí. Los vecinos, armados con rifles, bates de béisbol y palos, avanzan hacia nosotros. Me fijo en el tren el tiempo suficiente para hacerme una idea de su velocidad y cuento, rogando a Dios que no me equivoque: uno, dos, tres, cuatro.

Agarro a Walter como si fuera un saco de harina y lo lanzo dentro. Se oye un golpe y un grito cuando aterriza en el suelo. Luego corro junto al tren y me aferro a la barra metálica que hay al lado de la puerta. Dejo que el tren me arrastre durante tres grandes zancadas y aprovecho su velocidad para saltar y meterme dentro.

Mi cara se desliza sobre las maderas sin desbastar del suelo. Cuando me siento a salvo, busco a Walter, preparado para la pelea.

Está acurrucado en un rincón, llorando.

Walter no tiene consuelo. Se queda en su rincón mientras yo retiro los baúles y saco a Camel. Me ocupo solo del afeitado del anciano —una labor que normalmente hacemos entre los tres— y luego le arrastro hacia la zona frente a los caballos.

—Ah, venga, Walter —dice Camel. Le tengo suspendido por las axilas, con su trasero desnudo sobrevolando lo que Walter llama «el tarro de la miel»—. Has hecho todo lo que podías —me mira por encima de su hombro—. Oye, bájame un poquito, ¿quieres?, que estoy colgado en el aire.

Muevo los pies para separarlos e intento bajar un poco a Camel sin doblar la espalda. Por lo general, Walter se encarga de esta actividad, porque tiene la altura justa.

—Walter, me vendría bien que me echaras una mano —digo al notar que un tirón me recorre la espalda.

—Cállate —dice.

Camel me mira otra vez, en esta ocasión con una ceja levantada.

—No tiene importancia —le digo.

—¡Sí, sí tiene importancia! —grita Walter desde el rincón—. ¡Todo tiene importancia! Queenie era lo único que tenía. ¿Lo entendéis? —su voz baja hasta convertirse en un quejido—. Era lo único que tenía.

Camel me hace un gesto con la mano para indicar que ya ha acabado. Me retiro un par de pasos y le dejo tumbado de lado.

—Bah, eso no puede ser cierto —dice Camel mientras le limpio—. Un chico joven como tú tiene que tener a alguien en algún sitio.

—No sabes nada de nada.

—¿No tienes a tu madre por ahí? —insiste Camel.

—No una que merezca la pena.

—No te atrevas a hablar de esa manera —dice Camel.

—¿Por qué coño no? Ella me vendió a esta chusma cuando tenía catorce años —nos mira rabioso—. Y no se os ocurra mirarme como si os diera pena —suelta—. De todas formas, era una vieja arpía. ¿Quién coño la necesita?

—¿Qué quieres decir con que te vendió? —pregunta Camel.

—Bueno, no soy la persona más dotada para el trabajo en el campo, ¿verdad? Y dejadme en paz de una vez, ¿vale? —se gira y nos da la espalda.

Le abrocho los pantalones a Camel, le agarro por las axilas y vuelvo a meterle en el cuarto. Arrastra las piernas con los talones rozando el suelo.

—Madre mía —dice mientras le coloco en el camastro—. ¿Qué te parece?

—¿Te apetece comer algo? —le digo, intentando cambiar de tema.

—No, todavía no. Pero una gota de whisky me sentaría bien —sacude la cabeza lentamente—. Nunca he oído hablar de una mujer con un corazón más frío.

—Todavía puedo oíros, ¿sabéis? —gruñe Walter—. Y además, tú no eres el más indicado para hablar, viejo. ¿Hace cuánto que no ves a tu hijo?

Camel se pone pálido.

—¿Eh? No puedes contestar, ¿verdad que no? —continúa diciendo Walter desde fuera del cuarto—. No hay mucha diferencia entre lo que hiciste tú y lo que hizo mi madre, ¿verdad?

—Sí la hay —exclama Camel—. Hay una gran diferencia. Y además, ¿tú cómo coño sabes lo que hice?

—Hablaste de tu hijo una noche que estabas borracho —digo con calma.

Camel me mira durante unos segundos. Luego su cara se contrae. Se lleva una mano inerte a la frente y retira la mirada.

—Ah, mierda —dice—. Mierda. No sabía que lo sabíais. Tendríais que habérmelo dicho.

—Pensé que lo recordarías —digo—. De todas formas, él no contó mucho. Sólo dijo que te marchaste.

—¿«Sólo dijo»? —la cabeza de Camel se gira de golpe—. ¿Cómo que «sólo dijo»? ¿Qué quieres decir con eso? ¿Te has puesto en contacto con él?

Me siento en el suelo y pongo la cabeza en las rodillas. Parece que va a ser una noche muy larga.

—¿Qué has querido decir con «sólo dijo»? —aúlla Camel—. ¡Te estoy haciendo una pregunta!

Suspiro.

—Sí, nos hemos puesto en contacto con él.

—¿Cuándo?

—Hace poco.

Me mira pasmado.

—Pero ¿por qué?

—Hemos quedado en vernos en Providence. Te va a llevar a casa.

—Ah, no —dice Camel negando violentamente con la cabeza—. De eso nada.

—Camel…

340

—¿Por qué diantres habéis hecho eso? ¡No teníais ningún derecho!

—¡No teníamos alternativa! —grito. Paro, cierro los ojos y me calmo—. No teníamos alternativa —repito—. Había que hacer algo.

—¡No puedo volver! No sabéis lo que pasó. No quieren saber nada de mí.

Los labios le tiemblan y cierra la boca. Retira la cara. Un momento después, sus hombros empiezan a estremecerse.

—Joder —digo. Levanto la voz y grito al otro lado de la puerta—: ¡Eh, gracias, Walter! ¡Has sido de gran ayuda esta noche! ¡Te lo agradezco mucho!

—¡Que te den! —responde.

Apago la lámpara de petróleo y gateo hasta mi manta. Me tumbo en su rasposa superficie y luego me vuelvo a incorporar.

—¡Walter! —grito—. ¡Eh, Walter! Si no vuelves, voy a dormir en el jergón.

No hay respuesta.

—¿Me has oído? He dicho que voy a dormir en el jergón.

Espero un par de minutos y cruzo el suelo a gatas.

Walter y Camel se pasan toda la noche haciendo los ruidos que hacen los hombres cuando no quieren llorar, y yo la paso poniéndome la almohada sobre las orejas para intentar no oírles.

Me despierta la voz de Marlena.

—Toc, toc. ¿Puedo pasar?

Abro los ojos de golpe. El tren ha parado y yo he seguido durmiendo. También estoy sorprendido porque estaba soñando con Marlena, y por un momento no sé si sigo dormido.

—¿Hola? ¿Hay alguien ahí?

Me apoyo en los codos y miro a Camel. Se encuentra inmóvil en el camastro, con los ojos abiertos por el miedo. La puerta interior se ha quedado abierta toda la noche. Me levanto de un salto.

—Eh, ¡espera un segundo! —voy corriendo a donde está y cierro la puerta al salir.

Marlena ya está subiendo al vagón.

—Ah, hola —dice al ver a Walter. Éste sigue agazapado en el rincón—. En realidad te buscaba a ti. ¿Éste no es tu perro?

La cabeza de Walter gira precipitadamente.

—¡Queenie!

Marlena se agacha para dejarla en el suelo pero, antes de que pueda hacerlo, Queenie se libera de sus brazos y salta produciendo un chasquido. Corre desmañadamente por el piso y salta sobre Walter, le lame la cara y mueve la cola con tanto ímpetu que se va para atrás.

—¡Oh, Queenie! ¿Dónde te habías metido, mala, mala? ¡Estaba muy preocupado por ti, chica mala! —Walter se deja lamer la cara y la cabeza y Queenie salta y se estremece de contento.

—¿Dónde estaba? —pregunto volviéndome hacia Marlena.

—Iba corriendo junto al tren ayer, cuando arrancamos —dice sin quitarles los ojos de encima a Walter

342

y Queenie—. La vi por la ventana y mandé a Auggie a por ella. Se tumbó boca abajo en la plataforma y la recogió.

—¿August hizo eso? —digo—. ¿En serio?

—Sí. Y ella le mordió en pago a sus desvelos.

Walter envuelve a la perra en sus dos brazos y sepulta la cara entre sus rizos.

Marlena les mira unos instantes más y se dirige a la puerta.

—Bueno, creo que ya me puedo ir —dice.

—Marlena —digo agarrándola de un brazo.

Ella se detiene.

—Gracias —digo soltando mi mano—. No tienes ni idea de lo que significa para él. Para los dos, la verdad.

Me dedica una mirada brevísima —con la más leve de las sonrisas— y luego mira los dorsos de sus caballos.

—Sí. Sí. Creo que sí lo sé.

Cuando ella desciende del vagón, mis ojos están húmedos de lágrimas.

—Vaya, ¿qué te parece? —dice Camel—. Puede que sea humano después de todo.

—¿Quién? ¿August? —dice Walter. Se inclina, coge el asa de un baúl y lo arrastra por el suelo. Estamos cambiando la habitación a su configuración diurna, aunque Walter lo hace todo a medio gas porque se empeña en llevar a Queenie bajo un brazo—. Nunca.

—Puedes dejarla suelta, ¿sabes? —le digo—. La puerta está cerrada.

—Pues salvó a tu perra —apunta Camel.

—No lo hubiera hecho de saber que era mía. Queenie lo sabe. Por eso le dio un mordisco. Sí, lo sabías, ¿verdad, cariño? —dice subiéndose el hocico de la perra a la cara y hablando como se habla a los bebés—. Sí, Queenie es una chica lista.

—¿Por qué crees que August no lo sabía? —digo—. Marlena sí lo sabía.

—Porque lo sé. No hay ni un hueso humano en el cuerpo de ese perro judío.

—¡Cuidado con lo que dices! —grito.

Walter para y me mira.

—¿Qué? Eh, oye, no serás judío, ¿verdad? Mira, lo siento. No quería decir eso. Ha sido un insulto gratuito —dice.

—Sí, lo ha sido —digo, todavía alzando la voz—. Todos los insultos son gratuitos y empiezo a estar harto de ellos. Los artistas insultan a los peones. Los peones insultan a los polacos. Los polacos insultan a los judíos. Y si eres enano, bueno… Dímelo tú, Walter. ¿Sólo odias a los judíos y a los peones, o también odias a los polacos?

Walter se pone rojo y baja la mirada.

—No los odio. No odio a nadie.

Tras unos instantes, añade:

—Bueno, vale, odio a August. Pero le odio porque es un loco hijo de puta.

—Eso no se puede discutir —suelta Camel.

Miro a Camel y luego a Walter, y de nuevo a Camel.

—No —digo suspirando—. No, supongo que no se puede discutir.

344

En Hamilton la temperatura sube hasta los cuarenta grados, el sol pega sin piedad en la explanada y la limonada desaparece.

El hombre del puesto de refrescos, que no se ha separado del enorme barreño de la mixtura más que unos minutos, acude furioso a Tío Al, convencido de que los peones son los culpables.

Tío Al decide investigarles. Ellos salen de detrás de las tiendas de los establos y de las fieras, adormilados, con paja en el pelo. Yo observo desde lejos, pero es difícil no darse cuenta de que les envuelve un aire de inocencia.

Al parecer, Tío Al no lo ve así. Va de un lado a otro a grandes zancadas, pegando voces como Gengis Khan al inspeccionar sus tropas. Les grita a la cara, detalla el coste —tanto en ingredientes como en las ventas no realizadas— de la limonada robada y les dice que se les retendrá la paga a todos ellos la próxima vez que esto ocurra. Les da un pescozón en la cabeza a unos cuantos y los despacha. Ellos regresan a sus lugares de descanso, frotándose la cabeza y mirándose unos a otros con suspicacia.

A falta de sólo diez minutos para que se abran las puertas, los encargados de los refrescos preparan una nueva remesa con el agua de los abrevaderos de los animales. Filtran los granos de centeno, las briznas de paja y los pelos sueltos con unos leotardos donados por un payaso, y para cuando le añaden los «flotadores» —rodajas de limón de cera que tienen la misión de hacer creer que el mejunje tuvo contacto con fruta real en algún momento de su preparación— un grupo de palurdos se acerca ya al puesto. No sé si los leotardos estarían limpios, lo que sí noto es que, ese día, todo el mundo en el circo se abstiene de beber limonada.

La limonada vuelve a desaparecer en Dayton. Una vez más, se prepara una nueva remesa con agua de los abrevaderos y se saca momentos antes de que lleguen los palurdos.

En esta ocasión, cuando Tío Al investiga a los sospechosos habituales, en vez de amenazarles con retenerles su salario —una amenaza sin valor puesto que ninguno de ellos ha cobrado desde hace más de ocho semanas—, les obliga a abrir las bolsas de Judas de ante que llevan colgadas del cuello y a entregarle dos cuartos de dólar cada uno. Los poseedores de las bolsas se convierten entonces en verdaderos Judas.

El ladrón de limonada ha dado a los peones donde más les duele y están preparados para entrar en acción. Cuando llegamos a Columbus, unos cuantos se esconden cerca del barril de la mezcla y esperan.

Poco antes de que empiece la función, August me llama a la tienda camerino de Marlena para que vea un anuncio de un caballo acróbata blanco. Marlena necesita otro porque doce caballos son más espectaculares que diez, y de eso es de lo que se trata. Además, Marlena cree que Boaz se está empezando a deprimir por quedarse solo en el establo mientras los demás actúan. Eso es lo que dice August, pero yo creo que me está rehabilitando en sus favores después del arrebato de la cantina. O eso o es que August ha decidido tener a sus amigos cerca y a sus enemigos más cerca todavía.

Estoy sentado en una silla plegable con el *Billboard* en el regazo y una botella de zarzaparrilla en la mano. Marlena se da los últimos retoques a la ropa delante del espejo y yo intento no mirarla abiertamente. La única vez que nuestros ojos se encuentran a través del espejo, contengo la respiración, ella se ruboriza y los dos miramos para otro lado.

August, ajeno a todo, se abrocha los botones del chaleco y charla animado, cuando Tío Al cruza la cortina de entrada.

Marlena se vuelve, ofendida.

—Eh, ¿no te han dicho que hay que llamar antes de irrumpir en el aposento de una señora?

Tío Al no le hace el menor caso. Se dirige directamente a August y le hinca un dedo en el pecho.

—¡Ha sido tu puñetera elefanta! —exclama.

August baja la mirada al dedo que tiene puesto en el pecho, hace una breve pausa y luego lo agarra con delicadeza entre el pulgar y el índice. Retira la mano de Tío Al hacia un lado y saca un pañuelo del bolsillo para limpiarse la saliva de la cara.

—¿Cómo dices? —le pregunta al acabar toda esta operación.

—¡Ha sido tu puñetera elefanta ladrona! —grita Tío Al, rociando de nuevo a August de saliva—. Arranca la estaca, se la lleva y se bebe toda la puñetera limonada, ¡y luego vuelve y clava la estaca en el suelo otra vez!

Marlena se tapa la boca con una mano, pero no a tiempo.

Tío Al se gira furioso.

—¿Te parece divertido? ¿Te parece divertido?

La cara de Marlena palidece.

Yo me levanto de la silla y doy un paso adelante.

—Bueno, tienes que admitir que tiene una cierta...

Tío Al me planta las dos manos en el pecho y me da un empujón tan fuerte que caigo de espaldas encima de un baúl.

Se da la vuelta para encarar a August.

—¡Esa puta elefanta me costó una fortuna! ¡Por su culpa no pude pagar a los hombres y tuve que hacerme cargo de todo y tuve una bronca con los puñeteros inspectores de ferrocarriles! ¿Y para qué? ¡El puñetero bicho no quiere actuar y roba la puta limonada!

—¡Al! —exclama August secamente—. No hables así. Tengo que recordarte que estás en presencia de una dama.

Tío Al gira la cabeza. Observa a Marlena sin remordimientos y se vuelve otra vez hacia August.

—Woody está calculando las pérdidas —dice—. Lo voy a cobrar de tu salario.

—Ya se lo has cobrado a los peones —dice Marlena con calma—. ¿Has pensado devolverles su dinero?

Tío Al le lanza una mirada y su expresión me gusta tan poco que me adelanto hasta que estoy entre ellos. Vuelve sus ojos hacia mí, con la mandíbula rechinando de furia. Luego da la vuelta y se marcha.

—Qué gilipollas —dice Marlena volviendo a su mesa de tocador—. Podría haber estado vistiéndome.

August permanece totalmente inmóvil. Luego coge la chistera y la pica de la elefanta.

Marlena lo ve por el espejo.

—¿Adónde vas? —dice rápidamente—. August, ¿adónde vas?

Él se dirige a la puerta.

Ella le agarra del brazo.

—¡Auggie! ¿Adónde vas?

—No soy el único que va a pagar la limonada —dice soltándose el brazo de un tirón.

—¡August, no! —vuelve a agarrarle del codo. Esta vez pone toda su fuerza, intentando evitar que se vaya—. ¡August, espera! Por el amor de Dios. No sabía lo que hacía. La próxima vez la sujetaremos mejor...

August se suelta con un empellón y Marlena cae al suelo. Él la mira con franco desprecio. Luego se pone el sombrero en la cabeza y da media vuelta.

—¡August! —grita Marlena—. ¡Detente!

Él abre la cortina y desaparece. Marlena se queda paralizada, sentada en el mismo sitio en el que ha caído. Yo miro de la cortina a Marlena, y de Marlena a la cortina.

—Voy a seguirle —digo encaminándome a la salida.

—¡No! ¡Espera!

Freno en seco.

—No hay nada que hacer —dice ella con la voz quebrada y débil—. No puedes detenerle.

—Pero te aseguro que puedo intentarlo. No hice nada la vez anterior y nunca me lo perdonaré.

—¡No lo entiendes! ¡Sólo conseguirás empeorarlo! ¡Jacob, por favor! ¡No lo entiendes!

Me vuelvo para mirarla.

—¡No! ¡No lo entiendo! Ya no entiendo nada. Nada de nada. ¿Por qué no me lo explicas tú?

Abre mucho los ojos. Su boca forma una O. Después, se tapa la cara con las manos y rompe a llorar.

La miro horrorizado. Luego caigo de rodillas y la mezo en mis brazos.

—Oh, Marlena, Marlena...

—Jacob —susurra contra mi camisa. Se abraza a mí con tanta fuerza como si quisiera evitar que se la tragara la tierra.

DIECISÉIS

—No me llamo Rosie. Me llamo Rosemary. Ya lo sabe, señor Jankowski.

Recupero la consciencia de golpe, parpadeo bajo el inconfundible resplandor de las lámparas fluorescentes.

—¿Eh? ¿Qué? —la voz me sale aguda, aflautada. Una mujer negra se inclina sobre mí y me pone algo alrededor de las piernas. Su pelo es suave y huele bien.

—Hace un instante me ha llamado Rosie. Me llamo Rosemary —dice enderezándose—. Bueno, ¿no está mucho mejor así?

La miro fijamente. Oh, Dios. Es verdad. Soy viejo. Y estoy en la cama. Un momento… ¿La he llamado Rosie?

—¿Estaba hablando? ¿En voz alta?

Ella se ríe.

—Desde luego que sí. Sí, señor Jankowski. No ha parado de hablar desde que salimos del comedor. Me ha calentado las orejas.

Me pongo rojo. Miro las manos engarfiadas de mi regazo. Sólo Dios sabe lo que habré dicho. Yo sólo sé lo que estaba pensando, y eso si lo pienso… hasta que me he encontrado aquí cuando creía que estaba allá.

—Bueno, ¿qué le pasa? —dice Rosemary.

—¿He dicho…? ¿He dicho algo… ya sabes…, embarazoso?

—¡No, por Dios! No entiendo por qué no se lo ha dicho a los otros, con esto de que van al circo y demás. Apostaría a que nunca se lo ha comentado, ¿a que no?

Rosemary me mira expectante. Luego frunce el ceño. Acerca una silla y se sienta a mi lado.

—No se acuerda de lo que me ha contado, ¿verdad? —pregunta dulcemente.

Niego con la cabeza.

Me agarra ambas manos con las suyas. Son cálidas y de carnes firmes.

—No ha dicho nada de lo que tenga que avergonzarse, señor Jankowski. Es usted todo un caballero y me siento muy honrada de conocerle.

Los ojos se me llenan de lágrimas y bajo la cabeza para que no me vea.

—Señor Jankowski…

—No quiero hablar de eso.

—¿Del circo?

—No. De… Ah, maldita sea, ¿no lo entiende? Ni siquiera era consciente de que estaba hablando. Es el principio del fin. Ahora sólo queda ir de mal en peor, y no me quedan muchos sitios adonde ir. Pero tenía la esperanza de poder confiar en mi cerebro. Tenía esa esperanza.

—Todavía puede confiar en su cerebro, señor Jankowski. Está usted completamente lúcido.

Nos quedamos en silencio un minuto.

—Tengo miedo, Rosemary.

—¿Quiere que hable con la doctora Rashid? —me pregunta.

Asiento con la cabeza. Una lágrima cae de mi ojo a mi regazo. Abro mucho los ojos con la esperanza de contener el resto.

—No tiene que estar arreglado para salir hasta dentro de una hora. ¿Quiere descansar un poco mientras?

Vuelvo a asentir. Me da una última palmadita en la mano, baja la cabecera de la cama y sale de la habitación. Me quedo tumbado boca arriba, oyendo el zumbido de las lámparas y mirando fijamente las losetas cuadradas del falso techo. Un paisaje de palomitas prensadas, de galletas de arroz sin sabor.

Si soy completamente sincero conmigo mismo, ya ha habido indicios de que estoy en decadencia.

La semana pasada, cuando vino mi gente, no les reconocí. Pero simulé que sí, y cuando empezaron a acercarse y me di cuenta de que venían a verme a mí, sonreí y dije todas las frases tranquilizadoras, los «oh, sí» y los «fíjate» que constituyen mi aportación a la conversación en estos días. Creía que todo iba bien hasta que una expresión peculiar cruzó la cara de la mujer. Una expresión horrorizada, con la frente arrugada y la mandíbula un tanto caída. Recordé rápidamente los últimos minutos de conversación y me di cuenta de que había dicho algo mal, justo lo contrario de lo que tenía que haber dicho, y me sentí fatal, porque Isabelle no me cae mal. Es sólo que no la conozco, y por eso me estaba costando tanto prestar atención a los detalles de su desastroso recital de baile.

Pero entonces, la tal Isabelle se volvió y rió, y en aquel momento vi a mi esposa. Eso me puso triste, y aquellas personas que no reconocía intercambiaron miradas furtivas y al poco rato anunciaron que se tenían que ir porque el abuelo necesitaba descansar. Me dieron palmaditas en la mano y remetieron los bordes de la manta por detrás de mis rodillas y se marcharon. Volvieron al mundo y me dejaron aquí. Y hasta la fecha no he conseguido saber quiénes eran.

Conozco a mis hijos, que nadie se equivoque, pero éstos son los hijos de mis hijos, y también los hijos de éstos, y puede que los de estos últimos también. ¿Les susurré a sus caritas de bebés? ¿Les monté a caballito en las rodillas? Tuve tres hijos y dos hijas, una familia numerosa, la verdad, y ninguno de ellos se reprimió precisamente. Multiplica cinco por cuatro, y otra vez por cinco, y no es de extrañar que haya olvidado dónde encajan algunos de ellos. Tampoco ayuda que se turnen para venir a verme porque, aunque logre retener a un grupo en la memoria, puede que no vuelvan por aquí hasta dentro de ocho o nueve meses, tiempo durante el cual ya he olvidado todo lo que debería recordar.

Pero lo que ha pasado hoy es completamente distinto y mucho, mucho más aterrador.

Por los clavos de Cristo, ¿qué habré dicho?

Cierro los ojos y rebusco en los rincones más ocultos de mi memoria. Ya no están tan claramente definidos. Mi cerebro es como un universo evanescente cuyos gases se van haciendo más y más ligeros en los bordes. Pero no se disuelve en la nada. Tengo la sensación de que hay algo más allá, que escapa a mi percepción, flotando, esperando... Y que Dios me ayude si no me estoy deslizando otra vez hacia ello ahora mismo, con la boca abierta de par en par.

DIECISIETE

Mientras August le hace sólo Dios sabe qué a Rosie, Marlena y yo yacemos en la hierba de su camerino, abrazados el uno al otro como monos araña. Yo casi no hablo, sólo sujeto su cabeza contra mi pecho, y ella va desgranando la historia de su vida en un susurro urgente.

Me cuenta cómo conoció a August: ella tenía diecisiete años y acababa de caer en la cuenta de que la reciente procesión de solteros que venía a cenar a casa de su familia eran en realidad candidatos a marido. Cuando un banquero de mediana edad con barbilla huidiza, pelo escaso y dedos afilados fue a cenar una noche más de lo que pareció prudente, oyó las puertas de su futuro cerrándose de golpe a su alrededor.

Pero al mismo tiempo que el banquero gimoteaba algo que hizo que Marlena fijara la mirada horrorizada en el cuenco de sopa de almejas que tenía delante, en todas las paredes de la ciudad pegaban carteles. Las ruedas del destino se habían puesto en marcha. El Espectáculo Más Deslumbrante del Mundo de los Hermanos Benzini se acercaba a ellos poco a poco trayendo con él una fantasía muy real y, para Marlena, una aventura que acabaría siendo tan romántica como aterradora.

Dos días después, un día de sol radiante, la familia L'Arche fue al circo. En la carpa de las fieras, Marlena estaba de pie ante una hilera de bellísimos caballos árabes blancos y negros cuando August la abordó por primera vez. Sus padres se habían ido a ver los felinos, ajenos al seísmo que estaba a punto de sacudir sus vidas.

Y August *era* un seísmo. Encantador, sociable y endemoniadamente guapo. Vestido impecable con inmaculados pantalones de montar blancos, chistera y frac, irradiaba autoridad y un carisma irresistible. Al cabo de unos minutos había conseguido la promesa de un encuentro clandestino, y desapareció antes de que los señores L'Arche se reunieran con su hija.

Cuando se vieron más tarde, en una galería de arte, empezó a cortejarla con entusiasmo. Era doce años mayor que ella y tenía un poder de seducción que sólo un director ecuestre puede transmitir. Antes de dar por concluida su primera cita, ya le había propuesto matrimonio.

Era seductor y resuelto. Le dijo que no se movería de allí hasta que se casara con él. La fascinó con relatos sobre la desesperación de Tío Al, y el propio Tío Al elevó ruegos en favor de August. Ya se habían saltado dos plazas de la ruta. Un circo no podía sobrevivir si no cumplía la ruta prevista. Era una decisión importante, sí, pero seguro que ella comprendería cómo les afectaba a *ellos*. ¿Entendía que las vidas de numerosas personas dependían de que ella tomara la decisión correcta?

Aquella Marlena de diecisiete años pensó en su futuro en Boston durante tres noches más, y la cuarta hizo las maletas.

En este punto de la historia, se deshace en lágrimas. Sigo abrazándola, meciéndola en mis brazos. Finalmente, se separa de mí, secándose los ojos con las manos.

—Deberías irte —dice.

—No quiero.

Ella solloza y alarga la mano para acariciarme la cara con el dorso.

—Quiero volver a verte —digo.

—Me ves todos los días.

—Ya sabes lo que quiero decir.

Hace una larga pausa. Baja la mirada al suelo. Su boca se mueve unas cuantas veces hasta que habla por fin.

—No puedo.

—Marlena, por el amor de Dios.

—Es que no puedo. Estoy casada. Yo hice la cama y ahora tengo que dormir en ella.

Me arrodillo frente a ella, buscando en su rostro una señal para que me quede. Tras una interminable espera, reconozco que no la voy a encontrar.

La beso en la frente y me voy.

Antes de recorrer cuarenta metros, ya sé más de lo que quisiera sobre el precio que ha tenido que pagar Rosie por la limonada.

Al parecer, August entró como una tromba en la carpa y echó a todo el mundo. Los desconcertados trabajadores de la carpa de las fieras y algunos otros se quedaron fuera, con los oídos aplicados a las junturas de la gran tienda de lona, y oyeron cómo empezaba a soltar un torrente de gritos desaforados. Esto hizo que el resto de los animales se asustaran: los chimpancés chillaron, los felinos rugieron y las cebras relincharon. A pesar de todo el ruido, los sobrecogidos oyentes podían distinguir los golpes de la pica sobre la carne, una y otra vez.

Al principio, Rosie resoplaba y se quejaba. Cuando empezó a chillar y a gemir, muchos de los hombres, incapaces de soportarlo, se alejaron. Uno de ellos fue a buscar a Earl, que entró en la carpa y sacó a August agarrado de las axilas. Mientras Earl le arrastraba por la explanada y le hacía subir las escaleras de su vagón, August daba patadas y se resistía como un loco.

El resto de los hombres encontraron a Rosie tumbada de lado, temblando y con la pata todavía encadenada a la estaca.

—Odio a ese hombre —dice Walter en cuanto subo al vagón de los caballos. Él está sentado en el camastro, acariciando las orejas a Queenie—. No sabes cuánto odio a ese hombre.

—¿Quiere contarme alguien lo que está pasando? —exclama Camel desde el otro lado de los baúles—. Porque sé que pasa algo. ¿Jacob? Dímelo tú. Walter no me cuenta nada.

Me quedo en silencio.

—No hacía ninguna falta ser tan bestia. Ninguna falta —continúa Walter—. Y además casi provoca una estampida. Nos podía haber matado a todos. ¿Estabas allí? ¿Te has enterado de algo?

Nuestros ojos se encuentran.

—No.

—Pues a mí no me molestaría saber de qué puñetas estáis hablando —dice Camel—. Pero parece que no os importo un pito. Eh, ¿no es la hora de la cena?

—No tengo hambre —digo.

—Yo tampoco —dice Walter.

—Pues yo sí —dice Camel indignado—. Pero seguro que a ninguno de los dos se le ha pasado por la cabeza. Y apuesto a que ninguno de los dos ha traído ni un cacho de pan para un pobre viejo.

Walter y yo nos miramos.

—Yo sí he estado allí —dice con los ojos llenos de recriminación—. ¿Quieres saber lo que he oído?

—No —digo mirando a Queenie. Ésta capta mi mirada y da unos golpes en la manta con la cola.

—¿Estás seguro?

—Sí, estoy seguro.

—Como eres veterinario y eso, pensé que te interesaría.

—Y me interesa —digo alzando la voz—. Pero también me da miedo lo que me pueda afectar.

Walter me mira largo rato.

—Bueno, ¿quién le va a traer algo de comer al viejo chocho, tú o yo?

—¡Eh! ¡Ten un poco de educación! —grita el viejo chocho.

—Ya voy yo —digo. Me doy la vuelta y salgo del vagón.

A medio camino hacia la cantina me doy cuenta de que voy apretando los dientes.

Cuando vuelvo con la comida de Camel, Walter no está. Regresa al cabo de unos minutos con una botella grande de whisky en cada mano.

—Que Dios te bendiga —ríe Camel, que ya está sentado en el rincón. Señala a Walter con una mano desmayada—. ¿De dónde diantres has sacado eso?

—Un amigo del vagón restaurante me debe un favor. He pensado que a todos nos vendría bien olvidar esta noche.

—Bueno, pues dale —dice Camel—. Deja ya de gimotear y pásala.

Walter y yo le fulminamos con la mirada al mismo tiempo.

Las líneas de la cara arrugada de Camel se fruncen aún más.

—Joder, pues sí que sois un buen par de lloricas, ¿no? ¿Qué os pasa? ¿Alguien os ha escupido en la sopa?

—Venga. No le hagas ni caso —dice Walter poniéndome una botella de whisky pegada al pecho.

—¿Cómo que no me haga ni caso? En mis tiempos a los chicos les enseñaban a tener respeto a los mayores.

En vez de responder, Walter se lleva la otra botella y se agacha a su lado. Cuando Camel intenta agarrarla, Walter le retira la mano.

—De eso nada, viejo. Si la tiras seremos tres los lloricas.

Levanta la botella hasta los labios de Camel y se la sujeta mientras da media docena de tragos. Parece un bebé tomando el biberón. Walter se gira y se apoya en la pared. Entonces él también da un largo trago.

—¿Qué pasa? ¿No te gusta el whisky? —dice limpiándose la boca y señalando la botella que tengo sin abrir en la mano.

—Claro que me gusta. Oye, no tengo nada de dinero, así que no sé cuándo podré pagártela, pero ¿me la puedo quedar?

—Ya te la he dado.

—No, quiero decir... ¿Puedo llevármela?

Walter me observa un instante con los ojos medio cerrados.

—Es una mujer, ¿verdad?

—No.

—Mientes.

—No miento.

—Te apuesto cinco pavos a que es una mujer —dice dando otro trago. Su nuez sube y baja y el líquido marrón desciende casi tres centímetros. Es asombrosa la rapidez a la que pueden tragar el alcohol más fuerte Camel y él.

—Es una hembra —digo.

—¡Ja! —suelta Walter—. Será mejor que ella no te oiga decir eso. Aunque sea quien sea, y sea lo que sea, siempre será mejor que la que ha estado ocupando tus pensamientos últimamente.

—Tengo que desagraviarla —digo—. Hoy la he defraudado.

Walter me mira, comprendiendo de repente.

—¿Me das un poco más de eso? —dice Camel irritado—. Puede que él no lo quiera, pero yo sí. Y no es que le culpe por querer un poquito de marcha. Sólo se es joven una vez. Como yo digo, hay que aprovechar mientras se puede. Sí, señor, aprovechar mientras se puede. Aunque te cueste una botella de néctar.

Walter sonríe. Una vez más, acerca la botella a los labios de Camel y le deja que dé unos cuantos tragos largos. Luego le pone el tapón, se estira hacia mí aún en cuclillas y me la da.

—Llévale también ésta. Dile que yo también lo siento. Que lo siento mucho, de verdad.

—¡Eh! —grita Camel—. ¡No hay mujer en el mundo que valga dos botellas de whisky! ¡Venga ya!

Me levanto y meto una botella en cada bolsillo de mi chaqueta.

—¡Eh, venga ya! —gimotea Camel—. Oh, esto no es justo.

Sus quejas y protestas me siguen hasta que dejo de oírle.

Está oscureciendo, y en la parte del tren que ocupan los artistas han empezado ya varias fiestas, incluyendo una —no puedo evitar darme cuenta— en el vagón de August y Marlena. No habría asistido, pero es significativo que no me hayan invitado. Supongo que August y yo volvemos a estar enfrentados; o más exactamente, puesto que yo ya le odio más de lo que he odiado a nadie ni a nada en toda mi vida, supongo que yo estoy enfrentado a él.

Encuentro a Rosie al fondo de la carpa de las fieras, y cuando mis ojos se acostumbran a la penumbra veo que hay alguien junto a ella. Es Greg, el hombre del huerto de repollos.

—Hola —le digo al acercarme.

Vuelve la cabeza. Tiene en la mano un tubo de pomada de zinc y se la está aplicando a Rosie en la piel herida. Hay un par de docenas de puntos blancos, tan sólo en este lado.

—Jesús —digo al examinarla. Gotas de sangre y suero brotan por debajo del zinc.

Sus ojos color ámbar buscan los míos. Parpadea con esas pestañas escandalosamente largas y suspira, una tremenda exhalación de aire que le sacude toda la trompa.

Me siento invadido por la culpabilidad.

—¿Qué quieres? —gruñe Greg sin abandonar su tarea.

—Sólo quería ver cómo estaba.

—Bueno, pues ya lo has visto, ¿no? Ahora, si me perdonas... —dice desentendiéndose de mí. Se vuelve hacia ella—. *Noge* —dice—. *No, daj noge!*

Al cabo de un instante, la elefanta levanta la pata y la mantiene en el aire. Greg se arrodilla y le pone un poco de pomada en la articulación, justo delante de su extraño pecho gris, que cuelga de su tronco como el de una mujer.

—*Jesteś dobrą dziewczynką* —dice incorporándose y enroscando el tapón de la pomada—. *Połóż nogę.*

Rosie vuelve a poner la pata en el suelo.

—*Masz, moja piękna* —dice rebuscando en el bolsillo. La trompa de la elefanta se mueve, investiga. Él saca un caramelo de menta, le quita el envoltorio y se lo da. La elefanta se lo arranca de la mano ágilmente y se lo mete a la boca.

Les miro alucinado, creo que hasta puede que tenga la boca abierta. En el breve tiempo de dos segundos, mi memoria ha recorrido un zigzag desde su incapacidad para actuar y su historia con la rampa, hasta el robo de la limonada y otra vez para atrás hasta el huerto de repollos.

—Dios del cielo —digo.

—¿Qué? —dice Greg acariciándole la trompa.

—Te entiende.

—Sí, ¿y qué?

—¿Cómo que y qué? Dios mío, ¿tienes la menor idea de lo que eso significa?

—Espera un momentito —dice Greg cuando me voy a acercar a Rosie. Interpone su hombro entre nosotros con cara de pocos amigos.

—No me hagas reír —le digo—. Por favor. Una de las últimas cosas que haría en el mundo sería hacerle daño a este animal.

Él me sigue mirando con desconfianza. No estoy muy seguro de que no intente atacarme por la espalda, pero me vuelvo hacia Rosie de todas formas. Ella parpadea.

—¡Rosie, *nogę*! —digo.

Parpadea de nuevo y abre la boca en una sonrisa.

—¡*Nogę*, Rosie!

Ella mueve las orejas y suspira.

—*Proszę?* —digo.

Suelta otro suspiro. Luego traslada el peso de su cuerpo y levanta una pata.

—La madre de Dios —oigo mi voz como si no fuera mía. El corazón me palpita, la cabeza me da vueltas—.

Rosie —digo poniéndole una mano en el flanco—. Sólo una cosa más.

La miro fijamente a los ojos, suplicante. Estoy seguro de que sabe lo importante que es esto. Dios, por favor, Dios mío…

—*Do tyłu, Rosie! Do tyłu!*

Otro profundo suspiro, otro sutil cambio de peso y luego da dos pasos hacia atrás.

Suelto un grito de alegría y me vuelvo al desconcertado Greg. Me acerco a él de un salto, le agarro de los hombros y le doy un fuerte beso en los labios.

—¡Qué demonios!

Corro hacia la salida. A unos cinco metros, paro y me doy la vuelta. Greg sigue escupiendo y limpiándose la boca con asco.

Saco las botellas de los bolsillos. Su expresión cambia por una de mayor interés, sin retirar la mano de la boca.

—¡Eh, pilla! —le digo mientras le lanzo una botella por el aire. Él la arrapa al vuelo, lee la etiqueta y mira a la otra con esperanza. Se la lanzo también.

—Dáselas a nuestra nueva estrella, ¿quieres?

Greg inclina la cabeza pensativo y se vuelve hacia Rosie, que ya sonríe e intenta hacerse con las botellas.

Durante los diez días siguientes me convierto en el profesor particular de polaco de August. En todas las ciudades hace instalar una pista de entrenamiento en la parte de atrás y, día tras día, los cuatro —August, Marlena, Rosie y yo— pasamos las horas que nos quedan entre la llegada a la ciudad y la función de tarde trabajando en el número de Rosie. Aunque ya participa en el desfile diario y en la Gran Parada de presentación, todavía no actúa en el espectáculo. Y a pesar de que la curiosidad está matando a Tío Al, August no quiere desvelar su número hasta que no sea perfecto.

Yo paso los días sentado en una silla junto a la pista con un cuchillo en la mano y un balde entre las piernas, cortando fruta y verdura en trozos para los primates y gritando las frases oportunas en polaco. El acento de August es espantoso, pero Rosie —tal vez porque normalmente August repite una frase que acabo de gritar yo— obedece sin rechistar. No ha utilizado la pica desde que descubrimos la barrera idiomática. Camina a su lado, meneando el pincho bajo su vientre o detrás de sus patas, pero nunca —ni una sola vez— la toca.

Es difícil reconocer en este August al otro y, para ser sincero, ni siquiera lo intento muy en serio. He visto destellos de este August en otros momentos —este brillo, esta armonía, esta generosidad de espíritu—, pero sé de lo que es capaz y no lo voy a olvidar. Los demás pueden pensar lo que quieran, pero yo no voy a creer ni por un solo segundo que éste sea el auténtico August y el otro una aberración. Y sin embargo, me doy cuenta de cómo pueden caer en ese error...

Es delicioso. Es encantador. Brilla como el sol. Colma de atenciones a la gran bestia de color gris tormenta y a su diminuta amazona desde el momento en que nos reunimos por la mañana hasta que desaparecen para el desfile. Es atento y tierno con Marlena, y amable y paternal con Rosie.

No parece recordar que alguna vez hubo un enfrentamiento entre nosotros, a pesar de mi reserva. Sonríe abiertamente, me da palmaditas en la espalda. Se fija en que mi ropa está desaliñada y esa misma tarde el Hombre de los Lunes me trae otra. Declara que el veterinario del circo no debería tener que bañarse con cubos de agua fría y me invita a ducharme en su compartimento. Y cuando descubre que a Rosie lo que más le gusta en el mundo es la ginebra con *ginger ale*, exceptuando quizá la sandía, se encarga de que tenga ambas cosas todos los días. Se estrecha contra ella. Le susurra al oído, y ella disfruta de las atenciones y trompetea feliz cada vez que le ve.

¿Es que no recuerda?

Le observo esperando descubrir fisuras, pero el nuevo August persiste. Al poco tiempo, su optimismo impregna a toda la explanada. Hasta Tío Al resulta afectado: se acerca todos los días a comprobar nuestros progresos, y al cabo de un par de semanas encarga carteles nuevos en los que se ve a Rosie con Marlena sentada en el lomo. Deja de maltratar a la gente, y poco después la gente deja de evitarle. Incluso se vuelve alegre. Empiezan a circular rumores de que tal vez haya dinero el día de paga y hasta los peones empiezan a sonreír.

Mis convicciones comienzan a tambalearse sólo cuando pillo a Rosie *ronroneando* de verdad ante las demostraciones de cariño de August. Y lo que me queda delante de los ojos cuando se derrumban es algo terrible.

Tal vez fuera culpa mía. Tal vez quisiera odiarle porque estoy enamorado de su mujer y, si ése fuera el caso, ¿en qué clase de hombre me convierte?

En Pittsburgh voy por fin a confesarme. En el confesionario me desmorono y lloro como un bebé hablándole al sacerdote de mis padres, de mi noche de desenfreno y de mis pensamientos adúlteros. El cura, un tanto estupefacto, murmura unos cuantos «bueno, bueno» y luego me dice que rece el rosario y que olvide a Marlena. Estoy demasiado avergonzado para admitir que no tengo rosario, así que, cuando regreso al tren, les pregunto a Walter y a Camel si ellos tienen. Walter me mira extrañado y Camel me ofrece un collar de dientes de alce verdes.

Estoy muy al tanto de la opinión de Walter. Sigue odiando a August más de lo que puede soportar y, aunque no diga nada, sé exactamente lo que piensa de mi cambio de postura. Seguimos repartiéndonos el cuidado y la alimentación de Camel, pero ya no intercambiamos historias los tres juntos durante las largas noches que pasamos en camino. En lugar de eso, Walter lee a Shakespeare y Camel se emborracha y se pone cada vez más gruñón y más exigente.

En Meadville, August decide que ésa es la noche.

Cuando nos da la buena noticia, Tío Al se queda sin palabras. Se lleva las manos al pecho y levanta la mirada a las estrellas con los ojos llenos de lágrimas. Luego, mientras sus acólitos se agachan para protegerse, alarga los brazos y agarra a August del hombro. Le da un masculino apretón de manos y a continuación, como es evidente que está demasiado emocionado para hablar, le da otro.

Estoy examinando una pezuña rajada en la tienda del herrero cuando August me manda a buscar.

—¿August? —digo situando la cara junto a la abertura de la tienda camerino de Marlena. La lona se hincha ligeramente, sacudida por el viento—. ¿Querías verme?

—¡Jacob! —exclama con voz atronadora—. ¡Me alegro de que hayas podido venir! ¡Entra, por favor! ¡Entra, muchacho!

Marlena lleva la ropa de actuar. Está sentada delante del tocador con un pie apoyado en su canto para atar la larga cinta rosa de una de sus zapatillas alrededor del tobillo. August se sienta a su lado, con la chistera y el frac. Da vueltas a un bastón con contera de plata. Tiene la empuñadura doblada, como la pica de domar elefantes.

—Por favor, siéntate —dice levantándose de su silla y dando unos golpecitos en el asiento.

Titubeo durante una fracción de segundo y luego cruzo la tienda. Una vez me he sentado, August se planta delante de mí. Yo miro a Marlena.

—Marlena, Jacob, queridísima mía y mi querido amigo —dice August quitándose el sombrero y contemplándonos con los ojos humedecidos—. Esta última semana ha sido increíble en muchos sentidos. Creo que no sería exagerado calificarla de viaje del alma. Hace tan sólo dos semanas este circo estaba al borde de la ruina. La supervivencia, y más aún, creo que en este clima financiero puedo decir que las vidas, las vidas mismas, de todos los componentes de este espectáculo estaban en peligro. ¿Y queréis saber por qué?

Sus ojos brillantes se desplazan de Marlena a mí, de mí a Marlena.

—¿Por qué? —pregunta Marlena dócilmente mientras levanta la otra pierna y se enrolla la ancha cinta de satén alrededor del tobillo.

—Porque nos metimos en un agujero al comprar un animal que, supuestamente, iba a ser la salvación del circo. Y porque además tuvimos que comprar un vagón nuevo para transportarlo. Y porque entonces descubrimos que, al parecer, el animal no sabía nada, pero se lo comía todo. Y porque alimentarla significaba que no podíamos alimentar al resto de los empleados, y tuvimos que dejar que se fueran algunos de ellos.

Levanto la cabeza de golpe ante esta manipulada referencia a las luces rojas, pero August mira por encima de mí, a una de las paredes. Se queda callado un rato incómodamente largo, casi como si hubiera olvidado que estamos aquí. De repente vuelve en sí con un estremecimiento.

—Pero nos hemos salvado —dice bajando la mirada sobre mí con ojos amorosos—, y la razón por la que nos hemos salvado es que hemos recibido una bendición doble. El destino nos sonreía el día de junio en que condujo a Jacob hasta nuestro tren. No sólo nos entregó un veterinario con título de una gran universidad, el veterinario adecuado para un gran espectáculo como el nuestro, sino que era además un veterinario tan devoto de su deber que hizo un descubrimiento de lo más asombroso. Un descubrimiento que acabaría por salvar al circo.

—No, en serio, lo único que yo...

—Ni una palabra, Jacob. No te voy a permitir que lo niegues. Desde la primera vez que te puse los ojos encima tuve una corazonada contigo. ¿Verdad, cariño? —August se vuelve hacia Marlena y la señala con un dedo.

Ella asiente en silencio. Con la segunda zapatilla asegurada, quita el pie del canto de tocador y cruza las piernas. Las puntas de sus dedos empiezan a balancearse de inmediato.

August se queda mirándola fijamente.

—Pero Jacob no hizo solo todo el trabajo —continúa—. Tú, mi bella e inteligente amada, has estado brillante. Y Rosie, porque, de entre todos nosotros, es a ella a la que menos debemos olvidar en esta ecuación, tan paciente, tan dispuesta… —hace una pausa y aspira tan fuerte que las aletas de su nariz se dilatan. Cuando sigue, la voz se le quiebra—. Porque es un animal bello y magnífico, con el corazón repleto de perdón y la capacidad de comprender los malentendidos. Porque gracias a vosotros tres, El Espectáculo Más Deslumbrante del Mundo de los Hermanos Benzini está a punto de elevarse hasta nuevas cotas de grandeza. Realmente estamos uniéndonos a las filas de los mayores circos, y nada de esto habría sido posible sin vosotros.

Nos sonríe radiante, con las mejillas tan arreboladas que me da miedo que vaya a romper a llorar.

—¡Oh! Casi se me olvida —exclama dando palmas. Corre hacia un baúl y rebusca en su interior. Saca dos cajas pequeñas. Una es cuadrada y la otra rectangular y plana. Las dos están envueltas en papel de regalo—. Para ti, querida —dice entregándole la plana a Marlena.

—¡Oh, Auggie! ¡No tenías por qué hacerlo!

—¿Y tú qué sabes? —dice con una sonrisa—. A lo mejor es un juego de plumas.

Marlena rasga el papel, descubriendo un estuche de terciopelo azul. Le mira insegura y abre la tapa con bisagras. Una gargantilla de diamantes refulge sobre el forro de satén rojo.

—Oh, Auggie —dice. Desplaza la mirada de la gargantilla a August con el ceño fruncido en un gesto de preocupación—. Auggie, es maravillosa. Pero no creo que nos podamos permitir…

—Calla —le dice inclinándose para tomarla de una mano. Le da un beso en la palma—. Esta noche anuncia una nueva era. Nada es demasiado bueno para esta noche.

Ella saca el collar y deja que cuelgue entre sus dedos. Es evidente que está impresionada.

August se gira y me entrega la caja cuadrada.

Retiro la cinta y abro el papel con cuidado. La caja que contiene también es de terciopelo azul. Se me hace un nudo en la garganta.

—Venga ya —dice August impaciente—. ¡Ábrelo! ¡No seas tímido!

La tapa se abre con un chasquido. Es un reloj de bolsillo de oro.

—August… —digo.

—¿Te gusta?

—Es precioso. Pero no lo puedo aceptar.

—Sí, claro que puedes. ¡Y lo vas a aceptar! —dice agarrando a Marlena de la mano y poniéndola de pie. Le quita el collar de la mano.

—No, no puedo —digo—. Es un gesto magnífico. Pero es demasiado.

—Puedes y lo vas a aceptar —dice con firmeza—. Soy tu jefe y es una orden directa. Y además, ¿por qué no ibas a aceptar ese regalo? Creo recordar que no hace mucho te desprendiste de uno por un amigo.

Cierro los ojos con fuerza. Cuando los vuelvo a abrir, Marlena está de espaldas a August, recogiéndose el pelo mientras él le abrocha el collar alrededor del cuello.

—Ya está —dice.

Ella se da la vuelta y se inclina ante el espejo de su tocador. Sus dedos se acercan cautelosos a los diamantes que adornan su garganta.

—¿Debo entender que te gusta? —pregunta.

—Ni siquiera sé qué decir. Es la cosa más bonita... ¡Oh! —exclama de repente—. ¡Casi se me olvida! Yo también tengo una sorpresa.

Abre el tercer cajón de su tocador y escarba en él, echando a un lado vaporosas piezas de tejido. Luego saca un gran retal de algo color rosa. Lo agarra por las puntas y le da una ligera sacudida, de manera que brilla, reflejando mil puntos de luz.

—Bueno, ¿qué te parece? ¿Qué os parece? —dice con una gran sonrisa.

—Es... es... ¿Qué es? —pregunta August.

—Es un tocado para Rosie —dice sujetándolo contra su pecho con la barbilla y desplegando el resto delante de su cuerpo—. ¿Veis? Esta parte se engancha a la parte de atrás del arnés y éstas a los lados, y esta parte le cae por encima de la frente. Lo he hecho yo. Llevo dos semanas trabajando en él. Hace juego con el mío —levanta la mirada. Tiene una mancha colorada en cada una de sus mejillas.

August la mira fijamente. Su mandíbula inferior se mueve un poco, pero no emite sonido alguno. Luego estira los brazos y la envuelve con ellos.

Yo tengo que retirar la mirada.

Gracias a las insuperables técnicas comerciales de Tío Al, la gran carpa está llena a rebosar. Se venden tantas entradas que, después de que Tío Al pida al público que se junte más por cuarta vez, queda claro que no será suficiente.

Envían a los peones a echar paja en la pista de los caballos. Para entretener al público mientras lo hacen, la banda da un concierto, y los payasos, Walter incluido, recorren las gradas repartiendo caramelos y acariciando las barbillas de los más pequeños.

Artistas y animales se encuentran alineados en la parte de atrás, listos para empezar la cabalgata. Llevan veinte minutos de espera y están inquietos.

Tío Al sale por la puerta de atrás hecho una furia.

—Vale, chicos, escuchad —vocifera—. Esta noche tenemos suelo de paja, así que no os salgáis de las pistas centrales y aseguraos de que quedan sus buenos dos metros de separación entre los animales y los palurdos. Si resulta atropellado aunque sea un solo crío, desollaré con mis propias manos al encargado del animal que lo haya hecho. ¿Queda claro?

Gestos de asentimiento, murmullos, más retoques en los trajes.

Tío Al saca la cabeza por la cortina y le hace un gesto con el brazo al director de la banda.

—Muy bien. ¡Adelante! ¡Que se queden muertos! Pero no literalmente, ya sabéis lo que quiero decir.

No arrollan ni a un solo crío. De hecho, todo el mundo está magnífico, y Rosie mejor que nadie. Lleva a Marlena sobre su cabeza cubierta de lentejuelas rosas durante la Parada, con la trompa curvada a modo de saludo. Delante de ella va un payaso, un hombre desgarbado que alterna volatines y saltos mortales hacia atrás. En cierto momento, Rosie alarga la trompa y le agarra de los pantalones. Tira tan fuerte de él que los pies del payaso se despegan del suelo. Se gira, ofendido, y se encuentra con una elefanta sonriente. El público silba y aplaude, pero a partir de ese momento el payaso mantiene las distancias.

Cuando casi es la hora de la actuación de Rosie, me cuelo en la gran carpa y me pego a una sección de gradas. Mientras los acróbatas reciben su ovación, los peones entran corriendo en la pista central rodando dos bolas: una pequeña y una grande, ambas decoradas con estrellas rojas y rayas azules. Tío Al alza los brazos y mira al fondo. Su mirada pasa por encima de mí y alcanza a August. Hace un leve gesto con la cabeza y una señal al director de la banda, que ataca un vals de Gounod.

Rosie entra en la gran carpa paseando junto a August. Lleva a Marlena sobre la cabeza, saluda con la trompa levantada y la boca abierta en una sonrisa. Cuando entran en la pista central, Rosie levanta a Marlena de su cabeza y la deja en el suelo.

Marlena salta teatralmente al anillo, un torbellino de destellos rosas. Sonríe, gira, levanta los brazos y lanza besos al público. Rosie la sigue a buen ritmo, con la trompa curvada en el aire. August va a su lado, azuzándola con el bastón de contera de plata en vez de con la pica. Observo su boca, leo en sus labios las frases en polaco que ha aprendido de memoria.

Marlena recorre bailando el perímetro de la pista una vez más y se detiene junto a la bola pequeña. August conduce a Rosie al centro. Marlena les contempla y luego se vuelve hacia el público. Hincha las mejillas y se pasa una mano por la frente remedando un gesto de exagerado agotamiento. Luego se sienta en la bola. Cruza las piernas y coloca un codo en ellas, apoyando la barbilla en la mano. Da golpecitos con el pie en el suelo y levanta la mirada al cielo. Rosie la observa sonriente y con la trompa levantada. Al cabo de un instante, se da la vuelta poco a poco y desciende su enorme trasero gris sobre la bola grande. La risa surge de entre el público.

Marlena la mira sorprendida y se levanta con un gesto de falsa irritación en la boca. Le da la espalda a Rosie. La elefanta se levanta también y se gira pesadamente hasta presentarle la cola a Marlena. El público ruge de placer.

Marlena se gira y le lanza una mirada furibunda. Con aire dramático, levanta uno de los pies y lo planta encima de su bola. Acto seguido, cruza los brazos y asiente con la cabeza una sola vez, con energía, como si dijera: «Chúpate ésa, elefanta».

Rosie enrosca la trompa, levanta la pata delantera derecha y la pone con cuidado encima de su bola. Marlena la mira enfurecida. Entonces separa los dos brazos a los lados y levanta el otro pie del suelo. Endereza la rodilla lentamente, con la otra pierna separada hacia un lado, con la punta del pie estirada como una bailarina de ballet.

Una vez que ha extendido del todo la rodilla, baja la otra pierna de manera que queda de pie sobre la bola. Sonríe abiertamente, convencida de que ha logrado derrotar a la elefanta. El público aplaude y silba, también convencido. Marlena se gira, dando la espalda a Rosie, y levanta los brazos victoriosa.

Rosie espera un momento y coloca la otra pata sobre la bola. El público explota. Marlena mira incrédula por encima de su hombro. Vuelve a girar con cuidado hasta ponerse de frente a Rosie y otra vez se pone las manos en las caderas. Frunce el ceño profundamente y sacude la cabeza, frustrada. Levanta un dedo y lo agita ante Rosie pero, al cabo de unos instantes, se queda paralizada. Su expresión se ilumina. ¡Una idea! Levanta el dedo por el aire y lo mueve para que todo el público pueda asimilar que está a punto de derrotar a la elefanta de una vez por todas.

Se concentra un momento con la mirada fija en las zapatillas. Y entonces, acompañada de un redoble de tambor in crescendo, empieza a arrastrar los pies haciendo que la bola ruede hacia delante. Va cada vez más deprisa, moviendo los pies a toda velocidad, moviendo la bola por toda la pista mientras el público aplaude y pita. Entonces se oye una bestial explosión de gritos gozosos...

Marlena para y se vuelve. Estaba demasiado concentrada en su bola y no se ha percatado de la desatinada imagen que tiene detrás. El paquidermo se ha subido en la bola grande, con las cuatro patas muy juntas y el lomo arqueado. El redoble de tambor empieza de nuevo. Nada al principio. Luego, poco a poco, la bola empieza a rodar bajo las patas de Rosie.

El director de la banda hace una señal a los músicos para que ataquen una pieza más rápida y Rosie mueve la bola unos dos metros. Marlena sonríe satisfecha y, dando palmas, señala a Rosie invitando al público a adorarla. A continuación salta de la bola y se acerca a Rosie, que desciende de la suya con mucha más precaución. Baja la trompa y Marlena se sienta en su arco, se agarra colocando un brazo alrededor de ésta y estira las puntas de los pies elegantemente. Rosie levanta la trompa y sube a Marlena por el aire. Luego la deposita sobre su cabeza y sale de la gran carpa entre los vítores de una multitud embelesada.

Y entonces empieza la lluvia de dinero; la dulcísima lluvia de dinero. Tío Al no cabe en sí de gozo y, de pie en medio de la pista de los caballos, con los brazos extendidos y la cabeza levantada, se regodea bajo las monedas que le caen encima. No baja la cara a pesar de que las monedas le rebotan en las mejillas, la nariz y la frente. Creo que es posible que esté llorando.

Les alcanzo cuando Marlena se está bajando de la cabeza de Rosie.

—¡Habéis estado espléndidas! ¡Espléndidas! —dice August dándole un beso en la mejilla—. ¿Lo has visto, Jacob? ¿Has visto lo magníficas que han estado?

—Por supuesto.

—Hazme un favor y llévate a Rosie, ¿quieres? Yo tengo que volver adentro —me entrega el bastón con contera de plata. Mira a Marlena, suelta un profundo suspiro y se pone una mano en el pecho—. Espléndidas, sencillamente espléndidas. No olvides —dice dando la vuelta y andando unas cuantas zancadas de espaldas— que vuelves a actuar con los caballos justo después de Lottie.

—Ahora mismo voy a por ellos —dice ella.

August se dirige de nuevo a la gran carpa.

—Has estado espectacular —digo.

—Sí. Ha sido muy buena, ¿verdad? —Marlena se inclina y le planta a Rosie un sonoro beso en el hombro, dejando una huella perfecta sobre la piel gris. Luego alarga una mano y la borra con el pulgar.

—Me refería a ti —digo.

Se ruboriza, todavía con el pulgar en la piel de Rosie.

Me arrepiento de haberlo dicho inmediatamente. Y no es que no haya estado espectacular; eso es cierto, pero yo quería decir algo más y ella lo sabe, y la he puesto incómoda. Decido batirme en veloz retirada.

—*Chodź*, Rosie —digo animándola a moverse—. *Chodź, mój malutki paczuszek*.

—Jacob, espera —Marlena pone sus dedos por encima de mi antebrazo.

A lo lejos, justo delante de la entrada de la gran carpa, August frena y se pone tenso. Es como si hubiera sentido el contacto físico. Se da la vuelta lentamente con una expresión sombría. Nos miramos a los ojos.

—¿Puedes hacerme un favor? —pregunta Marlena.

—Claro. Por supuesto —digo mirando intranquilo a August. Marlena no ha notado que nos observa. Me pongo la mano en la cadera, haciendo que sus dedos caigan de mi brazo.

—¿Puedes llevar a Rosie a mi camerino? He preparado una sorpresa.

—Claro que sí. Supongo —digo—. ¿Cuándo quieres que esté allí?

—Llévala ahora mismo. Yo voy enseguida. Ah, y ponte algo bonito. Quiero que sea una fiesta perfecta.

—¿Yo?

—Claro que tú. Ahora tengo que hacer mi número, pero no tardaré mucho. Y si ves a August antes, ni una palabra, ¿de acuerdo?

Asiento con la cabeza. Cuando vuelvo a mirar hacia la gran carpa, August ya ha desaparecido en su interior.

Rosie acepta de buen grado los cambios en su rutina. Camina a mi lado hasta el exterior de la tienda de Marlena y allí espera pacientemente a que Grady y Bill desaten la parte de debajo de la lona de sus anclajes.

—Oye, ¿qué tal le va a Camel? —pregunta Grady agachado y soltando una correa. Rosie se inclina para investigar.

—Más o menos igual —le digo—. Él cree que está mejorando, pero yo no lo veo. Creo que no lo nota tanto porque no tiene que hacer nada. Bueno, eso y que se pasa el día borracho.

—Ése es mi Camel —dice Bill—. ¿De dónde saca el licor? Porque es licor, ¿verdad? No estará bebiendo esa mierda de esencia otra vez, ¿no?

—No, es licor. Mi compañero de cuarto le ha tomado cierto cariño.

—¿Quién? ¿Ese tal Kinko? —dice Grady.

—Sí.

—Creía que odiaba a los trabajadores.

Rosie le quita el sombrero a Grady. Él se gira e intenta recuperarlo, pero ella lo agarra con fuerza.

—¡Eh! ¿Quieres mantener a raya a tu elefanta?

La miro a los ojos y ella me hace un guiño.

—*Połóz!* —digo severamente, a pesar de que me cuesta contener la risa. Ella agita sus enormes orejas grises y suelta el sombrero. Me agacho a recogerlo.

—Walter… Kinko… podría ser un poco más amable —digo mientras se lo entrego a Grady—, pero se ha portado muy bien con Camel. Le ha dejado su cama.

Incluso ha encontrado a su hijo. Le ha convencido de que se reúna con nosotros en Providence para hacerse cargo de Camel.

—¿En serio? —dice Grady dejando su actividad para mirarme con sorpresa—. ¿Y Camel lo sabe?

—Eh… Sí.

—¿Y cómo se lo ha tomado?

Hago una mueca y aspiro aire entre los dientes.

—Así de bien, ¿eh?

—Pero no teníamos muchas más alternativas.

—No, no las teníais —Grady hace una pausa—. Lo que pasó no fue culpa suya. Probablemente a estas alturas su familia ya lo sabe. La guerra hizo que muchos hombres se comportaran de manera rara. Ya sabías que fue artillero, ¿verdad?

—No. No habla de eso.

—Oye, no crees que Camel pueda hacer cola, ¿verdad?

—Lo dudo —digo—. ¿Por qué?

—Hemos oído rumores de que quizá haya dinero por fin, tal vez incluso para los peones. Hasta ahora no les había dado mucho crédito, pero después de lo que acaba de pasar en la gran carpa, estoy empezando a creer que puede que haya una pequeña posibilidad.

La parte de debajo de la lona revolotea libre. Bill y Grady la levantan, exponiendo la nueva disposición del camerino de Marlena. A un lado hay una mesa con mantelería de lino y servicio para tres comensales. El otro lado ha sido despejado del todo.

—¿Dónde quieres que pongamos la estaca? ¿Allí? —pregunta Grady señalando el espacio abierto.

—Supongo que sí —digo.

—Ahora vuelvo —dice desapareciendo. Unos minutos más tarde regresa con dos pesadas mazas, una en cada mano. Le lanza una por el aire a Bill, que no parece alarmarse lo más mínimo. La agarra por el mango y sigue a Grady al interior de la tienda. Clavan la estaca de hierro en el suelo de tierra con una serie de golpes perfectamente sincronizados.

Meto a Rosie y me acuclillo para asegurar las cadenas de la pata. Deja esa pata firmemente plantada en el suelo, pero tira con fuerza de las otras. Cuando me incorporo veo que intenta acercarse a una inmensa pila de sandías que hay en el rincón.

—¿Quieres que la volvamos a sujetar? —dice Grady señalando la lona suelta.

—Sí, si no os importa. Supongo que Marlena no quiere que August sepa que Rosie está aquí dentro hasta que entre.

Grady se encoge de hombros.

—Por mí, no hay problema.

—Oye, Grady. ¿Crees que podrías echarle un ojo a Rosie durante unos minutos? Tengo que cambiarme de ropa.

—No sé —dice mirando a Rosie con los ojos entornados—. No se le ocurrirá arrancar la vara o algo así, ¿verdad?

—Lo dudo, pero mira —digo dirigiéndome a la pila de sandías. Rosie levanta la trompa y abre la boca en una amplia sonrisa. Le llevo una y la estrello contra el suelo delante de ella. La sandía revienta y la trompa se lanza inmediatamente sobre su carne roja. Se lleva trozos a la boca con cáscara y todo—. Aquí tienes tu seguro.

Salgo agachándome por debajo de la lona y me voy a cambiar.

Cuando vuelvo Marlena ya está allí, luciendo el vestido de seda con abalorios que le regaló August aquella noche que cenamos en su compartimento. El collar de diamantes resplandece en su cuello.

Rosie mastica feliz otra sandía; por lo menos es la segunda, pero todavía queda media docena en el rincón. Marlena le ha quitado el tocado a Rosie, y ahora cuelga de la silla que hay delante del tocador, que se ha convertido en una mesita de servicio repleta de fuentes de plata y botellas de vino. Huelo la carne de buey tostada y el estómago se me retuerce de hambre.

Marlena, acalorada, rebusca en uno de los cajones de su tocador.

—¡Oh, Jacob! —dice mirando por encima de su hombro—. Bien. Empezaba a preocuparme. Va a presentarse en cualquier momento. Oh, cielos. Y no lo encuentro —se endereza de repente y deja el cajón abierto. Pañuelos de seda se derraman por el borde—. ¿Puedes hacerme un favor?

—Por supuesto —digo.

Saca una botella de champán de una cubitera de tres patas. El hielo que contiene se desliza y tintinea. El agua chorrea de su base cuando me lo da.

—¿Puedes abrirlo justo cuando entre? Y también grita ¡sorpresa!

—Claro —digo agarrando la botella. Le quito el alambre y espero con los pulgares apoyados en el corcho. Rosie acerca su trompa e intenta hacerse un hueco entre mis manos y la botella. Marlena sigue hurgando en el cajón.

—¿Qué es esto?

Levanto la mirada. August está delante de nosotros.

—¡Oh! —exclama Marlena dando la vuelta—. ¡Sorpresa!

—¡Sorpresa! —grito esquivando a Rosie y empujando el corcho. Rebota en la lona y aterriza en la hierba. El champán rebosa por encima de mis dedos y me río. Marlena se acerca inmediatamente con dos copas de flauta para intentar detener la riada. Para cuando conseguimos coordinar, he derramado un tercio de la botella, que Rosie sigue intentando arrebatarme.

Miro para abajo. Los zapatos de seda rosa de Marlena están oscurecidos por el champán.

—¡Oh, lo siento! —digo entre risas.

—¡No, no! No seas tonto —dice ella—. Tenemos otra botella.

—He preguntado «¿qué es esto?».

Marlena y yo nos quedamos paralizados, todavía con las manos entrelazadas. Ella alza la mirada con una repentina expresión de preocupación en los ojos. Muestra las dos copas casi vacías en las manos.

—Es una sorpresa. Una celebración.

August nos mira fijamente. Lleva la corbata deshecha, la chaqueta abierta. Su cara es del todo inexpresiva.

—Una sorpresa, sí —dice. Se quita el sombrero y le da vueltas en las manos, examinándolo. El pelo le sube como una ola desde la frente. De repente levanta la cara, con una ceja arqueada—. O eso creéis vosotros.

—¿Cómo dices? —pregunta Marlena con la voz imperturbable.

Con un golpe de muñeca, August lanza la chistera a un rincón. Luego se quita la chaqueta, lenta, metódicamente. Se acerca al tocador y sacude la chaqueta como si la fuera a dejar en el respaldo de la silla. Cuando ve el tocado de Rosie se detiene. Entonces pliega la chaqueta y la deja encima del asiento. Sus ojos se desplazan hacia el cajón abierto con los pañuelos desbordando por encima.

—¿Os he pillado en un mal momento? —dice dirigiendo la mirada a nosotros. Suena igual que si le estuviera pidiendo a alguien que le pasara la sal.

—Cariño, no sé de qué estás hablando —dice Marlena suavemente.

August se inclina y saca un chal naranja largo y casi transparente del cajón. A continuación se lo pasa alrededor de los dedos.

—Así que estabais pasando un ratito divertido con los pañuelos, ¿no? —tira de un extremo del chal y se lo pasa otra vez entre los dedos—. Eres una chica muy traviesa. Pero supongo que eso ya lo sabía.

Marlena le observa sin decir palabra.

—Bueno —dice—. ¿Es una celebración poscoital? ¿Os he dado tiempo suficiente? ¿O debería irme un rato y volver luego? Debo decir que la elefanta es una novedad. Me da miedo pensarlo.

—En nombre de Dios, ¿de qué estás hablando? —dice Marlena.

—Dos copas —comenta mientras señala las manos de la mujer.

—¿Qué? —ella levanta las copas tan deprisa que su contenido cae en la hierba—. ¿Te refieres a éstas? La tercera está precisamente…

—¿Crees que soy idiota?

—August… —digo.

—¡Cierra la boca! ¡Cierra la puta boca, joder!

La cara se le ha puesto amoratada. Los ojos hinchados. Tiembla de rabia.

Marlena y yo nos quedamos completamente quietos, mudos de asombro. Y entonces la cara de August sufre otra transformación, fundida con algo que podría parecer regodeo. No deja de jugar con el chal, incluso lo mira y sonríe. Luego lo dobla con meticulosidad y lo vuelve a dejar en el cajón. Cuando se levanta sacude la cabeza lentamente.

—Vosotros… Vosotros… Vosotros… —levanta una mano y remueve el aire con los dedos. Pero entonces calla; el bastón de contera de plata ha llamado su atención. Está apoyado en la pared cerca de la mesa, donde yo lo dejé. Se acerca a paso lento y lo empuña.

Oigo un líquido que golpea el suelo a mis espaldas. Rosie está meando en la hierba, con las orejas pegadas al cuerpo y la trompa recogida bajo la cara.

August blande el bastón y golpea con su empuñadura de plata contra la palma de la mano.

—¿Cuánto tiempo creíais que me lo podríais ocultar? —hace una breve pausa y luego me mira a los ojos—. ¿Eh?

—August —digo—. No tengo ni idea de…

—¡He dicho que cierres la boca! —se gira y golpea con el bastón la mesita auxiliar arrojando fuentes, cubiertos y botellas al suelo. Acto seguido levanta un pie y, de una patada, lo tira todo. La mesa cae de lado y vuelan porcelanas y alimentos.

August observa el destrozo por un momento y levanta la mirada.

—¿Creéis que no me doy cuenta de lo que está pasando? —sus ojos perforan a Marlena, sus sienes palpitan—. Oh, eres buena, querida —sacude los dedos ante ella y sonríe—. Eso hay que reconocerlo. Eres muy buena.

Vuelve al tocador y apoya el bastón sobre la mesa. Se inclina sobre ella y se mira en el espejo. Se retira hacia atrás el mechón de pelo que le ha caído sobre la frente y se lo alisa con la mano. Luego se queda inmóvil, con la mano todavía en la frente.

—Cu-cú —dice mirándonos en el reflejo—. Os veo.

La cara horrorizada de Marlena me mira desde el espejo.

August se gira y levanta el tocado de lentejuelas rosas de Rosie.

—Y ése es el problema, ¿verdad? Que os veo. Vosotros creéis que no, pero os veo. Debo admitir que esto fue un detalle muy bonito —dice dando vueltas al tocado en la mano—. La esposa devota escondida en el armario, dedicada a sus labores. ¿O no fue en el armario? Tal vez fuera aquí mismo. O acaso fuisteis a la tienda de la puta esa. Las putas se cuidan unas a otras, ¿no es cierto? —me mira a mí—. Bueno, ¿dónde lo hacíais, eh, Jacob? ¿Dónde te has follado a mi mujer exactamente?

Agarro a Marlena del codo.

—Venga. Vámonos —digo.

—¡Ajá! ¡O sea que ni siquiera lo negáis! —grita. Sujeta el tocado con los nudillos blancos y tira de él, gritando con los dientes apretados, hasta que lo rasga en zigzag.

Marlena chilla. Deja caer las copas de champán y se tapa la boca con una mano.

—¡Pedazo de puta! —grita August—. Golfa. ¡Perra sarnosa! —con cada epíteto rasga más y más el tocado.

—¡August! —grita Marlena dando un paso adelante—. ¡Para! ¡Para ya!

Sus palabras parecen hacer efecto, porque se detiene. Mira a Marlena y parpadea. Mira el tocado que tiene en las manos. Luego vuelve a mirarla, confuso.

Tras una pausa de varios segundos, Marlena se adelanta.

—¿Auggie? —dice con cautela. Le mira con ojos suplicantes—. ¿Te encuentras bien?

August la observa ofuscado, como si acabara de despertarse y se hubiera encontrado allí inesperadamente. Marlena se acerca despacio.

—¿Cariño? —dice.

Él mueve la mandíbula. Arruga la frente y el tocado cae al suelo.

Creo que he dejado de respirar.

Marlena llega a su lado.

—¿Auggie?

La mira. La nariz le tiembla. Entonces, le da un empujón tan violento que la tira sobre las fuentes volcadas y la comida. Da un largo paso hacia delante, se inclina e intenta arrancarle el collar del cuello. El cierre se resiste y acaba arrastrando a Marlena del cuello mientras ella grita.

Cruzo el espacio que nos separa y me lanzo sobre él. Rosie ruge detrás de mí al tiempo que August y yo caemos rodando sobre los platos rotos y la salsa desparramada. Primero yo encima de él, golpeándole en la cara. Luego, él encima de mí, me atiza en un ojo. Me deshago de él y le obligo a ponerse de pie.

—¡Auggie! ¡Jacob! —chilla Marlena—. ¡Parad!

Le empujo hacia atrás, pero él me agarra de las solapas y los dos nos derrumbamos sobre la mesa de tocador. Escucho unos lejanos tintineos cuando el espejo se desintegra a nuestro alrededor. August me empuja y nos volvemos a enganchar en el centro de la tienda.

Rodamos por el suelo, gruñendo, tan pegados que siento su aliento en la cara. Ora soy yo el que está encima descargando puñetazos; ora es él, que me golpea la cabeza contra el suelo. Marlena corretea alrededor de nosotros y nos grita que paremos, pero no podemos. Al menos yo no puedo; toda la rabia, el dolor y la frustración de los pasados meses se ha canalizado a través de mis puños.

Ahora estoy mirando la mesa volcada. Ahora a Rosie, que tira de su pata encadenada y barrita. Ahora estamos de pie otra vez, aferrados cada uno al cuello, a las solapas del otro, ambos esquivando y encajando puñetazos. Por fin caemos contra la cortina de la entrada y aterrizamos en medio de la multitud que se ha reunido fuera.

En cuestión de segundos me encuentro sujeto, retenido por Grady y Bill. Por un instante parece que August va a venir a por mí, pero la expresión de su cara magullada cambia. Se pone de pie y se sacude el polvo tranquilamente.

—Estás loco. ¡Loco! —le grito.

Me mira con frialdad, se estira las mangas y vuelve a entrar en la tienda.

—Soltadme —ruego girando la cabeza primero hacia Grady y luego hacia Bill—. ¡Por el amor de Dios, soltadme! ¡Está loco! ¡La va a matar! —me debato con tanta fuerza que consigo hacerles avanzar unos cuantos pasos. Desde dentro de la tienda oigo el ruido de platos rotos y un grito de Marlena.

Grady y Bill gruñen y plantan las piernas con firmeza para impedir que me suelte.

—No lo hará —dice Grady—. Por eso no te preocupes.

Earl se separa de la muchedumbre y se inclina para entrar en la tienda. Los ruidos cesan. Se oyen dos golpes sordos y luego uno más fuerte, y luego un silencio denso.

Me quedo inmóvil, con la mirada clavada en la desierta superficie de lona.

—Ya está. ¿Lo ves? —dice Grady sin dejar de agarrarme con fuerza del brazo—. ¿Estás bien? ¿Te podemos soltar ya?

Asiento en silencio, con la mirada todavía fija.

Grady y Bill me liberan, pero poco a poco. Primero aflojan la presión de las manos. Luego me sueltan, pero se quedan cerca, vigilándome constantemente.

Una mano se posa en mi cintura. Walter está a mi lado.

—Venga, Jacob —dice—. Vámonos.

—No puedo —respondo.

—Sí. Puedes. Venga. Vamos.

Miro la tienda silenciosa. Al cabo de unos segundos arranco mi mirada de la lona abultada y me alejo.

Walter y yo nos subimos al vagón de los caballos. Queenie sale de detrás de los baúles, donde Camel ronca. Menea la cola y luego se detiene, olisqueando el aire.

—Siéntate —ordena Walter señalando el camastro.

Queenie se sienta en medio del suelo. Yo lo hago en el borde del camastro. Ahora que mi adrenalina se va disolviendo, empiezo a darme cuenta del lamentable estado en que me encuentro. Tengo las manos laceradas, respiro con un sonido como si llevara puesta una máscara de gas y veo a través de la rendija que dejan los párpados hinchados de mi ojo derecho. Cuando me toco la cara, la mano se retira empapada en sangre.

Walter se inclina sobre un baúl abierto. Cuando se da la vuelta tiene en las manos una garrafa de whisky ilegal y un pañuelo. Se pone delante de mí y quita el corcho.

—¿Eh? ¿Eres tú, Walter? —dice Camel desde el otro lado de los baúles. Siempre le despertará el sonido de una botella al abrirse.

—Estás hecho un asco —dice Walter sin hacer el menor caso a Camel. Pega el pañuelo al gollete de la garrafa y la pone boca abajo. Acerca el trapo húmedo a mi cara—. Estate quieto. Esto te va a escocer.

Eso ha sido el eufemismo del siglo: cuando la tela entra en contacto con mi cara salto hacia atrás con un quejido.

Walter espera con el pañuelo en el aire.

—¿Necesitas morder algo? —se agacha para recoger el tapón de corcho—. Toma.

—No —digo apretando los dientes—. Sólo dame un segundo —me abrazo el pecho balanceándome adelante y atrás.

—Tengo una idea mejor —dice Walter. Me pasa la garrafa—. Adelante. Cuando lo tragas quema como un demonio, pero después de unos sorbos no notas demasiado. ¿Qué demonios ha pasado, si puede saberse?

Agarro la garrafa y utilizo las dos manos magulladas para llevármela a la boca. Me siento torpe, como si llevara guantes de boxear. Walter me ayuda. El alcohol me quema los labios heridos, se abre camino por mi garganta y explota en el estómago. Tomo aire y me retiro la garrafa tan rápido que el líquido salpica por el gollete.

—Ya. No es del más suave —dice Walter.

—Chicos, ¿me vais a sacar de aquí y a invitarme o qué? —protesta Camel.

—¡Calla, Camel! —dice Walter.

—¡Eh, oye! Ésa no es forma de hablarle a un pobre anciano…

—¡He dicho que te calles, Camel! Estoy intentando resolver un problema. Sigue —dice ofreciéndome la garrafa otra vez—. Bebe un poco más.

—¿Qué clase de problema? —insiste Camel.

—Jacob está hecho una pena.

—¿Qué? ¿Cómo? ¿Ha habido un «Eh, palurdo»?

—No —contesta Walter—. Peor.

—¿Qué es un «Eh, palurdo»? —farfullo a través de mis labios inflamados.

—Bebe —dice dándome la garrafa otra vez—. Una pelea entre ellos y nosotros. Entre los del circo y los palurdos. ¿Estás listo?

Le doy otro trago al licor ilegal que, a pesar de lo que Walter aseguraba, sigue quemando como gas mostaza. Dejo la garrafa en el suelo y cierro los ojos.

—Sí, eso creo.

Walter me agarra de la barbilla con una mano y la gira a izquierda y derecha, evaluando los daños.

—Joder, Jacob. ¿Qué coño ha pasado? —dice rebuscando entre mi pelo en la parte de atrás de la cabeza. Al parecer, ha encontrado una nueva atrocidad.

—Ha maltratado a Marlena.

—¿Quieres decir físicamente?

—Sí.

—¿Por qué?

—Se volvió loco. No sé de qué otra manera describirlo.

—Tienes cristales por todo el pelo. Estate quieto —sus dedos examinan mi cuero cabelludo, levantando y separando el pelo—. ¿Y por qué se volvió loco? —dice dejando esquirlas de cristal encima del libro más cercano.

—No tengo ni puñetera idea.

—Y una mierda que no. ¿Has hecho el tonto con ella?

—No. Nada de eso —digo, aunque estoy bastante seguro de que me ruborizaría si no tuviera ya la cara como carne picada.

—Espero que no —dice Walter—. Por tu bien, espero que no.

Se oyen roces y golpes a mi derecha. Intento mirar, pero Walter me sujeta la barbilla con fuerza.

—Camel, ¿qué puñetas estás haciendo? —brama echando su cálido aliento en mi cara.

—Quiero ver si Jacob se encuentra bien.

—Por lo que más quieras —dice Walter—. No te muevas, ¿de acuerdo? No me sorprendería que tuviéramos visita en cualquier momento. Puede que vengan a por Jacob, pero no creas que no te llevarían a ti también.

Cuando Walter ha terminado de limpiarme los cortes y de quitarme los cristales del pelo, me arrastro hasta el jergón e intento encontrar un reposo confortable para mi cabeza, que está dolorida por delante y por detrás. Tengo el ojo derecho inflamado y no lo puedo abrir. Queenie se acerca a investigar, olisqueando cautelosamente. Retrocede unos pasos y se tumba sin quitarme la vista de encima.

Walter vuelve a guardar la garrafa en el baúl y se queda encorvado, revolviendo en el fondo. Al enderezarse lleva en la mano un cuchillo enorme.

Cierra la puerta interior y la atranca con un taco de madera. Luego se sienta con la espalda contra la pared y el cuchillo a su lado.

Poco tiempo después oímos el ruido de los cascos de los caballos en la rampa. Pete, Otis y Diamond Joe hablan en susurros en la otra parte del vagón, pero nadie llama a la puerta ni intenta abrirla. Al cabo de un rato, oímos cómo desmontan la rampa y cierran la puerta corredera de fuera.

Cuando el tren arranca por fin, Walter suspira ostensiblemente. Yo le miro. Deja caer la cabeza entre las piernas y se queda así unos instantes. Luego se pone de pie y guarda el enorme cuchillo detrás del baúl.

—Eres un cabrón con suerte —dice desencajando el taco de madera. Abre la puerta y se dirige a la fila de baúles que ocultan a Camel.

—¿Yo? —digo entre los vapores del licor ilegal.

—Sí, tú. Por ahora.

Walter separa los baúles de la pared y saca a Camel. Luego lo lleva a rastras hasta el otro extremo del vagón para ocuparse de sus abluciones vespertinas.

Dormito embotado por una mezcla de dolores y alcohol.

Soy vagamente consciente de que Walter le da de cenar a Camel. Recuerdo haberme incorporado para aceptar un trago de agua y volver a desplomarme en el jergón. La siguiente vez que recupero la consciencia, Camel está tirado en el camastro, roncando, y Walter sentado en la manta del rincón, con la lámpara a su lado y un libro en el regazo.

Oigo pasos en el techo y, poco después, un golpe sordo fuera de la puerta. Todo mi cuerpo se pone en alerta.

Walter se desliza por el suelo como un cangrejo y empuña el cuchillo de detrás del baúl. Luego se coloca a un lado de la puerta, aferrando con fuerza el mango del cuchillo. Me hace un gesto para que me haga con la lámpara. Cruzo la habitación, pero con un ojo cerrado no tengo percepción de profundidad y me quedo corto.

La puerta empieza a abrirse con un chirrido. Los dedos de Walter se abren y se cierran sobre el mango del cuchillo.

—¿Jacob?

—¡Marlena! —exclamo.

—¡Por Cristo bendito, mujer! —grita Walter dejando caer el cuchillo—. Casi te mato —se agarra al quicio de la puerta y saca la cabeza para ver al otro lado—. ¿Estás sola?

—Sí —dice ella—. Lo siento. Tengo que hablar con Jacob.

Walter abre la puerta un poco más. Luego relaja la cara.

—Ay, madre —dice—. Será mejor que pases.

Cuando entra levanto la lámpara de queroseno. Tiene el ojo izquierdo amoratado e hinchado.

—¡Dios mío! —digo—. ¿Eso te lo ha hecho él?

—Pero fíjate cómo estás tú —dice alargando los brazos. Pasa las puntas de los dedos sobre mi cara sin tocarla—. Tienes que ir al médico.

—Estoy bien —digo.

—¿Quién demonios anda ahí? —pregunta Camel—. ¿Es una señora? No veo nada. Alguien me ha dado la vuelta.

—Oh, os pido perdón —dice Marlena, atónita ante la visión del cuerpo impedido en el camastro—. Creía que sólo estabais vosotros dos… Oh, lo siento mucho. Ya me voy.

—De eso nada —digo.

—No quería… a él.

—No quiero que te pasees por los techos de los vagones en marcha, por no hablar de saltar de uno a otro.

—Estoy de acuerdo con Jacob —dice Walter—. Nosotros nos vamos donde los caballos para dejarte un poco de intimidad.

—No, no puedo permitirlo —dice Marlena.

—Entonces déjame que te saque el jergón ahí fuera —digo.

—No. No era mi intención… —sacude la cabeza—. Dios, no tenía que haber venido —se tapa la cara con las manos. Un instante después empieza a llorar.

Le paso la lámpara a Walter y la estrecho entre mis brazos. Ella, sollozando, se aprieta contra mí, con la cara hundida en mi pecho.

—Madre mía —dice Walter otra vez—. Probablemente esto me convierte en cómplice.

—Vamos a charlar —le digo a Marlena.

Ella sorbe y se separa de mí. Sale a las cuadras de los caballos y yo la sigo, cerrando la puerta al salir.

Hay un leve revuelo de reconocimiento. Marlena se pasea y acaricia el flanco de Midnight. Yo me siento pegado a la pared y la espero. Ella se reúne conmigo al cabo de un rato. Al tomar una curva, los tablones del suelo crujen debajo de nosotros y nos empujan hasta que nuestros hombros se tocan.

Yo rompo el silencio.

—¿Te había pegado antes?

—No.

—Si lo vuelve a hacer, te juro por Dios que le mato.

—Si lo vuelve a hacer, no será necesario —dice suavemente.

Levanto la mirada hacia ella. La luz de la luna entra por las rendijas a sus espaldas y su perfil es negro, sin rasgos.

—Le voy a dejar —dice bajando la barbilla.

Instintivamente, le tomo la mano. Su anillo ha desaparecido.

—¿Se lo has dicho? —pregunto.

—Muy claramente.

—¿Cómo se lo ha tomado?

—Ya has visto su respuesta —dice.

Nos quedamos escuchando el traqueteo de las ruedas. Fijo la mirada en los cuartos traseros de los caballos dormidos y en los retazos de noche que se ven por las rendijas.

—¿Qué vas a hacer? —pregunto.

—Supongo que hablaré con Tío Al cuando lleguemos a Erie para ver si me puede encontrar una litera en el vagón de las chicas.

—¿Y mientras tanto?

—Mientras tanto me iré a un hotel.

—¿No quieres volver con tu familia?

Pausa.

—No. Además, no creo que me aceptaran.

Nos quedamos apoyados en la pared en silencio, con las manos entrelazadas. Al cabo de una hora más o menos, se queda dormida y se desliza hasta que descansa la cabeza en mi hombro. Yo sigo despierto, con todas las fibras de mi cuerpo conscientes de su proximidad.

—Solo hay café —dice ella.

—Me da igual.

—¿Cómo lo tomará?

—Lo que usted prepara —dice.

Nos quedamos escuchando el murmurar de la sra. [...] Ella no le pregunta [...]

—¿Qué le digo a [...] que pregunte?

—Supongo que hablaré con [...] mañana o entre [...] En cualquier [...] pregunte por una llamada de [...]

—Y entonces qué...

—Tiene que llamarme en [...] al hotel.

—¿Quiere café con [...]

—Pues...

—Ya. Además, no creo que me apetezca.

Nos quedamos ahora dos, se inspiró en silencio con las manos entrelazadas. Al cabo de un buen rato [...]

[resto ilegible]

DIECINUEVE

—Señor Jankowski, es hora de arreglarse.

Abro los ojos ante la proximidad de la voz. Rosemary se inclina sobre mí, enmarcada por las losetas del techo.

—¿Eh? Ah, sí —digo incorporándome sobre los codos con dificultad. La alegría me inunda al advertir que no sólo recuerdo dónde me encuentro y quién soy, sino además que hoy voy al circo. ¿Es posible que lo que ha ocurrido antes no haya sido más que un delirio?

—Espere un momento. Voy a levantar la cabecera de la cama —dice—. ¿Necesita ir al cuarto de baño?

—No, pero quiero ponerme la camisa buena. Y la pajarita.

—¡La pajarita! —exclama echando la cabeza para atrás y riendo.

—Sí, la pajarita.

—Madre mía, madre mía. Qué gracia tiene usted —dice ella yendo hacia el armario.

Para cuando regresa he conseguido soltarme tres botones de la camisa que llevo. No está nada mal para mis dedos torcidos. Estoy muy orgulloso de mí. Cerebro y cuerpo trabajando al unísono.

Mientras Rosemary me ayuda a quitarme la camisa observo mi figura descarnada. Se me ven las costillas, y los pocos pelos que me quedan en el pecho son blancos. Me recuerdo a un galgo, todo tendones y con la caja torácica escuálida. Rosemary me mete los brazos por las mangas de la camisa buena y, unos minutos después, se inclina sobre mí y tira de las puntas de la pajarita. Retrocede, inclina la cabeza y hace un último ajuste.

—En fin, reconozco que la pajarita ha sido una buena elección —dice con un gesto de aprobación. Su voz es profunda y melosa, lírica. Podría escucharla todo el día—. ¿Quiere echarse un vistazo?

—¿Ha quedado recta? —pregunto.

—¡Por supuesto que sí!

—Entonces no quiero verme. No me llevo muy bien con los espejos en estos tiempos —refunfuño.

—Pues yo creo que está muy guapo —dice ella poniéndose las manos en las caderas y examinándome.

—Bah, pchsss —digo agitando un dedo huesudo frente a ella.

Ella ríe de nuevo y ese sonido es como el vino: me calienta las venas.

—Entonces, ¿quiere esperar a su familia aquí o prefiere que le lleve al vestíbulo?

—¿A qué hora empieza la función?

—A las tres —dice—. Ahora son las dos.

—Voy a esperar en el vestíbulo. Quiero que nos vayamos en cuanto lleguen.

Rosemary espera paciente a que sitúe mi cuerpo desvencijado en la silla de ruedas. Mientras ella me

410

empuja camino del vestíbulo, yo cruzo las manos sobre las piernas y jugueteo con ellas nerviosamente.

El vestíbulo está lleno de otros ancianos en sillas de ruedas, alineados frente a los taburetes dispuestos para las visitas. Rosemary me aparca al fondo, al lado de Ipphy Bailey.

Ésta está encorvada, con su chepa que la obliga a mirarse permanentemente el regazo. Tiene el pelo crespo y blanco y alguien —es evidente que no ha sido Ipphy— se lo ha peinado para tapar cuidadosamente las calvas. De repente se vuelve hacia mí. La cara se le ilumina.

—¡Morty! —grita alargando una mano esquelética y agarrándome la muñeca—. ¡Oh, Morty, has vuelto!

Retiro el brazo rápidamente, pero su mano no se despega de él. Cuando intento alejarme, ella tira con fuerza de mí.

—¡Enfermera! —grito haciendo un esfuerzo por liberarme—. ¡Enfermera!

Unos segundos más tarde, alguien me separa de Ipphy, que está convencida de que soy su difunto marido. Más aún, está convencida de que ya no la quiero. Se inclina sobre el brazo de su silla de ruedas y llora, agitando las manos en un desesperado intento de alcanzarme. La enfermera con cara de caballo me hace retroceder, me separa un trecho y coloca mi andador entre los dos.

—¡Oh, Morty, Morty! ¡No seas así! —gime Ipphy—. Ya sabes que no significó nada. No fue nada… Una lamentable equivocación. ¡Oh, Morty! ¿Es que ya no me amas?

Me froto la muñeca, exasperado. ¿Por qué no tendrán un pabellón especial para la gente así? Esa vieja chocha está claramente perturbada. Podría haberme

411

hecho daño. Claro que si tuvieran un pabellón especial, lo más probable es que yo acabara también en él después de lo que ha pasado esta mañana. Me enderezo en la silla y se me ocurre una idea. Puede que haya sido la medicación nueva la que ha ocasionado el delirio... Ah, se lo tengo que preguntar a Rosemary. O puede que no. Esa idea me ha animado y decido agarrarme a eso. Tengo que proteger mis pequeñas parcelas de felicidad.

Pasan los minutos y los ancianos van desapareciendo hasta que la fila de sillas de ruedas parece la sonrisa desdentada de una calabaza de Halloween. Va llegando una familia tras otra, todas a recoger a un decrépito ancestro, entre salutaciones de muchos decibelios. Cuerpos fuertes se inclinan sobre cuerpos débiles; plantan besos en las mejillas. Sueltan los frenos y, uno por uno, los ancianos salen por las puertas correderas rodeados de familiares.

Cuando llega la familia de Ipphy, demuestran con grandes aspavientos lo contentos que están de verla. Ella les mira a la cara, con los ojos y la boca abiertos, aturdida pero encantada.

Ya sólo quedamos seis, y nos miramos unos a otros recelosos. Cada vez que se abren las puertas correderas, las caras de todos se giran y una de ellas se ilumina. Y así sigue hasta que soy el único que queda.

Miro el reloj de pared. Las tres menos cuarto. ¡Maldita sea! Si no se presentan enseguida me perderé la Gran Parada. Me remuevo en la silla, sintiéndome como un viejo quejica. ¡Qué demonios!, soy viejo y quejica, pero tengo que intentar no perder los estribos cuando lleguen. Lo que tengo que hacer es salir corriendo y dejarles claro que no hay tiempo para cortesías. Me pueden contar lo del ascenso de uno y las vacaciones del otro después del espectáculo.

La cabeza de Rosemary se asoma por la puerta. Mira para los dos lados, constatando que soy el único que queda en el vestíbulo. Se mete detrás del puesto de las enfermeras y deja su carpeta sobre el mostrador. Luego viene y se sienta a mi lado.

—¿Todavía no han dado señales de vida sus familiares, señor Jankowski?

—¡No! —grito—. Y si no vienen pronto no tendrá mucho sentido que vengan. Estoy seguro de que ya se habrán vendido las mejores entradas y me voy a perder la Parada —me giro hacia el reloj, desdichado, quejoso—. ¿Qué les habrá retrasado? Siempre están aquí a esta hora.

Rosemary consulta su reloj de pulsera. Es de oro, con eslabones elásticos, y parece que le pellizca la piel. Yo siempre llevé el reloj flojo, cuando lo llevaba.

—¿Sabe quién va a venir hoy? —pregunta.

—No. Nunca lo sé. Y la verdad es que no me importa, mientras lleguen a la hora.

—Bueno, espere a ver qué puedo averiguar.

Se levanta y va al mostrador del puesto de enfermeras.

Estudio a cada persona que pasa por la acera, al otro lado de las puertas correderas de cristal, buscando un rostro familiar. Pero, una tras otra, pasan como una exhalación. Miro a Rosemary, que está de pie detrás del mostrador hablando por teléfono. Me mira, cuelga y hace otra llamada.

Ahora, el reloj marca las dos y cincuenta y tres. Sólo faltan siete minutos para que empiece la función. Tengo la presión sanguínea tan alta que todo el cuerpo me zumba como las luces fluorescentes que hay sobre mi cabeza.

He desterrado por completo la idea de no perder la calma. Quienquiera que sea el que aparezca se va a llevar una buena bronca, eso seguro. La mitad de los loros y las cotorras de este sitio habrán visto el espectáculo entero, incluida la Parada, y eso no es justo. Si hay alguien en este lugar que debería estar viéndolo, ése soy yo. Ah, verás cuando llegue quien sea. Si es uno de mis hijos, voy a ponerle a caldo. Si es alguno de los otros, bueno, entonces esperaré a que...

—Lo siento, señor Jankowski.

—¿Eh? —levanto la mirada sorprendido. Rosemary ha vuelto y se ha sentado a mi lado. Con el susto, no lo había notado.

—Han perdido la cuenta de a quién le tocaba.

—Bueno, ¿y qué han decidido? ¿Cuánto van a tardar en llegar?

Rosemary hace una pausa. Aprieta los labios y toma mi mano entre las suyas. Es la expresión que pone la gente cuando va a dar una mala noticia, y la adrenalina se me dispara de antemano.

—No van a poder venir —dice—. Se supone que le tocaba a su hijo Simon. Cuando le he llamado se ha acordado, pero ya había hecho otros planes. Y no me han contestado en los otros números.

—¿Otros planes? —grazno.

—Sí, señor.

—¿Le has dicho lo del circo?

—Sí, señor. Y lo ha sentido mucho. Pero tenía un compromiso del que no podía librarse.

414

Tuerzo el gesto, y antes de que pueda darme cuenta estoy sollozando como un niño.

—Lo siento mucho, señor Jankowski. Sé lo importante que era para usted. Le llevaría yo misma, pero tengo que hacer un turno de doce horas.

Me tapo la cara con las manos, intentando ocultar mis lágrimas de viejo. Unos segundos después, un pañuelo de papel cuelga delante de mi cara.

—Eres una buena chica, Rosemary —digo mientras agarro el pañuelo y detengo el flujo de mi nariz húmeda—. Lo sabes, ¿verdad? No sé lo que haría sin ti.

Ella me mira un largo rato. Demasiado largo. Al final dice:

—Señor Jankowski, ya sabe que me voy mañana, ¿no?

Levanto la cabeza de golpe.

—¿Eh? ¿Cuánto tiempo?

Maldita sea, eso es justo lo que me faltaba. Si se va de vacaciones probablemente me olvidaré de su nombre para cuando vuelva.

—Nos trasladamos a Richmond. Para estar más cerca de mi suegra. No se encuentra bien.

Estoy aturdido. La mandíbula me cuelga inerte antes de que pueda encontrar las palabras.

—¿Estás casada?

—Desde hace veintiséis felices años, señor Jankowski.

—¿Veintiséis años? No, no te creo. Si no eres más que una niña.

Se ríe.

—Soy abuela, señor Jankowski. Cuarenta y siete años.

Nos quedamos unos instantes en silencio. Mete la mano en el bolsillo rosa pálido y sustituye mi saturado pañuelo de papel por uno limpio. Seco las profundas cuencas que albergan mis ojos.

—Un hombre con suerte tu marido —digo sorbiendo.

—Los dos tenemos suerte. Una bendición, la verdad.

—Y tu suegra también. ¿Sabes que ni uno solo de mis hijos se podía hacer cargo de mí?

—Bueno... No siempre es fácil, ¿sabe?

—Yo no digo que lo sea.

Me agarra la mano.

—Ya lo sé, señor Jankowski. Ya lo sé.

Me siento desbordado por lo injusto que es todo esto. Cierro los ojos y me imagino a una babeante Ipphy dentro de la carpa. Ni siquiera se va a enterar de que está allí, y menos aún recordarlo.

Al cabo de un par de minutos, Rosemary dice:

—¿Puedo hacer algo por usted?

—No —respondo, y es cierto, a no ser que me pueda llevar al circo, o traerme el circo a mí. O llevarme a Richmond con ella—. Creo que ahora me gustaría estar solo —añado.

—Lo entiendo —dice con delicadeza—. ¿Quiere que le vuelva a llevar a su cuarto?

—No. Creo que me voy a quedar aquí mismo.

Rosemary se levanta, se queda inclinada el tiempo suficiente para dejar un beso en mi antebrazo y desaparece por el pasillo con sus suelas de goma chirriando sobre las baldosas del suelo.

VEINTE

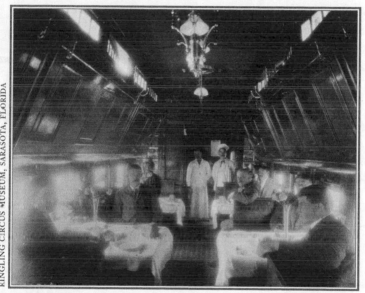

Cuando despierto, Marlena ha desaparecido. Salgo a buscarla inmediatamente y la encuentro saliendo del coche de Tío Al con Earl. La acompaña al vagón número 48 y hace que salga August mientras ella está dentro.

Me alegro de comprobar que August tiene tan mal aspecto como yo, lo que significa como un tomate pocho y apaleado. Cuando Marlena sube al vagón, él grita su nombre e intenta seguirla, pero Earl le corta el paso. August, nervioso y desesperado, se desplaza de una ventana a otra, se levanta sobre las puntas de los dedos, gimotea y destila arrepentimiento.

Nunca volverá a pasar. La quiere más que a su propia vida, y ella sin duda lo sabe. No sabe qué es lo que le pasó. Hará cualquier cosa, ¡lo que sea!, para que le perdone. Es una diosa, una reina, y él no es más que un desdichado pozo de remordimientos. ¿No se da cuenta de cuánto lo siente? ¿Está intentando atormentarle? ¿Es que no tiene corazón?

Marlena sale llevando una maleta y pasa delante de él sin dirigirle ni una mirada. Lleva un sombrero de paja con el ala flexible ladeada sobre el ojo amoratado.

—¡Marlena! —grita August acercándose a ella y agarrándola de un brazo.

—Déjala —le dice Earl.

—Por favor. Te lo suplico —dice August. Se postra de rodillas sobre la tierra. Sus manos se deslizan por el brazo de ella hasta que queda sujetándole la mano izquierda. Se la arrima a la cara, la cubre de lágrimas y de besos mientras ella, imperturbable, pierde la mirada en la distancia.

—Marlena, cariño, mírame. Estoy de rodillas. Te lo suplico. ¿Qué más puedo hacer? Mi vida, mi amor, por favor, ven conmigo dentro. Vamos a hablar. Encontraremos una solución.

Rebusca en sus bolsillos y saca un anillo que intenta poner en el dedo corazón de la mujer. Ella le retira la mano y empieza a caminar.

—¡Marlena! ¡Marlena! —ahora grita, y hasta las partes intactas de su cara han perdido el color. El pelo le cae sobre la frente—. ¡No puedes hacerme esto! ¡Esto no es el final! ¿Me oyes? ¡Marlena, eres mi mujer! Hasta que la muerte nos separe, ¿recuerdas? —se pone de pie con los puños cerrados—. ¡Hasta que la muerte nos separe! —grita.

Marlena me entrega su maleta sin detenerse. Doy la vuelta y la sigo en su paso firme sobre la hierba seca, con la mirada fija en su estrecha cintura. Sólo cuando llega al final de la explanada reduce el paso lo suficiente para que pueda ponerme a su lado.

—¿Puedo ayudarles? —dice el empleado del hotel levantando la mirada cuando la campanilla de la puerta anuncia nuestra llegada. Su expresión inicial de solícita cortesía se transforma en una de alarma primero y de desprecio después. Es la misma combinación que he visto en las caras de todos los que nos hemos cruzado de camino aquí. Una pareja de edad mediana que está sentada en un sofá junto a la puerta nos mira boquiabierta sin pudor.

Y es que hacemos una buena pareja. La piel que rodea el ojo de Marlena se ha vuelto de un azul impactante, pero al menos su cara mantiene la forma; la mía está machacada y en carne viva, alternando moretones con heridas abiertas.

—Necesito una habitación —dice Marlena.

El empleado la mira con desdén.

—No nos queda ninguna —replica empujándose las gafas hacia arriba con un dedo. Y vuelve a su libro de registro.

Dejo la maleta en el suelo y me pongo al lado de Marlena.

—El cartel dice que hay habitaciones libres.

Él frunce los labios hasta que son una fina línea altanera.

—Entonces está mal.

Marlena me toca el codo.

—Vamos, Jacob.

—No, no nos vamos —digo encarándome de nuevo con el empleado—. La señora necesita una habitación y ustedes las tienen libres.

Él mira detenidamente la mano izquierda de Marlena y levanta una ceja.

—No admitimos a parejas que no estén casadas.

—No es para los dos. Sólo para ella.

—Sí, sí —dice.

—Ten cuidadito, amigo —le digo—. No me gusta lo que estás insinuando.

—Vámonos, Jacob —insiste Marlena. Con la mirada fija en el suelo, está todavía más pálida que antes.

—No estoy insinuando nada —dice el empleado.

—Jacob, por favor —dice Marlena—. Vámonos a otro sitio.

Le lanzo al empleado una última y devastadora mirada que le indica con precisión lo que le haría si Marlena no estuviera aquí y recojo la maleta. Ella se dirige a la puerta.

—¡Ah, claro, ya sé quién es usted! —dice la mitad femenina de la pareja que ocupa el sofá—. ¡Es la chica de los carteles! ¡Sí! Estoy segura —se gira hacia al hombre que tiene al lado—. ¡Norbert, es la chica de los carteles! ¿Verdad que sí? Señorita, usted es la estrella del circo, ¿no?

Marlena abre la puerta, se coloca bien el ala del sombrero y sale. Yo la sigo.

—Esperen —exclama el empleado—. Puede que tengamos una…

Cierro la puerta de golpe al salir.

El hotel que hay tres portales más abajo no tiene tantos miramientos, aunque el empleado me desagrada tanto como el anterior. Se muere de ganas de saber qué ha pasado. Sus ojos nos recorren de arriba abajo, brillantes, curiosos, obscenos. Sé lo que pensaría si el ojo morado de Marlena fuera la única lesión a la vista, pero como yo tengo mucho peor aspecto que ella, la historia no está tan clara.

—Habitación 2B —dice balanceando una llave delante de sí sin dejar de observarnos fijamente—. Suban las escaleras y a la derecha. Al final del pasillo.

Sigo a Marlena contemplando sus sinuosas pantorrillas escaleras arriba.

Lucha con la llave un minuto y luego se retira a un lado dejándola metida en la cerradura.

—No puedo abrir. ¿Puedes intentarlo tú?

La remuevo en la cerradura. Tras unos segundos, el cerrojo se desliza. Empujo la puerta y me echo a un lado para dejar pasar a Marlena. Tira el sombrero sobre la cama y va hacia la ventana, que está abierta. Una ráfaga de viento infla la cortina, empujándola primero al interior de la habitación, y luego aspirándola de nuevo contra la mosquitera de la ventana.

La habitación es sencilla pero correcta. El papel pintado y las cortinas son de flores y el cubrecama, de chenilla. La puerta del cuarto de baño está abierta. Es muy grande, y la bañera tiene patas con garras de animal.

Suelto la maleta y me quedo de pie, incómodo. Marlena me da la espalda. Tiene un corte en el cuello, donde se le clavó el cierre del collar.

—¿Necesitas algo más? —pregunto dando vueltas al sombrero en las manos.

—No, gracias —contesta ella.

La miro un rato más. Tengo ganas de cruzar la habitación y estrecharla entre mis brazos, pero en vez de hacerlo me voy, cerrando la puerta suavemente al salir.

Como no se me ocurre nada mejor, voy a la carpa de las fieras a hacer lo de siempre. Corto, mezclo y peso comida. Reviso un diente infectado del yak y le agarro la mano a Bobo para que me acompañe mientras visito al resto de los animales.

Ya he llegado hasta la limpieza del estiércol cuando Diamond Joe aparece detrás de mí.

—Tío Al quiere verte.

Me quedo mirándole un instante; luego dejo la pala en la paja.

Tío Al está en el coche restaurante, sentado delante de un plato con un filete y patatas fritas. Fuma un puro y hace aros de humo. Su séquito está detrás, de pie, con caras serias.

Me quito el sombrero.

—¿Querías verme?

—Ah, Jacob —dice inclinándose hacia delante—. Me alegro de verte. ¿Ya has colocado a Marlena?

—Está en una habitación, si es a eso a lo que te refieres.

—En parte sí.

—Entonces no estoy seguro de lo que quieres decir.

Se queda en silencio un instante. Luego deja el puro y junta las manos formando un campanario con los dedos.

—Es muy sencillo. No me puedo permitir perder a ninguno de los dos.

—Ella no tiene intención de dejar el circo, que yo sepa.

—Y él tampoco. Intenta imaginar cómo pueden ser las cosas si los dos se quedan pero no vuelven a estar juntos. August está sencillamente destrozado por el dolor.

—Espero que no estés sugiriendo que vuelva con él.

Al sonríe y ladea la cabeza.

—Le ha pegado, Al. Le ha pegado.

Tío Al se frota la barbilla y medita.

—Bueno, sí. Eso no me preocupa demasiado, la verdad —señala la silla que tiene enfrente—. Siéntate.

Me acerco a la silla y me siento.

Tío Al inclina la cabeza a un lado y me examina.

—¿O sea que había algo de verdad?

—¿En qué?

Tamborilea con los dedos sobre la mesa y frunce los labios.

—¿Marlena y tú estáis…? Mmmm, cómo lo diría…

—No.

—Mmmm —dice continuando con su examen—. Bien. No lo creía. Pero bien. En ese caso puedes ayudarme.

—¿Qué? —digo.

—Yo me dedico a él y tú te dedicas a ella.

—No pienso hacerlo.

—Sí, tú estás en una situación incómoda. Eres amigo de los dos.

—No soy amigo de August.

Al suspira y adopta una expresión de inmensa paciencia.

—Tienes que comprender a August. Lo hace de vez en cuando. No es culpa suya —se inclina hacia delante, fijándose en mi cara—. Dios mío, creo que será mejor que llame a un médico para que te eche un vistazo.

—No necesito un médico. Y por supuesto que es culpa suya.

Me mira fijamente y vuelve a apoyarse en el respaldo de la silla.

—Está enfermo, Jacob.

No digo nada.

—Es un esnizofónico paragónico.

—¡¿Es qué?!

—Esnizofónico paragónico —repite Tío Al.

—¿Quieres decir «esquizofrénico paranoico»?

—Eso. Como se diga. Pero la cuestión es que está como una cabra. Claro que también es genial, así que intentamos obviarlo. Naturalmente, para Marlena es más difícil que para los demás. Por eso tenemos que darle todo nuestro apoyo.

Sacudo la cabeza pasmado.

—¿Alguna vez escuchas lo que dices?

—No puedo perder a ninguno de los dos. Y si no vuelven a estar juntos, August va a ser imposible de controlar.

—Le pegó —repito.

—Sí, lo sé; es muy desagradable. Pero es su marido, ¿no?

Me pongo el sombrero en la cabeza y me levanto.

—¿Adónde crees que vas?

—Vuelvo al trabajo —digo—. No me voy a quedar aquí sentado oyéndote decir que August puede pegarle porque es su mujer. O que no es culpa suya porque está loco. Si está loco, con más motivo tendría Marlena que alejarse de él.

—Si quieres seguir teniendo un trabajo al que volver, será mejor que te sientes otra vez.

—¿Sabes una cosa? Me importa un pito tu trabajo —digo dirigiéndome a la puerta—. Hasta la vista. Ojalá pudiera decir que ha sido un placer.

—¿Y qué va a ser de tu amiguito?

Me quedo congelado con la mano en el picaporte.

—Ese mierdecilla del perro —dice como reflexionando—. Y ese otro también... esto, ¿cómo se llama? —chasca los dedos e intenta recordar el nombre.

Me giro muy lentamente. Sé por dónde va.

—Ya sabes a quién me refiero. Ese tullido inútil que lleva semanas comiéndose mi comida y ocupando un espacio en mi tren sin dar un palo al agua. ¿Qué va a ser de él?

Le miro con la cara encendida por el odio.

—¿De verdad creías que podías tener un refugiado escondido sin que yo me enterara? ¿Sin que *él* se enterara? —su expresión es rígida, sus ojos fríos.

De repente se suaviza. Sonríe con afecto. Levanta las manos con un gesto de súplica.

—Te has equivocado conmigo, ¿sabes? La gente de este circo es mi familia. Me importan sinceramente todos y cada uno de ellos. Pero lo que yo entiendo, y tú no pareces entender todavía, es que a veces un individuo tiene que sacrificarse por el bien de todos los demás. Y lo que necesita esta familia es que Marlena y August arreglen sus diferencias. ¿Nos entendemos?

Miro sus ojos brillantes y pienso en lo mucho que me gustaría hundir un hacha entre ellos.

—Sí, señor —digo por fin—. Creo que nos entendemos.

Rosie apoya un pie en un cubo mientras le limo las uñas. Tiene cinco en cada pie, como un humano. Estoy arreglándole uno de los delanteros cuando de repente noto que ha cesado toda la actividad en la carpa de las fieras. Los trabajadores están paralizados, mirando hacia la entrada con los ojos muy abiertos.

Levanto los ojos. August se acerca y se planta frente a mí. El cabello le cae sobre la cara y se lo echa para atrás con una mano inflamada. Tiene el labio superior de un azul purpúreo y agrietado como una salchicha asada. La nariz, aplastada y torcida hacia un lado, está manchada de sangre. Sostiene un cigarrillo encendido.

—Dios santo —dice. Intenta sonreír, pero el labio partido se lo impide. Da una calada al cigarrillo—. Es difícil decir quién se llevó la peor parte, ¿eh, muchacho?

—¿Qué quieres? —digo inclinándome y limando el borde de una uña descomunal.

—No seguirás enfadado, ¿verdad?

No contesto.

Me observa trabajar durante un instante.

—Mira, sé que perdí los papeles. A veces mi imaginación se desborda.

—Ah, ¿fue eso lo que pasó?

—Oye —dice echando el humo—. Esperaba que pudiéramos olvidar lo que ha pasado. Así que, ¿qué me dices? ¿Amigos otra vez? —alarga la mano.

Me levanto muy tieso, con los dos brazos a los lados.

—Le has pegado, August.

El resto de los hombres observan sin decir palabra. August parece desconcertado. Mueve la boca. Retira la mano y se pasa el cigarrillo a ésta. Tiene las manos amoratadas, las uñas rotas.

—Sí. Lo sé.

Retrocedo y reviso las uñas de Rosie.

—*Położ nogę. ¡Położ nogę*, Rosie!

Ella levanta su enorme pie y lo baja al suelo. De una patada desplazo el cubo boca abajo hacia su otra pata delantera.

—*Nogę! Nogę!* —Rosie cambia el peso de su cuerpo y coloca el otro pie en el centro del cubo—. *Teraz do przodu* —le digo empujándole la pata por detrás hasta que las uñas quedan fuera del canto del cubo—. Buena chica —digo dándole unas palmaditas en el flanco. Ella levanta la trompa y abre la boca en una sonrisa. Meto la mano y le acaricio la lengua.

—¿Sabes dónde está? —pregunta August.

Me encorvo y examino las uñas de Rosie, pasando las manos por debajo de su pie.

—Necesito verla —continúa.

Empiezo a limar. Una fina nube de polvo de uñas invade el aire.

—Muy bien. Como quieras —dice con voz penetrante—. Pero es mi mujer y la voy a encontrar. Aunque tenga que ir de hotel en hotel, la voy a encontrar.

Le miro en el preciso instante en que lanza el cigarrillo. Traza un arco por el aire y cae en la boca abierta de Rosie, chisporroteando sobre su lengua. Ella ruge aterrada, echa la cabeza hacia atrás y se hurga el interior de la boca con la trompa.

August se marcha. Yo me giro hacia Rosie. Ella me mira con un aire de tristeza indescriptible en la cara. Sus ojos de color ámbar están llenos de lágrimas.

Tenía que haber supuesto que recorrería los hoteles. Pero no lo pensé, y está en el segundo hotel al que fuimos. No podría ser más fácil de encontrar.

Sé que me vigilan, así que me tomo mi tiempo. A la primera oportunidad me escapo de la explanada y voy corriendo al hotel. Espero un minuto a la vuelta de la esquina, observando, para asegurarme de que nadie me ha seguido. Cuando he recuperado el aliento, me quito el sombrero, me seco la frente y entro en el edificio.

El empleado me mira. Es nuevo. Tiene ojos de adormilado.

—¿Qué es lo que quiere? —dice como si me hubiera visto antes, como si los tomates pochos apaleados cruzaran esta puerta todos los días.

—He venido a ver a la señorita L'Arche —digo recordando que Marlena se ha registrado con su nombre de soltera—. Marlena L'Arche.

—No hay nadie con ese nombre —dice.

—Sí, claro que sí —digo—. Yo estaba con ella cuando se registró esta mañana.

—Lo siento, pero se equivoca usted.

Le miro durante un instante y salgo corriendo escaleras arriba.

—¡Eh, amigo! ¡Vuelva aquí ahora mismo!

Subo los escalones de dos en dos.

—Si sube esas escaleras llamaré a la policía —grita.

430

—¡Hágalo!

—¡Lo voy a hacer! ¡Les voy a llamar ahora mismo!

—¡Bien!

Llamo a la puerta con los nudillos que tengo menos doloridos.

—¿Marlena?

Un segundo después el empleado me agarra, me da la vuelta y me aplasta contra la pared. Me retiene por las solapas y pega su cara a la mía.

—Ya se lo he dicho: no está aquí.

—No te preocupes, Albert. Es un amigo mío —Marlena ha salido al pasillo detrás de nosotros.

Él se contiene, jadeando su aliento cálido sobre mí. Abre los ojos confundido.

—¿Qué? —dice.

—¿Albert? —pregunto yo igualmente despistado—. ¿Albert?

—Pero ¿y antes? —balbucea Albert.

—Éste no es el mismo. Es otro hombre.

—¿Ha venido August? —digo atando cabos—. ¿Estás bien?

Albert se vuelve de uno a otro, y vuelta otra vez.

—Es un amigo. El que se peleó con él —le explica Marlena.

Albert me suelta. Hace un torpe intento de alisarme la chaqueta y extiende la mano.

—Lo siento, chico. Te pareces un montón al otro tipo.

—Bah, no pasa nada —digo estrechándole la mano. Él la aprieta y yo me estremezco—. Viene a por ti —le digo a Marlena—. Tenemos que sacarte de aquí.

—No seas bobo —dice Marlena.

431

—Ya ha venido —dice Albert—. Le dije que no estaba aquí, y al parecer se lo creyó. Por eso me sorprendió que tú… él… eh…, apareciera otra vez.

Abajo suena el timbre de recepción. Albert y yo nos miramos a los ojos. Yo meto a Marlena en la habitación y él baja corriendo.

Me apoyo en la puerta, resoplando aliviado.

—En serio, me sentiría mucho mejor si me dejaras buscarte otra habitación más lejos del circo.

—No. Quiero quedarme aquí.

—Pero ¿por qué?

—Ya ha pasado por aquí y cree que estoy en otro sitio. Además, no voy a poder esconderme siempre. Mañana tengo que volver al tren.

Ni siquiera lo había pensado.

Marlena cruza la habitación, deslizando una mano sobre la superficie de la mesita al pasar. Luego se deja caer en una silla y apoya la cabeza en el respaldo.

—Ha intentado pedirme perdón —le digo.

—¿Y lo has aceptado?

—Por supuesto que no —digo ofendido.

Marlena se encoge de hombros.

—Sería más fácil para ti si lo hicieras. Si no, lo más probable es que te despidan.

—¡Te ha pegado, Marlena!

Ella cierra los ojos.

—Dios mío… ¿Siempre ha sido así?

—Sí. Bueno, nunca me había pegado. Pero sus cambios de humor… Sí. Nunca sé lo que me voy a encontrar al despertarme.

—Tío Al dice que es esquizofrénico paranoico.

Ella baja la cabeza.

—¿Cómo lo has soportado?

—No tenía otra elección, ¿no crees? Me casé con él antes de saberlo. Ya le has visto. Si está feliz es el ser más encantador de la creación. Pero cuando algo le altera... —suspira y hace una pausa tan larga que no sé si va a continuar. Cuando lo hace, su voz suena trémula—. La primera vez que pasó sólo llevábamos tres semanas casados y me pegué un susto de muerte. Le dio tal paliza a uno de los trabajadores de la carpa de las fieras que perdió un ojo. Yo estaba presente. Llamé a mis padres y les pregunté si podía volver a casa, pero no quisieron ni hablar conmigo. Ya era bastante malo que me hubiera casado con un judío, ¿y ahora, además, quería el divorcio? Mi padre le obligó a mi madre a decirme que, para él, yo había muerto el día de mi fuga.

Cruzo la habitación y me arrodillo a su lado. Levanto las manos para acariciarle el pelo, pero en vez de hacerlo, al cabo de unos segundos las apoyo en los brazos de la silla.

—Tres semanas más tarde, otro de los trabajadores de la carpa de las fieras perdió un brazo mientras ayudaba a August a dar de comer a los felinos. Murió a causa de la hemorragia antes de que nadie pudiera averiguar los detalles. Entrada ya la temporada, descubrí que la única razón por la que yo podía contar con un grupo de caballos de pista era porque su entrenadora anterior, otra mujer, se tiró del tren en marcha después de pasar una velada con August en su compartimento. Ha habido otros incidentes, pero ésta es la primera vez que se ha vuelto contra mí —se dobla sobre sí misma. Un instante después, sus hombros se agitan.

—Eh, oye —digo sin saber qué hacer—. Ya. Ya. Marlena, mírame. Por favor.

Se incorpora y se seca la cara. Me mira a los ojos.

—¿Te vas a quedar conmigo, Jacob? —dice.

—Marlena…

—Shhhh —se desliza hasta el borde de la silla y pone un dedo sobre mis labios. Luego baja al suelo. Se arrodilla frente a mí, a pocos centímetros de distancia; su dedo tiembla pegado a mis labios.

—Por favor —dice—. Te necesito —tras una brevísima pausa, recorre mis rasgos, cuidadosa, suavemente, apenas rozándome la piel. Contengo la respiración y cierro los ojos.

—Marlena…

—No hables —dice con suavidad. Sus dedos revolotean alrededor de mi oreja y por mi nuca. Tiemblo. Todos los pelos de mi cuerpo se han puesto de punta.

Cuando sus manos se desplazan a mi camisa, abro los ojos. Desabrocha los botones, lenta, metódicamente. La contemplo sabiendo que debería detenerla. Pero no puedo. Me siento indefenso.

Cuando la camisa está abierta, la saca de los pantalones y me mira a los ojos. Se acerca y me roza los labios con los suyos, con tal delicadeza que no es ni un beso, apenas un contacto. Se detiene un segundo, dejando sus labios tan cerca de mi cara que puedo sentir su respiración en ella. Luego se inclina y me besa, un beso dulce, inseguro pero largo. El siguiente beso es todavía más intenso, el siguiente aún más, y antes de darme cuenta le estoy devolviendo los besos, con su cara entre mis manos mientras ella pasa sus dedos por mi pecho y luego desciende.

Cuando llega a los pantalones doy un respingo. Ella hace una pausa y dibuja el contorno de mi erección.

Se para. Yo me tambaleo y oscilo de rodillas. Sin dejar de mirarme a los ojos, toma mis manos y las lleva a sus labios. Planta un beso en cada palma y entonces las coloca sobre sus pechos.

—Tócame, Jacob.

Estoy perdido, acabado.

Sus pechos son pequeños y redondos, como limones. Los retengo y paso los pulgares sobre ellos, notando que el pezón se contrae bajo el algodón de su vestido. Aprieto mi boca maltrecha contra la suya y paso las manos por encima de sus costillas, de su cintura, sus caderas, sus muslos...

Cuando me desabrocha los pantalones y me toma en su mano, me separo.

—Por favor —jadeo con la voz ronca—. Por favor, déjame que entre en ti.

No sé cómo, logramos llegar a la cama. Cuando por fin me hundo en su cuerpo, grito en voz alta.

Después me pego a ella como una cuchara a otra. Nos quedamos tumbados en silencio hasta que cae la noche, y entonces empieza a hablar titubeante. Pasa sus pies por mis tobillos, juega con las yemas de mis dedos y, al poco rato, las palabras fluyen. Habla sin necesidad de respuestas, ni espacio para ellas, de manera que yo me limito a abrazarla y a acariciarle el pelo. Me cuenta el dolor, la pena y el horror de los últimos cuatro años; de cómo había aprendido a aceptar que era la esposa de un hombre tan violento e inestable que su piel se erizaba al menor contacto, y pensaba, hasta hacía muy poco, que por fin lo había conseguido. Y que entonces mi presencia la había obligado a reconocer que no había aprendido a soportar nada de nada.

Cuando se queda callada yo sigo acariciándola, pasando mi mano con suavidad por el pelo, los hombros, los brazos, las caderas. Y entonces empiezo a hablar yo. Le hablo de mi infancia y de la tarta de albaricoques de mi madre. Le cuento que empecé a hacer visitas con mi padre en la preadolescencia y lo orgulloso que se puso cuando me aceptaron en Cornell. Le hablo de Cornell y de Catherine y de que yo creía que aquello era amor. Le cuento que el viejo señor McPherson arrojó a mis padres por un lateral del puente y que el banco se quedó con nuestra casa, y cómo me vine abajo y salí corriendo del examen cuando todas las cabezas se quedaron sin cara.

Por la mañana volvemos a hacer el amor. Esta vez me toma de la mano y guía mis dedos, y los desliza sobre su piel. Al principio no lo entiendo, pero cuando tiembla y se arquea bajo mi roce, comprendo lo que me está enseñando y me dan ganas de soltar un grito de alegría por este conocimiento.

Después se acurruca contra mí; su pelo me hace cosquillas en la cara. La acaricio dulcemente, memorizo su cuerpo. Quiero que se funda conmigo, como la mantequilla en la tostada. Quiero absorberla e ir por ahí el resto de mis días con ella incrustada en mi cuerpo.

Quiero.

Me quedo tumbado inmóvil, degustando la sensación de su cuerpo pegado al mío. Me da miedo respirar por si acaso rompo el hechizo.

VEINTIUNO

De repente, Marlena se revuelve. Luego se incorpora de golpe y coge mi reloj de la mesilla de noche.

—Ay, Dios —dice dejándolo de nuevo y girando las piernas.

—¿Qué? ¿Qué pasa? —pregunto.

—Ya es mediodía. Tengo que volver —dice.

Va al cuarto de baño como una flecha y cierra la puerta. Al cabo de un instante oigo la cisterna del retrete y agua corriendo. Luego sale de golpe por la puerta y deambula por la habitación recogiendo ropa del suelo.

—Marlena, espera —digo levantándome de la cama.

—No puedo. Tengo que actuar —dice ella peleando con las medias.

Me acerco a ella por la espalda y la agarro de los hombros.

—Marlena, por favor.

Ella se detiene y se da la vuelta despacio para ponerse de frente a mí. Primero me mira al pecho, y luego baja la mirada al suelo.

La observo atentamente, sin saber qué decir.

—Anoche dijiste «Te necesito». No pronunciaste la palabra «amor», o sea que sólo sé cuáles son mis sentimientos —trago saliva, mirando fascinado la raya de su pelo—. Yo te amo, Marlena, te amo con el corazón y con el alma, y deseo estar contigo.

Sigue mirando al suelo.

—¿Marlena?

Levanta la cabeza. Hay lágrimas en sus ojos.

—Yo también te amo —susurra—. Creo que te he amado desde el instante en que te vi. Pero ¿no te das cuenta? Estoy casada con August.

—Eso lo podemos arreglar.

—Pero…

—Pero nada. Quiero estar contigo. Si tú también lo deseas, ya encontraremos el modo de lograrlo.

Hay un largo silencio.

—Nunca en mi vida he deseado nada con tanta fuerza —dice por fin.

Tomo su cara entre mis manos y la beso.

—Tendremos que dejar el circo —digo secando sus lágrimas con los pulgares.

Ella asiente, sollozando.

—Pero no antes de llegar a Providence.

—¿Por qué allí?

—Porque allí es donde hemos quedado con el hijo de Camel. Se lo va a llevar a casa.

—¿No puede ocuparse de él Walter hasta entonces?

Cierro los ojos y apoyo mi frente en la suya.

—Es un poco más complicado que eso.

—¿Por qué?

—Tío Al me mandó llamar ayer. Quiere que te convenza de que vuelvas con August. Me amenazó.

—Sí, naturalmente. Es Tío Al.

—No. Quiero decir que me amenazó con dar luz roja a Camel y a Walter.

—Bah, no son más que palabras —dice—. No le hagas ni caso. Nunca le ha dado luz roja a nadie.

—¿Quién lo dice? ¿August? ¿Tío Al?

Levanta la mirada asustada.

—¿Recuerdas cuando vinieron los inspectores de ferrocarriles en Davenport? —digo—. La noche anterior desaparecieron seis hombres del Escuadrón Volador.

Marlena frunce el ceño.

—Creía que los inspectores habían venido porque alguien le estaba ocasionando problemas a Tío Al.

—No, vinieron porque se dio luz roja a media docena de hombres. Camel tenía que haber estado entre ellos.

Me mira fijamente durante unos instantes. A continuación se cubre la cara con las manos.

—Dios mío. Dios mío. Qué estúpida he sido.

—Estúpida no. No has sido nada estúpida. Es difícil concebir una maldad semejante —digo estrechándola entre mis brazos.

Ella aprieta su rostro contra mi pecho.

—Oh, Jacob, ¿qué vamos a hacer?

—No lo sé —digo mientras le acaricio el pelo—. Ya se nos ocurrirá algo, pero vamos a tener que ser muy, muy cautelosos.

Regresamos a la explanada por separado, furtivamente. Le llevo la maleta hasta una manzana antes y me quedo contemplando cómo cruza el terreno y desaparece en la tienda camerino. Espero unos minutos por si acaso resulta que August está dentro. Cuando veo que no hay signos evidentes de complicaciones, vuelvo al vagón de los caballos.

—Por fin regresa el gato en celo —dice Walter. Está colocando los baúles contra la pared para ocultar a Camel. El viejo está tumbado con los ojos cerrados y la boca abierta, roncando. Walter debe de haberle dado alcohol.

—Ya no hace falta que hagas eso —digo.

Walter se endereza.

—¿Qué?

—Ya no hace falta que escondas a Camel.

Me observa detenidamente.

—¿De qué puñetas estás hablando?

Me siento en el jergón. Queenie se me acerca meneando la cola. Le rasco la cabeza. Ella me olfatea por todas partes.

—Jacob, ¿qué pasa?

Mientras se lo cuento su expresión cambia del susto al horror y a la incredulidad.

—Qué cabrón eres —dice cuando acabo.

—Walter, por favor…

—O sea que te vas después de Providence. Es muy amable por tu parte esperar tanto.

—Lo hago por Cam…

—¡Ya sé que lo haces por Camel! —me grita. Luego se golpea el pecho con un puño—. ¿Y qué hay de mí?

Abro la boca, pero no me sale nada.

—Ya. Es lo que pensaba —dice. Su voz chorrea sarcasmo.

—Ven con nosotros —sugiero.

—Ah, sí, eso estaría bien. Los tres solitos. ¿Y dónde se supone que vamos a ir?

—Buscaremos en el *Billboard* a ver qué podemos encontrar.

—No podemos encontrar nada. Los circos se están viniendo abajo por todo el puñetero país. La gente se muere de hambre. ¡Se muere de hambre! ¡En los Estados Unidos de América!

—Ya encontraremos algo en algún sitio.

—Al cuerno con eso —dice sacudiendo la cabeza—. Maldita sea, Jacob. Espero que ella merezca la pena, es todo lo que puedo decir.

Me dirijo a la carpa de las fieras sin dejar de estar pendiente de la presencia de August. No se encuentra allí, pero la tensión entre los trabajadores de la tienda es palpable.

A media tarde, me requieren en el vagón de dirección.

—Siéntate —me dice Tío Al en cuanto entro. Señala una silla enfrente de la suya.

Me siento.

Se recuesta en su asiento, retorciéndose el bigote. Tiene los ojos entornados.

—¿Tienes que informarme de algún progreso? —pregunta.

—Todavía no —digo—. Pero creo que se avendrá a razones.

Abre mucho los ojos. Sus dedos dejan de moverse.

—¿Ah, sí?

—Por supuesto que no inmediatamente. Todavía está enfadada.

—Sí, sí, claro —dice inclinándose hacia delante interesado—. Pero ¿tú crees que…? —deja que la pregunta quede en el aire. En sus ojos hay un brillo de esperanza.

Suelto un suspiro y me apoyo en el respaldo.

—Cuando dos personas han sido creadas para estar juntas, acabarán por estarlo. Es su destino.

Me mira fijamente a los ojos y una sonrisa inunda su cara. Levanta una mano y chasca los dedos.

—Un coñac para Jacob —ordena—. Y otro para mí.

Un minuto después, ambos sostenemos unas inmensas copas de balón.

—Y entonces, dime, ¿cuánto tiempo crees…? —dice agitando una mano junto a su cabeza.

—Creo que ella quiere demostrar algo.

—Sí, sí, claro —dice. Cambia de postura, los ojos brillantes—. Sí, lo comprendo muy bien.

—También es importante que note que la apoyamos a ella, no a él. Ya sabes cómo son las mujeres. Si cree que no la comprendemos en algún aspecto, sólo lograremos que se retraiga.

—Por supuesto —dice asintiendo y negando con la cabeza al mismo tiempo, de manera que la mueve en círculos—. Sin duda. ¿Y qué sugieres que hagamos al respecto?

—Bueno, naturalmente, August debe mantener las distancias. Eso le daría una oportunidad de echarle de menos. Puede que fuera incluso beneficioso que aparentara que ha perdido interés en ella. Las mujeres son muy raras con eso. Además, no debe descubrir que les estamos empujando a volver. Es imprescindible que ella crea que ha sido idea suya.

—Mmmm, sí —dice asintiendo pensativo—. Bien pensado. ¿Y cuánto tiempo crees que…?

—Yo diría que no más de unas semanas.

Deja de asentir. Abre los ojos desmesuradamente.

—¿Tanto tiempo?

—Puedo intentar acelerar las cosas, pero existe el riesgo de que nos salga el tiro por la culata. Ya conoces a las mujeres —me encojo de hombros—. Puede que tarde dos semanas o puede que sea mañana mismo. Pero si se siente atosigada, lo dejará todo sólo para demostrar que es ella la que manda.

—Sí, es cierto —dice Tío Al llevándose un dedo a los labios. Me examina durante lo que me parece una eternidad—. Dime una cosa —continúa—, ¿qué te ha hecho cambiar de idea desde ayer?

Levanto la copa y hago girar el coñac con la mirada clavada en el punto donde el pie se une al cuerpo.

—Digamos que, de repente, he visto con mucha claridad cómo están las cosas.

Él entrecierra los ojos.

—Por August y Marlena —digo elevando la copa. El coñac moja los lados.

Él levanta la suya despacio.

Bebo el resto del coñac y sonrío.

Él baja su copa sin beber. Inclino la cabeza y sigo sonriendo. Le dejo que me examine. Se lo permito. Hoy soy invencible.

Empieza a asentir satisfecho. Da un trago.

—Sí. Bien. Debo admitir que no estaba muy seguro de ti después de lo de ayer. Me alegro de que hayas cambiado de postura. No te arrepentirás, Jacob. Es lo mejor para todos. Sobre todo para ti —dice señalándome con su copa. Se la acerca a la boca y la vacía—. Yo cuido de aquellos que cuidan de mí —chasca los labios, me mira detenidamente y añade—: Y también de los que no.

Esa noche, Marlena se tapa el ojo morado con una buena capa de maquillaje y hace su número con los caballos. Pero la cara de August no es tan fácil de arreglar, así que no harán el número de la elefanta hasta que recupere el aspecto de ser humano. Los espectadores, que llevan viendo carteles de Rosie en equilibrio sobre una bola desde hace dos semanas, se enfadan terriblemente cuando acaba el espectáculo y descubren que el paquidermo que ha aceptado alegremente caramelos, palomitas y cacahuetes en la carpa de las fieras no ha aparecido en la gran carpa en ningún momento. Un grupo de sujetos que quieren que se les devuelva el dinero son retirados a un lado y aplacados por los guardas de seguridad antes de que su línea de pensamiento tenga la oportunidad de extenderse.

Unos días más tarde reaparece el tocado de lentejuelas, meticulosamente remendado con hilo rosa, de manera que Rosie está espectacular y fascina a los visitantes en la carpa de las fieras. Pero sigue sin actuar y hay quejas después de todas las funciones.

La vida continúa con una frágil normalidad. Yo cumplo con mis obligaciones habituales por las mañanas y me retiro a la parte de atrás cuando llega el público. Tío Al considera que los tomates pochos y apaleados no son buenos embajadores del circo, y no puedo decir que se lo reproche. Mis lesiones adquieren mucho peor aspecto antes de comenzar a mejorar, y cuando la inflamación empieza a remitir es evidente que la nariz se me va a quedar torcida para siempre.

Salvo a la hora de las comidas, no vemos nunca a August. Tío Al le traslada a la mesa de Earl pero, después de quedar claro que lo único que va a hacer es gimotear y mirar a Marlena, Tío Al le ordena que haga las comidas en el vagón restaurante con él. Y así ocurre que, tres veces al día, Marlena y yo nos sentamos frente a frente, extrañamente solos en el más público de los lugares.

Tío Al intenta mantener su parte del trato, eso hay que reconocérselo. Pero August está demasiado exaltado para controlarse. El día siguiente a que le expulsen de la cantina, Marlena se da la vuelta y le descubre asomado por debajo de una de las paredes de lona. Una hora después, la aborda en el paseo, se hinca de rodillas y se abraza a sus piernas. Cuando ella intenta soltarse, August la tira sobre la hierba y la inmoviliza con su cuerpo para intentar ponerle a la fuerza el anillo, murmurando alternativamente palabras dulces y amenazas.

Walter corre a buscarme a la carpa de las fieras, pero para cuando llego al lugar del suceso Earl ya ha levantado a August. Indignado, me dirijo al vagón de dirección.

Cuando le cuento a Tío Al que el arrebato de August nos ha mandado de nuevo a la casilla número uno, desahoga su frustración estrellando una licorera contra la pared.

August desaparece por completo durante tres días y Tío Al vuelve a arrancar cabezas.

August no es el único que se consume pensando en Marlena. Yo paso las noches tumbado en mi manta equina deseándola de tal modo que me duele. Una parte de mí desearía que viniera a estar conmigo, pero en realidad no, porque sería demasiado peligroso. Y tampoco yo puedo ir a verla, porque está compartiendo una litera en el vagón de las vírgenes con una de las coristas.

Logramos hacer el amor dos veces en el margen de seis días, agachados detrás de muros y abrazándonos frenéticamente, con la ropa revuelta porque no hay tiempo para quitársela. Estos encuentros me dejan tan exhausto como reconfortado, desesperado y satisfecho. El resto del tiempo nos relacionamos con una formalidad consciente en la cantina. Somos tan cuidadosos a la hora de mantener las apariencias que, a pesar de que es imposible que nadie nos oiga, nos comportamos como si hubiera alguien sentado a nuestra mesa. Aun así, me pregunto si nuestro amor no es evidente. A mí me parece que los lazos que nos unen deben de ser visibles.

La noche siguiente a nuestro tercer encuentro, inesperado y frenético, mientras todavía siento su sabor en los labios, tengo un sueño muy real. El tren se ha parado en un bosque por alguna razón que no acabo de comprender, ya que es medianoche y no se mueve nadie. Fuera se oyen ladridos, insistentes y nerviosos. Salgo del vagón de los caballos y sigo el sonido hasta el borde de una pendiente escarpada. Queenie lucha en el fondo de una hondonada con un tejón que se aferra a su pata. La llamo mientras busco frenéticamente un camino para bajar a la hondonada. Me agarro a una rama larga y, sujeto a ella, intento descender, pero los pies me resbalan en el barro y acabo por volver a subir.

Mientras tanto, Queenie se libra de su atacante y escala la ladera. La tomo en los brazos y la examino por si tiene alguna herida. Está sorprendentemente indemne. La sujeto debajo del brazo y regreso al vagón. Un caimán de dos metros y medio me bloquea la entrada. Me giro hacia el siguiente vagón, pero el caimán hace lo mismo, arrastrándose junto al tren con sus fauces de dientes afilados abiertas en una sonrisa. Me vuelvo aterrado. Otro caimán gigantesco se acerca por el lado contrario.

A nuestras espaldas se oyen ruidos: rumor de hojas y ramas que crujen. Me doy la vuelta y veo que el tejón ha salido de la hondonada y se ha multiplicado.

Una muralla de tejones detrás de nosotros. Delante, una docena de caimanes.

Me despierto bañado en sudor frío.

La situación es insostenible, y lo sé.

En Poughkeepsie sufrimos una redada y por una vez las diferencias sociales quedan anuladas: trabajadores, artistas y jefes gimen y sollozan por igual mientras todo su whisky escocés, todo su vino, todo el whisky canadiense, la cerveza, la ginebra y hasta el licor ilegal se derraman por la grava a manos de hombres armados y con caras agrias. El líquido se filtra entre las piedras ante nuestros ojos y empapa borboteando la tierra indiferente.

Y luego nos expulsan de la ciudad.

En Hartford un grupo de parroquianos se toman muy a pecho la ausencia de Rosie en el espectáculo, además de la presencia permanente del cartel anunciador de Lucinda la Linda a pesar de la desafortunada ausencia de la mencionada. Los de seguridad no son lo bastante rápidos y, antes de que nos demos cuenta, una horda de hombres furiosos se arremolinan ante el carro de las entradas exigiendo que se les devuelva el dinero. Con la policía clausurando en un lado y los lugareños en el otro, Tío Al se ve obligado a devolver toda la recaudación del día.

Y luego nos expulsan de la ciudad.

El día siguiente es día de pago, y los empleados de El Espectáculo Más Deslumbrante del Mundo de los Hermanos Benzini hacen fila ante el carromato rojo de administración. Los trabajadores están de mal humor: de sobra saben cómo sopla el viento. La primera persona que se acerca al carromato rojo es un peón, y cuando sale con las manos vacías surge de la cola un rumor de maldiciones. El resto de los trabajadores se alejan derrotados, escupiendo y jurando, y sólo quedan en la fila los artistas y los jefes. Unos minutos más tarde un nuevo murmullo encolerizado recorre la fila, esta vez teñido de sorpresa. Por primera vez en la historia del circo no hay dinero para los artistas. Sólo van a pagar a los jefes.

Walter está indignado.

—¿Qué es esto, joder? —grita al entrar en el vagón de los caballos. Lanza el sombrero a un rincón y se deja caer en el jergón.

Camel gime desde el camastro. Desde la redada ha pasado todo el tiempo mirando a la pared o llorando. El único momento en que habla es cuando le damos de comer o le limpiamos, e incluso entonces sólo es para suplicarnos que no le entreguemos a su hijo. Walter y yo nos turnamos para decirle palabras de consuelo sobre la familia y el perdón, pero los dos tenemos nuestras reservas. Fuera lo que fuera cuando se alejó de su familia, ahora está incalculablemente peor, irreversiblemente deteriorado y probablemente irreconocible. Y si no se muestran indulgentes, ¿qué será de él en estas condiciones y en sus manos?

—Tranquilízate, Walter —digo. Estoy sentado en mi manta del rincón, espantando las moscas que llevan toda la mañana atormentándome, saltando de una pústula a otra.

—No, joder, no me quiero calmar. ¡Soy un artista! ¡Un artista! ¡A los artistas se les paga! —grita Walter dándose golpes en el pecho. Se quita un zapato y lo tira contra la pared. Se queda mirándolo unos instantes, y luego se quita el otro y lo lanza al rincón. Aterriza sobre su sombrero. Da un puñetazo en la manta en la que se sienta y Queenie se esconde detrás de la hilera de baúles que antes ocultaban a Camel.

—Ya no falta mucho tiempo —le digo—. Aguanta unos días más.

—¿Ah, sí? ¿Cómo es eso?

—Porque entonces recogen a Camel —se oye un quejido lastimero desde el camastro—, y nosotros nos largamos de aquí.

—¿Ah, sí? ¿Y qué es exactamente lo que vamos a hacer? ¿Ya has pensado en eso?

Le miro a los ojos y mantengo la mirada unos segundos. Luego giro la cabeza.

—Sí. Eso era lo que me temía. Por eso necesitaba que me pagaran. Vamos a terminar como putos vagabundos —dice.

—De eso nada —digo sin convicción.

—Será mejor que se te ocurra algo, Jacob. Tú has sido el que nos ha metido en este lío, no yo. Puede que tú y tu chica podáis echaros a la carretera, pero yo no. Tal vez todo esto te parezca divertido, pero...

—¡No me parece divertido!

—... pero yo me juego mi futuro. Al menos tú tienes la opción de subirte a trenes en marcha y moverte por ahí. Yo no.

Se queda callado. Miro sus miembros cortos y rechonchos.

Él asiente seca y amargamente.

—Sí. Exacto. Y como ya te he dicho, no estoy precisamente dotado para el trabajo en el campo.

Mientras hago la cola de la cantina mi cabeza no para de dar vueltas. Walter tiene toda la razón: yo he provocado este desastre y yo tengo que solucionarlo. Pero que me aspen si sé cómo. Ninguno de nosotros dispone de un hogar al que regresar. Y poco importa que Walter no pueda saltar a los trenes; el infierno se congelará antes de que yo permita que Marlena pase ni una sola noche en esa jungla de los vagabundos. Estoy tan preocupado que casi he llegado a la mesa sin haber levantado la cabeza. Marlena ya está allí.

—Hola —digo ocupando mi sitio.

—Hola —dice ella tras una breve pausa, e inmediatamente intuyo que algo va mal.

—¿Qué tienes? ¿Qué ha pasado?

—Nada.

—¿Estás bien? ¿Te ha hecho daño?

—No. Estoy bien —susurra mirando el plato.

—No es verdad. ¿Qué te pasa? ¿Qué te ha hecho? —digo. Algunos comensales empiezan a observarnos.

—Nada —sisea—. Y baja la voz.

Estiro el cuerpo y, en un alarde de contención, me pongo la servilleta sobre las piernas. Tomo los cubiertos y corto con cuidado la chuleta de cerdo.

—Marlena, por favor, háblame —digo en voz baja. Me esfuerzo por poner la misma cara que si estuviéramos hablando del tiempo. Poco a poco, los que nos rodean vuelven a concentrarse en sus platos.

—Voy con retraso —dice ella.

—¿Cómo dices?

—Voy con retraso.

—¿Para qué?

Levanta la cabeza y se pone de un rojo intenso.

—Creo que voy a tener un niño.

Cuando Earl viene a buscarme, ni siquiera me sorprende. Está siendo un día completo.

Tío Al está sentado en su silla con la cara demacrada y expresión agria. Hoy no hay coñac. Muerde el extremo de un puro y golpea repetidamente con la punta del bastón en la alfombra.

—Han pasado casi tres semanas, Jacob.

—Lo sé —digo. La voz me tiembla. Todavía estoy asimilando la noticia de Marlena.

—Me has decepcionado. Creía que nos entendíamos.

—Y así era. Así es —me agito inquieto—. Mira, estoy haciendo todo lo que está en mi mano, pero August no colabora. Ella habría vuelto a su lado hace mucho tiempo si la hubiera dejado en paz un rato.

—He hecho lo que he podido —dice Tío Al. Se retira el puro de los labios, lo mira y se quita una hebra de tabaco de la lengua. La lanza hacia la pared, donde queda pegada.

—Pues no ha sido suficiente —digo—. La sigue por todas partes. Le grita. Vocifera junto a su ventana. Ella le tiene miedo. Hacer que Earl le siga y le separe cada vez que se pasa de la raya no es suficiente. ¿Volverías tú con él si fueras Marlena?

Tío Al me mira fijamente. De repente me doy cuenta de que estaba gritando.

—Lo siento —digo—. Te juro que voy a insistir, pero necesito que consigas que la deje en paz unos cuantos días más…

—No —dice él suavemente—. Ahora lo vamos a hacer a mi manera.

—¿Qué?

—He dicho que lo vamos a hacer a mi manera. Ya puedes marcharte —señala la puerta con un movimiento de la punta de los dedos—. Vete.

Le miro parpadeando como un estúpido.

—¿Qué quieres decir con «a tu manera»?

Sin darme ni cuenta, los brazos de Earl me rodean como un fleje de acero. Me levanta de la silla y me saca por la puerta.

—¿Qué quieres decir con eso, Al? —grito por encima del hombro de Earl—. Quiero saber qué quieres decir. ¿Qué es lo que vas a hacer?

Earl me trata con mucha más suavidad una vez que ha cerrado la puerta. Cuando por fin me deja sobre la gravilla, me sacude la chaqueta.

—Perdona, amigo —dice—. Lo he intentado, de veras.

—¡Earl!

Se para y da la vuelta con una expresión sombría.

—¿Qué se le ha ocurrido?

Me mira pero no dice nada.

—Earl, por favor, te lo ruego. ¿Qué va a hacer?

—Lo siento, Jacob —dice. Y vuelve a subirse al tren.

Las siete menos cuarto, quince minutos para que empiece el espectáculo. El público deambula por la tienda de las fieras, observando a los animales de camino a la gran carpa. Yo estoy junto a Rosie, atento mientras ella acepta caramelos de regalo, chicles y hasta limonada de la gente. Por el rabillo del ojo veo que un hombre alto se acerca a mí a grandes pasos. Es Diamond Joe.

—Tienes que largarte corriendo —dice pasando por encima del cordón.

—¿Por qué? ¿Qué pasa?

—August viene hacia aquí. Esta noche va a actuar la elefanta.

—¿Qué? ¿Quieres decir con Marlena?

—Sí. Y no quiere verte. Está de un humor de perros. Venga, vete.

Busco a Marlena por la carpa. Está delante de los caballos, charlando con una familia de cinco miembros. Sus ojos se posan en mí y a partir de ese momento, al ver mi expresión, me vuelve a mirar a intervalos regulares.

Le paso a Diamond Joe el bastón con contera de plata que se utiliza ahora como pica y salto el cordón de separación. Veo que la chistera de August se acerca por mi izquierda y yo me dirijo a la derecha, por delante de la fila de cebras. Me detengo junto a Marlena.

—¿Sabías que esta noche ibas a actuar con Rosie? —le pregunto.

—Perdonen —les dice sonriente a la familia con la que habla. Gira y se acerca a mí—. Sí. Tío Al me ha hecho llamar. Me ha contado que el circo está al borde de la ruina.

—Pero ¿puedes hacerlo? O sea, en tu… mmm…

—Estoy bien. No tengo que hacer ningún gran esfuerzo.

—¿Y si te caes?

—No me voy a caer. Además, no tengo elección. Tío Al también me ha dicho… Ah, demonios, ahí está August. Será mejor que desaparezcas.

—No quiero.

—No me va a pasar nada. No va a hacerme nada con los palurdos alrededor. Tienes que irte. Por favor.

Miro por encima de mi hombro. August se aproxima mirándonos con la cabeza gacha, como un toro furioso.

—Por favor —dice Marlena desesperada.

Me voy a la gran carpa y recorro la pista exterior hasta la entrada de atrás. Allí hago una pausa y me meto debajo de las gradas.

Veo la Gran Parada entre las botas de trabajo de un fulano. Como a la mitad me doy cuenta de que no estoy solo. Un peón viejo también observa entre las gradas, pero en otra dirección. Tiene la mirada levantada hacia el interior de las faldas de una mujer.

—¡Eh! —le grito—. ¡Eh, basta ya!

El público ruge de gozo al pasar delante de ellos una enorme masa gris. Es Rosie. Vuelvo a mirar al peón. Está de puntillas, sujeto con las puntas de los dedos al borde de un tablón y mirando para arriba. Se pasa la lengua por los labios.

No lo puedo tolerar. Soy culpable de muchas cosas terribles, de cosas que condenarán mi alma al infierno, pero la idea de que una mujer anónima sea violada de esa manera es más de lo que puedo soportar y por eso, mientras Marlena y Rosie entran en la pista central, agarro al peón por la chaqueta y le saco a rastras de debajo de las gradas.

—¡Suéltame! —refunfuña—. ¿A ti qué te pasa?

No le suelto, pero tengo la atención puesta en la pista central.

Marlena hace osados equilibrios sobre su bola, pero Rosie permanece del todo inmóvil, con las cuatro patas firmemente plantadas en el suelo. August sacude los brazos arriba y abajo. Blande el bastón. Agita el puño. Abre y cierra la boca. Rosie pega las orejas a la cabeza y yo me inclino hacia delante para verla con más detalle. Su expresión es claramente beligerante.

Oh, Dios mío. Rosie, ahora no. No lo hagas ahora.

—¡Eh, venga ya! —gruñe el trasgo asqueroso que tengo atrapado—. Esto no es una función de la catequesis. Es sólo un poco de diversión inocente. ¡Vamos! ¡Suéltame!

Le miro. Jadea con un aliento rancio, su mandíbula inferior salpicada de largos dientes marrones. Asqueado, lo separo de mí con un empujón.

Mira rápidamente a uno y otro lado, y cuando comprueba que nadie del público se ha percatado de nada, se arregla las solapas con afectada indignación y se aleja hacia la puerta de atrás con paso firme. Justo antes de salir me lanza una mirada asesina. Pero retira sus ojos envilecidos de mí para mirar algo más allá. Su mirada atraviesa el aire con la cara transformada en una máscara de terror.

Me giro y veo a Rosie, que se precipita hacia mí con la trompa en ristre y la boca abierta. Me pego a las gradas y ella pasa barritando y levantando serrín con tal fuerza que deja tras de sí una nube de partículas de un metro de alto. August la sigue blandiendo el bastón.

La multitud ríe y vitorea creyendo que es parte del espectáculo. Tío Al permanece inmóvil en medio de la pista, estupefacto. Mira a la entrada trasera de la carpa con la boca abierta. Luego reacciona y da paso a Lottie.

Me pongo en marcha y busco a Marlena. Ella pasa a mi lado, una borrosa mancha rosa.

—¡Marlena!

A lo lejos, August ya le está propinando una paliza a Rosie. Ella berrea y grita, levanta la cabeza y retrocede, pero él está desquiciado. Enarbola ese maldito bastón y lo deja caer por la parte de la pica, una vez, y otra vez, y otra. Marlena llega a donde están y August se vuelve hacia ella. El bastón cae al suelo. La mira con una intensidad febril, ignorando a Rosie por completo.

Reconozco esa mirada.

Corro hacia ellos. Antes de haber dado una docena de pasos, mis pies pierden el contacto con el suelo y me encuentro tirado boca abajo, con una rodilla en mi cara y uno de mis brazos retorcido en la espalda.

—¡Quítate de encima, joder! —grito retorciéndome para liberarme—. ¿Qué puñetas te pasa? ¡Déjame!

—Cierra la boca —dice la voz de Blackie por encima de mí—. No vas a ir a ninguna parte.

August se inclina y se echa a Marlena al hombro. Ella le da puñetazos en la espalda, patalea y grita. Casi logra bajarse de su hombro, pero él la recoloca bien y se marcha.

—¡Marlena! ¡Marlena! —aúllo debatiéndome con renovadas fuerzas.

Consigo liberarme de la rodilla de Blackie y estoy casi de pie cuando algo me golpea en la cabeza. El cerebro y los ojos me dan un salto en sus cavidades. Mi campo visual se llena de manchas negras y blancas y tengo la sensación de que me he quedado sordo. Al cabo de unos instantes empiezo a recuperar la visión, de fuera adentro. Aparecen caras y bocas que se mueven, pero yo sólo oigo un zumbido ensordecedor. Me tambaleo de rodillas intentando descubrir quién, qué y dónde, pero entonces el suelo se acerca inexorable a mí. Me siento incapaz de pararlo, así que me preparo para el golpe, pero es innecesario, porque las tinieblas me engullen antes de que se produzca.

VEINTIDÓS

—Shhh, no te muevas.

No me muevo, pero mi cabeza baila y rebota con los movimientos del tren. El silbato de la locomotora suena lastimero, un sonido distante que de algún modo logra atravesar el insistente zumbido de mis oídos. Todo mi cuerpo parece de plomo.

Noto en la frente algo frío y húmedo. Abro los ojos y veo un despliegue de colores y formas cambiantes. Cuatro brazos borrosos se mueven sobre mi cabeza y luego se unen en un solo miembro rechoncho. Tengo una arcada, mis labios forman involuntariamente un túnel. Giro la cabeza, pero no sale nada.

—No abras los ojos —dice Walter—. Estate quieto.

—Hrrmph —mascullo. Dejo que la cabeza caiga a un lado y el trapo se desliza. Un momento después me lo vuelven a poner.

—Te has llevado un buen golpe. Me alegro de que hayas vuelto.

—¿Se está recuperando? —dice Camel—. Eh, Jacob, ¿todavía sigues con nosotros?

Tengo la sensación de estar saliendo de una mina profunda, me cuesta saber dónde estoy. Parece que me encuentro tumbado en el jergón. El tren ya está en movimiento. Pero ¿cómo he llegado aquí y por qué estaba dormido?

¡Marlena!

Abro los ojos de golpe. Hago un esfuerzo para levantarme.

—¿No te he dicho que te estés quieto? —me riñe Walter.

—¡Marlena! ¿Dónde está Marlena? —resuello y caigo de nuevo en la almohada. La cabeza me da vueltas. Es como si tuviera el cerebro suelto. Cuando abro los ojos es todavía peor, así que los cierro otra vez. Eliminado todo estímulo visual, la oscuridad parece más grande que mi cabeza, como si mi cavidad craneal se hubiera dado la vuelta de dentro afuera.

Walter está de rodillas a mi lado. Me quita el trapo de la frente, lo sumerge en agua y lo escurre. El agua cae de nuevo en la palangana con un sonido claro y cristalino, un repiqueteo familiar. El zumbido empieza a ceder, reemplazado por un dolor palpitante que cruza de un oído al otro por la parte de atrás del cráneo.

Walter vuelve a ponerme el trapo en la cara. Me limpia la frente, las mejillas y el mentón, dejándome la piel húmeda. La sensación de frescor me despeja y permite que me concentre en el exterior de mi cabeza.

—¿Dónde está? ¿Le ha hecho daño?

—No lo sé.

Abro los ojos otra vez y el mundo se balancea violentamente. Me apoyo en los codos con dificultad, y en esta ocasión Walter no me empuja. En vez de eso, se inclina hacia mí y me observa los ojos.

—Mierda. Tienes las pupilas de diferente tamaño. ¿Te apetece beber algo? —dice.

—Eh... sí —jadeo. Me cuesta encontrar las palabras. Sé lo que quiero expresar, pero es como si el camino entre mi cerebro y mi boca estuviera relleno de algodón.

Walter cruza la habitación y una chapa de botella rebota en el suelo. Vuelve a mi lado y me pone una botella en los labios. Es zarzaparrilla.

—Me temo que no tengo nada mejor —dice pesaroso.

—Malditos polis —gruñe Camel—. ¿Estás bien, Jacob?

Quisiera contestar, pero mantenerme incorporado requiere toda mi atención.

—Walter, ¿está bien? —esta vez el tono de Camel es bastante más preocupado.

—Creo que sí —dice Walter. Deja la botella en el suelo—. ¿Quieres probar a sentarte? ¿O prefieres esperar unos minutos?

—Tengo que ir a buscar a Marlena.

—Olvídalo, Jacob. Ahora mismo no puedes hacer nada.

—Tengo que ir. ¿Y si él...? —la voz se me quiebra. Ni siquiera puedo acabar la frase. Walter me ayuda a sentarme.

—No puedes hacer nada ahora.

—Eso no lo puedo aceptar.

Walter se gira enfadado.

—Por el amor de Dios, ¿quieres escucharme por una vez en tu vida?

Su cólera me deja callado. Doblo las rodillas y me inclino de manera que apoyo la cabeza en los brazos. La siento pesada, enorme, al menos tan grande como mi cuerpo.

—Que estemos en un tren en marcha y tú sufras una contusión es lo menos grave. Estamos metidos en un lío. En un buen lío. Y en este momento lo único que puedes hacer es empeorar las cosas. Joder, si no te hubieran dejado sin sentido y no tuviéramos todavía a Camel aquí, esta noche yo no habría vuelto a subir a este tren.

Bajo la mirada al jergón entre las piernas e intento concentrarme en los profundos pliegues del tejido. Las cosas empiezan a calmarse, ya no se mueven tanto. A cada minuto que pasa, más y más partes de mi cerebro se van poniendo en funcionamiento.

—Mira —continúa Walter con una voz más suave—, nos faltan tres días para entregar a Camel. Y mientras tanto tenemos que arreglarnos lo mejor que podamos. Eso significa vigilarnos las espaldas y no hacer ninguna tontería.

—¿Entregar a Camel? —dice el aludido—. ¿Es así como pensáis de mí?

—¡Por el momento, sí! —brama Walter—. Y tendrías que estar agradecido, porque ¿qué coño crees que pasaría si nos largáramos ahora mismo? ¿Mmmmm?

No surge ninguna respuesta del camastro.

Walter hace una pausa y suspira.

—Mira, lo que ha pasado con Marlena es horrible, pero ¡por el amor de Dios!, si nos vamos antes de Providence, Camel no tiene nada que hacer. Marlena va a tener que cuidar de sí misma los próximos tres días. Joder, que ya lo ha hecho durante cuatro años. Creo que puede aguantar tres días más.

—Está embarazada, Walter.

—¿Qué?

Se produce un largo silencio. Levanto la mirada. Walter arruga la frente.

—¿Estás seguro?

—Eso dice.

Me mira a los ojos largo rato. Intento mantenerle la mirada, pero mis ojos se desvían rítmicamente hacia los lados.

—Un motivo más para tener mucho cuidado. ¡Jacob, mírame!

—¡Ya lo intento! —digo.

—Vamos a largarnos de aquí. Pero para que todos lo logremos, hay que hacer las cosas bien. No podemos hacer nada, ¡nada!, hasta que se vaya Camel. Cuanto antes te hagas a la idea, mejor.

Desde el camastro se oye un sollozo. Walter gira la cabeza.

—¡Cállate, Camel! No aceptarían que volvieras si no te hubieran perdonado. ¿O preferirías que te dieran luz roja?

—No estoy muy seguro —gime.

Walter se vuelve hacia mí.

—Mírame, Jacob. Mírame —cuando le miro continúa—. Ella le tendrá a raya. Te aseguro que le tendrá a raya. Es la única que sabe hacerlo. Sabe lo que se juega. Sólo son tres días.

—¿Y luego qué? Como tú mismo has dicho todo el tiempo, no tenemos adónde ir.

Gira la cara, enfurecido. Luego vuelve a mirarme.

—Jacob, ¿de verdad entiendes la situación en la que nos encontramos? Porque a veces me lo pregunto.

—¡Claro que sí! Pero es que no me gusta ninguna de las opciones.

—A mí tampoco. Pero como te he dicho, eso tendremos que resolverlo más tarde. En este momento tenemos que concentrarnos en salir vivos de aquí.

A la hora de dormir, Camel sorbe y solloza incesantemente, a pesar de que Walter le asegura repetidas veces que su familia le va a recibir con los brazos abiertos.

Por fin se duerme. Walter le echa un último vistazo y apaga la lámpara. Queenie y él se retiran a la manta del rincón. Al cabo de unos minutos empieza a roncar.

Me levanto con cuidado, poniendo a prueba mi equilibrio a cada movimiento. Cuando consigo ponerme recto con éxito doy un inseguro paso adelante. Estoy mareado, pero parece que puedo dominarlo. Doy varios pasos seguidos y, al ver que puedo hacerlo, me dirijo al baúl.

Seis minutos después estoy gateando por el techo del vagón de los caballos a cuatro patas y con el cuchillo de Walter sujeto con los dientes.

Lo que dentro del tren suena como un leve traqueteo es un violento estruendo aquí arriba. Los vagones se inclinan y saltan al tomar una curva; yo me detengo y me aferro a la pasarela del techo hasta que volvemos a avanzar en línea recta.

Al final del vagón hago una pausa para considerar mis opciones. En teoría, podría bajar por la escalerilla, saltar de la plataforma y cruzar los vagones que me separan del que busco. Pero no puedo arriesgarme a que me vean.

Eso es lo que hay.

Me pongo de pie, aún con el cuchillo entre los dientes. Separo las piernas, doblo las rodillas, muevo los brazos para afuera, como el funámbulo.

La separación entre este vagón y el siguiente parece inmensa, un gran abismo sobre la eternidad. Me preparo, apretando la lengua contra el metal amargo del cuchillo. Luego salto, poniendo en juego hasta el último gramo de músculo en propulsarme por el aire. Balanceo enloquecido brazos y piernas, preparándome para agarrarme a cualquier cosa, a lo que sea, si fallo.

Caigo en el techo. Me aferro a la barra de la pasarela jadeando como un perro por los lados del cuchillo. Una cosa caliente me fluye por las comisuras de la boca. Todavía arrodillado junto a la pasarela, me quito el cuchillo de la boca y chupo la sangre de los labios. Luego lo vuelvo a poner teniendo mucho cuidado de no pegarlo a éstos.

Con el mismo procedimiento recorro cinco vagones. A cada salto aterrizo un poco más limpiamente, un poco más seguro. En el sexto tengo que recordarme a mí mismo que he de tener cuidado.

Cuando llego al vagón de dirección me siento en el techo y pienso en lo que voy a hacer. Me duelen los músculos, la cabeza me da vueltas y me falta el aire.

El tren toma otra curva y me sujeto a las barras mirando hacia la locomotora. Estamos rodeando una colina boscosa en dirección a un puente. Por lo que puedo ver en la oscuridad, el puente tiene una caída de veinte metros sobre la ribera rocosa de un río. El tren sufre otra sacudida y decido que el resto del camino hasta el vagón 48 lo voy a hacer por dentro.

Aún con el cuchillo en la boca, me descuelgo por un lado de la plataforma. Los vagones en los que se alojan los artistas y los jefes están unidos por planchas de metal, o sea que lo único que tengo que hacer es asegurarme de que caigo en ellas. Estoy colgando de las puntas de los dedos cuando el tren da otro tumbo y mis piernas se balancean hacia un lado. Me aferro con desesperación, pero los dedos sudorosos resbalan sobre el metal estriado.

Cuando el tren recupera la línea recta, me dejo caer en la plancha. La plataforma tiene una barandilla y me apoyo en ella unos instantes para reponerme. Con los dedos doloridos y temblorosos saco el reloj del bolsillo. Son casi las tres de la mañana. Las posibilidades de encontrarme con alguien son escasas. Pero todo puede ser.

El cuchillo es un problema. Es demasiado largo para guardarlo en un bolsillo y demasiado afilado para metérmelo en la cintura. Al final, lo envuelvo en la chaqueta y lo llevo bajo el brazo. Me paso los dedos por el pelo, limpio la sangre de mis labios y abro la puerta.

El pasillo está vacío, iluminado por la luz de la luna que entra por las ventanas. Me paro el tiempo suficiente para observar. Ya estamos sobre el puente. Había subestimado su altura: nos encontramos por lo menos a cuarenta metros por encima de los peñascos de la cuenca del río y con una amplia extensión de nada ante nosotros. Noto el balanceo del tren y me alegro de no seguir allí arriba.

Pronto me encuentro mirando el picaporte del compartimento 3. Desenvuelvo el cuchillo y lo dejo en el suelo mientras me pongo la chaqueta. Luego lo recojo y me quedo mirando fijamente al picaporte un rato más.

Cuando lo giro emite un sonoro chasquido y me quedo inmóvil, sin soltarlo, esperando a ver si hay alguna reacción. Al cabo de unos segundos lo sigo girando y empujo la puerta hacia dentro.

Dejo la puerta abierta por miedo a que, si la cierro, le despierte.

Si está tumbado boca arriba, un rápido tajo en la tráquea será suficiente. Si está boca abajo o de lado, se lo clavaré asegurándome de que la hoja le atraviese la laringe. En cualquier caso, el objetivo será la garganta. No puedo flaquear, porque tiene que ser lo bastante profundo para que se desangre enseguida, sin gritar.

Me acerco sigilosamente al dormitorio, empuñando el cuchillo. La cortina de terciopelo está echada. Separo el borde de ésta y espío dentro. Cuando veo que está él solo respiro aliviado. Ella está a salvo, probablemente en el vagón de las vírgenes. De hecho, debo de haberme arrastrado sobre ella de camino aquí.

Entro y me pongo junto a la cama. Él duerme en un lado, respetando el sitio de la ausente Marlena. Las cortinas de la ventana están recogidas y la luz de la luna brilla entre los árboles, iluminando y ocultando su rostro sucesivamente.

Le observo con atención. Lleva un pijama de rayas y parece tranquilo, incluso inocente. Tiene el pelo oscuro revuelto y las comisuras de su boca se mueven en una sonrisa indecisa. Está soñando. Inesperadamente, se

471

mueve, chasca los labios y se da la vuelta a un lado. Alarga la mano hacia el lugar de Marlena y palpa el espacio vacío unas cuantas veces. Luego desliza la mano hasta la almohada. La agarra y se la acerca al pecho, abrazándola, hundiendo la cara en ella.

Levanto el cuchillo con las dos manos, con la punta dispuesta a sesenta centímetros de su cuello. Tengo que hacerlo bien. Ajusto el ángulo de la hoja para que el corte lateral haga el mayor daño posible. El tren sale de la zona de árboles y un fino rayo de luna alcanza la hoja. Ésta centellea y lanza diminutas partículas de luz mientras ajusto el ángulo. August se mueve otra vez, ronca y se pone bruscamente boca arriba. Su brazo izquierdo se sale de la cama y queda a unos centímetros de mi muslo. El cuchillo sigue refulgiendo, recogiendo y reflejando la luz. Pero los movimientos ya no se deben a mis ajustes. Me tiemblan las manos. La mandíbula inferior de August se separa y aspira con un terrible ronquido, y hace ruiditos con los labios. La mano que ha quedado junto a mi muslo está inerte. Los dedos de la otra se estremecen.

Me inclino por encima de él y dejo cuidadosamente el cuchillo sobre la almohada de Marlena. Le observo unos segundos más y me marcho.

Ahora que la adrenalina ya no corre por mis venas, vuelvo a sentir la cabeza más grande que el cuerpo y me tambaleo por los pasillos hasta que llego al final de los compartimentos.

Tengo que tomar una decisión. O vuelvo a subirme al techo o cruzo el vagón de dirección, donde es muy posible que todavía haya alguien despierto jugando a las cartas, y paso además por los coches cama, momento en el que tendré que subirme para entrar en el vagón de los caballos. Así que decido trepar antes mejor que después.

Casi está por encima de mis posibilidades. Me duele la cabeza y tengo el equilibrio seriamente limitado. Me subo a la barandilla de una plataforma exterior y logro escalar hasta el techo a duras penas. Una vez allí, me tumbo en la pasarela, agotado y débil. Paso diez minutos recuperándome y luego empiezo a arrastrarme. Tengo que descansar de nuevo al otro lado del vagón, derrumbado entre las barandillas. Estoy totalmente extenuado. No sé cómo voy a poder seguir, pero tengo que hacerlo porque si me quedo dormido aquí me caeré del tren en la primera curva que tomemos.

El zumbido ha vuelto y los ojos me dan saltos. Vuelo por encima del gran abismo cuatro veces, convencido cada una de ellas de que no voy a lograrlo. A la quinta casi no lo consigo. Mis manos alcanzan las finas barras de hierro, pero me doy un golpe en el estómago con el borde del vagón. Me quedo colgando, aturdido, tan cansado que me pasa por la cabeza cuánto más fácil sería abandonarse. Es como se debe de sentir en el último momento la gente que se ahoga, cuando por fin dejan de luchar y se entregan al abrazo del agua. Sólo que lo que a mí me espera no es el abrazo del agua. Es un violento desmembramiento.

Reacciono y me impulso con las piernas hasta que me sujeto al borde superior del coche. A partir de allí es relativamente fácil remontarse, y un segundo después estoy otra vez tumbado en el techo del vagón, respirando con dificultad.

El silbato del tren suena y levanto mi inmensa cabeza. Estoy en el techo del vagón de los caballos. Sólo tengo que llegar hasta el tragaluz y dejarme caer. Me arrastro hasta allí a trompicones. Está abierto, lo que me extraña porque creo recordar que lo dejé cerrado. Me deslizo por él y me precipito al suelo. Uno de los caballos relincha y sigue gruñendo y piafando, molesto por algo.

Giro la cabeza. La puerta exterior está abierta.

Me doy la vuelta a toda prisa y miro la puerta interior. También está abierta.

—¡Walter! ¡Camel! —grito.

No se oye nada más que el sonido de la puerta que golpea suavemente la pared, siguiendo el ritmo de las traviesas que traquetean debajo de nosotros.

Me pongo de pie y voy a la puerta. Doblado sobre mí mismo, y apoyándome con una mano en el quicio de la puerta y con la otra en el muslo, inspecciono el interior de la habitación con los ojos extraviados. La sangre se me ha ido de la cabeza y el campo de visión se me vuelve a llenar de fogonazos blancos y negros.

—¡Walter! ¡Camel!

Empiezo a recuperar la vista poco a poco, por lo que me encuentro girando la cabeza para intentar ver las cosas por la periferia. La única luz es la que entra por las rendijas y revela un camastro vacío. El jergón también lo está, lo mismo que la manta del rincón.

Voy tambaleándome hasta la fila de baúles y me inclino por encima de ellos.

—¿Walter?

Sólo me encuentro con Queenie, que tiembla hecha una bola. Levanta la mirada aterrada y ya no me cabe la menor duda.

Me desplomo en el suelo, desbordado por la pena y la culpabilidad. Tiro un libro contra la pared. Doy puñetazos en el suelo. Sacudo los puños contra el cielo y contra Dios, y cuando por fin cedo a un llanto incontrolable, Queenie sale de detrás de los baúles y se me sube a las piernas. Abrazo su cuerpo cálido hasta que nos quedamos meciéndonos en silencio.

Quiero creer que llevarme el cuchillo no ha cambiado las cosas. Pero así y todo, le dejé sin su cuchillo, sin una mínima oportunidad.

Quiero creer que han sobrevivido. Intento imaginarlo: los dos rodando por el suelo cubierto de musgo del bosque entre juramentos indignados. Seguro que en este mismo instante Walter está yendo a buscar ayuda. Habrá acomodado a Camel en un sitio resguardado y habrá ido a buscar ayuda.

Vale. Vale. No está tan mal como imaginé al principio. Iré a por ellos. Por la mañana agarraré a Marlena y volveremos hasta la ciudad más próxima y preguntaremos en el hospital. Tal vez incluso en la cárcel, por si en el pueblo los han tomado por vagabundos. No será demasiado difícil deducir cuál es la ciudad más cercana. Puedo localizarla por la proximidad del...

No puede ser. No pueden haber hecho eso. Nadie puede haber dado luz roja a un anciano impedido y a un enano en un puente. Ni siquiera August. Ni siquiera Tío Al.

Paso el resto de la noche planeando diferentes formas de matarles, dándoles vueltas a las ideas en la cabeza y saboreándolas, como si estuviera jugando con cantos rodados.

El chirrido de los frenos de aire me saca del trance. Antes de que el tren haya parado del todo salto a la grava y corro hacia los coches cama. Subo los escalones de hierro del primero, lo bastante destartalado como para albergar trabajadores, y abro la puerta con tal violencia que rebota y se vuelve a cerrar. La abro otra vez y entro.

—¡Earl! ¡Earl! ¿Dónde estás? —la voz me sale gutural por el odio y la rabia—. ¡Earl!

Recorro a zancadas el pasillo asomándome a las literas. Ninguna de las caras que me miran sorprendidas es la de Earl.

Al siguiente vagón.

—¡Earl! ¿Estás aquí?

Me detengo y giro hacia el asombrado ocupante de una de las literas.

—¿Dónde coño está? ¿Está aquí?

—¿Te refieres a Earl el de seguridad?

—Sí. A ese mismo me refiero.

Señala con el pulgar por encima de su hombro.

—Dos vagones más allá.

Atravieso otro vagón tratando de esquivar los miembros que asoman de las literas inferiores, los brazos que se salen de sus límites.

Abro la puerta corredera de golpe.

—¡Earl! ¿Dónde coño estás? ¡Sé que estás aquí!

Hay un silencio de asombro en el que los hombres de ambos lados del vagón se asoman de sus literas para ver quién es el intruso vocinglero. Cuando he recorrido tres cuartas partes del coche veo a Earl. Me lanzo sobre él.

—¡Hijo de la gran puta! —exclamo intentando agarrarle por el cuello—. ¿Cómo has podido hacerlo? ¿Cómo has podido?

Earl se levanta de la litera de un salto y me retiene las manos a los lados.

—Uf… tranquilo, Jacob. Cálmate. ¿Qué te pasa?

—¡Sabes muy bien de qué estoy hablando, no me jodas! —chillo retorciendo los antebrazos hacia fuera para liberarme.

Me lanzo sobre él pero, antes de que pueda darme cuenta, ya me tiene otra vez a la distancia de su brazo.

—¿Cómo has podido hacerlo? —las lágrimas corren por mi cara—. ¿Cómo has podido? ¡Creía que eras amigo de Camel! ¿Y qué coño te había hecho Walter en toda su vida?

Earl se pone pálido. Se queda inmóvil, todavía con sus manos cerradas alrededor de mis muñecas. La impresión que se refleja en su cara es tan auténtica que dejo de luchar.

Los dos nos miramos horrorizados. Pasan los segundos. Un murmullo de pánico recorre el resto del vagón.

Earl me suelta y dice:

—Sígueme.

Los dos bajamos del tren, y cuando ya nos hemos alejado al menos una docena de metros se vuelve hacia mí.

—¿Han desaparecido?

Le observo detenidamente, buscando respuestas en su cara. No encuentro ninguna.

—Sí.

Earl toma aire. Cierra los ojos. Durante un instante creo que va a llorar.

—¿Me estás diciendo que no sabías nada? —pregunto.

—¡Qué va, coño! ¿Qué te crees que soy? Nunca haría una cosa como ésa. Mierda. Joder. El pobre viejo. Espera un momento… —dice clavando los ojos en mí de repente—. ¿Dónde estabas tú?

—Por ahí —le digo.

Earl me mira unos instantes y luego baja los ojos al suelo. Se pone las manos en las caderas y suspira, moviendo la cabeza y pensando.

—Muy bien —dice—. Voy a averiguar a cuántos otros pobres incautos han tirado, pero déjame que te diga una cosa: a los artistas no los tiran por muy despreciables que sean. Si Walter ha desaparecido es que iban a por ti. Y si yo fuera tú, me pondría a andar ahora mismo y ni volvería la vista atrás.

—¿Y si no lo puedo hacer?

Me mira con dureza. Mueve las mandíbulas de un lado a otro. Me observa largo rato.

—Estarás a salvo en la explanada a plena luz del día —dice por fin—. Si esta noche vuelves a subirte al tren ni te acerques al vagón de los caballos. Muévete por los vagones de plataforma y métete debajo de los carromatos. No dejes que te pillen y no bajes la guardia. Y lárgate del circo tan pronto como puedas.

—Lo haré. Puedes creerme. Pero hay un par de cabos sueltos que tengo que resolver antes.

Earl me echa una última y prolongada mirada.

—Intentaré ponerme en contacto contigo más tarde —dice. Luego se encamina a grandes pasos hacia la cantina, donde los hombres del Escuadrón Volador se están congregando en pequeños grupos con ojos inquietos y expresiones atemorizadas.

Aparte de Camel y Walter, han desaparecido otros ocho hombres, tres del tren principal y los demás del Escuadrón Volador, lo que significa que Blackie y sus secuaces se dividieron en cuadrillas para cubrir diferentes partes del tren. Al estar el circo al borde de la ruina, lo más probable es que a los trabajadores les hubieran dado luz roja de todas formas, pero no encima de un puente. Eso estaba reservado para mí.

Se me pasa por la cabeza que la conciencia me impidió matar a August al mismo tiempo que alguien intentaba cumplir sus órdenes de matarme.

Me pregunto qué habrá sentido al despertarse junto al cuchillo. Espero que comprenda que, aunque empezó como una amenaza, se ha transformado en una promesa. Se lo debo a todos y cada uno de los hombres que han sido arrojados del tren.

Deambulo por ahí toda la mañana, buscando a Marlena como un loco. No la encuentro por ninguna parte.

Tío Al se pasea con sus pantalones de cuadros blancos y negros y su chaleco escarlata, dando pescozones a todo aquel que no sea lo bastante rápido para retirarse de su camino. En un momento dado me ve y frena en seco. Nos enfrentamos separados por ochenta metros. Le miro insistentemente, intentando canalizar todo mi odio a través de mis ojos. Al cabo de unos segundos, sus labios dibujan una sonrisa fría. Luego hace un giro seco a la derecha y sigue su camino con sus acólitos pisándole los talones.

Cuando suben la bandera de la cantina a la hora de comer, observo desde lejos. Marlena está en la cola de la comida vestida con ropa de calle. Sus ojos examinan la multitud; sé que me está buscando y espero que sepa que me encuentro bien. Prácticamente nada más sentarse, August aparece de la nada y se sienta enfrente de ella. No lleva comida. Dice algo y luego alarga la mano y agarra a Marlena de la muñeca. Ella retrocede y se le derrama el café. Los que les rodean se vuelven para mirarles. Él la suelta y se levanta tan rápido que el banco cae al suelo. Luego se marcha a toda prisa. En cuanto se va, corro a la cantina.

Marlena sube la mirada, me ve y palidece.

—¡Jacob! —exclama sin aliento.

Levanto el banco y me siento en el borde.

—¿Te ha hecho daño? ¿Estás bien? —digo.

—Estoy bien. Pero ¿qué tal estás tú? He oído que… —las palabras se atascan en su garganta y se cubre la boca con la mano.

—Nos marchamos hoy mismo. Te estaré observando. Sal de la explanada cuando puedas y yo te seguiré.

Me mira, pálida.

—¿Y qué hacemos respecto a Camel y Walter?

—Regresaremos a ver qué podemos averiguar.

—Necesito un par de horas.

—¿Para qué?

Tío Al aparece en la entrada de la cantina y chasca los dedos por el aire. Earl se acerca a él desde el otro lado de la tienda.

—Tenemos algún dinero en la habitación. Entraré a por él cuando no esté —dice Marlena.

—No. No merece la pena arriesgarse —digo.

—Tendré cuidado.

—¡No!

—Vamos, Jacob —dice Earl agarrándome del brazo—. El jefe quiere que te vayas de aquí.

—Dame sólo un segundo, Earl —le digo.

Él suspira profundamente.

—Vale. Resístete un poco. Pero sólo un par de segundos, y después tengo que sacarte de aquí.

—Marlena —digo a la desesperada—, tienes que prometerme que no vas a ir allí.

—Tengo que hacerlo. La mitad del dinero es mío, y si no lo cojo no tendremos ni un centavo nuestro.

Me suelto de la mano de Earl y me planto delante de él. De su pecho, en realidad.

—Dime dónde está y yo iré a por él —murmuro mientras le clavo el dedo a Earl en el pecho.

—Dentro del banco de la ventana —susurra Marlena apresurada. Se levanta y rodea la mesa para colocarse a mi lado—. El banco se abre. Está en una lata de café. Pero probablemente sería más fácil para mí…

—Bueno, tengo que sacarte ya —dice Earl. Me da la vuelta y me retuerce el brazo detrás de la espalda. Me empuja hacia delante de manera que quedo doblado por la mitad.

Giro la cabeza hacia Marlena.

—Yo lo cojo. Tú no te acerques a ese vagón. ¡Prométemelo!

Me debato un poco y Earl me lo permite.

—¡Te he dicho que me lo prometas! —siseo.

—Te lo prometo —dice Marlena—. ¡Ten cuidado!

—¡Suéltame, hijo de puta! —le grito a Earl. Para disimular, naturalmente.

Él y yo hacemos una gran interpretación de mi expulsión de la carpa. Me pregunto si alguien se dará cuenta de que no me dobla el brazo lo suficiente como para hacerme daño. Pero compensa ese detalle lanzándome a unos tres metros por encima de la hierba.

Me paso toda la tarde espiando por las esquinas, escondiéndome detrás de las cortinas de las tiendas y acuclillándome bajo los carromatos. Pero ni una sola vez consigo acercarme al vagón 48 sin que me vean. Además, no he visto a August desde el almuerzo, o sea que es muy posible que esté allí. Así que sigo haciendo tiempo.

No hay función de tarde. A eso de las tres Tío Al se encarama a una caja en medio de la explanada e informa a todo el mundo de que más vale que el pase de la noche sea el mejor de sus vidas. No dice qué pasará si no es así, y nadie lo pregunta.

Así que se organiza un desfile improvisado, tras el cual se lleva a los animales a la carpa y los encargados de los dulces y de los otros puestos ponen en marcha sus negocios. La muchedumbre que ha seguido el desfile desde la ciudad se agolpa en el paseo, y al poco rato Cecil se está trabajando a los clientes delante de la feria.

Me encuentro pegado a la lona de la carpa de las fieras por fuera, y abro una de sus costuras para asomarme al interior.

Dentro, veo a August que trae a Rosie. Balancea el bastón de contera de plata bajo su vientre y detrás de sus patas traseras, amenazándola con él. La elefanta le sigue obedientemente, pero sus ojos están cargados de hostilidad. La conduce a su lugar habitual y le encadena la pata a la estaca. Ella mira la espalda encorvada del hombre con las orejas pegadas y luego, como si decidiera cambiar su actitud, bambolea la trompa y tantea el espacio que tiene delante. Encuentra un tentempié en el suelo y lo recoge. Curva la trompa hacia dentro y palpa el objeto con ella, comprobando su textura. Luego se lo lanza a la boca.

Los caballos de Marlena ya están puestos en fila, pero ella no está allí todavía. La mayoría de los palurdos ya han pasado camino de la gran carpa. Ella ya tendría que estar aquí. *Vamos, vamos, ¿dónde estás?*

Se me ocurre que, a pesar de su promesa, ha debido de ir a su compartimento. *Maldita sea, maldita sea, maldita sea.* August sigue ocupado con la cadena de Rosie, pero no tardará mucho en percatarse de la ausencia de Marlena y ponerse a investigar.

Siento un tirón en la manga. Me vuelvo con los puños cerrados.

Grady levanta las dos manos en gesto de rendición.

—Eh, cuidado, compañero. Tómatelo con calma.

Dejo caer los puños.

—Estoy un poco nervioso. Eso es todo.

—Sí, ya. No te faltan motivos —dice mirando alrededor—. Oye, ¿has comido algo? He visto que te han echado de la cantina.

—No —contesto.

—Vamos. Nos acercaremos al puesto de comidas.

—No. No puedo. Estoy sin blanca —digo, loco por que se vaya. Me giro hacia la costura y separo sus bordes. Marlena sigue sin aparecer.

—Yo me ocupo de eso —dice Grady.

—Estoy bien, de verdad —sigo dándole la espalda con la esperanza de que entienda la indirecta y se marche.

—Oye, tenemos que hablar —dice en voz baja—. Estaremos más seguros en el paseo.

Giro la cabeza y le miro a los ojos.

Le sigo hasta el paseo. Desde el interior de la gran carpa la banda ataca la música de la Gran Parada.

Nos unimos a la cola del puesto de comidas. El hombre que atiende el mostrador vuelve y prepara hamburguesas a la velocidad de la luz para los escasos pero ávidos rezagados.

Grady y yo nos abrimos paso hasta el principio de la cola. Él levanta dos dedos.

—Un par de hamburguesas, Sammy. Cuando puedas.

Al cabo de unos segundos, el hombre de detrás del mostrador nos pasa dos platos de hojalata. Yo me hago con uno y Grady con el otro. Al mismo tiempo le da un billete enrollado.

—Lárgate —dice el cocinero rechazándolo con una mano—. Aquí tu dinero no vale nada.

—Gracias, Sammy —dice Grady guardándose el dinero—. Te lo agradezco de veras.

Se dirige a una castigada mesa de madera y pasa las piernas por encima del banco. Yo doy la vuelta por el otro lado.

—Bueno, ¿qué sucede? —digo pasando los dedos por encima de un nudo de la madera.

Grady lanza miradas furtivas alrededor.

—Algunos de los chicos que tiraron anoche han conseguido volver —dice. Levanta su hamburguesa y espera mientras tres gotas de grasa caen al plato.

—¿Qué? ¿Están aquí ahora? —digo estirándome para inspeccionar el paseo. Con la sola excepción de un puñado de hombres que esperan junto a la feria, probablemente a que se les conduzca ante Barbara, todos los palurdos están dentro de la gran carpa.

—Baja la voz —dice Grady—. Sí, cinco de ellos.

—¿Walter está...? —el corazón me late a toda velocidad. Tan pronto como pronuncio su nombre los ojos de Grady parpadean y tengo la respuesta—. Oh, Dios —digo volviendo la cabeza. Contengo las lágrimas y trago saliva. Tardo unos instantes en recuperarme—. ¿Qué pasó?

Grady deja su hamburguesa en el plato. Pasan cinco segundos de silencio antes de que responda, y cuando lo hace habla suavemente, sin inflexión.

—Los tiraron en el puente, a todos ellos. Camel se golpeó la cabeza con los peñascos. Murió inmediatamente.

Walter se destrozó las piernas. Tuvieron que abandonarle —traga saliva y añade—: Creen que no superará la noche.

La mirada se me pierde en la distancia. Una mosca se posa en mi mano. La espanto.

—¿Qué les pasó a los demás?

—Sobrevivieron. Un par de ellos decidieron desaparecer y el resto nos alcanzaron —sus ojos se mueven de un lado a otro—. Bill es uno de ellos.

—¿Qué van a hacer? —pregunto.

—No me lo ha dicho —responde Grady—. Pero de un modo u otro, piensan vengarse de Tío Al. Y yo les voy a ayudar en lo que pueda.

—¿Por qué me lo cuentas?

—Para darte la oportunidad de que te protejas. Te portaste muy bien con Camel y no lo podemos olvidar —se inclina hacia delante, de manera que el pecho se pega al canto de la mesa—. Además —continúa quedamente—, me da la impresión de que en este momento tienes mucho que perder.

Levanto la mirada sorprendido. Me mira a los ojos directamente, con una ceja arqueada.

Oh, Dios mío. Lo sabe. Y si lo sabe él, lo sabe todo el mundo. Tenemos que irnos ya, en este mismo instante.

Una ovación atronadora estalla en la gran carpa y la banda ataca sin preámbulos el vals de Gounod. Me vuelvo hacia la carpa de las fieras. Es un acto reflejo, porque Marlena estará preparándose para montar a Rosie, si no está ya sobre su cabeza.

—Tengo que irme —digo.

—Siéntate —dice Grady—. Come. Si estás pensando en largarte, puede que pase algún tiempo antes de que vuelvas a ver comida.

Planta los codos en la áspera madera gris de la mesa y levanta su hamburguesa.

Yo miro la mía, dudando que pueda tragarla.

Me dispongo a comerla, pero antes de que pueda agarrarla la música cesa de golpe. Se oye una alarmante colisión de metales que remata el tañido hueco de unos platillos. Sale disparado de la gran carpa y sobrevuela la explanada sin dejar rastro.

Grady se queda paralizado, encorvado sobre su hamburguesa.

Miro a izquierda y derecha. Nadie mueve un músculo, todos los ojos están fijos en la gran carpa. Unas cuantas hebras de heno ruedan perezosas sobre la tierra pisoteada.

—¿Qué es eso? ¿Qué pasa? —pregunto.

—Shhhh —dice Grady bruscamente.

La banda vuelve a tocar, interpretando esta vez *Barras y estrellas*.

—¡Dios! ¡Mierda! —Grady se levanta de un salto y retrocede, derribando el banco.

—¿Qué? ¿Qué pasa?

—¡La Marcha del Desastre! —chilla, se gira y sale corriendo.

Todas las personas relacionadas con el circo corren hacia la carpa. Me levanto del banco y me quedo de pie junto a él, estupefacto, sin entender lo que pasa. Me vuelvo apresurado al cocinero, que lucha con su delantal.

—¿De qué demonios habla? —grito.

—La Marcha del Desastre —dice mientras se arranca el delantal por encima de la cabeza—. Significa que algo ha salido mal… Muy mal.

Alguien me da un golpe en el hombro al pasar por mi lado. Se trata de Diamond Joe.

—¡Jacob… es la carpa de las fieras! —grita volviéndose a medias—. Los animales están sueltos. ¡Vamos, vamos, vamos!

No me lo tiene que decir dos veces. A medida que me aproximo a la carpa, el suelo tiembla bajo mis pies y el miedo me invade, porque no se trata sólo de ruido. Es un movimiento, el temblor de cascos y garras sobre la tierra endurecida.

Atravieso las cortinas de la entrada y me pego a la lona inmediatamente porque el yak cruza a mi lado como un trueno, pasando un cuerno retorcido a unos centímetros de mi pecho. Una hiena le pisa los talones con los ojos desencajados por el terror.

Estoy presenciando una estampida en toda regla. Todas las jaulas de los animales están abiertas, y el centro de la carpa es un caos. Al fijarme más detenidamente veo fragmentos de chimpancé, orangután, llama, cebra, león, jirafa, camello, hiena y caballo… De hecho, veo docenas de caballos, incluidos los de Marlena, y todos ellos están enloquecidos. Criaturas de todas clases corren en todas direcciones, saltan, chillan, se balancean, galopan, gruñen y relinchan; están por todas partes, colgados de maromas y trepados a los postes, escondidos debajo de los carromatos, pegados a la pared y correteando por el centro.

Busco a Marlena con la vista, y en vez de a ella veo una pantera que se cuela por el túnel de conexión con la gran carpa. Cuando veo desaparecer su cuerpo elástico y negro me preparo para lo peor. Tarda algunos segundos en llegar, pero llega al fin: un grito prolongado, seguido de otro y de otro más, y, a continuación, todo el lugar estalla con el atronador sonido de cuerpos que empujan a otros cuerpos para abandonar las gradas.

Por favor, Señor, que salgan por la parte de atrás. Por favor, Señor, no permitas que intenten venir hacia aquí.

Más allá del mar embravecido de animales distingo a dos hombres. Están agitando sogas, llevando a los animales a un frenesí todavía mayor. Uno de ellos es Billy. Me ve y, por un instante, se queda paralizado. Luego entra en la gran carpa con el otro hombre. La banda vuelve a dejar de tocar y esta vez permanece en silencio.

Mis ojos recorren la carpa, desesperado hasta el pánico. *¿Dónde estás? ¿Dónde estás? ¿Dónde demonios estás?*

Alcanzo a ver un destello de lentejuelas rosas y giro la cabeza. Cuando veo a Marlena de pie junto a Rosie se me escapa un grito de alivio.

August está delante de ellas... Por supuesto, ¿dónde más podría estar? Marlena se tapa la boca con las manos. Todavía no me ha visto, pero Rosie sí. Me mira fijamente, con intensidad y un buen rato, y algo en su expresión me deja congelado. August está a lo suyo: sofocado y resoplando, agita los brazos y blande el bastón. Su chistera está tirada en la paja a sus pies, abollada como si la hubiera pisoteado.

Rosie alarga la trompa para recoger algo. Una jirafa pasa entre nosotros, balanceando el cuello elegantemente incluso en medio del pánico reinante, y cuando desaparece veo que Rosie ha arrancado la estaca del suelo. La cadena sigue sujeta a su pata. Me mira con expresión desencajada. Luego desvía la mirada hacia la nuca desnuda de August.

—Oh, Dios —digo, comprendiendo de golpe. Me lanzo hacia ellos y reboto contra las ancas de un caballo que se interpone en mi camino—. ¡No lo hagas! ¡No lo hagas!

Rosie levanta la estaca como si no pesara nada y le parte la cabeza con un solo movimiento limpio, *ponk*, como si rompiera la cáscara de un huevo duro. Ella sigue sujetando la estaca hasta que August se derrumba y luego la deja, casi indolentemente, en el suelo. Da un paso hacia atrás descubriendo a Marlena, que puede haber visto lo que acaba de ocurrir o no.

Casi de inmediato, una manada de cebras cruza por delante de ellas. Miembros humanos se vislumbran entre las imparables patas blancas y negras. Una mano, un pie, suben y bajan, retorciéndose y rebotando como si no tuvieran huesos. Cuando la manada ha pasado, lo que antes era August no es más que una masa sanguinolenta de carne, vísceras y paja.

Marlena la mira con los ojos desencajados. Luego se desmorona en el suelo. Rosie separa las orejas, abre la boca y se desplaza de lado hasta colocarse delante de Marlena.

Aunque la estampida sigue sin descanso, por lo menos ahora sé que Marlena no será arrollada mientras recorro el perímetro de la tienda.

Inevitablemente, el público intenta salir de la gran carpa por el mismo sitio por el que ha entrado, o sea, por la tienda de las fieras. Estoy de rodillas junto a Marlena, acunando su cabeza entre mis manos, cuando la gente sale a borbotones por el túnel de conexión. Ya han entrado unos metros cuando se dan cuenta de lo que ocurre.

Los de delante frenan en seco y son arrojados al suelo por los que vienen detrás. Los pisotearían de no ser porque también los que van detrás han visto la estampida.

La masa de animales cambia inesperadamente de dirección, una bandada de todas las especies: leones, llamas y cebras corriendo al lado de orangutanes y chimpancés; una hiena hombro con hombro con un tigre. Doce caballos y una jirafa con un mono araña colgando del cuello. El oso polar caminando pesadamente a cuatro patas. Y todos ellos en dirección al amasijo de gente.

La multitud se gira, chilla e intenta regresar a la gran carpa. Los que ahora van detrás, que habían caído poco antes al suelo, se revuelven desesperados, aporreando las espaldas y los hombros de los que tienen delante. El tapón se deshace de golpe y humanos y bestias corren paralelos en una gran masa estridente. Es difícil decir quiénes están más aterrados, lo que es seguro es que lo único que tienen en la cabeza todos los animales es salvar el propio pellejo. Un tigre de Bengala se cuela entre las piernas de una señora, separándola del suelo. Ella baja la mirada y se desmaya. Su marido la agarra por las axilas, la levanta del lomo del tigre y la arrastra a la gran carpa.

Al cabo de unos segundos sólo quedan tres criaturas vivas en la carpa de las fieras, aparte de mí: Rosie, Marlena y Rex. El viejo león tiñoso ha vuelto a su jaula y tiembla acurrucado en un rincón.

Marlena gime. Levanta una mano y la deja caer. Echo una mirada rápida a lo que ha quedado de August y decido que no puedo permitir que lo vuelva a ver. La ayudo a ponerse en pie y me la llevo por la puerta de las taquillas.

La explanada está prácticamente desierta; en el perímetro exterior personas y animales corren tan rápido y tan lejos como pueden, expandiéndose y dispersándose como una onda en la superficie de un charco.

VEINTITRÉS

RINGLING CIRCUS MUSEUM, SARASOTA, FLORIDA

Primer día después de la estampida.

Todavía estamos localizando y recuperando animales. Hemos encontrado a muchos, pero los que se han dejado atrapar no son los que más preocupan a los vecinos. La mayoría de los felinos siguen sueltos, lo mismo que el oso.

Nada más comer nos llaman desde un restaurante de la zona. Cuando llegamos nos encontramos a Leo escondido debajo del fregadero de la cocina, tiritando de miedo. A su lado, pegado a la pared, hay un pinche de cocina igualmente aterrorizado. Hombre y león, mano a mano.

También ha desaparecido Tío Al, pero a nadie le pilla por sorpresa. La explanada es un hervidero de policías. Encontraron y retiraron el cuerpo de August la noche pasada y están llevando a cabo una investigación. Es sólo una formalidad, ya que es evidente que fue arrollado. Los rumores dicen que Tío Al va a permanecer alejado hasta que esté seguro de que no se le va a acusar de nada.

Segundo día después de la estampida.

La carpa de las fieras se va completando animal por animal. El sheriff regresa al circo con unos inspectores de ferrocarriles y deja caer algunos comentarios sobre las leyes contra el vagabundeo. Quiere que nos marchemos de su territorio. Pregunta quién es el responsable.

Por la noche, la cantina se queda sin comida.

Tercer día después de la estampida.

A última hora de la mañana, el tren del circo de los Hermanos Nesci se detiene en una vía muerta junto a la nuestra. El sheriff y los inspectores de ferrocarriles regresan y saludan al director como si fuera una visita de la realeza. Recorren la explanada juntos y acaban estrechándose las manos afectuosamente y riendo a grandes carcajadas.

Cuando los hombres de los Hermanos Nesci empiezan a meter los animales y el equipamiento de los Hermanos Benzini en sus carpas y su tren, ni el más ferviente optimista de entre nosotros puede seguir negando lo evidente.

Tío Al se ha fugado. Todos y cada uno de nosotros estamos sin trabajo.

Piensa, Jacob. Piensa.

Tenemos dinero suficiente para salir de aquí, pero ¿de qué nos serviría sin un sitio al que ir? Esperamos un hijo. Necesitamos un plan. Necesito encontrar trabajo.

Me acerco a la oficina de correos y llamo al decano Wilkins. Me daba miedo que no se acordara de mí, pero parece alegrarse de tener noticias mías. Me dice que muy a menudo se ha preguntado adónde habría ido y si me encontraría bien y, por cierto, ¿dónde he estado los últimos tres meses y medio?

Respiro profundamente y, cuando todavía estoy pensando lo difícil que va a ser explicarlo todo, las palabras empiezan a brotar de mi boca. Surgen solas, compitiendo por tener prioridad, y a veces me salen tan embrolladas que tengo que volver atrás y retomar un hilo diferente. Cuando al fin me callo, el decano Wilkins permanece tanto tiempo en silencio que me pregunto si se habrá cortado la comunicación.

—¿Decano Wilkins? ¿Sigue usted ahí? —digo. Me separo el auricular de la oreja y lo observo. Pienso en darle unos golpes contra la pared, pero no lo hago porque la empleada me está mirando. De hecho, me está mirando fascinada porque ha escuchado todo lo que estaba contando. Me giro hacia la pared y me vuelvo a poner el auricular en la oreja.

El decano Wilkins carraspea, tartamudea unos segundos y luego dice que sí, que sin lugar a dudas estará encantado de que regrese y haga los exámenes.

Cuando vuelvo a la explanada, Rosie se encuentra a cierta distancia de la carpa de las fieras con el director gerente de los Hermanos Nesci, el sheriff y un inspector de ferrocarriles. Acelero el paso.

—¿Qué diablos pasa aquí? —pregunto deteniéndome junto al flanco de Rosie.

El sheriff me mira.

—¿Es usted el responsable de este circo?

—No —le digo.

—Pues esto no es asunto suyo —dice él.

—Esta elefanta es mía. Eso lo convierte en mi asunto.

—Este animal es parte de los bienes incautados al circo de los Hermanos Benzini y, como sheriff, estoy autorizado en nombre de la...

—Y una mierda. Es mía.

Se va reuniendo una multitud, formada principalmente por peones desocupados de los Hermanos Benzini. El sheriff y el inspector intercambian miradas nerviosas.

Greg da un paso adelante. Nos miramos a los ojos. Luego se dirige al sheriff.

—Es cierto. Le pertenece. Es domador ambulante. Ha estado viajando con nosotros, pero la elefanta es suya.

—Supongo que podrán probarlo.

La cara se me enciende. Greg mira al sheriff con abierta hostilidad. Al cabo de un par de segundos empieza a apretar los dientes.

—En ese caso —dice el sheriff con una sonrisa tensa—, déjenos que cumplamos nuestro deber.

Me encaro con el director gerente de los Hermanos Nesci. Él abre los ojos sorprendido.

—No le interesa —digo—. Es más simple que el asa de un cubo. Yo puedo hacer que haga un par de cosas, pero usted no sacará nada de ella.

Él arquea las cejas.

—¿Eh?

—Adelante, intente que haga algo —le insto.

Me mira como si me hubieran salido cuernos.

—En serio —le digo—. ¿Tiene un domador de elefantes? Intente que haga algo con ella. Es una inútil, una estúpida.

Sigue mirándome unos instantes. Luego gira la cabeza.

—Dick —rezonga—, haz que haga algo.

Un hombre con una pica en las manos se adelanta.

Miro a Rosie a los ojos. Por favor, Rosie. Entiende lo que está pasando aquí. Por favor.

—¿Cómo se llama? —dice Dick mirándome por encima del hombro.

—Gertrude.

Se vuelve hacia Rosie.

—Gertrude, ven aquí. Ven aquí, ya —su voz es alta, autoritaria.

Rosie resopla y se pone a balancear la trompa.

—Gertrude, ven aquí ahora mismo —repite.

Rosie parpadea. Barre el suelo con la trompa y se queda quieta. Curva la punta y recoge polvo del suelo ayudándose con una pata. Luego la gira por el aire, lanzando el polvo que ha recogido por encima de su espalda y rociando a la gente que la rodea. Algunos de los presentes ríen.

—Gertrude, levanta la pata —dice Dick adelantándose hasta colocarse a su lado. Le da unos golpecitos con la pica en la parte de atrás de la pata—. ¡Levanta!

Rosie sonríe y le hurga en los bolsillos. Sus cuatro patas permanecen firmes en el suelo.

El domador retira la trompa y se gira hacia su jefe.

—Tiene razón. No sabe nada de nada. ¿Cómo habéis conseguido sacarla aquí fuera?

—La ha traído este sujeto —dice el director señalando a Greg. Él se gira hacia mí—. ¿Y qué es lo que hace?

—Está en la carpa de las fieras y le dan dulces.

—¿Nada más? —pregunta incrédulo.

—No —respondo.

—No me extraña que se haya arruinado el circo —dice sacudiendo la cabeza. Se gira hacia el sheriff—. Bueno, ¿qué más tiene?

No oigo nada más porque los oídos me zumban.

¿Qué demonios he hecho?

Contemplo meditabundo las ventanas del vagón 48, pensando en cómo contarle a Marlena que ahora tenemos una elefanta, cuando de repente sale corriendo por la puerta y salta de la plataforma como una gacela. Cae al suelo y sigue corriendo, impulsándose con piernas y brazos.

Me giro para seguir su trayectoria e inmediatamente descubro el motivo. El sheriff y el gerente de los Hermanos Nesci se encuentran frente a la carpa de las fieras, estrechándose las manos y sonriendo. Los caballos de Marlena están en fila detrás de ellos, sujetos por hombres del circo de los Nesci.

Los dos hombres se giran sorprendidos cuando llega a su lado. Estoy demasiado lejos para enterarme de lo que dicen, pero algunos fragmentos de su discusión, las partes que dicen en voz más alta, me llegan. Expresiones como «cómo se atreven», «desfachatez enorme» y «descaro». Ella gesticula violentamente, agitando los brazos. Las palabras «gran robo» y «acusación» cruzan el aire de la explanada. ¿O ha dicho «prisión»?

Los hombres la observan asombrados.

Por fin se calma. Cruza los brazos, frunce el ceño y da golpecitos con el pie. Los hombres se miran con los ojos muy abiertos. El sheriff se vuelve a ella y abre la boca, pero antes de que pueda pronunciar una sola palabra Marlena explota de nuevo, gritando como un basilisco y sacudiendo un dedo ante sus caras. El hombre retrocede un paso, pero ella avanza al mismo tiempo. Él se detiene y aguanta con el pecho hinchado y los ojos cerrados. Cuando Marlena deja de agitar el dedo, vuelve a cruzar los brazos. Da golpecitos con el pie, inclina la cabeza.

El sheriff abre los ojos y se vuelve para mirar al director gerente. Tras una pausa tensa, se encoge de hombros con timidez. El gerente arruga el ceño y mira a Marlena.

Tarda aproximadamente cinco segundos en dar un paso hacia atrás y levantar las manos en gesto de rendición. Tiene escrita la palabra «tío» por toda la cara. Marlena se pone las manos en las caderas y espera con una mirada furibunda. Al final, el hombre se gira y, a gritos, les da instrucciones a los peones que sujetan los caballos.

Marlena los observa hasta que los once han sido devueltos a la carpa de las fieras. Luego regresa al vagón 48.

Dios santo. No sólo soy un parado sin hogar, sino que además tengo que cuidar de una mujer embarazada, un perro abandonado, una elefanta y once caballos.

Regreso a la oficina de correos y llamo al decano Wilkins. Esta vez se queda callado más tiempo. Por fin tartamudea una disculpa: lo siente muchísimo de verdad, ojalá pudiera ayudarnos; sigue esperándome para pasar los exámenes finales, pero no tiene la menor idea de lo que puedo hacer con la elefanta.

Vuelvo a la explanada rígido de pánico. No puedo dejar aquí a Marlena y a los animales mientras me voy a Ithaca a hacer los exámenes. ¿Y si el sheriff vende la carpa de las fieras mientras tanto? A los caballos les podemos encontrar alojamiento, y podemos permitirnos un hotel para Marlena y Queenie, pero ¿Rosie?

Cruzo la explanada describiendo un gran arco alrededor de los montones de lona. Los trabajadores del circo de los Hermanos Nesci están desenrollando varias piezas de la gran carpa bajo la atenta vigilancia del capataz. Parece que están buscando desgarraduras antes de hacer una oferta por ella.

Remonto las escaleras del vagón 48 con el corazón palpitante y la respiración agitada. Necesito tranquilizarme, la cabeza me da vueltas en círculos cada vez más pequeños. Esto no va bien, nada bien.

Empujo la puerta. Queenie se acerca a mis pies y levanta la mirada hacia mí con una conmovedora mezcla de desconcierto y gratitud. Menea la cola sin convicción. Me inclino y le rasco la cabeza.

—¿Marlena? —la llamo enderezándome.

Sale de detrás de la cortina verde. Parece temerosa, retorciéndose los dedos y evitando mirarme a los ojos.

—Jacob… Oh, Jacob. He hecho una verdadera tontería.

—¿Qué? —pregunto—. ¿Te refieres a los caballos? No te preocupes. Ya lo sé.

Me mira sorprendida.

—¿Lo sabes?

—Estaba observando. Era muy evidente lo que estaba pasando.

Ella se ruboriza.

—Lo siento. Sencillamente… reaccioné. No pensé en lo que íbamos a hacer con ellos después. Es que los quiero tanto que no podía permitir que se los llevaran. Él no es mejor que Tío Al.

—Está bien. Lo entiendo —hago una pausa—. Marlena, yo también tengo que decirte una cosa.

—¿Ah, sí?

Abro y cierro la boca sin decir palabra.

Ella tiene una expresión de preocupación.

—¿De qué se trata? ¿Pasa algo? ¿Es algo malo?

—He llamado al decano de Cornell y está dispuesto a dejarme hacer los exámenes.

Se le ilumina la cara.

—¡Es maravilloso!

—Y también tenemos a Rosie.

—¿Que tenemos qué?

—Me ha pasado lo mismo que a ti con los caballos —digo a toda prisa para intentar explicarme—. No me ha gustado el aspecto del domador de elefantes, y no podía dejar que se la llevara… Sólo Dios sabe cómo habría acabado. Quiero a esa elefanta. No podía separarme de ella. Así que he dicho que era mía. Y supongo que ahora lo es.

Marlena me mira un largo rato. Luego, para mi gran alivio, asiente con la cabeza y dice:

—Has hecho bien. Yo también la quiero. Se merece algo mejor que lo que ha tenido hasta ahora. Pero eso significa que estamos en un aprieto —mira por la ventana con los ojos entornados para pensar—. Tenemos que encontrar trabajo en otro circo —dice por fin—. Eso es todo.

—¿Ahora? Nadie contrata números nuevos.

—Ringling contrata siempre, si eres bueno.

—¿Crees de verdad que tenemos alguna posibilidad?

—Claro que sí. Nuestro número con la elefanta es increíble, y tú eres un veterinario formado en Cornell. Tenemos muchas posibilidades. Pero habrá que casarse. Ésos sí que son como una catequesis.

—Cariño, tengo intención de casarme contigo en el instante en que se seque la tinta del certificado de defunción.

Su cara pierde el color.

—Oh, Marlena. Lo siento —digo—. Ha sonado horrible. Lo que quería decir es que ni por un momento he dudado de que quiero casarme contigo.

Tras una breve pausa, levanta una mano y la posa sobre mi mejilla. Luego recoge su bolso y su sombrero.

—¿Adónde vas? —le pregunto.

Se pone de puntillas y me besa.

—A hacer esa llamada de teléfono. Deséame suerte.

—Buena suerte —le digo.

La sigo hasta afuera y me siento en la plataforma de metal para verla alejarse poco a poco. Anda con gran seguridad, colocando un pie exactamente delante del otro y con los hombros muy rectos. Todos los hombres de la explanada se vuelven a su paso. La contemplo hasta que desaparece tras la esquina de un edificio.

Cuando me levanto para regresar al compartimento, se oye una exclamación de sorpresa de los hombres que desenrollan la carpa. Uno de ellos retrocede a grandes pasos agarrándose el estómago. Luego se dobla por la mitad y vomita en la hierba. Los demás siguen con la mirada clavada en lo que han descubierto. El capataz se quita el sombrero y se lo pega al pecho. Uno por uno, todos hacen lo mismo.

Voy hacia ellos sin dejar de mirar el bulto oscuro. Es grande, y a medida que me acerco voy distinguiendo retazos de escarlata, brocado de oro y cuadros blancos y negros.

Es Tío Al. Un improvisado garrote vil le estrangula la garganta ennegrecida.

Esa misma noche, Marlena y yo nos colamos en la carpa de las fieras y nos llevamos a Bobo a nuestro compartimento.

De perdidos, al río.

VEINTICUATRO

O sea que a esto se acaba por reducir todo, ¿verdad? ¿A esperar sentado y solo a una familia que no va a venir?

No puedo creer que Simon se olvidara. Sobre todo hoy. Y sobre todo Simon, ese chico que pasó los primeros siete años de su vida en el circo Ringling.

Para ser justo, el chico debe de tener setenta y un años. ¿O son sesenta y nueve? Maldita sea, estoy harto de no saberlo. Cuando venga Rosemary le preguntaré en qué año estamos y aclararé esta cuestión de una vez por todas. Esa Rosemary es muy amable conmigo. No me hace sentir como un idiota aunque lo sea. Un hombre tiene que saber su edad.

Recuerdo muchas cosas con una claridad cristalina. Como el día que nació Simon. Dios, qué alegría. ¡Y qué alivio! Qué vértigo al acercarme a la cama, qué nerviosismo. Y allí estaba mi ángel, mi Marlena, sonriéndome cansada, radiante, con un bulto envuelto en mantas en el hueco de su brazo. Tenía la cara tan oscura y arrugada que casi ni parecía una persona. Pero entonces Marlena le retiró la manta de la cabeza y vi que tenía el pelo rojo. Creía que me iba a desmayar de alegría. La verdad es que nunca lo dudé —de veras, aunque lo habría querido y criado de todas formas—, pero aun así… Casi me caigo en redondo al verle el pelo rojo.

Miro el reloj, loco de desesperación. Seguro que la Gran Parada ha acabado ya. ¡Ah, no es justo! Todos esos viejos decrépitos no se van ni a enterar de lo que están viendo, ¡y yo aquí! ¡Atrapado en este vestíbulo!

¿O no?

Arrugo el ceño y parpadeo. ¿Qué es exactamente lo que me hace pensar que estoy atrapado?

Miro a ambos lados. No hay nadie. Me vuelvo y miro por el pasillo. Una enfermera pasa zumbando abrazada a una carpeta y mirándose los zapatos.

Me deslizo hasta el borde del asiento y agarro el andador. Según mis estimaciones, sólo estoy a seis metros de la libertad. Bueno, después tengo que atravesar toda una manzana de edificios, pero si lo logro apuesto a que todavía puedo ver los últimos números. Y el final, que no será lo mismo que la Parada, pero algo es algo. Un calorcito agradable me cosquillea por el cuerpo mientras contengo una risita. Puede que tenga noventa y tantos años, pero ¿quién dice que sea un discapacitado?

La puerta de cristal se abre cuando me acerco a ella. Gracias a Dios que es automática, no creo que pudiera arreglármelas con el andador y una puerta convencional. No; estoy temblón, es cierto. Pero no me importa. Los temblores no me preocupan.

Salgo a la calle y me paro, cegado por el sol.

Llevo tanto tiempo alejado del mundo real que la mezcla del ruido de motores, ladridos de perros y bocinas me provoca un nudo en la garganta. La gente que anda por la acera se separa y me sortea como si fuera una piedra en un arroyo. A nadie parece sorprenderle la presencia de un viejo en zapatillas en la calle justo enfrente de una residencia de ancianos. Pero pienso que todavía estoy en el campo de visión si una de las enfermeras pasa por el vestíbulo.

Levanto el andador, lo tuerzo un par de centímetros a la izquierda y vuelvo a posarlo. Sus ruedas de plástico arañan el pavimento y el sonido que emiten me marea. Es un ruido real, un sonido áspero, no como el chirrido o los golpes sordos de la goma. Arrastro los pies detrás del andador, disfrutando del roce de las zapatillas. Dos maniobras más como ésta y estaré en camino. Un perfecto giro en tres fases. Me agarro bien y sigo adelante concentrándome en los pies.

No debo ir demasiado rápido. Si me cayera sería un desastre en muchos sentidos. El suelo no tiene baldosas, así que mido mi avance en pies: en mis pies. Cada paso que doy pongo el talón del pie a la altura de la punta del otro. Y así continúo, de veinticinco en veinticinco centímetros. De vez en cuando me paro para comprobar mis progresos. Son lentos pero seguros. La carpa blanca y magenta es un poco más grande cada vez que levanto la mirada.

Tardo media hora y tengo que descansar dos veces, pero ya casi he llegado y siento la excitación de la victoria. Jadeo un poco, pero tengo las piernas todavía firmes. Creí que esa mujer me iba a meter en un lío, pero he conseguido librarme de ella. No me siento orgulloso de lo que he hecho —normalmente no suelo hablar así, y menos a las mujeres—, pero ni muerto habría permitido que una entrometida con buenas intenciones me arruinara la escapada. No pienso volver a poner los pies en ese establecimiento hasta que haya visto lo que queda del espectáculo, y que tenga cuidado quien intente impedirlo. Incluso si las enfermeras me alcanzaran ahora, montaría una escena. Formaría un escándalo. Las pondría en evidencia en público y las obligaría a llamar a Rosemary. Cuando ella viera lo decidido que estoy, me llevaría al circo. Aunque tuviera que faltar al resto de su turno, me llevaría... Después de todo, es su último día.

Oh, Dios mío. ¿Cómo voy a sobrevivir en ese lugar cuando se haya ido? Al recordar su marcha inminente todo mi anciano cuerpo se estremece de dolor, pero éste se ve reemplazado enseguida por la alegría: estoy tan cerca que oigo la música que sale de la gran carpa. Ah, ese maravilloso sonido de la música de circo. Pego la lengua a un lado de la boca y acelero. Ya casi he llegado. Sólo faltan unos metros...

—Eh, abuelo, ¿dónde crees que vas?

Freno, sorprendido. Levanto la mirada. Hay un chaval sentado detrás de la ventanilla de las entradas, su rostro enmarcado por bolsas de algodón de azúcar rosa y azul. Juguetes luminosos centellean en el mostrador de cristal sobre el que apoya los brazos. Lleva un anillo atravesándole la ceja, un clavo en el labio inferior y un gran tatuaje en cada hombro. Sus dedos están rematados por uñas negras.

—¿A ti dónde te parece que voy? —digo en plan cascarrabias. No tengo tiempo que perder. Ya me he perdido buena parte del espectáculo.

—Las entradas cuestan doce pavos.

—No tengo dinero.

—Entonces no puede entrar.

Estoy alucinado, sin poder encontrar las palabras, cuando un hombre se me acerca por detrás. Es más viejo, bien vestido y afeitado. Apostaría a que es el director.

—¿Qué pasa aquí, Russ?

El chaval me señala con el pulgar.

—He pillado a este viejo que quería colarse.

—¡Colarme! —exclamo lleno de santa indignación.

El hombre me echa un vistazo y se vuelve hacia el chaval.

—Pero ¿qué demonios te pasa?

Russ frunce el ceño y baja la mirada.

El director se planta delante de mí sonriendo amablemente.

—Señor, será un placer para mí acompañarle al interior. ¿Le resultaría más sencillo en una silla de ruedas? Así no tendríamos que preocuparnos por encontrarle una buena localidad.

—Eso sería estupendo. Muchas gracias —digo a punto de echarme a llorar aliviado. El enfrentamiento con Russ me ha dejado temblando. La idea de haber llegado tan lejos para que me detenga un adolescente con un *piercing* en el labio me horroriza. Pero todo va bien. No sólo lo he conseguido, sino que creo que me van a poner en una silla de pista.

El director se va por un lado de la carpa y regresa con una silla de ruedas de hospital. Le dejo que me ayude a sentarme y relajo los músculos doloridos mientras él me empuja en dirección a la entrada.

—No le haga caso a Russ —dice—. Debajo de todos esos agujeros es un buen chico, aunque es sorprendente que no tenga fugas cuando bebe.

—En mis tiempos metían en la taquilla a los viejos. Una especie de final del viaje.

—¿Estuvo usted en un circo? —pregunta el hombre—. ¿En cuál?

—Estuve en dos. El primero fue El Espectáculo Más Deslumbrante del Mundo de los Hermanos Benzini —digo con orgullo, paladeando cada una de las palabras—. El segundo, el Ringling.

La silla se detiene. La cara del hombre aparece de repente ante la mía.

—¿Estuvo en el circo de los Hermanos Benzini? ¿En qué años?

—El verano de 1931.

—¿Estuvo allí durante la estampida?

—¡Claro que sí! —exclamo—. Vamos, estuve en todo el meollo. En la carpa de las fieras. Era el veterinario del circo.

Me observa incrédulo.

—¡No me lo puedo creer! Después del incendio de Hartford y el hundimiento de Hagenbeck-Wallace, probablemente sea una de las catástrofes circenses más famosas.

—Fue algo increíble, es cierto. Lo recuerdo como si fuera ayer. Qué coño, lo recuerdo *mejor* que si fuera ayer.

El hombre parpadea y me ofrece su mano.

—Charlie O'Brien tercero.

—Jacob Jankowski —digo estrechándosela—. Primero.

Charlie O'Brien me mira largo rato con la mano puesta en el pecho, como si estuviera pronunciando un juramento.

—Señor Jankowski, le voy a llevar a ver el espectáculo antes de que no quede nada que ver, pero sería para mí un honor y un privilegio que se reuniera conmigo en mi caravana después de la función para tomar una copa. Es usted un fragmento vivo de historia, y le aseguro que me gustaría muchísimo oírle contar aquel desastre de primera mano. Estaré encantado de llevarle a su casa después.

—Será un placer —digo.

Asiente y vuelve a situarse detrás de la silla.

—Muy bien. Espero que disfrute del espectáculo.

Un honor y un privilegio.

Sonrío serenamente mientras me empuja hasta el mismo borde de la pista.

VEINTICINCO

Ha acabado el espectáculo, un espectáculo muy bueno por cierto, aunque no de la magnitud del de los Hermanos Benzini ni del Ringling, pero ¿cómo iba a serlo? Para eso hace falta un tren.

Estoy sentado ante una mesa de formica en el interior de una autocaravana impresionantemente acondicionada, sorbiendo un no menos impresionante whisky de malta, Laphroaig si no me equivoco, y cantando como un canario. Le cuento a Charlie todo lo de mis padres, la aventura con Marlena y las muertes de Camel y Walter. Le cuento cuando recorrí el tren por la noche con el cuchillo entre los dientes y la muerte en el pensamiento. Le cuento lo de los hombres a los que dieron luz roja y la estampida, y lo de Tío Al estrangulado. Y al final le cuento lo que hizo Rosie. Ni siquiera lo pienso. Sencillamente abro la boca y las palabras fluyen de ella.

Mi alivio es inmediato y palpable. Todos estos años lo he ocultado en mi interior. Creía que me sentiría culpable, como si la traicionara, pero lo que siento —sobre todo en vista de los gestos de comprensión de Charlie— es más parecido a la absolución. Incluso a la redención.

Nunca estuve seguro del todo de que Marlena lo supiera. En aquel momento había tal caos en la carpa de las fieras que no tengo ni idea de lo que vio, y nunca saqué el tema. No podía hacerlo porque no quería arriesgarme a que cambiara lo que sentía por Rosie o, para ser sinceros, lo que sentía por mí. Puede que Rosie fuera la que le mató, pero yo también quería que muriera.

Al principio, callé para proteger a Rosie —y sin duda necesitaba protección: en aquellos días las ejecuciones de elefantes no eran cosa rara—, pero nunca tuve excusa para ocultárselo a Marlena. Aunque hubiera supuesto que se endureciera con Rosie, nunca le habría hecho el menor daño. En toda la historia de nuestro matrimonio ése fue el único secreto que no le conté, y al final resultó imposible rectificar. Con un secreto como ése llega un punto en que el secreto en sí mismo no tiene importancia. Es el hecho de guardarlo lo que la tiene.

Después de oír mi relato, Charlie no se muestra en absoluto escandalizado o moralizante, y yo siento un alivio tan grande que, cuando ya le he contado la estampida, sigo hablando. Le hablo de los años que pasamos en el Ringling, y cómo nos marchamos tras el nacimiento de nuestro tercer hijo. Marlena ya estaba un poco harta de estar en la carretera —me imagino que por una cierta necesidad de nido—, y además a Rosie se le echaban los años encima. Por suerte, el veterinario en plantilla del Zoológico Brookfield de Chicago eligió aquella primavera para estirar la pata y me admitieron encantados: no sólo tenía siete años de experiencia con animales exóticos y un título muy valioso, sino que además aportaba una elefanta.

Compramos una casa en el campo lo bastante lejos del zoo para tener los caballos y lo bastante cerca como para que el trayecto en coche al trabajo no fuera demasiado duro. Los caballos digamos que se jubilaron, a pesar de que Marlena y los niños los montaban de vez en cuando. Se pusieron gordos y felices... Los caballos, no los niños; ni Marlena, por supuesto. Bobo también vino con nosotros, naturalmente. A lo largo de los años se metió en más líos que todos los niños juntos, pero le quisimos lo mismo.

Aquellos tiempos fueron maravillosos, ¡los días más felices de mi vida! Las noches en blanco, los niños berreando; los días en que la casa parecía haber sido devastada por un huracán por dentro; los tiempos en que tuve cinco hijos, un chimpancé y una mujer en la cama con fiebre. Incluso cuando se derramaba el cuarto vaso de leche en la misma noche o los chillidos estridentes amenazaban con partirme el cráneo, o cuando tuve que pagar la fianza de uno u otro de mis hijos —y, en una ocasión memorable, la de Bobo— por alguna complicación sin importancia en la comisaría de policía, fueron años magníficos, geniales.

Pero todo pasó volando. Un día Marlena y yo estábamos liados hasta las cejas y al día siguiente los chicos estaban pidiéndonos el coche y cambiando el corral por la universidad. Y ahora, heme aquí. Con noventa años y solo.

Charlie, bendito sea, muestra un auténtico interés por mi historia. Levanta la botella y se inclina hacia delante. Mientras le acerco mi vaso se oye un golpe en la puerta. Retiro la mano como si me la hubieran quemado.

Charlie se levanta del banco y se apoya en una ventana, separando un poco la cortina de cuadros con dos dedos.

—Mierda —dice—. Es la bofia. ¿Qué habrá pasado?

—Han venido por mí.

Me echa una mirada dura y minuciosa.

—¿Qué?

—Han venido a buscarme a mí —digo intentando mantener mis ojos fijos en los suyos. Es difícil: sufro nistagmo a causa de una antigua contusión. Cuanto más intento mirar fijamente algo, más se me mueven los ojos de un lado a otro.

Charlie deja caer la cortina y se dirige a la puerta.

—Buenas noches —dice una voz grave desde la puerta—. Estoy buscando a un tal Charlie O'Brien. Me han dicho que podría encontrarle aquí.

—Podría y ya lo ha hecho. ¿Qué puedo hacer por usted, agente?

—Esperaba que pudiera ayudarnos. Ha desaparecido un anciano de la residencia que hay en esta misma calle. El personal del centro piensa que podría encontrarse aquí.

—No me extrañaría. El circo le gusta a toda clase de gente.

—Claro. Por supuesto. La cuestión es que este sujeto tiene noventa y tres años y está bastante delicado. Esperaban que regresara él solo después de la función, pero han pasado un par de horas y todavía no ha aparecido. Están muy preocupados por él.

Charlie le parpadea amablemente al poli.

522

—Aunque hubiera venido dudo mucho que siguiera por aquí. Lo estamos preparando todo para marcharnos enseguida.

—¿Recuerda haber visto esta noche a alguien que se ajuste a la descripción que le he dado?

—Claro. Muchos. Muchas familias han traído a los abuelos.

—¿Y un anciano solo?

—No me he fijado, pero, como le decía, vemos tanta gente en el circo que, al cabo de un rato, desconecto.

El poli asoma la cabeza al interior de la caravana. Al verme los ojos se le iluminan con un evidente interés.

—¿Quién es ése?

—¿Quién...? ¿Ése? —dice Charlie señalando en dirección a mí.

—Sí.

—Es mi padre.

—¿Le molesta que entre un momento?

Después de una brevísima pausa, Charlie se retira a un lado.

—Claro, pase, por favor.

El poli sube a la caravana. Es tan alto que tiene que encorvarse. Tiene la mandíbula prominente y una impresionante nariz aguileña. Y los ojos demasiado juntos, como los de un orangután.

—¿Cómo está usted, señor? —pregunta acercándose a mí. Entorna los ojos para examinarme más concienzudamente.

Charlie me lanza una mirada.

—Mi padre no puede hablar. Hace unos años sufrió un ataque grave.

—¿No estaría mejor en casa? —dice el agente.

—Ésta es su casa.

Relajo la mandíbula y dejo que tiemble. Alargo una mano temblorosa hacia el vaso y casi lo tiro. Casi, porque sería una pena desperdiciar un whisky tan bueno.

—A ver, papá, déjame que te ayude —dice Charlie acercándose a toda prisa. Se vuelve a sentar en el banco a mi lado y levanta mi vaso. Me lo acerca a los labios.

Saco la lengua como un loro y toco con la punta los cubos de hielo que caen hacia mi boca.

El poli nos observa. No le miro directamente, pero puedo verle por el rabillo del ojo.

Charlie deja mi vaso en la mesa y le mira con calma.

El poli nos observa un buen rato, luego recorre la habitación con los ojos entrecerrados. Charlie mantiene la cara inexpresiva como una pared y yo hago lo que puedo para que se me caiga la baba.

Por fin, el poli se toca el canto de la gorra.

—Gracias, caballeros. Si oyen o ven algo, por favor, hágannoslo saber de inmediato. Ese anciano no está en condiciones de andar solo por ahí.

—Así lo haré —dice Charlie—. Pueden echar una mirada por las instalaciones. Les diré a mis chicos que estén atentos por si le ven. Sería una pena que le ocurriera algo.

—Aquí tiene mi número de teléfono —dice el poli entregándole una tarjeta a Charlie—. Llámeme si sabe cualquier cosa.

—Por supuesto.

El poli echa una última mirada alrededor y se dirige a la puerta.

—Pues nada, buenas noches —dice.

—Buenas noches —dice Charlie siguiéndole. Después de echar el cerrojo, vuelve a la mesa. Se sienta y sirve otros dos vasos de whisky. Los dos damos un sorbo y nos quedamos sentados en silencio.

—¿Está seguro de que quiere hacerlo? —pregunta por fin.

—Sí.

—¿Y su salud? ¿Necesita alguna medicina?

—No. No me pasa nada, salvo que soy viejo. Y creo que eso se solucionará solo con el tiempo.

—¿Y qué me dice de su familia?

Doy otro trago de whisky, hago girar el líquido que queda en el fondo y luego vacío el vaso.

—Ya les mandaré postales.

Le miro a la cara y me doy cuenta de que ha sonado muy mal.

—No quería decir eso. Les quiero y sé que me quieren, pero la verdad es que ya no formo parte de sus vidas. Me he convertido en una especie de obligación. Por eso he tenido que arreglármelas para venir solo esta noche. Se olvidaron de mí.

Charlie frunce el ceño. Parece indeciso.

A la desesperada, me lanzo a por todas.

—Tengo noventa y tres años. ¿Qué puedo perder? Todavía sé cuidar de mí mismo en casi todo. Necesito ayuda para algunas cosas, pero nada de lo que estás pensando —noto que los ojos se me humedecen e intento controlar mis rasgos avejentados para que den cierta sensación de fortaleza. No soy un blandengue, vive Dios—. Déjame que vaya con vosotros. Puedo vender las entradas. Russ puede hacer cualquier cosa, es joven. Dame ese trabajo. Todavía sé contar y daré bien el cambio. Ya sé que tú no eres un timador.

Los ojos de Charlie también se humedecen. Lo juro por Dios.

Continúo, aprovechando la coyuntura.

—Si me pillan, me han pillado. Si no lo consiguen… Bueno, al final de la temporada les llamaré y volveré con ellos. Y si en este tiempo pasara algo, no tienes más que llamarles y vendrán a por mí. ¿Qué problema hay?

Charlie me mira fijamente. Nunca he visto a nadie con un aspecto tan serio.

Uno, dos, tres, cuatro, cinco, seis —no va a contestar—, *siete, ocho, nueve* —me va a obligar a volver, y por qué no iba a hacerlo, no me conoce de nada—, *diez, once, doce…*

—De acuerdo —dice.

—¿De acuerdo?

—De acuerdo. Vamos a proporcionarle algo que contarles a sus nietos. O a sus bisnietos. O a sus tataranietos.

Grito de alegría, excitado por la emoción. Charlie me guiña un ojo y me sirve otro dedo de whisky. Luego, como si se lo pensara mejor, vuelve a volcar la botella.

Yo alargo la mano y la sujeto por el gollete.

—Mejor no —digo—. No quiero achisparme y romperme una cadera.

Luego suelto una gran carcajada, porque todo es absurdo y maravilloso y es lo único que puedo hacer para no sucumbir a un ataque de risa tonta. ¿Y qué si tengo noventa y tres años? ¿Y qué importa que sea viejo y gruñón y mi cuerpo sea una ruina? Si están dispuestos a aceptarnos a mí y a mi culpabilidad, ¿por qué demonios no iba a escaparme con el circo?

Es lo que le ha dicho Charlie al poli: para este anciano, el circo es su casa.

Nota de la autora

La idea de esta novela surgió de manera inesperada: a principios de 2003 me disponía a escribir un libro totalmente diferente cuando el *Chicago Tribune* publicó un artículo sobre Edward J. Kelty, un fotógrafo que siguió a los circos ambulantes de Estados Unidos en las décadas de 1920 y 1930. La fotografía que ilustraba el artículo me fascinó de tal manera que compré dos libros de fotografías antiguas de circo: *Step Right This Way: The Photographs of Edward J. Kelty* y *Wild, Weird, and Wonderful: The American Circus as Seen by F. W. Glasier*. Nada más terminar de hojearlos ya estaba enganchada. Abandoné el libro que pensaba escribir y me sumergí de lleno en el mundo del circo en tren.

Empecé por hacerme con una bibliografía de lecturas que me sugirió el archivero de Circus World, de Baraboo, Wisconsin, que es el antiguo cuartel de invierno del circo de los Hermanos Ringling. Muchos de los libros estaban descatalogados, pero logré encontrarlos en tiendas de libros raros. Al cabo de unas semanas me desplacé a Sarasota, Florida, para visitar el Museo del Circo Ringling, y me encontré con que vendían duplicados de su colección de libros raros. Volví a casa varios cientos de dólares más pobre y enriquecida con más libros de los que podía acarrear.

Pasé los siguientes cuatro meses y medio adquiriendo el conocimiento necesario para hacer justicia a este tema, incluidas tres excursiones más (una segunda visita a Sarasota, otra al Circus World de Baraboo y un fin de semana en el zoo de Kansas City con uno de sus antiguos cuidadores de elefantes, para aprender el lenguaje corporal y el comportamiento de estos animales).

La historia del circo estadounidense es tan rica que extraje muchos de los detalles más impactantes de este relato de sus hechos reales y sus anécdotas (en la historia del circo, la línea divisoria entre ambos es proverbialmente difusa). Éstos incluyen al hipopótamo conservado en formol, una difunta «señora fuerte» de doscientos kilos sacada en procesión en la jaula de un elefante, un elefante que pertinazmente arrancaba su estaca y robaba la limonada, otro que se escapó y fue encontrado en un huerto, un león y un pinche de cocina encajonados debajo de un fregadero, un director que fue asesinado y escondido en un rollo de lona de la carpa, etcétera. También he incorporado la historia, terrorífica y absolutamente cierta, de la parálisis provocada por el jengibre jamaicano, que destrozó las vidas de aproximadamente cien mil ciudadanos estadounidenses entre 1930 y 1931.

Y para terminar, me gustaría hacer una mención a dos veteranas elefantas de circo, no sólo porque hayan inspirado los puntos esenciales de la trama, sino también porque estas dos chicas merecen ser recordadas.

En 1903, una elefanta llamada Topsy mató a su domador después de que éste le diera a comer un cigarrillo encendido. En aquellos tiempos, a la mayoría de los elefantes de circo se les perdonaba que mataran a una o dos personas —siempre que no fueran palurdos—, pero aquélla era la tercera vez de Topsy. Los dueños de Topsy en el Luna Park de Coney Island decidieron convertir la ejecución en un espectáculo público, pero cuando se anunció que iba a ser ahorcada el público protestó violentamente. Después de todo, ¿la horca no era un castigo cruel y obsoleto? Siempre llenos de recursos, los dueños de Topsy se pusieron en contacto con Thomas Edison. Edison llevaba años «demostrando» los peligros de la corriente alterna concebida por su rival George Westinghouse electrocutando públicamente perros y gatos vagabundos, además de algún caballo o alguna vaca de forma esporádica, pero nunca nada tan espectacular como un elefante. Él aceptó el reto. Como la silla eléctrica había sustituido al patíbulo en los métodos oficiales de ejecución en Nueva York, se acallaron las protestas.

Los relatos difieren sobre si le dieron a Topsy unas zanahorias impregnadas en cianuro en un intento de ejecución previo y fallido, o si las comió inmediatamente antes de que fuera electrocutada, pero sobre lo que no hay disputa es que Edison trajo su cámara de cine, le puso a Topsy unas sandalias forradas de cobre y le sacudió seis mil seiscientos voltios delante de quinientos espectadores, matándola en unos diez segundos. Edison, convencido de que esto desacreditaba definitivamente la corriente alterna, se dedicó a exhibir la película por todo el país.

Pasemos a una historia menos turbadora. También en 1903, un circo de Dallas le compró una elefanta llamada Old Mom a Carl Hagenbeck, una leyenda del circo que aseguraba que era el elefante más inteligente que había conocido. Con esas expectativas, los nuevos domadores de Old Mom quedaron consternados al comprobar que no conseguían convencerla de que hiciera algo más que pasearse perezosamente. De hecho, era tan inútil que «había que empujarla y tirar de ella para moverla de un sitio a otro». Al cabo del tiempo, Hagenbeck fue a visitar a Old Mom a su nuevo hogar y se enfadó mucho al oír que la describían como una inútil, y así se lo dijo… en alemán. De repente, todos cayeron en la cuenta de que la elefanta sólo entendía alemán. Tras este descubrimiento, Old Mom fue nuevamente adiestrada en inglés y disfrutó de una gloriosa carrera. Murió en 1933, a la avanzada edad de ochenta años, rodeada de sus amigos y compañeros de troupe.

¡Por Topsy y Old Mom!

Agradecimientos

Estoy en deuda con las siguientes personas por su contribución a este libro:

Mi marido, Bob, mi amor y mi principal valedor.

Mi editor, Chuck Adams, que me aportó la clase de crítica, atención al detalle y apoyo que elevó el nivel de esta historia.

Mi crítica y colega Kristy Kiernan, y mis primeros lectores, Karen Abbott, Maureen Ogle, Kathryn Puffett (que además es mi madre) y Terence Bailey (que además es mi padre), por su cariño y apoyo, y por disuadirme en ocasiones de hacer ciertas tonterías.

Gary C. Payne, por responder a mis preguntas sobre los temas del circo, aportando anécdotas y revisando el manuscrito para darle precisión.

Fred D. Pfening III, Ken Harck y Timothy Tegge, por permitirme utilizar fotografías de su colección desinteresadamente. Un agradecimiento especial a Fred por leer el texto y ayudarme a afinarlo.

Heidi Taylor, secretaria de administración del Museo de Arte Ringling, por ayudarme a localizar y conseguir los derechos de algunas fotografías, y Barbara Fox McKellar por permitirme utilizar las fotos de su padre.

Mark y Carrie Kabak, tanto por su hospitalidad como por explicarme las tareas que realizaba Mark en el Zoológico de Kansas City.

Andrew Walaszek, por facilitarme y revisar las traducciones del polaco.

Keith Cronin, por sus valiosas críticas y por sugerirme el título.

Emma Sweeney, por seguir siendo todo lo que podría desear de un agente.

Y, por último, con los miembros de mi taller de escritura. No sé qué haría sin vosotros.

La crítica ha dicho
de *Agua para elefantes*:

«Una arrebatadora nueva novela... Con el ritmo experto
de un *showman*, Gruen se reserva una revelación genial
para las páginas finales, transformando una imagen de la
cultura americana en una encantadora fábula escapista.»
The New York Times Book Review

«La recreación de la rutina diaria del circo
es encantadora y fascinante.»
Kirkus Review

«De sabor antiguo y entrañable, es una historia
para disfrutar que avanza de forma veloz.»
Library Journal

«Rica... Conmovedora.»
People

«Sensual y cargada de oscuros secretos en torno al amor,
la muerte y una heroína muda y majestuosa.»
Parade

La familia Hall es un entrañable clan al borde de un ataque de
nervios. El padre, George, afronta la jubilación y hace la vista
gorda ante la aventura de su esposa, Jean. Ella encuentra cada vez
más complicado citarse con su amante. Para colmo, el matrimonio ve cómo sus dos hijos, Jamie y Katie, se han emparejado de
la peor forma posible. Todos tendrán que enfrentarse a sus mie-
dos para poner orden en sus vidas. Una combinación de humor
y drama como sólo el autor de *El curioso incidente del perro a
medianoche* podía lograr.

«Con la inteligencia y el corazón de *Un pequeño inconveniente*,
Mark Haddon conseguirá aumentar la felicidad de una parte de
la población mundial.»   *The New York Times*

Los Yazdan no pueden tener hijos y deciden adoptar una niña coreana. Lo mismo les sucede a los Donaldson. Aunque las raíces iraníes de una familia contrastan con el espíritu americano de la otra, ambas entablarán una relación de amistad en torno a las dos niñas.

Con la sensibilidad, agudeza y cercanía que caracterizan su prosa, Anne Tyler, ganadora del Premio Pulitzer, demuestra una vez más en esta novela su extraordinaria capacidad para descubrir las grietas invisibles de la vida cotidiana, y saca a la luz los problemas culturales que puede tener una sociedad aparentemente perfecta.

«Su novela más ambiciosa hasta el momento.» *The New York Times*